Sylvie Braesi
Die Bademantel-Gang ermittelt

AF272056

Ebbe und Flut warten auf niemanden.
Deutsches Sprichwort

Buch

Der vierte Band der Bademantel-Gang-Krimi-Reihe, setzt die erfolgreiche Geschichte um Sandra Büchner und ihre Freundinnen auf gewohnt spannende und humorige Weise fort. Dieses Mal verschlägt es Sandra an die Nordseeküste. Nicht für ein entspanntes Treffen mit den Mädels oder um sich die niedlichen Seehunde anzusehen. Grund dafür ist ein schrecklicher Vorfall, der Marzena betrifft. Ihre Freundin wurde überfallen und braucht ihre Hilfe. Natürlich macht sich Sandra sofort auf den Weg und bei ihr ist dieses Mal Billy, die Frau von Kommissar Grießler. Ob der friesische Kommissar Petersen Sandras Hilfe annimmt und ob Tarotkarten zur Lösung des Falls beitragen können, gehört zu den Fragen, mit denen sich die Bademantel-Gang dieses Mal beschäftigt.

Sylvie Braesi

Geboren 1960 und aufgewachsen in Magdeburg. Sie hat eine Ausbildung als Heimerzieherin und war u. a. als Dozentin und Vermittlungscoach in der Erwachsenen-bildung sowie als Kabarettistin tätig. Mit dem Schreiben begann sie 2015 als Selfpublisherin. Nach der Veröffentlichung von 3 historischen Krimis wechselte sie zu aktuellen Regional- und Cosy-Krimis. Darüber hinaus schreibt sie gern schwarzhumorige Kurzgeschichten für Erwachsene. Bisher sind 14 Bücher von ihr erschienen. Erhältlich sind ihre Bücher als Taschenbuch, E-Book und einige auch als Hörbuch.

Sylvie Braesi

MORD IM TAROT

VIERTER FALL
FÜR DIE
BADEMANTEL-GANG

Impressum

Umschlaggestaltung: Angelika Wieduwilt
Pierre Schnau

Korrektorat: Jeanette Lube
Nadine Armgart

Facebook: Sylvie Braesi
Instagram: sylvie.braesi.autorin
Website: sylviebraesi.de
E-Mail: s.braesi@yahoo.com

© 2025

Verlag: BoD · Books on Demand GmbH, Überseering 33,
22297 Hamburg, bod@bod.de
Druck: Libri Plureos GmbH, Friedensallee 273,
22763 Hamburg
ISBN: 978-3-7693-5191-0

Bibliografische Information der Deutschen Nationalbibliothek:
Die Deutsche Nationalbibliothek verzeichnet diese Publikation in der Deutschen
Nationalbibliografie; detaillierte bibliografische Daten sind im Internet abrufbar.

Die Bademantel-Gang Krimi Reihe
Bisher erschienen als Taschenbuch und E-Book:

Mord mit Therapie (2021)
ISBN 9783754306819
Mord in Teufels Küche (2022)
ISBN 9783756293711
Mord fürs Karma (2023)
ISBN 9873758301230

Hörbücher:
Mord mit Therapie
Mord in Teufels Küche

AN DER NORDSEEKÜSTE ...

Die dichte Wolkendecke machte die Nacht noch finsterer. Nur draußen am Horizont, dicht über der Wassergrenze, blinkten ein paar Lichter. Positionslichter, die einzigen Lichtquellen auf dem Meer, wenn die Sterne nicht zu sehen waren. Auf See sorgten sie dafür, dass Schiffe unbehelligt aneinander vorbeifuhren. Daran hatte sich trotz Radar und GPS bis heute nichts geändert.

So wie die Leuchttürme den Seeleuten eine baldige glückliche Heimkehr verhießen, so weckten die Lichter der Schiffe in den Menschen an Land das Fernweh, die Sehnsucht nach fernen Ländern. Noch heute schickt man Schiffen sehnsuchtsvolle Blicke und gute Wünsche hinterher.

Inzwischen war die christliche Seefahrt von der ständigen Modernisierung verdrängt worden. Das letzte bisschen Romantik wurde nur noch von einigen Segelschiffen verkörpert, die man ab und an bei Hafenfesten und Paraden bewundern konnte. Eines hoffentlich noch fernen Tages würden auch sie verschwinden und nur noch vollautomatische KI-gesteuerte Ozeanriesen die Meere befahren.

An all das verschwendete er keinen Gedanken. Die Schiffe interessierten ihn nicht und die Seefahrt war nie ein Teil seines Lebens gewesen, auch wenn er die meiste Zeit am Meer gelebt hatte. Im Moment war er mit ganz anderen Dingen beschäftigt. Wasser spielte dabei zwar auch eine untergeordnete Rolle, doch es war nur Mittel zum Zweck.

Es sollte ihm helfen, die Spuren zu verwischen und zwar nicht nur seine. Worauf hatte er sich da nur eingelassen? Was war falsch gelaufen? Jetzt war es zu spät, um darüber nachzudenken. Er brauchte seine ganze Aufmerksamkeit für das, was sich unter seinen Füßen befand. Diese dunkle, zähe und glitschige Masse, die man Watt nannte. Hier musste jeder Schritt sitzen, damit sich die Anstrengung in Grenzen hielt. Wer sich nicht auskannte, konnte schnell ausrutschen oder steckenbleiben. Er kannte sich zum Glück bestens aus.

Das schlittenartige Gefährt, das er hinter sich herzog, machte sein Vorankommen etwas leichter, aber die Zeit saß ihm im Nacken. Bald würde die Flut einsetzen und bis dahin wollte er schon längst wieder auf dem Rückweg sein. Seiner Schätzung nach blieb ihm höchstens noch eine Stunde, bis er umkehren musste. Er musste sich wirklich beeilen.

Das schmatzende Geräusch unter seinen Stiefeln zeigte ihm an, dass er sich dem Priel näherte. Als die Silhouette einer im Watt steckenden Stange, Prigge genannt, vor ihm aus der Dunkelheit auftauchte, atmete er erleichtert auf. Priggen kennzeichneten schmale Schifffahrtswege durch das Wattenmeer, die unabhängig von den Tiden befahren werden konnten. Fähren nutzten diese Fahrrinnen. Für ihn bedeutete das Auftauchen der Prigge, dass er am Ziel war. Noch ein paar Handgriffe und seine Arbeit war getan. Der Rückweg würde leichter werden. Dann nämlich musste er nur noch einen leeren Schlitten hinter sich herziehen. Seine Last, ein in eine Plane gewickeltes Bündel, blieb hier.

Die Last vom Schlitten zu heben erwies sich noch als einfach. Die letzten Schritte bis zur Prigge waren anstrengend. Verflucht, war das schwer! Bloß gut, dass er den Schlitten genommen hatte. Ohne ihn hätte er keine Chance gehabt, seinen Plan umzusetzen.

Mit Schwung ließ er das Bündel neben der Prigge auf den Boden klatschen. Durch den Aufprall verrutschte die Plane und gab den Blick frei auf ein bleiches Gesicht. Irgendwie, fand er, hatte dieser Anblick etwas Friedliches an sich. Als würde man einem Schlafenden ins Gesicht sehen.

Er zog die Plane vom Körper, faltete sie zusammen und legte sie zurück auf den Schlitten. Den Körper lehnte er mit dem Rücken an die Prigge. Immer noch war friedlich das Wort, das die Szene am besten beschrieb. Als letztes schlang er ein Seil um Prigge und Körper. Der lockere Knoten vor der Brust sollte beides, während das Wasser stieg, noch zusammenhalten. Irgendwann würde er sich lösen und die nächste Ebbe den ganzen Dreck mit aufs Meer hinausziehen. Oder auch nicht. Ihm war es egal. Ob der Körper gefunden wurde oder nicht, ob das im offenen Meer oder im Watt geschah, spielte keine Rolle. Niemand konnte eine Verbindung zu ihm herstellen. Das Wasser vernichtete alle noch vorhandenen Spuren. Unfall oder Selbstmord, etwas anderes würde die Polizei nicht vermuten. Und das war durchaus naheliegend. Wie oft zogen leichtsinnige Besucher nachts betrunken durchs Watt. Sie achteten nicht auf die Zeichen, weil sie sie nicht kannten, verloren die Orientierung und brachten sich in Schwierigkeiten. So manches Mal war Rettung im erst letzten Moment erfolgt. Bei dem hier würde es einfach nur heißen, dass er nicht so viel Glück gehabt hatte.

Ein letztes Mal überprüfte er den Knoten auf Festigkeit und den Körper auf Lebenszeichen. Die gab es, aber nur ganz schwach. Ausgeschlossen, dass der Typ das Bewusstsein wiedererlangte, bevor er ertrank. Er war zufrieden. Es wurde auch höchste Zeit für den Rückmarsch. Ohne sich nochmal umzusehen, stapfte er mit dem leeren Schlitten wieder aufs Ufer zu. Sehen konnte er es nicht, aber das war auch nicht nötig. Er wusste genau, wohin er gehen musste.

EINS

Das Klingeln ihres Handys riss Sandra aus einem wirren Traum, in dem sie wieder mal versucht hatte, kriechend vor etwas zu fliehen. Diesen Traum hatte sie schon oft gehabt. Sie konnte nicht laufen und erst recht nicht rennen. Nur wenn sie sich mit den Händen über den Boden zog, kam sie vorwärts. Irgendwann kam dann der Moment, an dem sie versuchte zu schreien. Doch wenn sie den Mund aufmachte, kam kein Ton heraus. Ein beängstigendes Gefühl. Aus dieser Beklemmung holte sie das Klingeln, zurück in die Realität.

Ihr Wecker zeigte kurz nach 3 Uhr. Wer rief sie um diese nachtschlafende Zeit an? Einige ihrer Klienten konnte man zwar als Nachtschwärmer bezeichnen, aber selbst die würden sich an ihre Bürozeiten halten. Lang genug waren sie schließlich. Auf Sandras Website stand: *Telefonisch erreichbar von 8 Uhr bis 22 Uhr. Persönliche Termine nach*

Absprache. Bisher war sie damit ganz gut gefahren. Also, wer klingelte sie aus dem Schlaf? Sie schaute auf die Nummer, erschrak und ging ran.

„Gerti? Wieso rufst du um diese Zeit an? Ist was passiert?" Noch im Halbschlaf versuchte Sandra sich auf Gertis hektische Stimme zu konzentrieren. Wenn sie aufgeregt war, sprach sie manchmal so schnell, dass sie über ihre eigenen Worte stolperte.

„Ich musste dich anrufen. Nach dem Schreck konnte ich nicht mehr schlafen. Du etwa? Deine Nerven möchte ich haben. Findest du das nicht auch schrecklich?"

Akustisch hatte Sandra alles verstanden, wusste aber nicht, worauf Gerti anspielte. „Halt mal kurz die Luft an. Ich komme mir gerade vor, als würde ich einen Film sehen, bei dem ich den Anfang verpasst habe. Was ist so schrecklich, dass du nicht schlafen kannst?"

Für ein paar Sekunden herrschte Ruhe am anderen Ende und Sandra begann zu hoffen, dass sie sich alles nur eingebildet hatte. Dann hörte sie erneut Gertis Stimme, die jetzt sehr erstaunt klang.

„Du weißt es nicht? Wieso weißt du es noch nicht? Du weißt doch sonst immer alles."

„Gerti! Ich bin nicht Jesus! Und wenn du mir nicht langsam mal erzählst, was ich deiner Meinung nach wissen sollte, dann leg ich auf und sterbe irgendwann in seliger Unwissenheit."

Vom anderen Ende der Leitung drang ein Schnaufen an ihr Ohr und Sandra befürchtete schon, Gertis Blutdruck wäre Amok gelaufen. Dem war zum Glück nicht so. Gerti hatte nur Luft geholt.

„Marzena liegt im Krankenhaus, in Bremen. Es sieht nicht gut aus."

Das war zwar in der Tat eine schreckliche Nachricht, informationstechnisch aber völlig unzureichend für Sandra.

„Gerti, bitte tu nicht so, als könnte ich Gedanken lesen. Du musst mir den Rest schon noch erzählen."

„Hach ja. Ich bin nur so aufgeregt, dass ich nicht weiß, wo ich anfangen so."

„Okay. Beruhig dich und sag mir erst mal, warum Marzena im Krankenhaus liegt. Hatte sie eine Operation?"

„Eine? Ich glaub, sie hatte schon drei."

Spätestens in diesem Moment begriff Sandra, dass es wirklich ernst war. „Ein Unfall?" Marzena fuhr viel mit dem Fahrrad, da lag die Vermutung nahe.

„Nein! Viel schlimmer. Marzena wurde überfallen und schlimm verletzt. Ihr Glück war, dass sie schnell gefunden wurde." Jetzt war es Sandra, der es die Sprache verschlug. Das war aber kein Problem, denn nun war Gerti im Redefluss. „Es ist am Samstagabend passiert. Marzena war auf dem Nachhauseweg, kam von einem Treffen. Es war noch nicht spät, aber schon dunkel. Sie fuhr durch einen kleinen Park und da ist es passiert. Die Polizei geht von einem Raubüberfall aus, weil ihre Tasche geklaut wurde." Gerti schnieft und konnte kaum weitersprechen. „Sie liegt im Koma und sie wissen nicht, ob sie wieder aufwacht. Und selbst wenn sie wieder aufwacht, wissen sie nicht …" Der Rest ging in Gertis heftigem Schluchzen unter. So gern Sandra die Freundin auch getröstet hätte, im Moment hatte sie selber zu kämpfen, um ihre Fassung nicht zu verlieren. Eine Frage musste sie Gerti aber noch stellen.

„Woher weißt du denn das alles?"

„Ich wollte Marzena anrufen und da war ihr Mann am Telefon. Der hat es mir erzählt."

„Wow! Der erzählt einer Fremden einfach so, was mit seiner Frau passiert ist?"

„Ach, so fremd bin ich doch gar nicht. Er weiß doch von unserer Freundschaft seit der Reha."

„Am Telefon könnte aber jeder behaupten, mit Marzena befreundet zu sein."

„Quatsch! Weshalb sollte das jemand tun?"

„Um herauszufinden, wie es Marzena geht?"

„Isch globs ja nich! Unsere Freundin liegt schwerverletzt im Krankenhaus und du machst einen Kriminalfall draus? Echt jetzt?"

„Ich mache keinen Fall draus, Gerti. Aber du musst mir schon gestatten, dass ich mir ein paar Gedanken über das alles mache. Immerhin ist Marzena ja wirklich Opfer eines Verbrechens geworden." Damit hatte Sandra natürlich Recht und das musste auch Gerti zugeben. Sandra hakte noch mal nach. „Ich finde es trotzdem ziemlich gutgläubig von dem Mann, dir das alles zu erzählen."

„Ich sag doch, ich bin keine Fremde." Klang da ein bisschen Schuldgefühl bei Gerti durch? Die verbarg doch etwas. Das wollte Sandra genauer wissen.

„Woher kennt er dich denn?"

„Or, is ja gut! Isch hab se ähm ma besucht. Nu weestes!"

Im ersten Moment war Sandra viel zu überrascht, um zu reagieren. Das war auch ganz gut so. Ihre Erwiderung wäre vielleicht heftiger ausgefallen als in dieser Situation gut war.

12

„Biste jetzt sauer?", fragte Gerti plötzlich leise.

„Wie kommst du denn da drauf? Du kannst doch besuchen, wen du willst." Das klang nicht mal halbwegs überzeugend. Gerti fühlte sich daher auch verpflichtet, eine Erklärung abzugeben.

„Das war nicht geplant. Wir haben doch vor ein paar Monaten Urlaub in Dänemark gemacht. Auf dem Rückweg sind wir auf einen Sprung zu Marzena gefahren, nur für einen Tag und eine Nacht. Lag ja fast auf dem Weg."

Das war aus Sandras Sicht etwas übertrieben. Sie verzichtete auf die Bemerkung: *Bei mir seid ihr aber nicht gewesen.* Stattdessen sagte sie: „Bremen liegt aber nicht auf dem direkten Weg zwischen Dänemark und Sachsen."

„Marzena wohnt nicht mehr in Bremen. Sie und ihr Mann sind letztes Jahr umgezogen, nach Neuharlingersiel."

„Neuhar…was?" Noch eine Neuigkeit, von der sie nichts wusste.

„Neuharlingersiel. Das liegt in Ostfriesland, am Wattenmeer. Richtig schön."

„Schön für Marzena! Ich verstehe nur nicht, wieso ihr so ein Geheimnis darum gemacht habt. Na egal, das ist jetzt nicht wichtig. Hast du zufällig die Telefonnummer von Marzenas Mann? Ich würde gern mal anrufen und fragen, wie es ihr geht." Damit konnte Gerti dienen und mit der Info: „Er ist bestimmt im Krankenhaus. Wird also schwierig, ihn dort zu erreichen.

„Macht nichts. Ich kann ihm ja was auf die Mailbox sprechen. Ruf mich an, wenn du noch was hörst."

„Ich ruf dich auf jeden Fall an, spätestens heute Abend. Und jetzt muss ich versuchen, wenigstens noch ein bisschen

Schlaf zu kriegen. Ich muss nämlich um halb sechs aufstehen. Nacht, Sandra!

„Nacht, Gerti. Danke für deinen Anruf."

♦

An Schlaf war bei Sandra nicht mehr zu denken. Dazu war sie viel zu aufgewühlt. Ihre Gedanken sprangen hin und her. Der Überfall auf Marzena, ihre beängstigend schlechten Aussichten und, wie konnte es anders sein, die Frage, was die Polizei schon alles unternommen hatte. Natürlich schwang da auch noch so ein kleiner Hauch von Eifersucht durch den Raum. Gerti und Marzena schienen ihre Freundschaft in letzter Zeit vertieft zu haben. Den Verdacht hatte sie schon länger gehabt. Hier war nun der Beweis: Gertis Besuch bei Marzena und der Umzug in dieses Neuharlingerdorf. Ja, sie fühlte sich ausgeschlossen und das war ein beschissenes Gefühl. Davon runterziehen ließ sie sich jedoch nicht. Je länger sie darüber nachdachte, umso schneller verflog ihr Ärger wieder. Im Grunde war sie selber schuld. Sie hätte doch auch jederzeit die Freundinnen besuchen können. Ein Besuch bei Gerti war sogar schon in Planung gewesen. Sie hatte ihn aber immer wieder verschoben, aus Gründen, die jetzt plötzlich ziemlich fadenscheinig klangen. Wieso nur machte man immer wieder denselben Fehler und schob Dinge vor sich her, bis es zu spät war? Die Antwort gab Sandra sich gleich selber. Weil man vergaß, wie endlich die Zeit für jeden war. Und niemand wusste, wie viel Zeit ihm noch blieb.

Das waren ganz schön trübsinnige Gedanken. Solange die ihr im Kopf rumspukten, brauchte sie gar nicht erst daran denken, wieder ins Bett zu gehen. Also ließ sie es bleiben und setzte sich stattdessen an ihren Laptop, ging ins Internet und suchte nach Infos. Ein so brutaler Überfall war bestimmt durch die Medien gegangen.

So war es auch. Schon nach kurzer Suche wurde Sandra fündig. Nicht nur in der Presse, auch das Regionalfernsehen hatte darüber berichtet. Den Namen hatte man ausgespart, ansonsten aber kein grausiges Detail ausgelassen. Im Gegenteil. Sandra kam es so vor, als hätte man noch ein paar Schauerlichkeiten hinzugefügt. Bei den Vermutungen über die Hintergründe war dann eindeutig die Phantasie mit einigen Verfassern durchgegangen. Besonders wild und haarsträubend gebärdete sich ein spezielles Blatt. Die Überschrift lautete:

OPFER ÜBERLEBT NUR KNAPP
BRUTALEN RIPPER-ÜBERFALL

In fetten Großbuchstaben prangte die Schlagzeile auf Seite 1, mit wenig Text dazu. Düstere Bilder vom Tatort gab es dafür genug. Sie zeigten Einsatzfahrzeuge, Leute von der SpuSi bei der Arbeit unter grellem Licht und hinter viel Flatterband. Sogar ein Foto von Marzena war abgebildet worden. Der schwarze Balken quer über den Augen konnte nicht verhindern, dass jeder aus Marzenas Umfeld sie auch wiedererkannte. Damit war der Spießrutenlauf vorprogrammiert. Immer wieder ärgerte Sandra sich über die respektlose Zurschaustellung von Opfern. War es denn nicht genug, dass sie den Schrecken eines Verbrechens am eigenen Leibe erfahren mussten? Polizeiliche Befragungen brachten ihnen diese Schrecken immer wieder in Erinnerung. Und im Fall eines Gerichtsverfahrens mussten sie nicht nur ihrem Peiniger Auge in Auge gegenübertreten. Sie durchlebten bei ihrer Aussage die Momente der Angst und des Schmerzes noch ein weiteres Mal. Von den teils erniedrigenden Fragen der Anwälte mal ganz zu schweigen. Die Täter aber verschanzten sich hinter Aktenordnern, ihren Anwälten und den Persönlichkeitsrechten. Sie mussten nicht mal aussagen. Das war etwas, das Sandra nie verstehen würde. Wer anderen Menschen Gewalt antat, sollte zumindest genauso vorgeführt werden dürfen wie ihre Opfer.

Sandra wollte sich diese Sensationshascherei nicht weiter ansehen. Wie arm musste jemand im Geiste sein, der sich sowas zu Gemüte führte und, was noch schlimmer war, sich daran ergötzte. Sie fuhr den Laptop runter. Wenig später stand sie mit einer Tasse Kaffee auf ihrem Balkon und schaute auf den langsam heller werdenden Horizont. Die Stadt erwachte. Schon bald würden die ersten Sonnenstrahlen die Nacht vertreiben und mit ihr auch die Dunkelheit und die trübsinnigen Gedanken. Als es hell genug war, setzte sie sich mit ihrem Notizblock an den kleinen runden Tisch neben dem Olivenbäumchen. Als erstes notierte sie alles, was sie über Marzena wusste.

- Marzena Mikulska Kloss
- geb. 14.08.1979 in Krakow (Polen)
- 2000 Übersiedlung nach Bremen
- Heirat mit Jens Kloss, 1 Kind (Mädchen *2002)
- Arbeit als Krankenschwester, nach der Reha Hausfrau
- 2023 Umzug nach Neuharlingersiel

Auf den ersten Blick sah das nach nicht besonders viel aus, doch das täuschte. Das waren nur die blanken Fakten. Sandra könnte noch vieles über Marzena schreiben, aber eben nur subjektive Dinge. Zum Beispiel etwas über ihren melancholischen Charakter, ihre Vorlieben für polnische Wurst oder dass sie gerne Fahrradtouren machte und keine Fernreisen mochte. Ihr Lieblingswort war *mega*. Sie benutzte es, wann immer ihr etwas gefiel. Außerdem kochte sie leidenschaftlich gern und mochte klassische Musik. Seit dem letzten Treffen der Bademantel-Gang im vergangenen Jahr wusste Sandra auch um Marzenas spirituelle Seite und ihr Interesse für Esoterik. Marzena war diejenige von ihnen gewesen, die ihren Aufenthalt im Buddhistischen Meditationszentrum *Bodhi Vihara* auf dem Darß wirklich genossen hatte, während Sandra wiedermal in einen Mordfall gestolpert war. Gertis Versuche, sie vom Detektivspielen abzuhalten, waren natürlich ohne Erfolg geblieben. Daran hatte nicht mal ihr Freund und Ehrenmitglied, Kommissar Sören Grießler, etwas ändern können. *

* Mord fürs Karma – dritter Fall der Bademantel-Gang

Sandra wandte sich nun den Fakten des Überfalls zu. Viel kam nicht zusammen.

- Samstagabend, gegen 20 Uhr
- Marzena mit Fahrrad unterwegs durch kleinen Park
- Vermutung der Polizei: Raubüberfall
- Handtasche gestohlen

Da blieben noch so einige Fragen offen. Nach dem Inhalt der Handtasche zum Beispiel. War etwas davon wieder aufgetaucht? Gerti hatte etwas von einem Treffen erwähnt.

Was für ein Treffen hatte Marzena besucht? Das wusste hoffentlich ihr Mann. Dann war da noch die Frage nach den Verletzungen. Welcher Art waren die und wie hatte man sie ihr zugefügt? Vielleicht mit einer Tatwaffe? War etwas Derartiges gefunden worden? Es konnten auch mehrere Täter gewesen sein. Das alles interessierte Sandra brennend und nichts davon würde sie erfahren, solange sie sich nur an die offiziellen Kanäle hielt.

Musste sie das denn überhaupt? Immerhin war sie eine Privatdetektivin und durfte ermitteln. Der Haken an der Sache war, dass sie einen offiziellen Auftrag brauchte, um tätig zu werden. Von Marzena würde sie vorläufig keinen bekommen. Vielleicht aber von ihrem Mann. Sie beschloss, ihn auf jeden Fall um so einen Auftrag zu bitten, wenn sie ihn anrief, heute noch. Hoffentlich ließ er sich darauf ein. Es könnte nicht schaden, wenn sie zu dem Gespräch schon ein paar Ergebnisse vorweisen könnte, als Referenzen sozusagen. Im Moment wusste sie aber nicht mal das, was die Polizei wusste und sie hatte keine Idee, wie sie daran was ändern konnte.

Grießler, schoss es ihr durch den Kopf. Wieso hatte sie nicht schon viel eher an ihn gedacht. Ihm sollte es nicht schwerfallen, an interne Infos ranzukommen. Ob er diese Infos mit ihr teilen würde, stand allerdings auf einem anderen Blatt. Er hatte sich immer noch nicht mit ihrer Rolle als Privatdetektivin abgefunden. Doch da es um Marzena ging, sollte er seine kleinlichen Bedenken ruhig mal hintenanstellen. Und wenn er ihre Ermittlung unterstützte, konnte auch Gerti nichts dagegen sagen. Nicht, dass sie vorgehabt hätte, Gerti um Erlaubnis zu bitten. Das wäre ohnehin zu spät, sie war ja schon längst mittendrin.

Sandra schaute auf die Uhr. Inzwischen war es schon kurz nach sechs, immer noch zu früh für ihren Anruf in Ostfriesland und Grießler würde sie frühestens um 8 Uhr an seinem Schreibtisch erwischen. Bis dahin konnte sie sich schon mal eine Strategie zurechtlegen. Die erwies sich in diesem Fall als gar nicht so kompliziert. Erst die schlechte Nachricht übermitteln und dann um Hilfe bitten. Einfach und ohne Umschweife. Das klang gut und praktikabel.

ZWEI

Sandra wusste schon nach 5 Minuten, dass ihr Plan nicht aufgehen würde. Grießler reagierte zwar betroffen auf die Nachricht vom Überfall, machte ihr aber sehr schnell klar, dass sie sich von seiner Seite nicht mehr erhoffen durfte. Unumwunden kam er sofort auf den Punkt.

„Wenn du Blumen und eine Karte schicken willst, bin ich gern bereit, etwas beizusteuern. Bei allem, was darüber hinausgeht, bin ich nicht dabei."

„Was du gleich wieder denkst", entgegnete Sandra. Sie gab sich alle Mühe nicht enttäuscht zu klingen. Es wäre ihr aber nicht mal dann gelungen, Grießler zu täuschen, wenn sie einen heiligen Schwur geleistet hätte. Sein Lachen und seine nächste Bemerkung ließen keinen Zweifel daran, wie sehr er sie durchschaut hatte.

„Was ich denke? Willst du das wirklich wissen? Okay. Du hast mich angerufen, weil du mich bitten willst, dass ich dir die Ermittlungsakte besorge. Ich weiß doch genau, dass es dir schon wieder in den Fingern juckt. Kannst es also ruhig zugeben."

„Ich gebe gar nichts zu, also bitte erspar mir deine Unterstellungen."

„Ich habe nicht vor, dir irgendwas zu unterstellen und es ist mir auch egal, ob du dich wieder einmischen willst. Tu was du willst. Ich habe nur eine Bitte: Lass mich da raus! Ich verspüre nämlich keinerlei Interesse, in Ostfriesland ermittlerisch tätig zu werden."

„Gut. Dann ist das ja geklärt. Ich habe sowieso genug eigene Fälle, die ich bearbeiten muss."

„Freut mich, dass du so gut im Geschäft bist. Lass dich von mir nicht aufhalten und wenn du mit Gerti telefonierst, grüß sie von mir. Bis dann." Und schon hatte er aufgelegt.

Sandra war maßlos enttäuscht. Sie hatte wirklich auf seine Hilfe gehofft, gerade weil es doch um eine Freundin ging, um eine von ihnen, um die Bademantel-Gang. Kommissar hin oder her, so von ihm abgeschmettert zu werden, tat weh. Diese Schlappe musste sie erst mal verdauen.

♠

Verdauen musste Grießler die Nachricht auch. Natürlich hatte er schon mit viel schlimmeren Verbrechen zu tun gehabt. Es war aber etwas ganz anderes, wenn es jemanden betraf, den man persönlich kannte oder mit dem man sogar befreundet war. Grießler erinnerte sich an die Zeit in der

Reha-Klinik Rosenburg. Dort waren sich die drei von der Bademantel-Gang und er zum ersten Mal begegnet. Sandra, die mit ihren lustigen, flotten Sprüchen immer wieder für gute Laune sorgte, die aber auch ständig auf der Suche nach Angelegenheiten zu sein schien, in die sie ihre Nase stecken konnte. Gerti, mit ihrem herrlich sächsischen Dialekt, die schnell in Hektik verfiel, wenn mal wieder etwas außer der Reihe passierte. Und dann noch Marzena: introvertiert, nicht so leicht zu begeistern, aber eine herzensgute Seele, die keiner Fliege was zuleide tun konnte. Und ausgerechnet sie war das Opfer eines brutalen Verbrechens geworden. Es traf immer die Falschen. Das sollte um Gottes willen nicht heißen, dass Gerti oder Sandra es eher verdient hätten. Niemand hatte sowas verdient.

Je mehr Grießler darüber nachdachte, umso mehr bedauerte er, Sandra so angegangen zu sein. Tat er ihr am Ende Unrecht damit, dass er ihr solche Hintergedanken unterstellte? Der Anruf hatte vielleicht wirklich nur dem Freund gegolten, nicht dem Kommissar. Und war es denn nicht ganz natürlich, dass sie wissen wollte, was genau der Freundin zugestoßen war? Bestimmt ging es Gerti genauso und Billy sicher auch.

Heilige Scheiße, Billy!

Jetzt musste er ihr erst mal die schlechte Nachricht überbringen. Er konnte sich schon denken, wie sie es aufnehmen würde. Gar nicht gut. Nicht nur den Überfall auf Marzena, sondern auch sein Telefonat mit Sandra. Was seine Weigerung, Sandra Informationen zu beschaffen betraf, da würde sie ihm Recht geben. Die Art und Weise, wie er mit Sandra gesprochen hatte, war etwas ganz anderes. Grießler hörte schon ihre Worte: „Manchmal kannst du wirklich ein richtiger Stiesel sein, Sören." Wie er seine Billy kannte würde die auf eine Entschuldigung bei Sandra bestehen. Und sie würde ihn fragen, ob er sich wirklich nicht für den Überfall interessierte. Widerstrebend musste er sich eingestehen, dass es ihn sehr wohl interessierte, zu erfahren, was passiert war. Je mehr er darüber nachdachte, umso besser erschien es ihm, dieser Diskussion von Vornherein aus dem Weg zu gehen. Er wusste auch schon wie. Ein unverbindlicher Anruf bei den Kollegen in Ostfriesland würde schon reichen. Er rechnete nicht damit, dass man ihm viel Neues erzählte, aber wenigstens könnte er Billy sagen, dass er es versucht hatte. So würde er ihr den Wind aus den Segeln nehmen und hatte seine Ruhe.

♠

Nach dem niederschmetternden Anruf bei Grießler brauchte Sandra dringend etwas Zuspruch. Und von wem würde sie den bekommen? Von Gerti sicher nicht. Die stand ja immer auf Sörens Seite, wenn es um ihre Detektivarbeit ging. Zum Glück musste sie nicht an jeder Front gegen Widerstände kämpfen. In Grießlers Frau, Billy, hatte sie bisher immer eine Verbündete gefunden. Warum sollte es dieses Mal anders sein. Sie griff erneut zum Telefon.

„Sandra! Was für eine schöne Überraschung?", wurde sie von Billy in der für sie typischen, heiteren Art begrüßt. Sandra kam blitzartig eine Idee.

„Kann ich kurz vorbeikommen, Billy. Ich muss was mit dir bereden."

Billy, die gut zwischen den Zeilen lesen konnte, wurde sofort hellhörig. „Ist was passiert?", fragte sie.

„Ich würde lieber unter vier Augen mit dir darüber reden. Geht das oder passt es gerade nicht?"

„Nein, schon gut. Komm vorbei. Wir können zusammen frühstücken." Mit ihrer Einladung wollte Billy sicher die schlimme Vorahnung abschwächen, die in der Luft lag. Sie war eine leidenschaftliche Köchin und Bäckerin. Heute kam Sandra in den Genuss ihrer berühmten Gastlichkeit.

Als Sandra bei Billy eintraf, hatte die schon den Tisch gedeckt, frische Brötchen gekauft und Kaffee gekocht. Durch die Wohnung zog der wunderbare Duft von Rührei und gebratenem Speck. Bei so viel liebevoller Vorbereitung ging Sandra das Herz auf. Es tat ihr leid, die Stimmung mit ihrer schlechten Botschaft zu zerstören. Billy, die schon ahnte, dass etwas Schlechtes auf sie zukam, schob Sandra kurzerhand an den Tisch und sagte: „Egal was es ist, erst wird gefrühstückt. Mit vollem Magen redet es sich besser." Dafür war Sandra ihr dankbar, denn gerade merkte sie, wie hungrig sie war.

Billy schenkte Kaffee ein, machte für Sandra noch ein Glas selbstgemachte Johannisbeermarmelade auf und schaufelte ihr eine große Portion Rührei auf den Teller. Erst als Sandra bei der dritten Tasse Kaffee angelangt war und sich satt zurücklehnte, war sie zufrieden. „Na dann lass die Bombe mal platzen", waren ihre Worte und genau das tat Sandra auch.

Billy hörte aufmerksam zu. Selbst als Sandra endete, schwieg sie. Sie war viel zu erschüttert, als dass sie etwas hätte sagen können. Nachdem sie den ersten Schock überwunden hatte, stellte sie nur eine Frage: „Was wirst du jetzt tun?"

Damit hatte Sandra nicht gerechnet. Allerdings hatte sie Billy auch noch nichts von dem Telefonat mit ihrem Mann erzählt, was sie nun nachholte. Sie fasste das Gespräch mit wenigen Sätzen zusammen, die darauf hinausliefen, dass sie gerne etwas für Marzena tun würde, was über Blumen und Genesungswünsche hinausging. Da Grießler ihr aber nicht helfen wollte, würden ihre Chancen nicht gutstehen.

„Wann hast du denn mit ihm telefoniert?", wollte Billy wissen.

„Kurz bevor ich dich angerufen habe."

„Das ist also schon über eine Stunde her." Billy stand auf und ging hinaus. Als sie wieder in die Küche kam, hatte sie ihr Handy dabei. „Typisch Sören", murmelte sie.

„Was ist denn?"

„Er hat mich noch nicht angerufen." In Billys Stimme schwang ein Hauch von Ärger mit, was selten bei ihr vorkam. Sandra überlegte, warum Billy so verärgert darüber war, dass Ihr Mann sich noch nicht gemeldet hatte. Die Antwort bekam sie prompt.

„Ich wette mit dir, dass er mit der Nachricht erst rausrückt, wenn er Feierabend hat. Und seine Entschuldigung wird lauten: *Ich dachte Sandra oder Gerti würden wollen, dass sie es sind, die dir das mitteilen.* Aber damit kommt er nicht durch. So ein Drückeberger!"

„Warum sollte er sich denn drücken wollen? Schlechte Botschaften überbringen gehört doch zu seinem Job. Will er dich schonen?"

„Von wegen schonen. Der weiß genau, was ich dazu sagen würde und das will er nicht hören.

Jetzt begann bei Sandra der Groschen zu fallen. Sie fragte trotzdem nach. „Was meinst du denn?"

„Na was schon, Sandra. Ich würde natürlich von ihm verlangen, dass er was unternimmt. Das Mindeste wäre, dass er sich erkundigt, wie weit die Kollegen in dem Fall sind. Marzena ist unsere Freundin. Da kann er sich nicht einfach raushalten."

„Seine Absage war ziemlich deutlich, glaub mir."

„Das werden wir ja sehen. Überlass Sören Grießler ruhig mir." Billy konnte ganz schön energisch klingen und Sandra schöpfte neue Hoffnung.

„Dann redest du mit ihm?"

„Natürlich! Deswegen bist du doch hergekommen, oder?" Billy ließ sich wirklich nicht so leicht was vormachen. Dazu war sie viel zu sehr die Frau eines Kriminalkommissars.

♠

Müde und abgespannt kam Grießler zuhause an. Er fühlte sich so zerschlagen, als hätte er den ganzen Tag zu Fuß Verbrecher verfolgen müssen. Dabei bestand seine ganze Arbeit darin, Akten zu wälzen, Protokolle zu schreiben und Fallberichte einzusortieren. Er hätte nie vermutet, dass ein Tag Schreibtischarbeit ihn so ermüden würde. Einen Vorteil hatte die Versetzung in den Innendienst immerhin gehabt. Er konnte pünktlich Feierabend machen. Wenn er jetzt nachhause kam, wartete Billy schon mit selbstgebackenem Kuchen und Kaffee auf ihn. Im Sommer setzten sie sich auf den Balkon, im Winter in den Erker. Das war etwas, wozu sie früher nie gekommen waren. Normalerweise freute Grießler sich darauf. Heute kam er mit zwiespältigen Gefühlen heim.

Billy saß schon auf dem Balkon. Nach einem dicken Schmatz auf die Wange begrüßte Grießler seine Frau mit den Worten: „Hallo Schatz. Hm, Marmorkuchen." Nach außen klang er begeistert. In Wirklichkeit wusste er, dass was im Busch war. Marmorkuchen gab es nur aus zwei Gründen: wenn unerwünschter Besuch anstand oder Billy keine Lust zum Backen hatte. Ab heute kam wohl noch ein dritter Grund dazu: wenn er was ausgefressen hatte.

„Und? Wie war dein Tag?" Diese Frage stellte Billy immer und gewöhnlich erzählte er ihr dann ein paar Anekdoten. Heute verzichtete er darauf.

„Du weißt wohl schon was passiert ist?"

„Hm hm." Natürlich wusste sie es.

„Schlimme Sache." Grießler seufzte vernehmlich und hoffte, damit wäre der Fall erledigt. Das war er natürlich nicht.

„Warum hast du mich nicht angerufen und mir davon erzählt?"

„Ich bin davon ausgegangen, dass Sandra dich anruft." Genau wie sie es vermutet hatte. Und wie aus der Pistole geschossen, legte Grießler noch eine Schippe drauf. „Du weißt doch, wie Sandra ist. Sie möchte die Neuigkeiten gern selber verbreiten."

Billy spürte, wie ihr Unmut wuchs. „Seit wann nimmst du auf Sandras Wünsche Rücksicht?" Sie winkte ab. „Ich hätte eine so schlechte Nachricht jedenfalls gern von meinem Mann erfahren, aber der hat es nicht für nötig gehalten, mich anzurufen. Und das obwohl Marzena unsere Freundin ist. Sandra dagegen ist sogar extra hergekommen"

Wenn Billy zur indirekten Anrede überging, war das gar nicht gut. Grießler versuchte gegenzusteuern.

„Siehst du! Ich hatte also Recht mit meiner Vermutung, dass Sandra es dir selber sagen wollte. Außerdem war heute viel zu tun."

„Fang bloß nicht so an, Sören. Wir beide wissen, warum du nicht angerufen hast. Weil dir klar war, was ich von dir erwarte. Überspringen wir diese Diskussion also ruhig und kommen gleich zum Punkt. Was hast du rausgefunden?"

Es überraschte ihn nicht, dass Billy ihn durchschaute. Schließlich war sie seine Frau. Dass sie so sauer sein würde, damit hatte er nicht gerechnet. Jetzt war er doch froh, etwas unternommen zu haben. Ein bisschen würde er sie aber noch zappeln lassen.

Wieso denkst du, ich könnte versucht haben, etwas herauszufinden? Das ist ein anderes Bundesland, da habe ich nichts zu melden. Ich bin auch kein Ermittler mehr. Das scheint ihr alle gern zu vergessen."

Billy sah ihn fast ein bisschen mitleidig an. „Du willst wirklich, dass ich es ausspreche? Okay!" Sie räusperte sich übertrieben, dann tat sie ihm den Gefallen. „Du wusstest, dass ich von dir verlange, dich nach dem Stand der Ermittlung in Ostfriesland zu erkundigen und auch, dass ich keine Ruhe geben würde, bis du es tust. Um dieser ganzen Debatte aus dem Weg zu gehen, hast du lieber gleich angerufen. Du dachtest wahrscheinlich, dass es egal ist, ob man dir was erzählt oder nicht. So oder so könntest du immerhin sagen, dass du es versucht hast. Liege ich soweit richtig?"

Grießler nickte nur und Billy sprach weiter.

„Zu deinem Glück weiß ich, dass du immer noch ein guter Ermittler bist und dass du sogar richtig freundlich sein kannst, wenn es darauf ankommt. Und ich weiß, dass dir Marzena auch am Herzen liegt. Also gehe ich davon aus, dass du dich nicht hast abwimmeln lassen. Und jetzt rück raus mit den Infos, bevor ich wirklich sauer werde."

Grießler konnte nicht anders, er musste lachen. „Schade, dass du nie auf die Idee gekommen bist, zur Kripo zu gehen."

„Lenk nicht ab, Sören."

„Also gut. Ja, ich habe angerufen und ja, ich habe mit dem ermittelnden Beamten gesprochen. Viel erfahren konnte ich aber nicht. Übrigens nicht, weil ich nicht nett genug gefragt habe, sondern weil es bisher noch nicht viele Erkenntnisse gibt. Es könnte ein Raubüberfall gewesen sein. Jedenfalls ermitteln sie in dieser Richtung. An Marzenas Körper, ihrer Kleidung und dem Fahrrad wurden Spuren gesichert und die werden jetzt ausgewertet. Bis Ergebnisse vorliegen kann es noch dauern. Eine Täterbeschreibung wäre natürlich hilfreich. Da es aber keine Zeugen gibt, ruhen alle Hoffnungen darauf, dass Marzena bald wieder aufwacht und dass sie sich an den Überfall erinnert. Tja, das ist alles, was man mir gesagt hat." Damit sollte Billys Wissensdurst eigentlich gestillt sein, hoffte Grießler.

Mit den Worten: „Du bleibst doch aber dran, oder?", wurde diese Hoffnung jäh zerstört. Er wollte gerade verkünden, gleich noch Sandra anzurufen, als seine Frau ihm zuvorkam.

„Ich habe mit Sandra vereinbart, dass ich mich melde, sobald ich mit dir gesprochen habe. Du gehst immer so schnell an die Decke, wenn du mit ihr redest. Außerdem möchte ich auch Bescheid wissen. Halte du einfach den Kontakt zu den Ostfriesen."

DREI

Etwa zur selben Zeit versuchte Sandra immer noch Marzenas Mann, Jens Kloss, ans Telefon zu kriegen. Bei jedem Versuch war nur die Mailbox angesprungen. Sandra war kein Freund von Mailbox Nachrichten. Heute machte sie jedoch eine Ausnahme, in der Hoffnung, dass Kloss irgendwann seine Nachrichten abhörte. Dann hieß es erst mal warten. Je mehr Zeit verging, umso schwerer fiel es ihr, ihre wachsende Ungeduld zu bezähmen. Nur weil sie Billy versprochen hatte, die Füße vorläufig stillzuhalten, verzichtete sie auf ihren üblichen Trick: Bei der örtlichen Polizeistation anrufen, sich als Reporterin ausgeben und um Informationen bitten. In der Regel bekam man sowieso nur die Auskunft, dass über laufende Ermittlungen keine Auskünfte erteilt wurden. Manchmal, aber sehr selten, traf man auf einen kommunikativen Polizisten, der sich noch durch Wortgewandtheit und nettes Auftreten beeindrucken ließ. Dann konnte es sogar vorkommen, dass man Details erfuhr, die nicht durch die Medien gegangen waren. Nun, diese Möglichkeit blieb ihr immer noch und zwar dann, wenn Billy erfolglos blieb.

Sandra schaute auf die Uhr. Noch einen Versuch wollte sie machen, bevor sie sich zu einem Kunden aufmachen musste. Drei Mal klingeln, dann ein Knacken. Wieder die Mailbox?

„Hallo?" Eine männliche Stimme meldete sich. Sandra atmete auf.

„Hallo. Ich bin Sandra Büchner, eine Freundin von Marzena. Sind Sie ihr Mann?"

„Ja, bin ich. Sie sind die Frau aus Magdeburg, nicht? Gerti hat mir gesagt, dass Sie bestimmt auch noch anrufen." Koss klang nicht gerade erfreut, aber wahrscheinlich war er nur müde und besorgt. Das Telefon verzerrte die Stimmen oftmals und da man das Gesicht seines Gesprächspartners nicht sah, konnte man sich leicht irren. Das war wohl auch ein Grund dafür, wieso Betrüger am Telefon so erfolgreich waren.

„Herr Kloss, ich wollte mich nach Marzenas Befinden erkundigen. Gerti hat mir erzählt, dass sie überfallen wurde und im Krankenhaus liegt." Natürlich wusste sie schon etwas mehr. Mit diesem kleinen Trick wollte sie nur erreichen, dass er ins Reden kam. Und wenn er das tat, dann erfuhr sie ja vielleicht doch noch das eine oder andere.

Zunächst erzählte ihr Kloss das, was sie von Gerti auch schon gehört hatte. Leider hatte sich Marzenas Zustand inzwischen noch nicht gebessert. Sie lag nach wie vor im Koma.

Als Sandra schließlich nachfragte, ob die Polizei schon einen Verdächtigen hatte, wurde es doch noch interessant.

„Kommissar Petersen ist nicht sehr optimistisch." Na bitte! Jetzt hatte sie zumindest den Namen des zuständigen Ermittlers. Sie lauschte gespannt, was Kloss noch zu sagen hatte.

„Petersen hat gesagt, ohne eine Beschreibung von Marzena wird es schwierig werden. Und wer weiß, ob sie sich noch an irgendwas erinnern kann, wenn sie wieder aufwacht. Falls sie wieder…" Der Rest blieb ungesagt. Die Vorstellung war für Sandra zu schrecklich, deshalb wollte sie das Gehörte nicht so im Raum stehen lassen.

„Das wird sie ganz sicher. Nicht den Mut verlieren. Marzena ist stark. Sie schafft das." Gott, wie hohl und platt sie sich anhörte. Kloss war ihr trotzdem dankbar.

„Das sagt mir Svenja auch immer wieder. Svenja ist unsere Tochter. Sie studiert in Bremen Sonderpädagogik. Zurzeit ist sie aber hier und hilft mir mit allem. Ich weiß nicht, was ich ohne sie machen würde. Sie ist wirklich ein prächtiges Mädel." Über die Tochter zu reden, tat Kloss gut. Es lenkte ihn ab und machte ihn zugänglicher.

„In solchen Situationen ist es gut, wenn man nicht allein ist. Familie und Freunde sind da sehr wichtig. Marzenas Familie lebt in Polen, nicht wahr?"

„Sie hat nur noch ihren Vater. Der lebt in einem Seniorenheim, mit schwerer Alzheimer. Weil Svenja auch Polnisch spricht, habe ich sie dort anrufen lassen. Man wird es ihm sagen, wenn er mal wieder einen lichten Moment hat. Ich weiß aber nicht, wozu das gut sein soll. Wahrscheinlich hat er es nach ein paar Minuten schon wieder vergessen. Manchmal beneide ich ihn darum." Den letzten Satz hatte Kloss mehr zu sich selber gesagt. Sandra spürte instinktiv, dass das Telefonat in die falsche Richtung abdriftete. So leid ihr der Mann auch tat, sie wollte kein Therapiegespräch führen. Was sie brauchte, war ein Auftrag von ihm.

„Bitte, Herr Kloss. Wenn ich irgendwas für Sie tun kann, dann lassen Sie es mich wissen." Die Sekunden vergingen, doch von Kloss kam keine Reaktion. Sandra wollte ihn nicht drängen, aber ohne sein Okay sahen ihre Chancen schlecht aus. Es musste doch eine Möglichkeit geben, ihn zu einem Zugeständnis zu bewegen, ohne gleich mit der Tür ins Haus zu fallen.

„Ich bin hier zurzeit nicht so eingespannt, also könnte ich auch nach Bremen kommen. Wir könnten uns im Krankenhaus abwechseln, damit immer einer bei Marzena ist."

„Das ist wirklich sehr nett von Ihnen. Gerti hat sich auch schon angeboten. Im Moment dürfen aber nur Svenja und ich zu Marzena."

„Das sieht in ein paar Tagen vielleicht schon anders aus und wenn es soweit ist, wäre ich wirklich gern in der Nähe. Und machen Sie sich keine Sorgen. Ich werde Ihnen bestimmt nicht zur Last fallen."

„Naja, wenn es Ihnen keine Umstände macht?"

„Ach was, Umstände. Marzena ist meine Freundin. Wir haben uns schon in so manch abenteuerlicher Situation beigestanden. Sie hat vielleicht mal davon erzählt. Was ich damit sagen will, jetzt braucht sie meine Hilfe, also komme ich." Damit hatte sie sich weit aus dem Fenster gelehnt. Wenn er darauf nicht ansprang, dann war sie mit ihrem Latein am Ende.

„Stimmt es, dass Sie Privatdetektivin sind?" Na endlich! Sie hatte schon fast nicht mehr dran geglaubt.

„Ja, das ist richtig. Ich könnte auch in diesem Fall tätig werden. Solange Marzena noch keinen Besuch bekommen darf, könnte ich mich dort umsehen, wo es passiert ist."

„Geht das denn so einfach?"

„Sie müssten mich nur damit beauftragen, Ermittlungen anzustellen."

„Wird die Polizei das nicht als Einmischung auffassen?"

„Ich mische mich nicht ein. Wenn, dann unterstütze ich die örtliche Polizei höchstens, indem ich ihnen meine Ermittlungsergebnisse mitteile." Das war ein bisschen hochgepokert, zugegeben. Sie durfte Kloss aber nichts von Schwierigkeiten erzählen, wenn sie ihn überzeugen wollte. Noch hatte sie es nicht geschafft.

„Dürften Sie denn auch die Polizeiunterlagen einsehen?"

„Sie meinen, damit ich Ihnen sagen kann, was die Polizei inzwischen wirklich rausgefunden hat?"

„Na mir erzählt doch keiner was. Ich soll immer nur Fragen beantworten, stellen darf ich keine."

„Sie dürfen schon, nur beantwortet werden sie nicht."

„Stimmt und es nervt, so im Unklaren gelassen zu werden."

Sandra hätte Kloss jetzt erklären können, dass dies die normale Vorgehensweise der Kripo war, weil Täter oft aus dem familiären Umfeld kamen und die leichtfertige Weitergabe von sogenanntem Täterwissen den Erfolg einer Ermittlung in Gefahr bringen konnte. Nichts lag ihr jedoch ferner als Kloss zu schulmeistern. Deshalb beließ sie es dabei, seine Frage nach den Polizeiunterlagen zu beantworten.

„Ich darf zwar die Polizeiakte nicht einsehen, aber ich habe andere Möglichkeiten, den Stand der Ermittlung in Erfahrung zu bringen. Und ich werde Sie natürlich über alles, was ich erfahre, in Kenntnis setzen."

„Ich weiß nicht." Kloss war eindeutig nicht überzeugt. „Was können Sie denn tun das die Polizei nicht auch kann? Ich bin mir nicht sicher, ob man einen Privatdetektiv genauso ernst nimmt wie einen Kommissar von der Kripo. Ganz zu schweigen von den ganzen Laboruntersuchungen und so. Die könnten Sie gar nicht machen lassen."

Sandra holte tief Luft. Bei Kloss' Vorbehalten half nur ein Rundumschlag. „Ich koche zwar auch nur mit Wasser, aber ein paar Vorteile kann ich schon vorweisen. Erstens: Meiner Erfahrung nach reden Leute lieber mit mir als mit der Polizei. Vor allem, wenn sie nicht wissen, dass ich eine Detektivin bin. Zweitens: Ich kann mich voll auf diesen Fall konzentrieren, während die Polizei viele Fälle gleichzeitig bearbeiten muss. Das Meiste davon läuft auch noch sehr bürokratisch ab. Zu jedem Pups muss ein Protokoll erstellt werden und für jede Polizeiaktion braucht es einen Antrag, eine Genehmigung sowie eine zeitliche und personelle Planung. Das gilt nicht für mich." Sie machte eine Pause und ergänzte: „Hören Sie! Ich sage ja nicht, dass ich besser bin als die Polizei, aber ich bin gewiss auch nicht schlechter. Zwei Augen mehr könnten gewiss nicht schaden."

„Das mag ja stimmen, aber ich will keinen Ärger mit der Polizei."

„Den kriegen sie nicht, versprochen."

„Und was kostet das, wenn Sie für mich arbeiten? Haben Sie einen Festpreis oder rechnen Sie nach Stunden ab?"

„Ich werde nicht für Sie arbeiten, sondern für Marzena und das mache ich *pro bono,* also ohne Bezahlung. Da Marzena mich im Moment nicht selber beauftragen kann, müssen Sie als ihr Ehemann das machen. Es reicht eine formlose E-Mail."

„Gibt es keinen Vertrag?"

„Nur, wenn Sie darauf bestehen, mich bezahlen zu wollen." Dem Brummen nach wollte Kloss das nicht. Sandra nannte ihm ihre E-Mail-Adresse.

„Sobald ich die Mail habe, mache ich mich auf den Weg. Können Sie mir eine preiswerte Pension im Ort empfehlen?"

„Das wird nicht nötig sein. Sie kriegen eine von unseren Ferienwohnungen. Natürlich ohne Bezahlung. Melden Sie sich, wenn Sie unterwegs sind."

„Danke! Ich wusste gar nicht, dass Sie auch Ferienwohnungen vermieten."

„Das macht hier unten fast jeder. Deshalb sind wir ja auch nach Neuharlingersiel gezogen." Auch das war etwas, von dem Sandra noch nichts gewusst hatte. Fürs Erste war sie so gut wie durch, bis auf eins noch.

„Herr Kloss, ich habe noch eine Frage. Haben Sie schon einen Anwalt eingeschaltet?"

„Einen Anwalt? Wieso brauche ich einen Anwalt? Glauben Sie, die Polizei verdächtigt mich?"

„Angehörige werden nie von vornherein ausgeschlossen, aber das habe ich nicht gemeint. Sie müssen sich einen Anwalt nehmen, der die Interessen Ihrer Frau vertritt, falls es zu einer Gerichtsverhandlung kommt."

„Macht das nicht der Staatsanwalt?"

„Der ist als Hauptankläger dem Gesetz verpflichtet. Wie heißt es immer so schön? Der Staat gegen sowieso. Opfer brauchen einen eigenen Anwalt, der ihre Interessen als Nebenkläger vor Gericht vertritt. Könnte doch sein, dass Sie im Falle einer Verurteilung eine Zivilklage einreichen wollen."

„Aha. Das wusste ich nicht."

„Dafür haben Sie ja jetzt mich. Und morgen sehen wir uns dann in Neuharlingersiel."

♣

Eine halbe Stunde später musste Sandra zugeben, dass ihr Versprechen, schon am nächsten Tag vor Ort zu sein, ganz schön ambitioniert gewesen war. Sie konnte nicht einfach die Tasche packen und losfahren. Sie musste noch einige Anfragen bearbeiten, Termine verschieben oder absagen. Dem digitalen Zeitalter sei Dank, würde sie vieles auch außerhalb Magdeburgs erledigen können, aber nicht alles.

Nachdem sie ihre geschäftlichen Angelegenheiten geregelt hatte, gab es noch zwei Dinge zu erledigen: Sachen packen und Billy anrufen. Ersteres tat sie sofort. Mit dem Anruf wollte sie bis zum nächsten Morgen warten, wenn Grießler auf Arbeit sein würde. Daraus wurde nichts, denn Billy kam ihr zuvor. Sie berichteten sich gegenseitig ihre Neuigkeiten und waren mit dem Ergebnis sehr zufrieden. Als Sandra Billy ihre Reisepläne offenbarte, bot diese spontan an, mitzukommen. Sandra war sofort Feuer und Flamme. Über sie bekam sie jederzeit Kontakt zu Grießler. Auch wenn er ihr nicht helfen wollte, seiner Frau konnte er doch nie was abschlagen. So gesehen kam, Billy an ihrer Seite zu haben, einem Glücksfall gleich. Sandra war nicht so abgebrüht, dass ihr dieser Hintergedanke nicht ein ganz kleines bisschen peinlich war. Zu ihrer Ehrenrettung musste aber auch gesagt werden, dass sie sich Billy als Reisebegleitung gut vorstellen konnte. Deshalb ging sie sofort auf ihren Vorschlag ein.

„Das wäre wirklich toll. Kannst du dich denn so einfach loseisen?"

„He, ich bin Hausfrau. Wer sollte mich daran hindern, einen Spontanausflug an die Nordsee zu machen?"

„Dein Mann?", wand Sandra vorsichtig ein.

„Der wird schon ein paar Tage ohne mich auskommen. Solange er genug zu essen hat und saubere Wäsche findet, sollte das kein Problem sein."

Aus dem Hintergrund ertönte der wohlbekannte Bariton Sören Grießlers. „Was ist kein Problem für mich, Schatz?"

„Essen auftauen und was zum Anziehen aus dem Schrank nehmen", konterte Billy.

„Muss ich das? Mit wem redest du?", war noch zu hören, dann beendete Billy das Gespräch mit den Worten: „Ich muss Schluss machen. Schreib mir, wann du mich abholst und wieviel Tage du einplanst."

VIER

„Und, wie hat Sören es aufgenommen?", war Sandras erste Frage nach der Begrüßung am nächsten Morgen.

„Och, er hat ein bisschen gebrummt am Anfang, aber als ich ihn fragte, ob er nicht mitkommen möchte, da war Ruhe." Sie schaute Sandra an und ergänzte: „Etwas hat er doch gesagt. Es klang wie: Nur über meine Leiche."

„Dich mitfahren zu lassen war wohl das kleinere Übel."

„Hm. Heute Morgen fand ich diesen Zettel von ihm auf dem Küchentisch. Darauf steht: *Mein Schatz, ich wünsche euch eine gute Fahrt. Noch ein guter Rat von mir: Macht euch ein paar schöne Tage an der Nordsee und lasst euch ja nicht einfallen, mich ständig anzurufen. Kaution stelle ich übrigens auch nicht. Dein dich liebender Ehemann.* Ist er nicht putzig?"

„Was hast du ihm geantwortet?"

„Nichts. Damit warte ich bis wir da sind. Ich soll ihm nämlich Bescheid geben, dass wir gut angekommen sind."

„Also doch anrufen?"

„WhatsApp."

„Na dann, mal los. Wenn wir gut durchkommen, können wir in 3 Stunden da sein."

„Dann gibt's heute Mittag ja schon das erste Fischbrötchen!" Billys Begeisterung in allen Ehren, Sandra wollte erst gar keine Ferienstimmung aufkommen lassen.

„Muss ich dich daran erinnern, weswegen wir da runterfahren? Bevor wir uns irgendwelchen Lustbarkeiten widmen können, gibt es noch eine Menge zu erledigen."

„Das weiß ich doch. Aber essen müssen wir schließlich auch mal."

„Erst mal fahren wir nach Bremen zu Marzena ins Krankenhaus. Dort treffen wir uns mit ihrem Mann. Und von da aus geht es nach Neuharlingersiel. Kloss stellt uns eine seiner Ferienwohnungen zur Verfügung. Wenn wir dann vor Ort sind schauen wir mal, was wir noch erledigen können."

„Du machst aber ganz schön Druck, Sandra."

„Der Überfall ist schon ein paar Tage her. Je eher wir anfangen zu ermitteln, umso besser."

„Ich verstehe schon. Die Spur wird kalt."

Der Blick, den Sandra Billy zuwarf, drückte Zweifel aus. Nicht, dass sie es bereute, Billys Vorschlag mitzukommen, angenommen zu haben. Ihr war nur gerade eingefallen, dass sie sich vor nicht allzu langer Zeit auch so angehört haben musste. Kein Wunder, dass Grießler sie nicht ernst genommen hatte.

♥

Derweil saß Grießler an seinem Schreibtisch vor seinem Computer. Er hatte einen Stapel Anforderungsformulare vor sich, die er eintragen und weiterleiten sollte. Seine Konzentration war aber heute nicht die Beste. Immer wieder ertappte er sich dabei, dass seine Gedanken abschweiften, hin zu Billy und Sandra.

Begeistert war er ganz sicher nicht gewesen, als Billy ihm verkündete, Sandra begleiten zu wollen. Da ihm aber klar war, wie gering seine Chancen waren, sie davon abzuhalten, verzichtete er lieber von vornherein darauf, es zu versuchen. Nachdem er sich damit abgefunden hatte, konnte er dem Ganzen sogar noch etwas Positives abgewinnen. Billy würde ihn ganz sicher über alles auf dem Laufenden halten und das gab ihm die Möglichkeit, schneller einzugreifen, wenn die Sache aus dem Ruder lief. Und wer weiß? Vielleicht wirkte Billys Anwesenheit sich sogar ein wenig mäßigend auf Sandras Tatendrang aus. Das waren seine Gedanken gewesen, als er zur Arbeit fuhr.

Inzwischen war diese Zuversicht einer gehörigen Portion Skepsis und einer damit verbundenen dunklen Vorahnung gewichen. Er war kurz davor, die Kollegen vor Ort anzurufen und sie vorzuwarnen, dass da eine gewaltige Welle ermittlerischer Phantasie in Gestalt zweier Frauen im Anrollen war. Das tat er aber dann doch nicht, weil eine dieser Frauen immerhin seine Ehefrau war und die würde ihm das sehr übelnehmen. Was er aber tun konnte, war, Gerti anzurufen. Die konnte zwar auch nicht helfen, aber sie war wenigstens auf seiner Seite, bestimmt.

♥

Ganz so schnell, wie gehofft, kamen die Frauen dann doch nicht durch. Bis Bremen brauchten sie fast 4 Stunden, was zwei Baustellenstaus und einem Unfall geschuldet war. Sie hatten sich mit Marzenas Mann auf dem Parkplatz beim Klinikum Bremen-Nord verabredet und dort stand er auch. Müde, mit hängenden Schultern und dunklen Augenringen reichte er ihnen die Hand zur Begrüßung. Er machte keine Anstalten in die Klinik hineinzugehen und das aus gutem Grund. Es gab leider schlechte Neuigkeiten. Marzenas Zustand hatte sich verschlechtert. In der letzten Nacht war es bei ihr zu Komplikationen gekommen, die eine weitere OP notwendig gemacht hatten. Dabei hatte Sandra so sehr auf einen kurzen Besuch bei Marzena gehofft. Daran war aber vorläufig nicht zu denken. Selbst ihr Mann würde heute frühestens am Nachmittag zu ihr dürfen und das auch nur ganz kurz. Nachdem feststand, dass sie hier nichts machen konnten, wollte Sandra, so schnell es die Höflichkeit zuließ, weiterfahren. Kloss würde hierbleiben und warten, so wie jeden Tag. Bei genauerer Betrachtung, sah er so aus, als ob er auch die Nächte hier verbrachte. Die verknitterten Sachen deuteten darauf hin, dass er, wenn überhaupt, dann auf irgendwelchen Stühlen übernachtete. Das war nur allzu verständlich. Er wollte in der Nähe sein, wenn Marzena aus ihrem Koma erwachte, falls sie erwachte.

Etwas Erfreuliches gab es dann doch noch. Kloss hielt Wort und überließ den beiden Frauen kostenlos eine Ferienwohnung. Er nannte ihnen die Adresse und den Code für die Schlüsselbox. Bevor er wieder ans Krankenbett eilte, musste Sandra aber noch was loswerden. Sie wollte unbedingt den Ort sehen, wo Marzena überfallen worden war. Da es ihr etwas herzlos vorkam, Kloss darum zu bitten, ihnen die Stelle zu zeigen, fragte sie, ob es jemanden gab, der sie dorthin bringen konnte. Kloss versprach, sich darum zu kümmern.

Während Sandra und Billy ins Auto stiegen, schauten sie der schlanken hochgewachsenen Gestalt von Kloss hinterher. Billy wurde bei seinem Anblick von ihren Gefühlen übermannt.

„Er tut mir leid. Es muss ein beschissenes Gefühl sein, seine Frau in diesem Zustand zu sehen und nichts tun zu

41

können." Sandras Antwort klang nicht sehr überzeugend. „Vielleicht können wir das ja."

♥

Neuharlingersiel im April war nicht gerade das, was Sandra ein absolutes Urlaubswunschziel nennen würde. Kalter Wind aus Nordost fegte tiefhängende Wolken über das platte Land und bereitete den beiden Frauen einen stürmischen Empfang.

„Was für ein Schietwetter", stellte Billy schon nach wenigen Sekunden fest.

„Wie gut, dass wir nicht zum Urlaub machen hier sind", konterte Sandra.

„Ermitteln macht aber mehr Spaß, wenn schönes Wetter ist."

„Ja schon. Wir können es uns aber nun mal nicht aussuchen. Bereust du, mitgekommen zu sein?"

„Nein! Natürlich nicht." Damit war die Wetterfrage ausdiskutiert.

Ihr Domizil war eine von 6 Ferienwohnungen in einem Neubau, direkt hinter dem Deich. Zum Glück gehörte zu ihrer Ferienwohnung auch ein Parkplatz, direkt vor der Tür. Einlass ins Haus bekam man mittels eines Chips, doch in ihrem Fall brauchten sie den nicht. Eine Frau kam gerade heraus und hielt ihnen die Tür auf. Mit geschultem Blick auf die Koffer erkannte sie sofort die Urlaubsgäste.

„Moin und Willkommen im schönen Neuharlingersiel."

„Danke", murmelte Sandra und schob sich schnell in den Hausflur. Billy nickte nur. Auch sie wollte so schnell es ging aus dem kalten Wind.

„Sind Sie Gäste von Familie Kloss? Die Wohnung ist ganz oben, 2. Etage. Schönen Urlaub." Kaum ausgesprochen, war sie auch schon weg.

Die Ferienwohnung übertraf ihre Erwartungen und tröstete die beiden Frauen über das raue Wetter hinweg. Sie war modern und geschmackvoll eingerichtet und ließ nichts zu wünschen übrig. Ein großer Wohnbereich mit offener Küche, das Bad geräumig mit begehbarer Dusche und zwei großen Aufsatzwaschbecken, das gefiel Sandra. Hier konnte man es gut aushalten. Da ihre Wohnung in der oberen Etage lag, hörten sie die Wellen nicht nur rauschen, vom Balkon aus konnten sie das Meer auch sehen. Heute bot sich ihnen allerdings kein besonders einladender Anblick. Der Wind wühlte das Wasser auf und dicke Regentropfen schlugen gegen die Fensterscheiben. Außerdem war Ebbe und das Meer ging zurück. Bis zum Abend würde das Watt wasserlos sein.

Während Sandra noch aus dem Fenster starrte, schaute Billy sich in der Küche um. Auch hier war alles vorhanden, was zwei Selbstversorgerinnen wie sie brauchten. Besonders wichtig, die Kaffeemaschine und dank Billys gründlicher Planung konnte die auch gleich einem Praxistest unterzogen werden. Billy holte aus einer großen Kühltasche nicht nur Kaffee und Milch, sie hatte auch noch andere Lebensmittel eingepackt. Auf Sandras erstaunten Blick hin sagte sie: „Nur, damit wir nicht gleich einkaufen müssen. Es sei denn, du willst heute Abend was Warmes essen."

„Willst du etwa kochen?" Sandra zog es an den Tatort und nicht an den Kochtopf.

„Nicht unbedingt, aber machen würde ich es. Dann müssten wir aber noch einiges besorgen."

„Man kann hier bestimmt auch essen gehen." Damit war für Sandra das Thema abgeschlossen. Sie nahm sich eine Tasse Kaffee und setzte sich auf die Couch.

„Hast du schon einen Plan?", fragte Billy, während sie die mitgebrachten Leckereien verstaute.

„Ich würde mir wirklich gern den Ort ansehen, wo es passiert ist."

„Weißt du denn, wo der ist?"

„Gerti hat was von einem Park erzählt. Davon kann es ja hier nicht so viele geben." Sie fing an, in der Gästemappe für die Touristen zu blättern, die jede Menge Flyer und Prospekte enthielt. Gastronomie, Meerwasser-Hallenbad, Buddelschiffmuseum, Ausflüge zu den Seehundbänken, Überfahrt nach Spiekeroog, eine Surf- und Kite-Schule und Wellnessangebote. Letzteres gefiel Sandra schon sehr. Aber es waren auch merkwürdige Sachen dabei, die Urlauber eher weniger interessieren würden: Versicherungen, Angebote für Fenster- und Wintergärten und sogar eine Wahrsagerin. Zum Glück fand Sandra auch das, was sie gesucht hatte. Triumphierend zog sie es aus dem Stapel heraus. „Hier! Das ist ein Plan von Neuharlingersiel. Mal sehen, ob der uns was verrät."

Der Plan war natürlich mehr auf die Bedürfnisse von Urlaubern als auf die von Privatdetektivinnen ausgerichtet. Sehenswürdigkeiten, Gaststätten, Radwege, Supermärkte, Ärzte und sogar die Fährverbindung nach Spiekeroog waren verzeichnet, Tatorte natürlich nicht. Grün schraffierte Flächen gab es auch einige, aber welche davon war der

Park? Hoffentlich hielt Kloss Wort und besorgte jemanden, der ihnen die Stelle zeigen konnte. Sie hatte keine Wahl, als abzuwarten, bis er sich wieder meldete. Oder auch nicht. Wenn Sandra etwas nicht tat, dann die Flinte schnell ins Korn oder besser ins Watt werfen. Sie hatte auch schon eine Idee.

„Billy! Heute wird nicht gekocht. Wir gehen was essen und bei der Gelegenheit können wir uns auch gleich ein bisschen umhören." Sie begann in der Gästemappe nach einem erfolgversprechenden Angebot zu suchen, als es an der Tür klingelte.

„Ob das Marzenas Mann ist?", fragte Billy verwundert.

„Oder die freundliche Frau vom Begrüßungskomitee", erwiderte Sandra. „Viel mehr Möglichkeiten gibt es wohl nicht", entgegnete Sandra. Sie hatte schon bei der Ankunft bemerkt, dass die Gästeparkplätze alle verwaist waren. Die Osterferien waren vorbei und der große Ansturm würde erst in ein bis zwei Wochen losgehen.

Vor der Wohnungstür stand eine junge Frau. Die Ähnlichkeit mit Marzena war frappierend. Das konnte nur Svenja, Marzenas Tochter, sein. So war es auch. Sie wollte die beiden Freundinnen ihrer Mutter persönlich begrüßen und fragen, ob etwas benötigt wurde. Svenja entpuppte sich in jeder Hinsicht als gute Gastgeberin.

„Ich habe Sie bei unserem Brötchenservice angemeldet. Da ich nicht wusste, was Sie mögen, habe ich verschiedene Brötchen bestellt. Sie können dort anrufen und die Bestellung jederzeit ändern oder auch abmelden." Sie stellte eine große Tasche auf die Küchentheke, aus der sie jede Menge Leckereien hervorzauberte: Pizzas, Brot, Käse,

Joghurt, Tee, Kaffee, Äpfel, Orangen und Mineralwasser. Da lag die Mutter schwerverletzt im Krankenhaus, doch Vater und Tochter fanden trotzdem noch Muße, sich um das Wohlbefinden der Gäste zu kümmern. Zu Sandras großer Freude hatte ihr Vater sie außerdem gebeten, ihnen den Ort des Überfalls zu zeigen.

Die beiden Frauen waren von so viel Gastfreundlichkeit gerührt und wussten gar nicht, was sie sagen sollten. Billy fand als Erste ihre Sprache wieder. „Das wäre wirklich nicht nötig gewesen, aber danke. Und sag bitte Billy zu mir."

„Und zu mir Sandra. Wir wollten euch wirklich keine Umstände machen."

„Das sind keine Umstände. Mama hat so viel von euch erzählt. Ich freue mich wirklich, euch mal kennenzulernen, auch wenn der Grund dafür so traurig ist."

Billy legte Svenja den Arm um die Schulter. „Ich kenne deine Mutter noch nicht so lange. Aber nach allem, was Sandra über sie erzählt hat, bin ich sicher, dass sie stärker ist als es vielleicht den Anschein hat. Bestimmt geht es ihr bald wieder besser. Daran wollen wir einfach glauben, okay?" Svenja versuchte tapfer ihre aufkommenden Tränen zu unterdrücken und schenkte den beiden Frauen ein scheues, dankbares Lächeln.

Sandra nahm Svenjas Hand. „Das war sehr nett von dir, für uns einzukaufen. Wir werden die Sachen natürlich bezahlen. Immerhin stellt ihr uns schon die Ferienwohnung zur Verfügung."

„Das kommt nicht in Frage. Mein Vater hat mir gesagt, weshalb ihr hergekommen seid. Ihr wollt bei den

Ermittlungen helfen. Das finde ich toll. Hoffentlich lässt die Polizei das auch zu.

„Weißt du Svenja, was die Polizei davon hält, spielt keine Rolle. Dein Vater hat mich beauftragt, also darf ich auch ermitteln."

„Und was willst du tun? Die Polizei lässt dich bestimmt nicht in die Akte schauen."

„Wer weiß? Vielleicht gibt es ja doch einen Weg, Akteneinsicht zu bekommen. Fürs Erste möchte ich mich aber am Tatort umschauen. Ich habe auch einige Fragen. Zum Beispiel muss ich wissen, was deine Mutter an jenem Tag gemacht hat. Das kannst du mir doch bestimmt erzählen."

„Ich weiß nur das, was Papa mir erzählt hat."

„Das ist doch super. Und wenn du es mir erzählst, dann muss ich deinen Vater nicht damit belästigen. Ich schlage vor, du zeigst uns jetzt diesen Park und anschließend gehen wir zusammen was essen. Dabei kannst du mir dann erzählen, was du alles weißt. Abgemacht?"

Damit waren alle einverstanden und schlagartig hellte sich die gedrückte Stimmung auf.

FÜNF

Der Regen hatte aufgehört, nur der Wind blies noch kräftig vom Meer herüber. Trotzdem wollte Sandra auf das Auto verzichten. Auf Billys Frage, ob es zum Laufen nicht zu weit wäre, erwiderte Svenja, es sei nur ein kleiner

Spaziergang. Sie behielt Recht. Außerdem tat ihnen der kleine Spaziergang nach der langen Autofahrt gut. Darüber hinaus wollte Sandra auf diese Weise ein Gefühl für den Ort bekommen. Für ihr Vorhaben war das wichtig. Und während Billy sich mit gesenktem Kopf in ihre Wetterjacke einkuschelte, schaute Sandra sich die Umgebung aufmerksam an.

Svenja ließ es sich trotz des ungemütlichen Wetters nicht nehmen, die Fremdenführerin zu spielen. Sie schilderte anschaulich, welche Annehmlichkeiten Neuharlingersiel seinen Urlaubern während der Saison bot, wies auf alles hin, was ihr bedeutsam erschien und machte Ausflugsvorschläge. Jede von Sandras Fragen wurde von ihr geduldig beantwortet. Zunächst beschränkte sich das auf Themen, die nicht direkt mit dem Überfall zu tun hatten.

„Wo wohnt ihr, Svenja?"

„Im Ostteil von Neuharlingersiel. Das hier gehört zum Westteil."

„Vermietet ihr noch andere Ferienwohnungen?"

„Noch eine in eurem Haus und dann noch zwei andere ein paar Straßen weiter. Wenn alles klappt, kommen noch vier weitere dazu, aber die sind noch im Bau."

„Ist das viel? Ich meine, kann man davon leben?"

„Das weiß ich nicht. Die Vermietung ist Sache meiner Eltern. Ich helfe nur manchmal aus."

„So wie zurzeit?"

„Im Moment haben wir zum Glück keine Buchungen. Nach den Osterferien lässt der Ansturm noch mal nach. Neue Gäste erwarten wir erst in zwei Wochen wieder."

Das Trio hatte den Park erreicht, eine wunderschöne Anlage mit viel Grün. Durch die Bäume hindurch entdeckte Sandra ein rotes Backsteinhaus. Es sah hübsch aus, wie ein kleines Schlösschen. Ihr Weg führte genau darauf zu, vorbei an einem Pavillon und über eine Holzbrücke.

„Was ist das für ein Haus?", fragte Billy.

„Das ist der *Sielhof.* Früher war das mal ein Rittergut. Nachdem die Besitzer viel Geld in die Restaurierung investiert hatten wurde es der Öffentlichkeit zugänglich gemacht. Man kann es besichtigen oder für Veranstaltungen mieten, zum Beispiel für Hochzeiten und es gibt dort auch ein Restaurant."

Bei dem Wort Restaurant leuchteten Billys Augen, doch Svenja lief daran vorbei, was Billy ein bedauerndes Seufzen entlockte. Niemand nahm davon Kenntnis. Sandra hatte etwas entdeckt, dass sie viel mehr interessierte. Ein Stück weiter vorn sah sie etwas Rot-Weiß durch die Büsche hindurchscheinen. Kein Zweifel, sie näherten sich dem Tatort, einem Weg, der direkt neben einem Wasserlauf entlangführte. Das rot-weiße Leuchten kam von einem Rest Absperrband, das an dem Metallgeländer hing, mit dem das Ufer abgezäunt worden war. Kurz bevor sie die Stelle erreichten, blieb Svenja stehen.

„Hier hat man Mama gefunden. Sie lag neben dem Weg, im Gras." Sie zeigte in die besagte Richtung. Rasen, Büsche und vereinzelt stehende Bäume, mehr war nicht zu sehen. Ohne das Absperrband hätte niemand vermutet, dass dies noch vor wenigen Tagen Schauplatz eines Verbrechens gewesen war.

„Wer hat sie denn gefunden?", fragte Sandra nach.

„Das wissen wir nicht. Es hörte sich so an, als sei der Notruf anonym gewesen." Das konnte alles Mögliche bedeuten. Entweder war der Anrufer der Täter mit schlechtem Gewissen gewesen oder jemand wollte aus anderen, persönlichen Gründen nicht in die Sache reingezogen werden. Das würde sich aber nur feststellen lassen, wenn der anonyme Anrufer gefunden wurde.

„Stimmt es, dass deine Mutter mit dem Rad unterwegs war?"

„Ja. Zuerst dachte die Polizei, dass der Täter es gestohlen hat, weil es nirgends zu finden war. Es lag nicht auf dem Weg und auch nicht neben Mama. Wir mussten sogar eine Beschreibung abgeben."

„Und wo hat man es gefunden?"

Billy mischte sich ein. „Woher weißt du denn, dass es inzwischen gefunden wurde?"

„Svenja sagte, dass die Polizei *zuerst* dachte, es sei gestohlen. Das klingt für mich so, als wäre das nicht mehr der Fall. Und das kann nur bedeuten, dass man das Rad gefunden hat." Sandra schaute Marzenas Tochter an. „Ist das so?"

„Ja. Es wurde beim Schöpfwerk aus dem Wasser gefischt." Svenja zeigte auf eine Stelle, wo der Wasserlauf scheinbar endete.

„Was macht so ein Schöpfwerk?"

Svenja trat an das Geländer. „Ihr kennt doch bestimmt Deiche als Schutzmaßnahmen gegen Hochwasser. Das hier ist auch ein Schutz."

„Das Flüsschen?" Billy starrte ungläubig aufs Wasser.

„Das ist kein Flüsschen, das ist ein Siel, so eine Art Entwässerungskanal. Damit wurde früher schon das Marschland entwässert und nutzbar gemacht. Alles überschüssige Wasser sammelt sich und fließt durch die Siele ab. Das Schöpfwerk sorgt dafür, dass dieses Wasser bei Ebbe ins Meer abfließt und verhindert gleichzeitig, dass Wasser aus dem Meer zurückfließen kann. Wenn ihr es genauer wissen wollt, solltet ihr eine Führung mitmachen. Ich kann mich gern mal erkundigen, wann wieder eine stattfindet." Sandra genügte Svenjas Erklärung vollauf.

„Nein, ist schon gut. Du hast das sehr gut erklärt." „Das Fahrrad ist also dort vorn am Schöpfwerk gefunden worden?"

„Es hatte sich im Gitter verfangen."

„Was ist mit der Tasche? Ist die oder etwas vom Inhalt wieder aufgetaucht?"

Kopfschütteln bei Svenja. „Bis jetzt noch nicht. Die Polizei hat alles im und um den Park herum abgesucht. Ohne Erfolg. Wir haben natürlich sofort ihre EC-Karte sperren lassen. Bis heute hat aber noch niemand versucht, Geld abzuheben oder damit zu bezahlen."

„Hat euch das die Polizei erzählt?"

„Wir haben bei der Bank nachgefragt. Die Polizei erzählt uns gar nichts. Papa glaubt, dass sie ihn verdächtigen." Diese Möglichkeit hatte Sandra auch schon erwogen.

„Er hat doch bestimmt ein Alibi oder?

„Er war zuhause, allein. Das ist nicht unbedingt ein gutes Alibi."

„Er sollte sich trotzdem keine allzu großen Sorgen machen. Nur weil man kein wasserdichtes Alibi hat, wird man nicht gleich verhaftet oder sogar verurteilt. Die Polizei müsste ihm die Tat zweifelsfrei nachweisen können."

„Wenn du das sagst. Hoffentlich sehen die das hier auch so."

„Deshalb habe ich ihm geraten, sich an einen Anwalt zu wenden."

„Ich werde ihn daran erinnern."

Sandras nächste Frage galt Marzena. „Weiß man, wo deine Mutter vor dem Überfall gewesen ist?"

Das konnte Svenja leider nur verneinen. Sandra war sich aber sicher, dass Gerti bei ihrem Anruf erzählt hatte, Marzena sei von einem Treffen gekommen. Sie hakte nach, doch Svenja wusste nichts von irgendeinem Treffen.

„Hat die Polizei die Verbindungsdaten vom Handy deiner Mutter überprüft? Das könnte helfen zu klären, wo sie gewesen ist."

„Sie hatte es nicht bei sich." Das war wirklich Pech oder auch nicht. Da die Polizei es nicht als Beweismittel ansah, konnte sie vielleicht einen Blick drauf werfen.

„Wo ist das Handy jetzt? Bei der Polizei?"

„Die haben es sich nur kurz angesehen. Ich glaube, sie haben sich die Anruferliste und die Kontakte kopiert. Es liegt bei uns zuhause."

„Darf ich es mir mal ansehen?"

„Ich werde Papa fragen, aber ich denke, das geht in Ordnung. Reicht es morgen?" Sandra wäre heute zwar lieber gewesen, doch sie wollte nicht drängeln. Sie nickte und schlug vor, sich nun dem angenehmeren Teil des Abends zuzuwenden. Hier gab es erst mal nichts weiter zu sehen und Billy trat auch schon ganz hibbelig von einem

Fuß auf den anderen. Svenja, als Ortskundige, überließen sie die Wahl des Restaurants.

♦

Die beiden Magdeburgerinnen waren inzwischen so hungrig, dass sie sich auch auf Fritten und Backfisch am Imbiss gestürzt hätten. Davon wollte Svenja aber nichts hören. Dafür würden sich bestimmt noch genug Gelegenheiten bieten, aber nicht an ihrem ersten Tag in Neuharlingersiel. Svenja entschied sich für das Restaurant *La Mer*. Das lag nur ein paar Gehminuten vom Sielhof-Park entfernt, ganz in der Nähe des Hafens. Eine rote Backsteinfassade, große Fenster mit weißen Rahmen und dem Versprechen von regionaler Küche mit fangfrischem Fisch luden zur Einkehr ein. Als etwas später dann der frische Fisch serviert wurde, mussten Sandra und Billy sich eingestehen, dass Svenjas Wahl nicht besser hätte ausfallen können.

Von Kabeljau und Knurrhahn waren bald nur noch die Gräten übrig und die hausgemachte rote Grütze auf Vanilleeis fand auch noch ein Plätzchen. Als der Hunger gestillt war, hätte sich eigentlich Zufriedenheit einstellen können. Davon war Sandra aber weit entfernt. Sie dachte immer noch über das nach, was sie von Svenja erfahren, beziehungsweise, was sie nicht erfahren hatte.

„Svenja, ich will bestimmt nicht die Stimmung verderben, aber ich hätte da doch noch ein paar Fragen. Ist das okay?" Das müde Nicken der Tochter bewog Billy dazu, zu intervenieren.

53

„Hat das nicht vielleicht Zeit bis morgen, Sandra? Heute kannst du ja doch nichts mehr unternehmen."

„Tut mir leid, aber es muss sein. Ich mach es auch so kurz wie möglich, versprochen."

„Ist schon okay. Frag ruhig. Ich fürchte nur, dass ich schon alles gesagt habe, was ich weiß."

„Wir werden sehen. Zunächst mal etwas, das die Polizei sicher auch schon gefragt hat. Hat deine Mutter in letzter Zeit mit jemandem Streit gehabt?"

„Nicht, dass ich wüsste."

„Gab es irgendwelche Probleme, mit unzufriedenen Gästen, Freunden oder Kollegen?"

Wieder Kopfschütteln, ein bisschen zu schnell für Sandras Empfinden. Normalerweise überlegten Befragte erst, bevor sie antworteten, nur um ja nichts Wichtiges zu vergessen. Sandra ließ ein paar Sekunden verstreichen, dann entschied sie, lieber mal nachzuhaken.

„Bist du sicher, dass da nichts ist?"

„Ihre früheren Freundschaften sind durch ihre Depression fast alle auf der Strecke geblieben und hier hatte sie noch keine neuen Freunde gefunden. Es gab nur Kontakte zu Urlaubern oder anderen Vermietern. Auch zu ihren ehemaligen Kolleginnen hatte sie keinen Kontakt mehr. Eigentlich gibt es nur noch Papa, mich und euch.

Von irgendwelchem Streit weiß ich auch nichts. Bis auf ein paar unzufriedene Gäste, die es immer mal gibt, war nichts. Sonst hätte ich davon gehört. Mama hat sich jedes Mal aufgeregt, wenn eine Bewertung nicht so gut ausfiel. Aber das war nichts, was man einen Streit nennen könnte. Als Papa und sie mit der Vermietung von Ferienwohnungen begannen, mussten sie sich natürlich gegen die alteingesessenen Vermieter behaupten. Da gab es schon mal Meinungsverschiedenheiten. Hauptsächlich um die Aufteilung von Reparaturkosten oder die Hausreinigung. Kleinkram eben. Darum hat Papa sich immer gekümmert. Er wollte nicht, dass Mama sich mit solchem Mist rumärgern musste."

Stille breitete sich am Tisch aus. Sandra musste bei Svenjas Worten wieder an die Zeit in der Reha-Klinik denken. In ihrer Bademantel-Gang war Marzena diejenige gewesen, die am stärksten mit Depressionen zu kämpfen gehabt hatte. Wenn Gerti und sie Marzena nicht immer wieder mitgenommen hätten, wäre sie wohl kaum aus ihrem Schneckenhaus herausgekommen. Die beiden Freundinnen, die die Tücken dieser Krankheit kannten, hatten sich von Marzenas scheinbarer Missstimmung nie abschrecken lassen. Nur Leute, die nichts über Depressionen wussten, reagierten oftmals mit Unverständnis oder noch schlimmer mit Verärgerung. „Reiß dich zusammen!", oder: „Krieg deinen Arsch hoch!", hieß es dann oft. Kein Wunder, dass sich Depressive oft zurückzogen und die Sache lieber mit sich allein ausmachen wollten. In Sandra stieg eine Vermutung hoch. Es hatte vermutlich nichts mit dem Überfall zu tun, als Marzenas Freundin wollte sie es aber trotzdem wissen.

„Svenja, hatte deine Mutter in letzter Zeit eine depressive Episode?"

Svenja zögerte die Antwort hinaus. Das Thema war ihr augenscheinlich unangenehm.

„Du weißt, dass Gerti und ich auch wegen Depressionen in der Reha-Klinik waren. Du kannst also ruhig mit mir darüber reden."

„Papa und ich haben in den letzten Tagen oft darüber geredet, weißt du. Ihre Krankheit ist ja unterschwellig immer da. Das Erste, woran wir denken, wenn es ihr mal nicht gut geht, ist die Depression. Oft liegen wir damit richtig. In Bremen war es die letzte Zeit ein ständiges Auf und Ab mit ihr. Dann verlor sie ihren Job und fiel sofort in ein tiefes Loch. Das war der Moment, wo Papa die Idee mit dem Umzug und den Ferienwohnungen hatte. Einfach war es nicht, aber sie schafften es. Nach dem Umzug wurde es tatsächlich besser. Mama hatte endlich wieder eine Aufgabe und die machte ihr auch Spaß. Nein, Sandra, ich bin mir sicher, seit meine Eltern hierhergezogen sind, hat sie keine Episode mehr gehabt. Falls du also andeuten willst, meine Mutter hätte einen Selbstmordversuch unternommen, dann irrst du dich."

„Wie kommst du denn darauf?"

„Weil die Polizei diese Idee hatte."

Sandra glaubte, sich verhört zu haben. Billy reagierte mit Unverständnis. „Ich dachte, die gehen von einem Überfall aus."

Sandras Erwiderung fiel noch etwas drastischer aus. „Suizid? Was für ein Quatsch! Welcher Idiot glaubt denn sowas?"

„Kommissar Petersen. Er ist der zuständige Ermittler."

„Scheint ja ein echtes Genie zu sein, dieser Petersen. Mit dem muss ich mich unbedingt mal unterhalten. Glaubt der etwa, dass sich deine Mutter selber überfallen und niedergeschlagen hat?"

„Er meint, sie könnte es inszeniert haben. Das ist jedenfalls eine seiner Theorien."

„Hat dieses kriminalistische Genie auch eine Theorie darüber, warum deine Mutter das getan haben soll?"

„Er meint, es könnte ein Hilfeschrei gewesen sein."

Das verschlug Sandra wirklich die Sprache. Sie hatte bestimmt eine Menge Phantasie, aber das war sogar für ihre Verhältnisse um eine Ecke zu viel gedacht. Nach dieser niederschmetternden Verkündung kam das Gespräch zum Erliegen. Die anfänglich gute Stimmung war verflogen und der Abend fand ein jähes Ende.

◆

Nachdem Sandra trotz Svenjas Protest die Rechnung beglichen hatte, machten sich alle auf den Heimweg. Svenjas Auto stand noch vor der Ferienwohnung. Sie begleitete die beiden Frauen also bis vor die Haustür. Mit dem gegenseitigen Versprechen, sich bei jeglichen Neuigkeiten sofort zu melden, verabschiedeten sie sich voneinander. Svenja war außer Hörweite, als Billy endlich damit herausrückte, was sie schon eine Weile beschäftigte.

„Und was, wenn es doch ein Selbstmordversuch war?"

Sandra schüttelt energisch den Kopf. „Ich sage dir, das ist Quatsch. Etwas anderes wäre allerdings wirklich denkbar."

„Und was?"

„Dass sie den Überfall vorgetäuscht hat. Nicht in selbstmörderischer Absicht, aber es könnte durchaus als Hilfeschrei gedacht gewesen sein."

„Hast du deshalb gefragt, ob sie wieder depressiv war?"

„Genau deshalb. Und dass Svenja nichts davon bemerkt hat, heißt nicht, dass es nicht doch so war. Depressive sind gut darin, ihre Krankheit zu verstecken."

„Das würde ja dann bedeuten, dass sie sich selber verletzt hat.", fügte Billy bedeutungsschwanger hinzu.

„Dabei fällt mir ein: Ich muss unbedingt in Erfahrung bringen, welche Verletzungen Marzena hatte. Bis jetzt weiß ich nur, dass sie mehrere Male operiert wurde. Hat Sören dir dazu was gesagt?"

„Nein leider nicht."

„Wahrscheinlich weiß er es nicht."

Billy warf Sandra einen schelmischen Blick zu. „Aber er kann es sicher rausfinden. Wollen wir wetten?"

„Er könnte, Billy. Wird er aber nicht. Schon gar nicht, wenn ich ihn darum bitte."

„Na dann bitte ich ihn eben darum." Jetzt klang Billy ziemlich triumphierend. „Es muss schließlich für irgendwas gut sein, dass ich mitgekommen bin."

SECHS

Der nächste Morgen brachte besseres Wetter. Zwar blies der Wind immer noch kräftig und eisig, doch der Regen war endgültig abgezogen. Sandras und Billys kleines

Experiment, ihren Kaffee auf dem Balkon zu trinken und aufs Meer zu schauen, scheiterte trotzdem schon nach einer Minute. Die Wetter App kündigte Temperaturen nicht über 8°C an, dazu kamen kräftiger Wind von Nordost und wolkenverhangener Himmel. Das hörte sich nicht nach einem Tag am Strand an.

„Kitesurfer müsste man sein", bemerkte Billy, während sie mit Blick aus dem Fenster den Frühstückstisch deckte.

„Es gibt kein schlechtes Wetter", rief Sandra aus dem Flur.

„Ja, ja! Der Spruch ist so daneben, wenn du mich fragst."

„Hattest du etwa vor, baden zu gehen?"

„Sehr witzig, Sandra."

„Würde um diese Zeit sowieso nicht gehen. Jetzt ist Ebbe. Hochwasser gibts erst wieder um 14:30 Uhr."

„Woher weißt du das? Hast du die Zeiten von Ebbe und Flut auswendig gelernt?"

„Das war nicht nötig. In der Gästemappe liegt ein Tidenkalender und im Flur, neben der Tür, hängt auch einer." Sandra kam wieder ins Wohnzimmer und hielt einen Jutebeutel in der Hand.

„Wenigstens funktioniert der Brötchenservice 1a." Das konnte man laut sagen. Der Brötchenduft stieg ihnen schon aus dem Beutel in die Nasen und auf dem Tisch stand alles, was man sonst noch für ein leckeres Frühstück brauchte.

„Wie ist unsere Planung heute?", wollte Billy wissen.

Sandra hielt einen Moment inne. Sie war bestimmt dankbar für Billys Gesellschaft, hatte aber nicht die Absicht, sie überallhin mitzunehmen. Bei dem, was ihr heute so vorschwebte, war es ohnehin besser, wenn sie das allein machte. Andererseits brauchte sie Billy, um Grießlers Unterstützung zu kriegen. Sie suchte nach den richtigen Worten, um es ihr so schonend wie möglich beizubringen.

„Du wolltest doch deinen Mann bitten, dass er was über Marzenas Verletzungen rausfindet. Das wäre schon mal ein Anfang."

„Schon längst erledigt. Als du noch im Bad warst, habe ich mit ihm telefoniert."

„Und?"

„Na, du kennst ihn ja. Das Gespräch fing an mit: *Auf gar keinen Fall!* Und es endete mit: *Ich sehe mal, was ich machen kann.*"

„Okay. Das ist gut, aber darauf warten kann ich nicht."

„Willst du selber im Krankenhaus nachfragen?"

„Das hätte keinen Zweck. Die reden nur mit Angehörigen. Macht aber nichts. Ich muss sowieso noch mal mit Marzenas Mann reden. Vielleicht krieg ich von ihm ein paar Infos."

„Dann hätte ich Sören also gar nicht anstacheln müssen?"

„Oh doch! Kloss weiß doch auch nur das, was die Ärzte ihm sagen. Also, wie Marzenas aktueller Zustand ist und welche Behandlung sie bekommt. Worüber die nicht mit ihm reden werden, ist, wie es zu den Verletzungen kam. Das ist Angelegenheit der Polizei. Von denen kriegt er aber ganz sicher keine Infos, solange er noch zum Kreis der Verdächtigen gehört."

„Und du denkst wirklich, dass Sören was rauskriegt?"

„Wir werden sehen. So oder so, ich werde auf jeden Fall mit diesem Kommissar Petersen Kontakt aufnehmen.

Besser er erfährt es von mir und nicht von Kloss, dass eine Privatdetektivin mitmischt. Das würde ich aber lieber allein erledigen. Und dann werde ich Svenja bitten, für danach ein Treffen mit ihrem Vater zu arrangieren."

„Das könnte ich doch erledigen", bot Billy an. „Dann komme ich mir nicht ganz so überflüssig vor."

„Du bist ganz und gar nicht überflüssig."

„Na wenn du mich am ersten Tag schon nicht mehr dabeihaben willst, fühlt sich das für mich aber so an."

„Das betrifft doch nur meinen ersten Besuch bei der Polizei. Ich muss Kommissar Petersen von meiner Ermittlung in Kenntnis setzen und da ich nicht weiß, wie er darauf reagiert, will ich nicht gleich mit Verstärkung anrücken. Verstehst du das, Billy?" Ein leichtes Nicken war Billys Antwort. „Ich halte es auch für eine gute Idee, wenn du dich mit Svenja triffst. Lass dich von ihr ein bisschen rumführen. Bei der Gelegenheit kannst du dich gleich ein bisschen umhören." Billys Gesichtsausdruck zeigte, dass sie nicht völlig überzeugt war. Doch schließlich zuckte sie mit den Schultern und meinte nur: „Okay."

Sie fand sich schnell mit der Situation ab und schon 5 Minuten später verkündete sie, dass sie sich um 10 Uhr mit Svenja am Hafen treffen würde. Ein kleines bisschen bedauerte Sandra, dass sie nicht mitkonnte, doch ihr Plan war ein anderer.

♠

Sandra war unterwegs nach Esens. Dort befand sich die für Neuharlingersiel zuständige Polizeistation. Ob sie diesen Kommissar Petersen dort antreffen würde, wusste sie nicht. Natürlich hätte sie vorher anrufen und fragen können. Aber so wie die Dinge standen, wollte sie lieber das Überraschungsmoment auf ihrer Seite haben.

Bis Esens waren es knapp 9 Kilometer und dank ihres Navis fand Sandra ihr Ziel auch schnell. Die Polizeistation befand sich in einem kleinen, roten Backsteinhaus und sah von außen richtig idyllisch aus, mehr wie ein Ferienhaus und nicht wie eine Behörde. Dieser Eindruck setzte sich im Inneren aber nicht fort. Durch einen Eingangsbereich kam man in einen kleinen Raum mit einer brusthohen Abtrennung quer durch den Raum. Über der Tür stand: Anmeldung. Hier wurde Sandra von einem Uniformierten mit der Frage empfangen, womit er ihr helfen könne. Der typisch norddeutsche Singsang in seiner Stimme klang zwar nach ostfriesischer Gemütlichkeit, doch das hatte sicher nichts zu sagen.

Sandra nannte ihren Namen und gab an, Kommissar Petersen sprechen zu müssen. Natürlich wollte der Beamte nun wissen, worum es denn gehen würde. Warum nicht.

„Es geht um den Überfall auf Frau Mikulska Kloss in Neuharlingersiel." Jetzt hatte sie die volle Aufmerksamkeit ihres Gegenübers.

„Sind Sie eine Zeugin?"

„Nein."

„Wollen Sie eine Aussage machen?"

„Nein."

„Und was wollen Sie mit dem Kommissar dann besprechen?"

„Das würde ich ihm gern selber sagen." Mit dem Verlauf des Gesprächs war keine der beiden Seiten zufrieden. Der

Polizist kam schließlich zur einzig möglichen Erklärung, die jedoch in die komplett falsche Richtung ging.

„Sind Sie etwa von der Presse?"

„Nein!" So energisch, wie das rüberkam, war der Mann geneigt, Sandra zu glauben. Trotzdem war er nicht bereit, nachzugeben. Er hatte nämlich das starke Gefühl, dass die Besucherin Spielchen mit ihm trieb. Er wollte sie hinauskomplimentieren, als sie ihm eine Visitenkarte entgegenstreckte.

Sandra Büchner – Privatermittlerin, stand in blutroten Buchstaben auf schwarzem Untergrund. Das war noch schlimmer als Presse.

„Kann ich jetzt mit Kommissar Petersen sprechen?" Sandra bemühte sich immer noch freundlich zu bleiben. Es gelang ihr besser als dem Uniformierten.

„Der ist nicht hier."

„Und wo finde ich ihn?"

„Das weiß ich doch nicht. Der hätte sowieso keine Zeit für Sie."

Wenn der Typ ihr so schnippisch kam, dann konnte sie auch anders. „Woher wollen Sie denn das wissen. Sie wissen ja noch nicht mal, wo er gerade ist."

Die Zeit der Freundlichkeit war vorbei. „Rufen Sie in Wittmund an und vereinbaren Sie einen Termin."

„Also ist er in Wittmund?"

„Auf Wiedersehen!"

„Ihnen auch einen schönen Tag." Sandra machte Anstalten, hinauszugehen, drehte sich für eine letzte Frage aber noch mal um. „Wie komme ich von hier aus am schnellsten nach Wittmund?" Der Beamte war offensichtlich nicht mehr gewillt, ihr in irgendeiner Weise zu helfen. Er brummte nur unwillig: „Draußen im Eingangsbereich hängt eine Karte." Damit war der Fall erledigt. Sein Telefon klingelte und das war ein hinreichender Grund für ihn, sich nicht mehr mit ihr beschäftigen zu müssen.

Sandra nutzte die Gelegenheit, sich im Vorraum umzusehen. Da hing tatsächlich eine Karte vom Einzugsbereich der Polizeidirektion Wittmund. Die brauchte sie nicht. Sie konnte ihr Navi fragen. Viel interessanter waren die Listen, die daneben hingen. Es war so eine Art Organigramm, aus dem zu entnehmen war, welcher Beamte, an welchem Tag der Woche welcher Polizeistation zugeteilt war. Das schien sich öfter mal zu ändern, den handschriftlichen Korrekturen nach zu urteilen. Sandra entschied, ein paar Fotos davon zu machen. Man konnte nie wissen, wozu diese Infos noch gut waren. Gewissensbisse hatte sie deswegen nicht. Sie warf nur einen verstohlenen Blick in Richtung Anmeldung, wo der Beamte immer noch telefonierte. Gut so. Was Kuddeldaddeldu nicht weiß, macht ihn nicht heiß. Die Fotos waren schnell geschossen und da der Polizist nach wie vor keine Notiz mehr von ihr nahm, konnte sie sogar einen schnellen Blick auf ihre Ausbeute werfen. Den Namen Petersen entdeckte sie allerdings nicht. Möglicherweise, weil er flexibel sein musste und viel unterwegs war. Dann also doch Wittmund.

♠

Sandra hatte sich gerade ins Auto gesetzt, als ihr Handy klingelte.

„Guten Morgen, Sandra", vernahm sie Grießlers Stimme. Er hielt sich gar nicht erst mit irgendwelchen Fragen auf, sondern kam gleich zum Punkt. „Billy hat mir erzählt, dass du auf der Suche nach Kommissar Petersen bist." Das war nicht das, was sie vereinbart hatten, dachte Sandra. Eigentlich sollte Billy nur versuchen, über ihren Mann an Infos aus dem rechtsmedizinischen Bericht ranzukommen. Davon, dass sie sich als seine Informantin betätigen würde, war nicht die Rede gewesen.

„Ich will mich nur vorstellen und ihm sagen, dass ich von Marzenas Mann beauftragt wurde, unabhängige Ermittlungen anzustellen. Das gehört sich so. Oder siehst du das anders?"

„Nein. Es ist nur so. Ich kenne dich zu gut, um zu glauben, dass du es damit bewenden lässt."

„Sören, ich schwöre dir…", weiter kam sie nicht.

„Bitte nicht schwören, Sandra. Bloß nicht das. Ich weiß, im Moment meinst du es so, aber wenn sich die Gelegenheit bietet, wirfst du deine Versprechen doch wieder über den Haufen. Also, lassen wir es mal nicht darauf ankommen."

„Miesepeter!", war alles was ihr dazu einfiel, denn im Grunde wusste sie, dass Grießler Recht hatte.

Grießler lachte. „Wenn du meinst. Eigentlich habe ich nicht angerufen, um dir Vorhaltungen zu machen. Im Gegenteil. Ich will dir helfen. Nicht so, wie du es gern möchtest. Auf keinen Fall werde ich mich einmischen. Was ich machen kann, ist, Petersen zu bitten, mit dir zu reden."

Sandra war baff. „Du würdest wirklich ein gutes Wort für mich einlegen?"

„Nicht übertreiben! Mehr, als ihn höflich bitten, ist nicht drin. Und falls er was über dich wissen will, werde ich nichts beschönigen." Das klang schon nicht mehr so vielversprechend.

„Und was willst du ihm sagen? Dass ich eine Nervensäge bin und er besser mit mir zusammenarbeiten soll, damit ich ihn nicht austrickse?"

„Das wäre vielleicht ein bisschen zu viel an Wahrheit, meinst du nicht? Ein bisschen was kann er ruhig selber rausfinden."

„Du kannst manchmal so ein Stiesel sein, wirklich."

„Schon gut. Du musst mir nicht danken. Ich tue das auch nicht nur für dich."

„Schon klar. Du tust es für Billy."

„Hast du sie deshalb animiert, mitzufahren?"

„Hab ich gar nicht. Das war ihre Idee."

„Wie auch immer. Sie ist nicht der Grund für meine Unterstützung. Ich denke dabei nämlich an mich. Dir Starthilfe zu geben, scheint mir der beste Weg zu sein, dich von deinen berüchtigten Aktionen abzuhalten. Würde ich das nicht tun, wären ständige Anrufe von dir, von Billy oder von Petersen die Konsequenz. Dafür habe ich keine Zeit."

Sandra stieß einen tiefen Seufzer aus. Besser als nichts. Jetzt kam es darauf an, dass Grießler möglichst bald seinen Anruf bei Petersen machte. Drängen durfte sie ihn nicht, das wusste sie.

„Würdest du Kommissar Petersen bitte heute noch anrufen. Du weißt doch, wie wichtig der Zeitfaktor ist."

„Schön, dass ich dir endlich auch mal voraus bin. Ich habe schon mit ihm gesprochen und ich habe sogar schon ein Treffen mit ihm ausgemacht."

„Das ist ja super, Sören! Danke! Ich wollte mich gerade auf den Weg nach Wittmund machen. Ist er dort?"

„Du kannst dir den Weg sparen. Er ist in Carolinensiel, an einem Tatort. Wenn er dort fertig ist, kommt er kurz in Neuharlingersiel vorbei, um sich mit dir zu treffen."

„Und wie erfahre ich wo und wann das sein wird?"

„Er ruft dich an. Dein Einverständnis vorausgesetzt, habe ich ihm deine Handynummer gegeben. Er meinte, dass er bis Mittag sicher fertig sein wird. Es handelt sich wohl nur um einen Einbruch. Schaffst du es, bis dahin die Füße stillzuhalten?"

„Ja sicher. Ich fahre zurück, zu Billy und Svenja. Die wollten sich am Hafen treffen."

„Hört sich gut an, jedenfalls besser, als das, was ich jetzt tun werde. Das war übrigens kein Scherz, dass ich keine Zeit habe, ständig mit euch zu telefonieren oder für euch zu telefonieren. Also, seid so gut, ruft mich nur an, wenn es was Neues von Marzena gibt." Ohne auf Sandras Antwort zu warten, legte er auf. Sie nahm ihm das nicht übel. Dafür war sie ihm viel zu dankbar. Gut gelaunt und optimistisch machte sie sich wieder auf den Rückweg.

♠

Der Anruf von Kommissar Petersen kam schneller als gedacht. Sandra war gerade erst an der Ferienwohnung angekommen, als das Handy klingelte. Da es sich um eine unbekannte Nummer handelte, meldete sie sich förmlich.

„Büchner."

„Hallo Frau Büchner", tönte es ihr in bestem Hochdeutsch entgegen. „Ich bin Kommissar Petersen. Ein Kollege aus Magdeburg hat mir verraten, dass Sie auf der Suche nach mir sind. Ich schlage vor, wir treffen uns in einer halben Stunde auf dem Parkplatz vom Edeka-Supermarkt. Viel Zeit habe ich aber nicht."

„Danke. Ich werde da sein." Der Anfang war gemacht.

SIEBEN

Sandra lehnte an ihrem Auto und unterzog jedes ankommende Fahrzeug einer genauen Musterung. Zu spät war ihr eingefallen, dass sie nicht wusste, wie Petersen aussah. Zum Glück herrschte nicht allzu viel Betrieb vor dem Supermarkt. Zwei Autofahrer hatte sie schon ausschließen können, einen Rentner und einen Familienvater mit zwei Kindern. Gerade fuhr ein drittes Fahrzeug vor, dem zwei Männer entstiegen. Einer von ihnen konnte durchaus Petersen sein. Nein, korrigierte sie sich, so wie er auf sie zusteuerte, musste es Petersen sein. Er war Anfang Fünfzig, groß und kräftig. Die Hände in den Taschen seiner Allwetterjacke und eine typische Schiffermütze, tief ins Gesicht gezogen, kam er mit weitausladenden Schritten direkt auf sie zu. Fehlte nur noch eine Pfeife, dachte Sandra, und der der Seebär wäre komplett. Er sah viel mehr nach einem Kutterkapitän aus, als nach einem Kommissar. Obwohl, sie hatte bisher nur einen Kutterkapitän kennengelernt, Käpt'n Jannik. Er war der Schulfreund einer Kommissarin gewesen, mit der die Bademantel-Gang es im letzten Jahr zu tun bekommen hatte. Ihr stressfreies Achtsamkeitswochenende im buddhistischen Meditationszentrum *Bodhi Vihara* erfuhr damals eine mörderische Wendung. Zum Glück für alle Beteiligten hatte es ein glückliches Ende gegeben und die ganze Gang war von der Kommissarin zu einem Ausflug mit Käpt'n Janniks Fischkutter eingeladen worden. Dieser Kutterkapitän war jung, dynamisch und ziemlich hipp gewesen, also das ganze Gegenteil von dem, was da gerade auf sie zu geschaukelt kam.

Dem vermeintlichen Kommissar Petersen folgte ein junger Mann, der eher wie ein Kommissar wirkte. Ende Zwanzig, Brillenträger und sportliche Figur. Sein einziger Makel, jedenfalls in Sandras Augen, war ein Dutt. Männer mit Dutt konnte Sandra aus irgendeinem Grund nicht ganz ernst nehmen. Seine Kleidung passte irgendwie zu seiner Frisur. Chic, aber dem Wetter nicht angemessen. Die Chinos hatten dem Wind sicher nichts entgegenzusetzen und mit seinen weißen Sneakern durfte er nicht mal in die Nähe des Watts kommen. Den einzigen Schutz gegen Wind und Regen bot der aufgestellte Kragen seiner Lederjacke. Da er einen Kopf kleiner war, fiel es ihm nicht ganz leicht, mit den langen Schritten seines Begleiters schrittzuhalten.

Bei Sandra angekommen, eröffnete der Ältere das Gespräch mit: „Sie müssen Frau Büchner sein. Ich bin Kommissar Petersen und der junge Hüpfer ist Kommissar Jansen." Petersen streckte ihr seine riesige Hand entgegen, die, als Sandra sie ergriff, erstaunlich sanft zupackte. Jansen beließ es bei einem Nicken.

„Wie wäre es, wenn wir uns ein ruhigeres Plätzchen suchen." Petersen wandte den Kopf hin zum Eingang des Edeka-Marktes. „Da drin gibt es Kaffee und auch was zum Sitzen." Das war Sandra nur recht. Der kalte Wind zerrte ganz schön an ihr.

Kurz danach saßen sie an einem Bistrotisch. Jansen wurde dazu verdonnert, Kaffee zu holen, während Petersen Sandra ohne Umschweife gleich mal ins Verhör nahm.

„Sie wollen also Ermittlungen wegen des Überfalls auf Frau Mikulska Kloss anstellen?"

„Das ist richtig. Danke, dass Sie mit mir reden."

„Ich will ehrlich sein, Frau Büchner. Normalerweise rede ich nicht mit Privatdetektiven, die sich für einen meiner Fälle interessieren. Kollege Grießler empfahl mir aber, bei Ihnen eine Ausnahme zu machen. Hauptsächlich, weil Sie sowieso keine Ruhe geben würden. Ja, das waren seine Worte. Also, was wollen Sie von mir?"

Sandra hätte eine ganze Menge darauf antworten können. Es war aber nicht ihre Absicht, gleich beim ersten Kontakt anzuecken. Deshalb verzichtete sie darauf, Fragen zum Fall zu stellen.

„Eigentlich wollte ich mich nur bei Ihnen vorstellen und Ihnen sagen, dass Herr Kloss mich beauftragt hat, unabhängig von der Polizei zu ermitteln. Aber das wissen Sie ja offensichtlich schon."

„Ja, das hat mir mein Kollege aus Magdeburg schon verraten. War's das?"

Petersen schien ein harter Brocken zu sein. Um bei ihm voranzukommen, musste sie wohl doch einen Gang höherschalten. „Ich habe Kommissar Grießler nicht darum gebeten, dass er Sie fragt, ob Sie zu einem informellen Gespräch bereit sind. Aber, ich bin ihm dankbar, dass er es getan hat. Es gibt schließlich einiges, was wir füreinander tun können. Tja, also danke, dass Sie mit dem Treffen einverstanden waren. Ich entnehme daraus, dass Sie das auch so sehen."

„Das stimmt nicht so ganz. Ich sagte nur, dass ich es mir überlege. Im Gegensatz zu Ihnen bin ich nicht der Meinung, dass wir etwas füreinander tun könnten. Es läuft doch wohl eher darauf hinaus, dass ich etwas für Sie tun soll. Das wird aber nicht passieren. Ich werde nicht mit Ihnen über eine laufende Ermittlung reden oder sie in die Ermittlungsakte schauen lassen."

„Ich erwarte ja gar nicht, dass Sie mir Akteneinsicht gewähren." Petersen stieß ein spöttisches Lachen aus, während Sandra unbekümmert weitersprach. „Es spricht doch aber nichts gegen einen gegenseitigen Austausch von Informationen? Davon würden wir beide profitieren und das wäre gut für die Ermittlung."

Petersens Miene zeigte keinerlei Reaktion. Er sah Sandra einfach nur tief in die Augen, als würde er darauf warten, dass sie weitersprach. Als das nicht passierte, fragte er: „Was hätten Sie denn für Informationen anzubieten?" Er sah nicht wirklich so aus, als würde er ihr Angebot ernsthaft in Erwägung ziehen, was Sandra nicht weiter störte. Immerhin hatte er nicht rundheraus abgelehnt. Dumm war nur, dass sie noch nichts von Belang wusste.

„Im Moment noch nichts. Ich bin ja erst gestern hier angekommen und stehe noch ganz am Anfang. Bisher kam es nur zu einem kurzen Treffen mit Marzenas Mann in der Klinik. Von ihm erfuhr ich, dass seine Frau ein weiteres Mal operiert werden musste. Ansonsten habe ich noch mit der Tochter gesprochen. Sie hat mir gestern Abend den Tatort gezeigt und alles erzählt, was sie über den Vorfall weiß."

„Das kann ja nicht viel gewesen sein. Ich hatte nicht den Eindruck, dass sie irgendwas Relevantes weiß. Wie war Ihr Eindruck?"

„Ähnlich. Vielleicht ist ihr aber auch nur nicht bewusst, dass sie doch etwas Wichtiges weiß. Oder, sie hat es Ihnen gegenüber verschwiegen. Mit Ihrer unsinnigen Bemerkung, es könnte ein Suizidversuch gewesen sein, haben Sie sie nicht gerade ermutigt, sich ihnen anzuvertrauen."

Petersens Gesichtsausdruck blieb unergründlich, als Sandra das Thema Suizid anschnitt. „Sie halten einen Suizidversuch nicht für möglich? Das wundert mich. Sie wissen doch besser als ich, dass Frau Kloss unter starken Depressionen litt. Immerhin sind Sie doch gemeinsam in einer Reha-Klinik gewesen." Woher wusste Petersen das? Hatte Grießler etwa geplaudert? Unwahrscheinlich. Im Moment war das jedoch nicht so wichtig. Das konnte sie später klären.

„Laut ihrer Tochter war Marzena im Moment nicht in einer depressiven Phase."

„Jetzt machen Sie mal halblang. Svenja Kloss ist keine Psychologin. Sie kann das gar nicht einschätzen."

„Es geht um ihre Mutter. Sie würde es gemerkt haben, wenn es so wäre."

„Würde sie das? Depressive und suizidgefährdete Personen können ihr Umfeld über ihr wahres Befinden gut hinwegtäuschen."

Zum Glück kam Jansen in diesem Moment mit Kaffee und Croissants an den Tisch, so dass Sandra nicht gleich auf Petersens Bemerkung eingehen musste. Es brodelte allerdings sehr in ihr. Petersens nächste Worte bewiesen, dass ihm das nicht entgangen war.

„Mir ist schon klar, wie sehr es Ihnen widerstrebt, etwas Derartiges zu vermuten, schließlich ist Frau Kloss ihre Freundin. Leider gibt es einiges, was in diese Richtung deutet."

Das war Sandras Stichwort. „Und was genau? Hängt es mit der Art ihrer Verletzungen zusammen? Denken Sie etwa, Marzena hätte sie sich selber zugefügt."

„Wäre nicht das erste Mal, dass ich das erlebe."

„Was sagt denn der rechtsmedizinische Befund dazu?"

Petersen schwieg und Sandra wurde deutlicher.

„Ich wette, dass der Rechtsmediziner Fremdeinwirkung nicht ausschließen konnte? Anderenfalls würden Sie doch schon längst nicht mehr ermitteln."

Petersen warf seinem Partner einen vielsagenden Blick zu. „Ich glaube, ich weiß jetzt, was sie gemeint hat. Gut, dass es dir aufgefallen ist." Jansen antwortete mit einem Lächeln. „Man könnte glatt drauf reinfallen, was?"

Sandra begann sich unwohl zu fühlen. Sie hatte gerade kein Wort verstanden, ahnte aber, dass es dabei um sie ging.

„Was war denn so lustig an meiner Frage? Wenn Sie nicht über den Bericht der Rechtsmedizin reden wollen, dann sagen Sie es einfach. Kein Problem. Ich kann ihn ja später über Kloss' Anwalt einsehen."

Erstaunt zog Petersen die Augenbrauen nach oben „Kloss hat einen Anwalt? Seit wann denn das?"

„Seit heute. Da Sie es ihm nicht empfohlen haben, tat ich das." Zugegeben, sie hatte keine Ahnung, ob Kloss ihrer Empfehlung schon gefolgt war. Das sollte Petersen aber ruhig glauben. Er schien jedenfalls über diese Nachricht nicht erfreut zu sein.

„Wir hätten das auch noch getan, aber später. Meiner Erfahrung nach ist es besser, wenn sich zu einem so frühen Zeitpunkt noch kein Anwalt einmischt. Das kostet uns jedes Mal wertvolle Zeit, die uns dann bei der Ermittlung fehlt. Und jeder zusätzliche Tag treibt die Kosten in die Höhe, für alle Beteiligten."

Jansen setzte noch einen drauf. „Das bringt mich zu der Frage: Was ist mit Ihren Kosten, Frau Büchner?"

„Nicht, dass es Sie etwas angeht, aber ich habe den Fall pro bono übernommen."

Sandras Laune verschlechterte sich von Minute zu Minute. Nicht nur, dass ihr kleiner Versuch, etwas über Marzenas Verletzungen herauszufinden, gescheitert war. Kommissar *Kutter-Käpt'n* Petersen und Jungspunt Jansen amüsierten sich ganz offensichtlich auch noch auf ihre Kosten. Sie schienen irgendetwas über sie zu wissen. Was konnte das nur sein und von wem hatten Petersen und Jansen diese Info? Wieder schoss ihr Grießlers Namen durch den Kopf. Was hatte Petersen zu Jansen gesagt? *Gut, dass es dir aufgefallen ist.* Was war Jansen nur aufgefallen?

Heilige Scheiße!

Gerade war ihr etwas aufgefallen. Kein Wunder, dass die beiden so grinsten. Da Sandra nun ahnte, woher der Wind wehte, fiel es ihr nicht schwer zu kontern. „Wie geht es denn Frau Jansen? Ist sie noch bei der Kripo in Rostock?"

Man musste Petersen zugutehalten, dass er sich gut im Griff hatte. Er verzog keine Miene. Jansen hielt Sandras Blick jedoch nicht lange stand. Schon nach ein paar Sekunden drehte er das Gesicht zur Seite und musste lachen. Dann winkte er ab und sagte: „Ella ist meine Schwester. Sie hat mich davor gewarnt, es mit Ihnen aufzunehmen. Ich soll Sie aber herzlich grüßen."

„Danke und Grüße zurück."

„Mach ich. Ella hat gesagt, dass ich sie jederzeit anrufen kann, wenn wir noch Infos über Sie brauchen. Und falls Sie uns irgendwelche Probleme machen, kommt sie gern zu unserer Unterstützung."

Sandra verzog ihr Gesicht zu einem gequälten Lächeln, ersparte sich aber eine Erwiderung. Stattdessen meldete Petersen sich wieder zu Wort. Für sein Empfinden war Jansen gerade etwas übers Ziel hinausgeschossen. Das Angebot seiner Schwester zu erwähnen, ließ sie beide wie zwei Hinterwäldler dastehen.

„Ich denke, wir schaffen das auch ohne die Hilfe von Kommissarin Jansen. Frau Büchner will doch sicher nicht riskieren, ihre Lizenz zu verlieren. Also wird sie sich schön an die Spielregeln halten und sich nicht einmischen. Sehe ich das richtig, Frau Büchner?"

„Ich habe nicht vor, mich einzumischen. Ich will nur helfen."

„Wir werden sehen."

Petersens Skepsis brachte Sandra langsam auf die Palme. „Gar nichts werden wir sehen. Sie können mir nicht verbieten, zu ermitteln. Ich habe einen offiziellen Auftrag. Also darf ich Zeugen suchen, mich umhören und mit Leuten reden, die Marzena kennen. Wer weiß? Vielleicht erfahre ich ja etwas, das Sie noch nicht wissen.“

„Sie glauben, dass die Leute lieber mit Ihnen reden, als mit der Polizei? Wenn Sie sich da mal nicht täuschen. In einer großen Stadt wie Magdeburg mag das ja so sein. Hier auf dem platten Land sieht das etwas anders aus. Die Ostfriesen sind ein ganz besonderer Menschenschlag. Fremden gegenüber gibt man sich freundlich, aber nicht allzu offenherzig.“

„Es sei denn, es handelt sich um Urlauber“, ergänzte Jansen. Petersen schaute Sandra mit großen Augen an. „Sind Sie Urlauberin, Frau Büchner?“ Der Kommissar wartete nicht auf eine Antwort. Für ihn war das Gespräch beendet.

Jansen war allerdings der Meinung, ihr noch einen guten Rat geben zu müssen. „Was spricht eigentlich dagegen, hier Urlaub zu machen, wenn Sie schon mal hier sind? Machen Sie eine Wattwanderung oder fahren Sie raus zur Seehundkolonie auf Langeoog.“

„Deshalb bin ich aber nicht hergekommen.“ Die Enttäuschung stand Sandra deutlich ins Gesicht geschrieben. Petersen nickte verstehend.

„Ich weiß, Sie wollen Ihrer Freundin helfen. Wenn das Ihre Absicht ist, warum tun Sie dann nicht das, was eine gute Freundin tun würde? Fahren Sie ins Krankenhaus, sein Sie für sie da, helfen Sie der Familie und lassen Sie uns unsere Arbeit machen. Für eine Ermittlung sind Sie emotional doch viel zu sehr betroffen."

In Sandras Ohren klang das ein bisschen wie das *Wort zum Sonntag*, doch mehr bekam sie nicht.

♣

Ihr Fazit, als sie wieder im Auto saß, fiel trübe aus. Was für ein Reinfall! Käpt'n Brummbär und sein Leichtmatrose hatten sie am ausgestreckten Arm verhungern lassen. Wenn das zwei typische Vertreter des ostfriesischen Menschenschlages waren, na dann Prost Mahlzeit.

Vielen Dank für nichts, Sören, schickte sie gedanklich durch den Äther. So wie es aussah, war sie mal wieder auf sich allein gestellt. Na gut. Dann eben jeder für sich. Das hieß dann aber auch, dass sie keine ihrer Erkenntnisse weitergeben musste. Die beiden Kuddeldaddeldus würden schon sehen, was sie davon hatten, auf ihre Hilfe zu verzichten. Und überhaupt! Wenn man es genau nahm, war sie ja gar nicht allein. Billy war ja auch noch da. Sie würde sie gleich mal anrufen und sich mit ihr verabreden.

ACHT

Wie verabredet, wartete Sandra an der Skulptur der beiden Fischer direkt an der Stirnseite des Hafenbeckens. Einer saß auf einer niedrigen Mauer, schaute ins Binnenland. Der andere stand in gebeugter Haltung auf seinen Fangkorb gestützt und sah aufs Meer, als hielte er

Ausschau nach den heimkehrenden Kuttern. Im Moment lagen die Fischkutter aber im Hafen vertäut und boten den Urlaubern ein buntes Bild in Rot, Blau und Weiß. Eine breite Promenade führte um das Hafenbecken herum, lud zum Bummeln oder zum Verschnaufen auf einer der vielen Bänke ein. Zu beiden Seiten des Hafenbeckens standen rote Backsteinhäuser, in denen sich hauptsächlich Gastronomie, Souvenirshops, und andere auf Tourismus ausgelegte Geschäfte befanden.

Von Billy und Svenja war noch nichts zu sehen. Sandra nutzte die Wartezeit dafür, die malerische Kulisse auf sich wirken zu lassen. Mit ein bisschen Sonnenschein wäre die Postkartenidylle komplett gewesen. Doch leider hingen die Wolken wieder tief und grau über der Nordsee.

Sandra lehnte sich spielerisch gegen die Skulptur, die den prosaischen Namen Alt- und Jungfischer trug. „Könnt ihr nicht mal was am Wetter drehen, Männer?", raunte sie der Figur zu, die den Altfischer darstellen sollte. Es war der, dessen Blick dem Meer zugewandt war. Mit der Fischermütze sah er Petersen verblüffend ähnlich, wie Sandra fand. Genau wie vom Kommissar, erhielt sie auch von dem Bronze-Gesellen keine befriedigende Antwort. Dafür bekam sie etwas anderes zu hören.

„Juhu! Sandra!" Billys Stimme hallte quer über das Hafenbecken. Sie und Svenja kamen die Promenade entlanggelaufen.

„Svenja hat mir den ganzen Hafen gezeigt. Das hier ist ja nur ein kleiner Teil. Weiter vorn ist der Fährhafen. Dort liegen die Fähre nach Spiekeroog und die Ausflugsschiffe. Dahinter kommt noch der Yachthafen, aber so weit waren wir nicht." Billy war so in Fahrt, dass ihr Sandras mürrischer Gesichtsausdruck nicht auffiel. „Auf der anderen Seite geht es über den Deich zum Strand, da ist jetzt nicht viel los. Müsste besseres Wetter sein." Billys Blick ging nach oben. Leider deutete nichts darauf hin, dass sich ihr Wunsch in den nächsten Stunden erfüllen würde.

„Svenja sagt, ab morgen soll sich das Wetter bessern. Dann könnten wir doch mal Spiekeroog besuchen oder die Seehunde anschauen. Was meinst du?"

„Ich dachte, du wolltest mir helfen. Hat sich jedenfalls heute Morgen noch so angehört."

„Das will ich ja auch. Ich dachte nur, wenn wir schon mal hier sind. Wir müssen doch nicht den ganzen Tag ermitteln."

„Also, du musst gar nicht ermitteln, Billy, ich aber schon. Aus diesem Grund bin ich nämlich hergekommen. Das bin ich Marzena schuldig. Und da ist auch noch die Ferienwohnung, die Svenjas Vater uns kostenlos überlassen hat. Schon vergessen?"

„Du hast ja Recht." Billy sah beschämt zu Svenja, die aber abwinkte.

„Macht euch deshalb keine Sorgen. Ihr hättet die Ferienwohnung auch sonst nicht bezahlen müssen. Das ist ja wohl klar. Und ich finde Billys Idee gut. Solche Ausflüge gehören dazu, wenn man hier ist und die Wattwanderung ist auch ein Muss. Ich hätte ein schlechtes Gewissen, wenn ihr den ganzen Tag nur arbeiten würdet. Das würde auch Mutti nicht gefallen."

„Mir wäre aber viel wohler, wenn ich erst mal mit meiner Ermittlung vorankomme. Bis jetzt ist das noch nicht der Fall."

Das ließ Billy aufmerken. „Hast du diesen Kommissar nicht gefunden?"

„Doch. Ich habe mich auch schon mit ihm und seinem Partner getroffen. Sie haben sogar mit mir geredet."

„Toll! Was haben sie denn gesagt?"

„Ich soll mir die Seehunde angucken."

„Siehst du, die sehen das genauso."

„Im Ernst, Billy? Seehunde?"

„Na wenn es sogar die Kommissare empfehlen. Die sind aber auch wirklich zu niedlich."

„Wer? Die Kommissare?"

„Quatsch! Die Seehunde."

Svenja bereitete dem Wortgefecht ein Ende. „Dann hat Kommissar Petersen dir nicht gesagt, ob sie schon was rausgefunden haben?"

„Nein, leider nicht." Sandras Bedauern war echt. „Ich hatte gehofft, wenigstens über die Art der Verletzungen deiner Mutter mit ihm reden zu können. Aber nicht mal dazu war er bereit. Bei den Ärzten brauche ich gar nicht erst nachfragen. Die werden erst recht nicht mit mir reden."

„Sind die Verletzungen denn wichtig?", fragte Svenja vorsichtig.

„Es könnte durchaus hilfreich sein, mehr darüber zu wissen." Sandra wollte aus Rücksicht auf Svenja nicht deutlicher werden. In erster Linie ging es ihr darum, diesen unsinnigen Vorwurf des Suizid-Versuches ausschließen zu können. Deshalb wollte sie unbedingt an den Bericht der

Rechtsmedizin herankommen. Sie wusste nur nicht, wie sie das anstellen sollte. Unerwarteterweise kam ihr Marzenas Tochter zu Hilfe.

„Vielleicht gibt es ja doch einen Weg, mit dem behandelnden Arzt zu reden. Nämlich, wenn ich dabei bin."

„Das könnte wirklich klappen. Würdest du das machen?"

„Natürlich! Es geht schließlich um meine Mutter. Ich hatte sowieso vor, um ein Gespräch mit Mamas Arzt zu bitten. Allerdings wollte ich eine Gelegenheit abpassen, wenn Papa nicht da ist. Er kann mit solchen Dingen nicht mehr so gut umgehen, seit das mit Mamas Depressionen anfing."

„Und jetzt auch noch der Überfall."

„Mama so zu sehen und nichts machen zu können, ist ein bisschen zu viel für ihn, fürchte ich."

„Dafür hält er sich aber recht gut."

„Zu wissen, dass ihr da seid, um rauszukriegen, was passiert ist, hat ihn wieder etwas aufgerichtet. Heute Nachmittag trifft er sich mit einem Anwalt in der Klinik, weil du ihm dazu geraten hast."

„Das ist doch gut!" Sandra war wirklich begeistert. „Mit dem muss ich dann auch noch reden." Wenn es ihr gelang, den Anwalt dazu zu kriegen, sie zu engagieren, dann würde das ihr die Arbeit ungeheuer erleichtern. Er konnte als Anwalt Akteneinsicht beantragen und das kam wiederum ihr zugute. Nun, da sich die Sache langsam entwickelte, besserte sich Sandras Laune auch wieder. Das hieß nicht, dass sie in ihren Bemühungen nachlassen durfte.

„Was glaubst du, wann der Arzt Zeit haben wird für uns?"

Svenja zögert nicht lange. „Ich rufe ihn gleich an und frage." Sandra und Billy traten zur Seite, damit Svenja ungestört telefonieren konnte.

„Das ist wirklich ein hübsches Örtchen. Wenn wir wieder zuhause sind, werde ich Sören vorschlagen, hier mal Urlaub zu machen. Mit Svenja hab ich schon gesprochen, wegen des Zeitraums."

Sandra musste Billy zustimmen. In Ostfriesland ließ sich gut ausspannen. Von Gerti wusste sie, dass sie gern an der Nordsee Urlaub machte. Sie selber war ja eher der Typ Ostsee, hier gefiel es ihr aber auch, wenn man mal vom gegenwärtigen Wetter absah. Ein Brummen riss sie aus ihren Gedanken. Es kam aus der Tasche und gehörte zu ihrem Handy. Als sie sah, wer da anrief, war sie nicht überrascht.

„Gerti! Du kannst wohl Gedanken lesen. Ich habe gerade an dich gedacht."

„An mich denken, ist ja ganz schön. Es wäre mir lieber gewesen, du hättest mich mal angerufen. Wie geht es Marzena? Ich kann Jens nicht erreichen. Ist alles in Ordnung?"

„Wen kannst du nicht erreichen?"

„Jens, Marzenas Mann. Sein Handy muss aus sein, also ist er noch in der Klinik. Was ist denn nun mit Marzena?"

Sandra schaute zu Svenja hinüber, die telefonierte aber noch. Also musste Gerti sich mit dem zufriedengeben, was sie ihr gerade sagen konnte. „Kommt darauf an, wie du alles in Ordnung definierst. Marzena liegt noch auf der ITS, im

Koma. Nur ihr Mann und Svenja dürfen zu ihr. Sie wurde noch mal operiert, mehr weiß ich auch nicht."

„Das ist aber nicht viel, Frau Meisterdetektivin. Eigentlich hatte ich damit gerechnet, dass du den Fall schon gelöst hast."

„Du brauchst gar nicht so sarkastisch zu werden. Ist ja nicht so, als ob ich bisher auf der faulen Haut gelegen habe. Gestern waren wir am Tatort und heute gab's ein erstes Treffen mit den beiden zuständigen Kommissaren. Du wirst es nicht glauben, wenn ich dir sage, wer einer von ihnen ist."

„Schon gut. Ich glaub's, aber verrat es mir."

„Der jüngere von beiden heißt Jansen und ist der Bruder von unserer Kommissarin Jansen aus Warnemünde."

„Isch globs doch nich. Ella Jansen?"

„Genau die."

„Wie hast du das denn rausgekriegt?"

„Ach, habe ich gar nicht. Die gute Frau Kommissarin muss von uns erzählt haben. Als Grießler anrief und meinen Namen weitergab, hat er sich daran erinnert."

„Sören hat sich echt für dich stark gemacht? Hätte ich nicht gedacht."

„Sagen wir mal, er hat sie vorgewarnt. Hat aber nicht viel gebracht. Jansens Schwester hat mich bestimmt auch nicht angepriesen. Aber egal. Ich schaffe das auch alleine."

„Klar doch." Das klang eher belustigt, als überzeugt.

„So ganz allein bin ich übrigens gar nicht. Billy ist auch hier. Sie wird mir helfen."

„Ach. Was hat denn Sören dazu gesagt?"

„Na hör mal. Das klingt ja so, als müsste Billy um Erlaubnis fragen."

„Ich könnte mir nur vorstellen, dass er nicht begeistert war."

„Da muss er durch. Ich muss jetzt Schluss machen. Svenja hat gerade einen Termin bei Marzenas behandelndem Arzt ausgemacht. Ich melde mich, wenn es was Neues gibt. Tschüss!"

Svenja hatte tatsächlich Erfolg gehabt. „Der Arzt sagt, wenn wir in einer Stunde da sind, kann er noch kurz mit uns reden. Danach muss er weg. Also wenn, dann müssen wir sofort los." Das war genau das, auf was Sandra gehofft hatte.

♥

Wieder in Bremen angekommen, ergab sich doch noch ein kleines Problem, Svenjas Vater. Svenjas Wunsch war es, dass er beim Arztgespräch nicht dabei war. Seine Anwesenheit in der Klinik machte das schwierig. Sie mussten sich eine Ablenkung für ihn überlegen. Es war schließlich Billy, die eine Idee hatte und sich auch anbot, bei der Umsetzung eine aktive Rolle zu übernehmen. Svenja sollte ihren Vater offiziell ablösen, damit er in der Cafeteria etwas zu sich nehmen konnte und Billy würde ihn begleiten. Sandra wollte erst in Erscheinung treten, wenn Billy und Kloss nicht mehr in der Nähe der ITS waren.

Es funktionierte überraschenderweise gut. Kloss musste nicht erst überredet werden, eine Pause zu machen. Die letzten Tage, die nur mit zäh dahinfließender Wartezeit angefüllt gewesen waren, hatten ihn sichtlich zermürbt.

Svenja hatte es aufgegeben, ihm immer wieder zu sagen, dass er hier doch nichts machen und genauso gut auch Zuhause warten könne. Er wollte hier sein, wenn Marzena aufwachte. Mit einer kurzen Pause hingegen war er einverstanden und Billys Gesellschaft schien ihm auch sehr lieb zu sein. Die beiden waren kaum im Fahrstuhl verschwunden, als Sandra auch schon um die Ecke kam.

Doktor Udo Haferkorn holte sie aus der Besucher-Ecke ab und nahm sie mit in sein Büro. Er erwies sich als sehr zugänglich und empathisch im Umgang mit Angehörigen. Sogar für Svenjas Erklärung für die Abwesenheit ihres Vaters hatte er Verständnis. Gegen Sandras Anwesenheit gab es von seiner Seite keine Einwände, nachdem Svenja darauf bestanden hatte, sie dabeizuhaben. Sie bat Doktor Haferkorn, Sandra die Verletzungen ihrer Mutter so detailliert wie möglich zu schildern, ungeachtet dessen, was er ihr schon in den vergangenen Tagen erzählt hatte. Ein leichtes Stirnrunzeln erschien auf Haferkorns Gesicht, während er Sandra musterte.

„Ich verstehe. Sie müssen die Privatdetektivin sein, von der Herr Kloss gesprochen hat. Er sagte schon, dass Sie hier auftauchen würden, um mit mir zu sprechen." Sein Blick ging wieder zu Svenja. „Es ist so, Frau Kloss, die Kripo hat darauf bestanden, dass wir mit keinem Außenstehenden über den Zustand Ihrer Mutter reden. Es geht um eine laufende Ermittlung und es ist noch nicht abzusehen, inwiefern die Weitergabe solcher Informationen dieser Ermittlung schaden könnten."

„Es kann der Ermittlung doch nicht schaden, wenn Sie mit uns reden."

„Ich sage nur das, was die Polizei mir gesagt hat."

Sandras Stimmung sank auf den Nullpunkt. „Heißt das, wir sind umsonst von Neuharlingersiel hierhergefahren? Dass Sie nicht mit uns reden wollen, hätten Sie doch schon am Telefon sagen können."

„Ich habe nicht gesagt, dass ich nicht mit Ihnen reden will. Mir sind nur gewisse Grenzen gesetzt worden." Haferkorn machte eine Pause. Sein Blick wanderte zwischen den beiden Frauen hin, während er mit sich rang. Die Detektivin hatte natürlich Recht. Er war zu einem Gespräch bereit gewesen. Nun einen Rückzieher zu machen, war wirklich nicht fair.

„Also gut. Wie wäre es mit einem Kompromiss. Ich erzähle Ihnen, welche Verletzungen wir festgestellt haben, Fragen werde ich aber nicht beantworten. Im Grunde ist das ja nichts, was ich mit den Angehörigen nicht auch schon kurz nach der Einlieferung von Frau Kloss besprochen habe. Einverstanden?"

Wenigstens etwas, dachte Sandra und schloss sich Svenjas Nicken an. Die nächste halbe Stunde lauschte sie dem, was Haferkorn erklärte und machte sich Notizen. Obwohl es ihr schwerfiel, hielt sie sich mit Fragen zurück, so wie der gute Doktor es wünschte. Es war auch so schwierig genug, bei dem Tempo seines Vortrages nichts Wichtiges zu überhören. Sie konzentrierte sich auf die Schilderung der Verletzungen und am Ende waren mehrere Seiten ihres Notizblocks voll davon.

Marzena hatte wirklich ganz schön was abbekommen. Fraktur des Schlüsselbeins, Rippenbrüche, Prellungen und Quetschungen, die zu inneren Verletzungen geführt hatten.

Das alles hörte sich schlimm genug an. Als noch folgenschwerer hatte sich die Schädelverletzung erwiesen. Die dadurch entstandenen Blutungen hatten das Gehirn anschwellen lassen und als die übliche medikamentöse Behandlung nicht anschlug, hatte man Marzena operieren müssen. Anscheinend hatte diese OP die Wende gebracht, was Haferkorn offensichtlich vorsichtig optimistisch stimmte. Aus seinem Mund klang das dann so: „Die letzten Tests sehen gut aus. Wir warten noch 24 Stunden ab, dann entscheiden wir, ob wir Ihre Mutter aus dem Koma aufwecken." Diese Nachricht zauberte ein kleines Lächeln auf Svenjas Gesicht. Sandra freute sich natürlich auch, aber mehr innerlich. Äußerlich sah man ihr an, wie angespannt sie über das Gehörte nachdachte. Es war nicht annähernd das, was sie sich von dem Gespräch erhofft hatte. Wenn sie doch nur an den rechtsmedizinischen Befund rankommen würde. Dafür blieb ihr wahrscheinlich nur der Umweg über Kloss' Anwalt und das konnte dauern. Bevor Haferkorn das Gespräch beendete, wollte sie noch etwas versuchen.

„Ist mit bleibenden Schäden zu rechnen?"

„Egal, ob Sie damit auf das Koma anspielen oder auf die Verletzungen, die Antwort lautet in jedem Fall: Das werden wir erst in ein paar Tagen wissen. Und mehr kann ich Ihnen wirklich nicht sagen." Haferkorn erhob sich und Sandra nahm bedauernd zur Kenntnis, dass das Gespräch damit beendet war.

♥

Das Gespräch mit dem Arzt war aus Sandras Sicht ganz und gar nicht zufriedenstellend gelaufen. Einen wichtigen

Punkt hatte sie in Svenjas Beisein nicht mal ansprechen können, die Selbstmordversuch-Theorie der Kripo. Sie wusste aber auch, dass sie so schnell keine zweite Gelegenheit für ein Arztgespräch bekommen würde. Sie hatte keine Wahl. Noch auf dem Weg zur Cafeteria, blieb sie plötzlich stehen und wühlte in ihrer Tasche herum.

„Verdammt! Ich habe meine Notizen liegengelassen. Geh ruhig schon vor, Svenja. Ich laufe schnell zurück und hole sie. Hoffentlich ist Doktor Haferkorn noch in seinem Zimmer." Sie gab Svenja keine Gelegenheit, darüber nachzudenken und lief zurück. Bei Grießler wäre sie damit nicht durchgekommen, bei Gerti und Billy wahrscheinlich auch nicht. Die hätten Sandra sofort durchschaut und zu Recht vermutet, dass dies nur eine Ausrede war und ihr Notizblock sicher verstaut in der Tasche lag. Bei Svenja klappte es. Sie kannte Sandra ja auch erst seit gestern.

NEUN

Doktor Haferkorn kam ihr auf dem Flur entgegen und konnte ihr nicht ausweichen.

„Bitte, Herr Doktor!", rief sie ihm beschwörend zu. „Nur noch eine Sache."

Er schüttelte den Kopf. „Ich bin Ihnen schon mehr entgegengekommen, als ich sollte, Frau Büchner. Lassen Sie es einfach gut sein. Ich werde Ihnen keine weiteren Informationen geben."

„Ich will gar keine Informationen von Ihnen. Alles was ich möchte, ist Ihre persönliche Meinung zu etwas, dass Kommissar Petersen mir gegenüber geäußert hat." Sie baute sich direkt vor Haferkorn auf und senkte die Stimme für ihre nächsten Worte. „Ich wollte das nicht vor der Tochter ansprechen, um sie nicht noch mehr zu beunruhigen."

Mit einem eindringlichen Blick versuchte Haferkorn Sandras Absicht zu ergründen. Deren Miene drückte nur echte Besorgnis aus. Das war auch nicht schwer, denn in diesem Fall traf das auch zu.

„Was hat Petersen Ihnen denn gesagt?"

„Er meinte, die Polizei würde auch in Richtung Suizidversuch ermitteln. Ich würde gern verstehen wieso. Das ganze Szenarium deutet doch auf einen Überfall hin. Die verschwundene Tasche, das Fahrrad im Wasser und die Verletzungen. Wieso kommt die Kripo darauf, dass es ein Suizidversuch sein könnte? Ich kann mir beim besten Willen nicht vorstellen, dass meine Freundin sich ihre Verletzungen selbst zugefügt hat. Was würden Sie als Arzt dazu sagen, ganz unter uns. Halten Sie das für möglich?"

Haferkorn schwieg. Er wandte den Blick von Sandra ab, richtete ihn auf einen imaginären Punkt in der Ferne und sah dabei nicht glücklich aus. Irgendetwas sagte ihm, dass diese Frau ein echtes Interesse hatte, seiner Patientin zu helfen. Sie war keine Wichtigtuerin und nur auf ein Abenteuer aus. Hinzu kam, dass er selber an der Einschätzung der Kripo so seine Zweifel hatte. Es konnte nicht schaden, eine zweite Meinung, wie es in seinem Job hieß, abzugeben. Damit war die Sache entschieden.

„Die Sache ist kompliziert. Suizid, ja oder nein, das lässt sich nicht so einfach beantworten. Es gibt allerdings einen Aspekt, den die Polizei nicht außer Acht lassen darf." Er schaute sich aufmerksam um, als wolle er sicherstellen, dass sie nicht belauscht wurden.

„Sie machen es aber ganz schön spannend", platzte es aus Sandra heraus.

„Wie schon gesagt, es ist kompliziert. Damit wir uns richtig verstehen, dies ist nur meine persönliche Meinung. Ich denke nicht, dass Frau Kloss sich die Verletzungen selber und in voller Absicht zugefügt hat. Allerdings könnte sie sie selber verschuldet haben."

Jetzt war Sandra verwirrt. „Wo ist denn da der Unterschied und wie kommen Sie darauf?"

„Sich selbst zu verletzen ist gar nicht so einfach. Das liegt daran, dass man den damit verbundenen Schmerz erwartet. Unweigerlich zögert man oder führt die Handlung zu verhalten aus. Diese instinktive Reaktion kann man nicht so ohne Weiteres abstellen. Davon mal abgesehen, müsste man auch genau wissen, was man tut. Und genau das ist der springende Punkt."

„Was soll das denn nun wieder heißen?"

„Ihre Freundin stand unter Drogeneinfluss, als sie hier eingeliefert wurde."

„Waaaas?" Sandras Stimme überschlug sich fast. Die Aufmerksamkeit, die sie damit erregte, war Haferkorn sichtlich peinlich. Er verzog das Gesicht und wedelte beschwichtigend mit den Händen. Mit deutlich gedämpfter Stimme redete Sandra weiter.

„Wovon reden Sie? Was für Drogen? Marzena hasste das Zeug. Sie hatte eine Abneigung gegen jede Art von Medizin. Das höchste der Gefühle war mal ein Aspirin. In der Reha wehrte sie sich mit Händen und Füßen, Antidepressiva zu schlucken. Daran hat sich bestimmt nichts geändert. Also, was soll der Quatsch, von wegen Drogen?"

„Ich rede nicht von Antidepressiva. Was Ihre Freundin im Blut hatte, war etwas anderes."

„Was?"

„Tut mir leid, das wird noch im Labor untersucht. Ich weiß es also nicht genau. Aber auch wenn ich es wüsste, würde ich es Ihnen nicht sagen. Es wird vermutlich nichts sein, was man auf Rezept kriegt."

Sandra stand wie vom Donner gerührt da und konnte es einfach nicht fassen. Marzena und Drogen, das war der Hammer. Wenn das stimmte… aber davon musste sie wohl ausgehen. Es gab für den Arzt keinen Grund, sowas zu erfinden. Dennoch, Sandras Miene drückte Zweifel aus und Haferkorn legte nach.

„Die Drogen sind ein Fakt, Frau Büchner. Der Bluttest hat ergeben, dass sie eine erhebliche Menge davon eingenommen haben muss. Das kann also nicht zufällig passiert sein. Daran ist nicht zu rütteln. Sie wollten meine Meinung hören? Nun, hier ist sie. Entweder hat Frau Kloss die Drogen freiwillig genommen, was bei ihrer Vorgeschichte durchaus in suizidaler Absicht erfolgt sein könnte. Dann sind die Verletzungen vielleicht auf einen schweren Sturz zurückzuführen. Das wäre dann das, was ich unter selbstverschuldet verstehe. Oder sie nahm die

Drogen unwissentlich und wurde tatsächlich überfallen. Was das für die Ermittlung bedeutet? Ich habe keine Ahnung. Das herauszufinden ist Sache der Kripo oder die Ihre."

Ehe Sandra nachhaken konnte, meldete sich Haferkorns Pieper. Er warf einen kurzen Blick darauf und seine Miene verfinsterte sich. Mit einem knappen, „Ein Notfall!", wandte er sich um und ließ Sandra stehen. Das abrupte Ende des Gesprächs wurmte sie etwas. Sie schaute dem davoneilenden Arzt hinterher. Er rannte, als wäre er auf der Flucht vor ihr. Damit tat sie ihm aber Unrecht. Ein Notfall war ein Notfall und Haferkorn wollte den Fahrstuhl noch erwischen, dessen Türen sich gerade schlossen. Er schaffte es nur durch einen beherzten Sprung in die Kabine und das so schwungvoll, dass er einen Zusammenprall mit einer Frau nicht mehr verhindern konnte. Sandra erhaschte nur einen kurzen Blick vom Gesicht der erschrockenen Frau. War das nicht die, die sie gestern bei ihrer Ankunft getroffen hatten? Die Welt war ein Dorf.

♦

Als Sandra die Cafeteria betrat, sah man ihr schon von weitem an, dass sie unzufrieden war. Billy wollte schon fragen, doch mit einer Handbewegung signalisierte Sandra ihr, dass es besser war, nicht zu fragen. Dabei hätte sie gern mit Billy über das Gehörte geredet. Solange Kloss und Svenja noch anwesend waren, ging das aber nicht. Während sie darüber nachdachte, wie sie mit Billy verschwinden konnte, ohne unhöflich zu sein, nahm Kloss das Gespräch auf.

„Svenja hat mir erzählt, dass Marzena vielleicht schon morgen aus dem Koma geholt werden kann. Das ist doch endlich mal eine gute Nachricht."

Sandra nickte und musterte Kloss. Er sah wirklich so aus, als würde er eine gute Nachricht dringend brauchen können. Dunkle Augenringe, Drei- oder eher Fünftagebart und zitternde Hände. Svenja tätschelte ihrem Vater liebevoll den Arm und sagte: „Deshalb müssen wir heute auch nicht länger hierbleiben. Morgen fahren wir dann zusammen wieder her." Sie sah ihm an, dass er anderer Meinung war und ergänzte: „Du brauchst dringend eine Dusche und frische Luft. Außerdem habe ich vor, Sandra und Billy heute Abend zu uns einzuladen. Das geht aber nur, wenn wir vorher klar Schiff machen, Papa."

Sandra wollte gerade Einwände wegen der Umstände erheben, als ihr einfiel, dass Svenja damit den baldigen Aufbruch eingeläutet hatte. „Sollen wir euch mitnehmen?", fragte sie, da Svenja mit ihnen hergekommen war.

„Nein, danke. Papa ist mit dem Auto da. Und wir müssen auch noch einkaufen."

„Mach bloß keine große Sache draus", war von Billy zu hören.

„Mögt ihr Pizza? Selbstgemacht natürlich." Allgemeine Zustimmung. „Gut. Dann seid doch so gegen 19 Uhr bei uns. Ich schick euch die Adresse aufs Handy." Der Rest ging an Sandras Adresse. „Apropos Handy. Das kannst du dir heute Abend gleich ansehen, wenn du willst." Mit sanfter Gewalt zog Svenja ihren Vater nach oben, hakte sich bei ihm unter und beide verließen die Cafeteria.

♦

„Erzählst du mir nun, was der Arzt euch gesagt hat?", fragte Billy ungeduldig, kaum dass sie vom Parkplatz fuhren. Sandra berichtete wahrheitsgemäß, sehr darauf bedacht, ihre Enttäuschung nicht unerwähnt zu lassen.

„Ist nicht gerade viel, was du erfahren hast."

„Ja, und wegen dem Bisschen hat er sich auch noch einen riesigen Wunderbeutel umgehängt."

„Kannst du was damit anfangen?"

„Weiß ich noch nicht." Sandra klang geknickt und das war sie auch. Eine Pause entstand. Billy musterte Sandra aufmerksam. Ihr Bauchgefühl sagte ihr, dass Sandra ihr was verschwieg.

„Was hat er dir denn erzählt, als Svenja weg war?"

Sandra warf Billy einen kurzen Blick zu, der wohl heißen sollte: *Was meinst du denn?* Laut sagte sie: „Hat Svenja nicht gesagt, weshalb ich noch mal zurück bin?"

„Natürlich! Das vergessene Notizbuch." Billy konnte ihr Lachen kaum zurückhalten. „Hast du echt gedacht, dass ich dir das abkaufe?"

Wie so oft, wenn Sandra sich ertappt fühlte, zog sie einen Schmollmund. Das hielt sie aber nicht lange durch. Schon bald musste sie selber lachen.

„Da merkt man doch gleich, dass du die Frau eines Kriminalkommissars bist. Das hat ganz schön auf dich abgefärbt."

„Na dann rück mal raus mit der Sprache, bevor ich mit den richtig scharfen Verhörmethoden anfange."

Auch das war schnell erledigt. Dieses Mal blieb Sandra in der Wahl ihrer Worte sehr sachlich. Sie hielt sich auch

94

mit ihrer Meinung zurück, weil sie Billys Reaktion sehen wollte.

„Drogen? Das glaube ich nicht." Auch wenn Billy keine Frau vom Fach war, beruhigte dieser hochemotionale Ausruf Sandra doch sehr. „Hat der Arzt dir gesagt, was für Drogen?"

„Natürlich nicht!"

„War ja klar."

„Er hat behauptet, dass er es noch nicht weiß, weil die Laborergebnisse noch ausstehen. Ich bezweifle, dass das stimmt. Solange kann das doch nicht dauern. Wahrscheinlich wollte er es mir nicht sagen. Er hat mir nur verraten, dass es ziemlich viel gewesen sein soll. Diese Geheimniskrämerei geht mir echt auf die Ketten. Als ob ich nicht wüsste, wie man mit solch heiklen Informationen umgeht." Sandras Empörung übertrug sich auf Billy.

„Die sollten doch froh sein, dass sich noch jemand um die Angelegenheit kümmert."

„Mein Reden."

„Und was nun?"

Genau die Frage stellte Sandra sich auch. Wie immer, wenn sie nicht weiterkam, versuchte sie die Fakten zu ordnen, indem sie sie laut aussprach. Sonst waren es Selbstgespräche, die sie führte. Heute wurde es dank Billy ein Dialog.

„Wir wissen, dass Marzena mit dem Fahrrad unterwegs war. Laut Gerti kam sie von irgendeinem Treffen, aber anscheinend weiß niemand etwas davon."

„Und woher weiß Gerti dann von dem Treffen?" Billys Einwand war mehr als berechtigt. Sandra riss die Augen auf.

„Du hast Recht! Woher wusste sie davon?"

„Fragen wir sie doch einfach." Billy hatte schon ihr Handy gezückt und durchsuchte ihre Kontakte.

„Wir nehmen meins, das ist an der Freisprechanlage angestöpselt."

Gerti ging nicht ran. Sie war auf Arbeit und hatte ihr Handy bestimmt in der Tasche. „Irgendwann wird sie sehen, dass ich versucht habe, sie zu erreichen. Machen wir erst mal weiter. Wir brauchen eine Übersicht über die Fakten, am besten schriftlich. Kannst du bitte das Aufschreiben übernehmen? Mein Notizblock ist in der Tasche."

Billy machte es sichtlich Spaß, Sandras rechte Hand zu sein. Deshalb übernahm sie auch gern den Part der Protokollantin.

„Da wir die Frage nach dem ominösen Treffen erst mal hintenanstellen müssen, beschäftigen wir uns mal mit Petersens Theorien: echter oder vorgetäuschter Überfall. Was spricht für eine der beiden Theorien und was dagegen."

Billy schrieb beide Möglichkeiten nebeneinander. Darunter war genug Platz für alle Fakten, die sie zusammentrugen.

Indizien für den Überfall waren: die Auffindesituation von Marzena, das Fahrrad im Wasser, die verschwundene Tasche, die Verletzungen, der anonyme Notruf und leider auch die Drogen.

Für den vorgetäuschten Überfall sprachen aus Sandras Sicht nur die Drogen und das auch nur, wenn es wirklich ein Suizidversuch werden sollte. Billy intervenierte. „Wieso hat Marzena keinem gesagt, wo sie hinwollte? Könnte das nicht auch darauf hindeuten, dass sie nicht gefunden werden wollte?"

„Und dann legt sie sich schwer verletzt ausgerechnet in diesen Park, gleich neben den Weg. Das ist doch viel zu exponiert."

„Dann wollte sie vielleicht doch gefunden werden."

„Wozu dann noch die Verletzungen?"

„Sie könnte gestürzt sein."

„Wenn du den Arzt gehört hättest, würdest du das nicht mehr sagen. Ich bin zwar kein Mediziner, aber da waren Verletzungen dabei, die man sich nicht zuzieht, nur weil man mit dem Fahrrad stürzt. Kannst du übrigens nachlesen. Steht alles im Notizblock."

Billy schien genau das zu tun, denn sie sagte erst mal nichts mehr. Es dauerte eine Weile, dann verkündete sie: „Du hast Recht. Damit scheint die Suizid-Unfall-Theorie wohl vom Tisch zu sein."

Sandra war in Gedanken noch mal alles durchgegangen und dabei hatte sich eine andere Deutung der Ereignisse aufgetan. „Vielleicht sollten wir den Unfall noch nicht so schnell ad acta legen."

„Doch nicht?" Sandras Gedankensprünge wurden mit der Zeit zu einer Herausforderung für Billy.

„Ich hatte da gerade eine Idee. Hör zu und dann sag mir, was du davon hältst. Nehmen wir mal die Drogen und das

97

Treffen als einen Fakt." An der Stelle wurde sie von Billy unterbrochen.

„Wobei noch zu klären ist, ob Gerti wirklich von einem Treffen weiß und woher, oder ob sie es nur annimmt."

„Ja, das stimmt. Das klären wir aber erst, wenn wir mit Gerti reden können. Also weiter. Wenn es das Treffen gab und Marzena Drogen intus hatte, dann können wir davon ausgehen, dass sie auf dem Treffen mit den Drogen in Kontakt kam. Ich kenne Marzenas Abneigung gegen Medikamente und erst recht gegen Drogen. Sie hätte das Zeug ganz bestimmt nicht wissentlich zu sich genommen. Was, wenn man ihr die Drogen dort ohne ihr Wissen verabreicht hat?"

„Warum sollte ihr jemand Drogen verabreichen?"

„Das weiß ich noch nicht. Im Moment ist das erst mal nur eine Arbeitshypothese. Wohin sie uns führt, wird sich hoffentlich bald zeigen. Also weiter. Sie setzt sich aufs Rad und fährt los. Vielleicht hat sie gemerkt, dass mit ihr etwas nicht stimmte und wollte nach Hause."

„Oder sie fährt herum, um wieder klar im Kopf zu werden."

„Vielleicht auch das, Billy. Aber wenn das die Absicht war, dann hat es nicht funktioniert, denn es geht ihr immer schlechter. Sie verliert die Kontrolle und stürzt."

„Gerade noch waren wir uns einig darüber, dass Marzenas Verletzungen zu schwer sind, um nur von einem Fahrradunfall stammen zu können und nun bist du doch wieder bei der Unfall-Theorie? Das versteh ich nicht. Was ist denn mit der verschwundenen Tasche und dem ins Wasser geworfenen Fahrrad?"

„Ich war ja noch nicht fertig, Billy. Pass auf! Marzena ist gestürzt und sicher auch verletzt. Was soll sie machen? Ihr Handy liegt zu Hause, also ruft sie um Hilfe. Ihr Ruf wird gehört, doch leider nicht von einem hilfsbereiten Spaziergänger, sondern von jemanden mit unlauteren Absichten." Sandra machte eine Pause, um Billy die Chance zu geben, erst mal alles zu verarbeiten. Das war aber nicht nötig. Billy war voll dabei und steuerte gleich noch ihre Version vom Rest des Geschehens bei.

„Vielleicht denkt er, Marzena ist betrunken und ein leichtes Opfer. Er läuft zu ihr und greift nach der Tasche. Marzena hält die Tasche fest, es kommt zum Gerangel und als sie anfängt zu schreien, kriegt er es mit der Angst zu tun, dass sie damit andere Leute anlockt. Er muss sie zum Schweigen bringen. Als er das geschafft hat, zerrte er sie ins Gebüsch und wirft das Fahrrad ins Wasser. Es war ein Unfall, der zum Raubüberfall wurde. Krass!".

Sandra hatte Billys Enthusiasmus nicht abwürgen wollen und gewartet, bis sie fertig war. Sie wollte Billy nicht enttäuschen, aber dieser Version konnte sie nicht zustimmen.

„Ich weiß nicht. Wieso ist er nicht abgehauen, als der erste Versuch misslang? Immerhin bestand die Möglichkeit, dass Marzena der Polizei eine Beschreibung würde geben können. Wäre er abgehauen, wäre es nur ein missglückter Raubüberfall gewesen und das ist nur ein minderschweres Delikt. Mit etwas Glück gibt's dafür noch Bewährung. Für schwere Körperverletzung geht man allerdings garantiert in den Knast. Wozu dieses Risiko eingehen?"

„Du hast es doch selber gesagt. Weil Marzena ihn wiedererkennen könnte. Wie ich schon gesagt habe, er wollte sie zum Schweigen bringen."

„Wenn das die Absicht war, hat er aber versagt. Sobald sie aufgewacht ist und sich erinnert, kriegt die Polizei die Beschreibung und dann ist er am Arsch."

„Wenn sie aufwacht und wenn sie sich erinnert." Sandras düstere Prognose, klang in Billys Ohren wie ein schlechtes Omen. „Als Orakel von Magdeburg wärst du echt nicht zu gebrauchen."

„Tut mir leid. Das sollte nicht so rüberkommen. Mir gehen gerade so viele Versionen durch den Kopf, was passiert sein könnte, dass mir schwindlig wird. Zum Beispiel: der Notruf. Der passt irgendwie noch nicht ins Bild. Der Räuber hatte sicher keinen Grund, einen Notruf abzusetzen."

„Hm", Billy dachte laut darüber nach. „Vielleicht hat er kalte Füße gekriegt, was weiß ich. Vielleicht war der Überfall auch nicht zufällig, sondern beabsichtigt. Jemand hat ihr irgendwo die Drogen verabreicht, sie verfolgt und überfallen. Er könnte Marzenas Vorgeschichte kennen und hat darauf spekuliert, dass die Drogen und Marzenas Vorgeschichte reichen, um sie bei der Polizei als suizidgefährdet und unglaubwürdig hinzustellen. Hat bei Petersen ja auch geklappt. Gott, du hast Recht", seufzte sie. „Von all den Vielleichts schwirrt mir jetzt auch der Kopf. Solange wir das Motiv nicht kennen, ist einfach zu viel denkbar. Und jede Variante ist komplizierter als die andere."

Sandra konnte ihr da leider nur zustimmen. Sie waren keinen Schritt weitergekommen. Im Gegenteil. Der Fall war nun noch verwirrender geworden. Nur gut, dass sie das schon kannte. Irgendwann kam dann der Moment, an dem sich der Knoten entwirrte. Bis dahin konnte es aber noch Tage dauern.

Billy dauerte Sandras Schweigen zu lange. Sie wollte von ihr hören, wie es nun weitergehen sollte. Sie fasste die Fragen, die ihr so durch den Kopf spukten, zusammen. „Also, wie kriegen wir nun raus, was das eigentliche Motiv war? Und was, wenn der Überall auf Marzena doch ein Mordversuch war? Muss der Täter, weil sie überlebt hat, nicht befürchten, dass sie ihn identifizieren kann?"

„Zu deiner ersten Frage: Ich weiß es noch nicht. Zu deinen anderen zwei Fragen: Genau das macht mir Sorgen."

ZEHN

Was genau Sandra solche Sorgen bereitete, erfuhr Billy zunächst nicht, denn sie waren wieder vor ihrem Feriendomizil angekommen. Die Frauen hatten beschlossen, sich nur kurz frischzumachen und das Auto für den Rest des Tages stehen zu lassen. Dank Svenja und Google wussten sie inzwischen, dass die Wohnung der Eltern fußläufig nur 20 Minuten entfernt war. Beide Frauen waren sich einig, dieser Spaziergang würde ihnen guttun.

Sie wollten gerade das Haus betreten, als sie laute Stimmen vernahmen. Es waren eine männliche und eine weibliche Stimme, die lautstark miteinander stritten. Der Streit kam aus einer Wohnung im Erdgeschoss und war durch ein geöffnetes Fenster bis auf die Straße zu hören.

„Dein Gemecker geht mir langsam auf die Nerven brüllte die männliche Stimme und die weibliche konterte mit: „Ich meckere nicht, ich meine nur, dass du vielleicht ein wenig zu viel willst. Lass uns doch kleine Brötchen backen und eins nach dem anderen angehen. Das Risiko, das du eingehst, ist zu groß ist?"

„Ausgerechnet du musst mir was von Risiko erzählen. Als was würdest du denn deinen heutigen kleinen Alleingang einschätzen? Wenn das kein Risiko war, dann weiß ich nicht. Und bescheuert war es außerdem. Sei froh, dass es nicht funktioniert hat." Es war nicht zu überhören, dass der Mann wütend war.

„Du hast doch rumgejammert wie ein Waschweib. Hast mir vorgeworfen, immer alles allein machen zu müssen. Also habe ich was unternommen."

„Wozu? Es war doch alles in Ordnung."

„Von wegen in Ordnung! Ich hab keinen Bock mehr auf deine Großtuerei. Vielleicht sollten wir uns trennen, bevor es einer von uns bereut."

Der Mann senkte seine Stimme und war kaum noch zu verstehen. „Überleg dir gut, was du sagst. Ich werde dich ganz bestimmt nicht einfach so abhauen lassen."

„Du kannst mich mal!" Der Rest ging unter, weil das Fenster geräuschvoll geschlossen wurde. Sandra und Billy, die unfreiwillig Zeuginnen dieses wahrscheinlich ehelichen Zwistes geworden waren, sahen sich an.

„Wow!", flüsterte Billy. „Da hängt der Haussegen aber richtig schief. Lass uns reingehen, bevor wir noch entdeckt werden. Das wäre ganz schön peinlich."

„Wieso?" Sandra war sich keiner Schuld bewusst. „Wenn peinlich, dann ja wohl eher für die beiden da drin. Wer sich in aller Öffentlichkeit streitet, der muss auch damit rechnen, dass es jemand mitkriegt."

„In aller Öffentlichkeit würde ich das nicht nennen", gab Billy zu bedenken.

„Wenn sie nicht wollten, dass ihnen jemand zuhört, dann hätten sie das Fenster zulassen müssen oder eben nicht so laut schreien."

Sandra drückte den Chip gegen die Schließanlage, als die Tür auch schon aufgerissen wurde. Die Frau, die ihnen entgegengestürmt kam, kannten sie bereits von gestern. Heute war sie freilich nicht so gut aufgelegt.

„Moin", brummte sie und schob sich zwischen Billy und Sandra durch. Ihr Gesicht war wutverzerrt. Durch die offene Wohnungstür verfolgte sie das Gebrüll des Mannes.

„Ja, geh nur! Spätestens morgen kommst ja doch wieder angekrochen." Mit einem lauten Krachen flog die Wohnungstür zu, dann war Ruhe. Als Billy sah, dass Sandra Anstalten machte, der Frau nachzugehen, packte sie ihren Arm und zog sie in den Flur.

„Du wirst dich da nicht einmischen, verstanden? Ein Kriminalfall reicht."

Sandra musste lachen, als sie den ernsten Ausdruck in Billys Gesicht sah. „Jetzt siehst du ein bisschen aus wie dein Mann, wenn er mich von etwas abbringen will."

„Mit dem Unterschied, dass es bei mir klappen wird."

„Schon gut. Ich mische mich nie ein, wenn Paare sich streiten. Es sei denn, einer von ihnen hat mich engagiert."

„Was ja hier eindeutig nicht der Fall ist." Mit diesen Worten betraten sie die Wohnung. Für Sandra war das Thema aber noch nicht beendet.

„Hast du die Frau auch wiedererkannt?"

„Ja, die hat uns doch gestern vor der Tür begrüßt."

„Den beiden gehört bestimmt die Wohnung unten."

Billy schob Sandra in Richtung Bad. „Ist doch auch egal. Beeil dich lieber, ich krieg langsam Hunger."

„Ich glaub, ich habe sie heute im Krankenhaus gesehen."

Billy überging diese Bemerkung gekonnt.

„Na gut, dann gehe ich zuerst ins Bad."

Sandra hörte schon kurz darauf die Dusche rauschen und in dem Moment klingelte Billys Handy, das auf der Küchentheke lag. Sandra erkannte sofort die Nummer.

„Billy, das ist dein Mann!", rief sie durch die Tür.

„Ich ruf später zurück."

„Soll ich nicht lieber rangehen? Er weiß, dass wir zusammen unterwegs sind und will bestimmt wissen, ob alles im grünen Bereich ist. Wenn jetzt keiner ans Handy geht, alarmiert er am Ende noch die Sturmtruppen." Das war nur die halbe Wahrheit. Eigentlich hoffte Sandra, dass Grießler etwas in Erfahrung gebracht hatte.

„Okay, dann geh ran und sag ihm, dass es mir gut geht."

Sandra drückte auf den grünen Hörer. „Hi, Sören. Ich bin's, Sandra. Deine Frau kann grad nicht ans Telefon. Sie sitzt an der Bar, mit einem Typen, der eine Yacht hat, die Caledonia II. Und er sieht aus wie Tony Curtis. Ich glaub, sie will mit ihm durchbrennen."

„Tony wer? Was für eine Yacht?" Grießler stand mal wieder auf dem Schlauch.

„Ach nichts: Nobody is perfect."

„Sandra. Ich hör doch das Wasser im Hintergrund rauschen. Sag Billy, sie soll sich noch mal melden, wenn sie fertig ist mit Duschen."

„Gibt's was Wichtiges? Hast du was erfahren?"

„Nein."

„Du würdest es mir doch sagen, wenn du was wüsstest, oder?"

„Fragst du mich das ernsthaft?"

„Naja, ich weiß nicht. Manchmal habe ich schon das Gefühl, dass du nicht willst, dass ich Erfolg habe."

„Ich tu jetzt mal so, als hättest du das nicht gesagt. Und auch nur, weil wir schon einiges erlebt haben. Du musst aber zugeben, dass du gern mal anderer Leute Ermittlungen an dich reißt."

„Ganz bestimmt will ich niemandem was entreißen. Ich bin nur froh, dass ich mal wieder einen handfesten Fall habe."

„Das verstehe ich ja. Fakt ist aber, dass du kein Fettnäpfchen auslässt, wenn es um *deine* Fälle geht und das kriegen dann auch die zu spüren, die du mitreinziehst."

„Also…"

„Nein, Sandra, lass mich ausreden. Ich hatte vorhin einen Anruf von Kommissar Petersen."

Sandra konnte sich ein „Alte Petze" nicht verkneifen.

„Er hat nicht gepetzt. Er hat eigentlich gar nichts vom Inhalt eures Gesprächs erwähnt. Nur, dass er mir den Gefallen getan hat, sich mit dir zu treffen und nicht gedenkt, das zu wiederholen. Das allein war schon unangenehm genug. Aber das war noch nicht alles. Er hat mich noch gefragt, ob er denn damit rechnen müsse, dass ich zu deiner Unterstützung anreisen würde."

„Echt? Das hat er gesagt?"

„Ja, leider."

„Du hast ihm doch hoffentlich eine passende Antwort gegeben."

„Nicht so, wie du vielleicht denkst. Ich sagte ihm, er könne ganz beruhigt sein, ich würde erst mitmachen wollen, wenn jemand ermordet worden ist."

„Fand er bestimmt nicht witzig."

„Gelacht hat er jedenfalls nicht."

„Dann wollen wir mal hoffen, dass es nicht noch dazu kommt, sonst nehme ich dich beim Wort."

„Beschrei es nur nicht, Sandra. So, und da das Wasser nicht mehr rauscht, würde ich jetzt gerne noch mit meiner Frau reden. Dein Einverständnis vorausgesetzt."

Ohne Widerrede reichte Sandra das Handy weiter und verschwand eilig im Bad.

♠

Weitere Zwischenfälle gab es nicht und so gelangten Sandra und Billy pünktlich bei Svenja und ihrem Vater an. Familie Kloss wohnte in einem Haus im Bungalowstil mit einem kleinen Garten. Auf der Rückseite des Hauses war eine Terrasse angebaut, die in der kalten Jahreszeit zum Wintergarten umfunktioniert werden konnte. Der Rest bestand aus Rasen, Blumenbeeten, Johannisbeersträucher und einem Walnussbaum. Die hintere Grundstücksgrenze bestand aus Ginsterbüschen, deren Blüten sich langsam zu öffnen begannen. Ihr leuchtendes Gelb mischte sich in das Farbspiel von Krokussen und Winterlingen. Alles gedieh prächtig.

Kloss hatte einen Heißlüfter in den Wintergarten gestellt. Dort war auch der Tisch liebevoll gedeckt. Bei dessen Anblick und dem verführerischen Duft aus der Küche wurde Sandra und Billy bewusst, dass sie nicht mal ein Gastgeschenk mitgebracht hatten. Mit betretenen Mienen schauten sie sich an.

„Peinlich.", flüsterte Billy, während Kloss eine Flasche Rosé öffnete und einschenkte.

„War doch schon alles zu", lautete Sandras schwacher Versuch einer Entschuldigung. Auf Billys vorwurfsvollen Blick hin, fügte sie schnell hinzu: „Das holen wir nach."

Als Kloss in die Küche lief, um die Pizza aus dem Ofen zu nehmen, wandte Sandra sich Svenja zu, die sich schon seit ihrer Ankunft merkwürdig ruhig verhalten hatte.

„Ist irgendwas los, Svenja? Sollen wir lieber wieder gehen?"

Svenja erschrak und wehrte ab. „Nein, nein!" sie warf einen ängstlichen Blick in Richtung Küche, bevor sie leise weitersprach. „Ich will nicht, dass Papa etwas davon erfährt. Als ihr schon weg wart, hat Doktor Haferkorn mich angerufen. Mama hatte einen Rückfall oder sowas. Es war wohl sehr knapp, aber sie ist wieder stabil."

„Was ist denn passiert?", fragte Sandra sofort.

„Genaueres hat er mir am Telefon nicht sagen wollen. Ich werde morgen mit ihm sprechen, aber ohne Papa." Sie hatte es kaum ausgesprochen, als Kloss auch schon mit dem

Pizzablech herauskam. Schnell wechselte Svenja das Thema. „Ich wusste nicht, ob jemand von euch Vegetarier ist, deshalb habe ich auf der einen Hälfte nur Grillgemüse und Käse draufgetan." Wie sich zeigte, war ihre Vorsicht unbegründet. Die fleischlose Variante ließen sie sich dennoch alle schmecken.

Während des Essens wurden nur unverfängliche Themen angesprochen. Sandra gab lustige Episoden der von der Bademantel-Gang bestandenen Abenteuer wieder. Besonders interessant fanden ihre Gastgeber die Geschichte ihres Retreats auf dem Darß. Im Laufe von nur einer Woche war es im *Bodhi Vihara,* einem beschaulichen buddhistischen Meditationszentrums, zu drei Morden gekommen und natürlich hatten Sandra, Marzena und Gerti mittendrin gesteckt.

„Das ist ja fast so, als würdet ihr solche Kriminalfälle anziehen." Die Bemerkung kam von Svenja und klang ziemlich skeptisch.

„Genau das habe ich auch schon oft gesagt", schaltete sich Billy ein. „Mein Mann meinte mal, Sandra wäre der reinste Blitzableiter für Verbrechen."

„Blödsinn! Das klingt ja so, als ob Morde immer dort passieren, wo ich bin."

„Das wollen wir mal lieber nicht beschreien", warf Billy besorgt in die Runde.

„Du bist schon die Zweite, die das heute sagt."

„Wer noch?"

„Dein Mann."

Während des kleinen Wortgeplänkels hatte Svenja abgeräumt. Als sie zurückkam, legte sie ein Handy auf den

Tisch, direkt vor Sandra. „Muttis Handy. Ich habe es schon entsperrt."

„Sandra griff danach, als sich plötzlich die Hand von Kloss darüberlegte. Mit einem merkwürdigen Unterton in der Stimme sagte er zu Svenja: „Bist du sicher, dass Mama nichts dagegen hat? Nicht mal ich würde an ihr Handy gehen und sie nicht an meins. Das gehört sich nicht."

„Was soll das, Papa. Darüber hatten wir doch schon gesprochen. Die Polizei hat sich das Handy auch schon angesehen. „

„Das ist was anderes. Auf dem Handy sind vielleicht Sachen gespeichert, von denen Mama nicht will, dass sie außer der Polizei noch jemand sieht oder hört. Zum Beispiel Fotos oder Sprachnachrichten."

Sandra hatte durchaus Verständnis für Kloss' Einwand. Wenn sie so an ihr Handy dachte. Darauf waren jede Menge sensibler Daten, hauptsächlich von Klienten.

„Ich kann Ihnen versichern, dass ich mir nur die Verbindungsdaten von der Woche vor dem Überfall ansehe. Mich interessiert hauptsächlich, mit wem Marzena an jenem Tag Kontakt hatte." Noch bewegte sich Kloss' Hand keinen Millimeter und Sandra ergänzte: „Ich werde mir ohne Ihre Erlaubnis keine Fotos ansehen oder Sprachnachrichten anhören. Einverstanden?"

„Sie nehmen das Telefon aber nicht mit!" Das war ein letzter Versuch von Kloss, die Kontrolle zu behalten. Für Sandra kein Problem, denn sie hatte ohnehin nichts anders vorgehabt.

Die nächste halbe Stunde war Sandra damit beschäftigt, die gespeicherten Kontakte durchzusehen. Mit Hilfe von

Vater und Tochter Kloss sortierte sie alte Nummern aus. Dazu gehörten auch solche, mit denen Marzena sich selten oder schon lange nicht mehr ausgetauscht hatte. Auf diese Weise schrumpfte die Liste beträchtlich zusammen. Bedauerlicherweise gehörte auch Sandras Nummer in diese Gruppe. Erneut überkam sie ein schlechtes Gewissen, weil sie den Kontakt zu Marzena so hatte schleifen lassen.

Bei den meisten der verbliebenen Nummern wussten Vater oder Tochter, wer sich dahinter verbarg. Es waren hauptsächlich frühere Kollegen, Bekannte und ein paar Kontakte aus Polen und das war's auch schon. Da sie das Handy nicht mitnehmen konnte, machte Sandra sich Notizen: Namen, Telefonnummer und welches Verhältnis zu Marzena bestand. Nichts davon schien auf den ersten Blick Grund zur genaueren Überprüfung zu geben, aber das konnte sich ändern. Am Ende blieb nur eine Handvoll Nummern übrig. Sie waren entweder nicht mit einem Namen gespeichert oder der Tochter und auch dem Ehemann unbekannt. Sandra notierte sich die Nummern trotzdem, um sie am nächsten Tag abzutelefonieren.

Nachdem sie sich ein Foto von der Anruferliste gemacht hatte, überlegte sie, was man noch aus dem Handy rausholen konnte. Sicher noch eine ganze Menge, nur fehlten ihr dafür die notwendigen Kenntnisse. Eine Sache gab es da noch, von der sie sich etwas versprach und die sie auch hinbekam. Sie konnte sich wenigstens noch Marzenas Bewegungsprofil der letzten Wochen anzeigen lassen. Zwar hatte sie das Handy am Abend des Überfalls nicht bei sich gehabt, trotzdem interessierte Sandra sich dafür, wo Marzena überall gewesen war.

Gemäß der Vereinbarung holte sie sich die Zustimmung von Kloss. Er hatte sie die ganze Zeit im Blick behalten und wollte das auch weiterhin tun, doch die Türklingel kam ihm dazwischen. Mit ärgerlicher Miene lief er zur Tür. Die anderen Drei ließen sich dadurch nicht weiter stören und machten weiter.

Marzenas Bewegungsprofil aufrufen war nicht das Problem. Sandra konnte aber auf den ersten Blick nicht viel damit anfangen. Sie sah, dass Marzena viel mit dem Rad gefahren war und zwar auch bis in die angrenzenden Ortschaften. Da waren Esens, Bensersiel und Carolinensiel und einmal war sie auch mit der Fähre nach Spiekeroog geschippert. Bei den konkreten Haltepunkten wollte sie Svenja um Hilfe bitten, kam aber nicht dazu.

Kloss kam wieder zurück und bei ihm war Kommissar Petersen. Ein Schmunzeln huschte über sein Gesicht als er Sandra entdeckte.

„Tut mir leid, dass ich störe. Herr Kloss hatte mir nur gesagt, dass Besuch im Haus ist. Wenn ich gewusst hätte, dass Sie damit gemeint sind, wäre ich morgen noch mal wiedergekommen."

Kloss protestierte. „Sie sagten doch, dass es wichtig wäre. Außerdem würde ich Frau Büchner doch sowieso darüber informieren, also kann sie es auch gleich von Ihnen hören."

„Wie Sie meinen. Das hier wurde gerade erst gefunden und bevor ich es im Labor abgebe, sollten Sie mal einen Blick drauf werfen." Er hatte eine braune Papiertüte mitgebracht. Sandra erkannte darin sofort eine dieser Tüten, in denen Beweismittel verpackt wurden, bevor sie ins

Kriminallabor kamen. Aus der zog Petersen nun einen Gegenstand, der zusätzlich noch mit einer durchsichtigen Hülle gesichert worden war. Petersen hielt den Gegenstand hoch, so dass alle ihn sehen konnten. Es war eine Tasche, so ein Mittelding zwischen Rucksack und Umhängetasche, Sling Bag genannt. Braune Schlieren zogen sich über die Innenseite der Hülle und hatten sich auch auf der Tasche abgelagert. Trotz des verschmutzten Zustandes konnte man noch die Jeans-Optik erkennen.

Svenja hatte nur einen kurzen Blick darauf geworfen, als sie auch schon ausrief: „Das ist Mamas Tasche. Wo haben Sie die gefunden?" Natürlich bekam sie darauf keine Antwort. Stattdessen fragte Petersen sie: „Können Sie das zweifelsfrei sagen?"

„Natürlich! Das ist Mamas Tasche. Sehen Sie den Anhänger?" Sie deutete auf einen Schlüsselring mit mehreren Anhängseln. „Da sind ein Kleeblatt, ein Schutzengel und ein Herz dran. Die habe ich ihr geschenkt, zum Geburtstag." Sie wollte nach der Hülle greifen, doch Petersen zog seine Hand zurück. „Tut mir leid, das ist ein Beweismittel und muss alles noch genau untersucht werden. Dann will ich Sie mal nicht länger stören." Mit einem knappen Nicken verabschiedete er sich. Kloss hatte die ganze Zeit mit verbissener Miene auf die Tasche gestarrt. Als Petersen sich umwandte, wurde er plötzlich munter.

„Ich weiß, wo Sie die Tasche gefunden haben. Denken Sie, ich erkenne Wattschlamm nicht, wenn ich ihn sehe?"

Petersen war stehengeblieben. Seine grünen Augen richteten sich auf Kloss, der dem Blick standhielt. Jeder der Anwesenden wartete mit angehaltenem Atem darauf, was

Petersen sagen würde. Sekunden vergingen und nichts geschah. Als der Kommissar endlich etwas erwiderte, war es nur: „Ich melde mich, wenn es noch Fragen gibt. Guten Abend."

ELF

Sandra hatte das Ganze schweigend verfolgt, obwohl ihr mehrfach danach gewesen war, Fragen zu stellen. Sie tat es nicht, weil sie wusste, dass Petersen in Gegenwart von Svenja und ihrem Vater sowieso nicht reden würde. Die Gelegenheit einfach verstreichen zu lassen, ging aber auch nicht. Sie erhob sich, kaum das Petersen außer Sicht war, murmelte leise: „Endschuldigt mich einen Moment" und lief dem Kommissar hinterher. Gerade noch rechtzeitig. Er war schon dabei, ins Auto zu steigen.

„Herr Petersen!", rief sie ihm zu. „Einen Augenblick bitte."

Petersen ließ resigniert den Kopf sinken. „Hab ich mir schon gedacht, dass Sie es nicht dabei belassen können. Egal was Sie mich fragen wollen, die Antwort ist nein."

Sandra grinste. „Gut. Ich wollte Sie nämlich fragen, ob Sie nach dem Fund der Tasche im Watt immer noch in Richtung Suizidversuch ermitteln. Ihr nein bedeutet dann ja wohl, dass das nicht mehr der Fall ist. Es ließe sich auch schwer erklären, wieso Frau Kloss erst die Tasche ins Watt schmeißt, dann das Fahrrad ins Flüsschen und sich selber in den Park."

Man musste kein Hellseher sein, um Petersens Gedanken zu erraten. Die standen ihm deutlich ins Gesicht geschrieben. Auch wenn sie mit ihrer Bemerkung richtig lag, diese Privatdetektivin begann ihn zu nerven. Vielleicht, weil sie richtig lag. Nach dem ersten Gespräch mit ihr hatte er das dringende Bedürfnis verspürt, mehr über diese Sandra Büchner zu erfahren. Dafür konnte er zwischen dem Kollegen in Magdeburg und Jansens Schwester in Rostock wählen. Die Entscheidung fiel zu Gunsten von Kommissarin Jansen aus. Was die ihm erzählt hatte, konnte man wie folgt zusammenfassen. *„Sie kann lästig sein, wie eine Warze, aber sie hat einen guten Riecher. Versuchen Sie nicht, ihr das Ermitteln zu verbieten. Das führt nur dazu, dass sie sich noch mehr in die Sache verbeißt. Wenn Sie klug sind, nehmen Sie sie an die kurze Leine und nutzen Sie ihre Möglichkeiten, unabhängig zu ermitteln. Ist nur ein Tipp, Kollege. Mir hat's geholfen."*

Das alles ging ihm durch den Kopf und gerade waren diese Worte von Sandra bestätigt worden. Sie hatte von Anfang an nicht an die Suizid-Variante geglaubt und das tat er inzwischen auch nicht mehr. Mit der Menge Drogen im Blut hätte Frau Kloss niemals so eine komplizierte Geschichte planen und auch noch ausführen können. Schon gar nicht, wenn man bedachte, wo die Tasche gefunden worden war.

„Frau Büchner, Ihnen ist bekannt, was Täterwissen bedeutet?"

Sandra nickte. Das hörte sich ja so an, als hätte Petersen es sich anders überlegt. Mal sehen, ob er doch noch etwas preisgab.

„Betrachten Sie das als einen Versuch oder einen Test, ganz wie Sie wollen. Aber eins kann ich Ihnen versprechen, wenn ich mitkriege, dass Sie mit irgendwem anders als mit mir oder Jansen über den Fall reden, dann setze ich Sie auf die Liste der unerwünschten Personen. Nicht nur in Neuharlingersiel, sondern in ganz Ostfriesland. Haben wir uns verstanden." Sandras erneutes Nicken reichte ihm in diesem Fall nicht. „Ich will es von Ihnen hören."

„Ja, ich habe verstanden." Das war zwar ein bisschen sehr Kindergarten, aber wenn's ihn glücklich machte.

Nun schloss Petersen die Autotür doch noch einmal und kam auf Sandra zu. „Ich habe die Suizid-Theorie erst mal beiseitegelegt, aus den von Ihnen schon genannten Gründen. Darüber hinaus kann ich Ihnen noch sagen, dass die Tasche heute von einem Wattwanderer gefunden wurde, in der Nähe von Carolinensiel. Eine erste Überprüfung des Inhalts hat ergeben, dass noch alles da zu sein scheint, sogar das Bargeld und die EC-Karte. Damit scheidet ein Raubüberfall wohl auch aus. Unsere Ermittlung richtet sich jetzt mehr auf Körperverletzung bis hin zu versuchtem Totschlag."

„Haben Sie schon irgendeine Ahnung, was das Motiv sein könnte?"

„Leider nein. Wir können nur hoffen, dass wir bald mit Frau Kloss reden können und sie etwas Licht ins Dunkel bringt."

„Ich habe auch schon hin und her überlegt. Mir will aber einfach nichts einfallen, was Sinn macht. Marzena und ihr Mann wohnen noch nicht sehr lange hier. Laut der Tochter hatte sie noch keine neuen Freundschaften geschlossen.

Auch von Streitereien ist ihr nichts bekannt. Verdächtigen Sie immer noch den Ehemann?"

„Wir haben ihn jedenfalls noch nicht endgültig ausgeschlossen. Wenn ich ehrlich bin, ist er im Moment leider der einzige konkrete Verdächtige."

„Ich glaube nicht, dass er was damit zu tun hat. So wie er sich um Marzena sorgt, das ist ehrlich."

„Auch wenn ich nachvollziehen kann, warum Sie das sagen, manchmal ist Besorgnis von schlechtem Gewissen nur schwer zu unterscheiden. Wie dem auch sein, ich bin für alles offen."

„Ich versuche gerade rauszukriegen, wo Marzena vor dem Überfall gewesen sein könnte. Ich habe nämlich gehört, dass sie sich mit jemandem treffen wollte. Wissen Sie etwas davon?"

„Davon höre ich jetzt zum ersten Mal. Wer hat Ihnen denn das erzählt?"

„Eine gemeinsame Freundin hat mir davon erzählt. Von ihr habe ich auch vom Überfall auf Marzena erfahren."

„Und von wem weiß sie es?"

„Von Kloss. Er hatte sie angerufen und sie anschließend mich."

„Dann muss Kloss ihr von der Verabredung erzählt haben. Da frage ich mich doch sofort, wieso er es mir gegenüber nicht erwähnt hat. Am besten wir fragen ihn gleich mal danach." Er wollte schon wieder ins Haus zurück, als Sandra ihn aufhielt.

„Warten Sie noch einen Moment. Lassen Sie mich nur kurz telefonieren." Ihr war gerade eingefallen, dass sie vergessen hatte, Gerti anzurufen. Vielleicht wusste die das mit dem Treffen ja gar nicht von Kloss, sondern von Marzena selber.

Petersens Entscheidung, auf Sandra zu hören und abzuwarten, wurde damit belohnt, Zeuge eines der denkwürdigen Telefonate zwischen Gerti und Sandra zu werden. Das verdankte er auch der Tatsache, dass Sandra auf Lautsprecher schaltete.

„Gerti, ich habe auf laut und Kommissar Petersen ist bei mir."

„Bist du schon verhaftet? Das wäre ein neuer Rekord."

„Nein! Du nun wieder. Wir arbeiten zusammen." Ein Räuspern Petersens brachte sie dazu, den letzten Satz umzuformulieren. „Ich meinte natürlich, dass ich ihm bei der Ermittlung helfe."

„Wie hast du das denn wieder geschafft? Erpressung oder Sturheit?"

„Ich hatte gute Argumente und Fürsprecher."

Petersen platzte dazwischen. „Mir wurde geraten, Frau Büchner lieber im Blick zu behalten."

Gertis Lachen drang aus dem Telefon. „Jaaa! Das klingt schon glaubwürdiger. Lassen Sie sich nur nicht austricksen von ihr."

„Vielen Dank für deine Unterstützung. Können wir dich jetzt mal was fragen?"

„Klar doch, aber ich sag gleich, egal was es ist: Ich war's nicht. Ich hab ein Alibi."

„Ja, ja, ich weiß. Du warst mit uns bei Rigoletto. Sehr witzig."

Petersens Lippen formten die stumme Frage: „*Rigoletto?* ", worauf Sandra kopfschüttelnd meinte: „Nicht wichtig. Ist so'n Running Gag bei uns."

„Aha." Das klang immer noch nicht überzeugt.

„Manche mögen's heiß?"

Petersen wollte schon erwidern: „Mir ist das Wetter egal", als es endlich Klick machte. Er murmelte verlegen: „Ach so, der Film."

Nun wollte Sandra ihre Frage endlich loswerden, wurde aber von Gerti unterbrochen. Sie wollte wissen, wie es Marzena ging. Da es leider nur schlechte Neuigkeiten gab, fertigte Sandra die Freundin mit einem kurzen: „Noch keine Besserung", ab. Damit musste Gerti sich fürs Erste zufriedengeben und endlich kam Sandra dazu, ihre Frage stellen.

„Gerti, du hast mir gesagt, dass Marzena von einem Treffen kam. Woher weißt du das?"

Zunächst blieb es ruhig am anderen Ende. Gerti musste überlegen. „Ich kann mich nicht erinnern", sagte sie schließlich.

„Ach komm. Irgendwer muss es dir doch erzählt haben. Du wirst dir das ja nicht ausgedacht haben."

„Ich weiß ja nicht mal mehr, dass ich das überhaupt gesagt habe. Aber wenn, dann kann ich es ja nur von Marzenas Mann gehört haben. Mit wem anders habe ich ja nicht telefoniert." Das lag nahe, aber Sandra hätte es schon gern genauer gehört. Petersen übrigens auch, so unzufrieden wie er aussah.

„Dann brauche ich dich wohl gar nicht erst zu fragen, ob du weißt, mit wem Marzena sich treffen wollte." So war es. Gerti hatte keine Ahnung.

Petersen sah keinen Sinn mehr, weiter zu fragen. „Da kann man nichts machen", raunte er Sandra zu. „Lassen Sie es gut sein. Sie dürfen Ihre Freundin nicht drängen. Das führt am Ende nur zu Falschaussagen." Das wusste Sandra auch, aber eine Sache wollte sie noch probieren.

„Wenn du mit Marzena telefoniert hast, wie war sie so drauf? Hat sie von irgendwelchen Problemen geredet oder von Streitigkeiten?"

„Nein. Nicht, dass ich wüsste. Seit sie und ihr Mann umgezogen sind, ging es ihr richtig gut. Besonders, nachdem der Kauf der Ferienwohnungen unter Dach und Fach war. Das war zwar Neuland für sie, aber eine andere Vermieterin hat ihr anfangs geholfen."

„Was ist mit Freunden, Gerti? War Marzena hier mit irgendwem befreundet."

„Ach, ich weiß nicht, ob man das so nennen kann. Wir haben ja auch nicht ständig miteinander telefoniert. Hättest du sie ab und zu auch mal angerufen, wüsstest du selber, wie es ihr ging. Stattdessen nimmst du mich ins Verhör. Rede doch mal mit dieser Vermieterin. Vielleicht kann die ja mehr erzählen. Jens kennt bestimmt deren Namen." Das sah Gerti gar nicht ähnlich, so rumzueiern. Klar hatte sie den Kontakt zu Marzena schleifen lassen, aber dass Gerti ihr das nun zum Vorwurf machte, das roch aber sehr nach Ablenkung.

„Sobald sich die Gelegenheit ergibt, werde ich mit der Frau sprechen. Jetzt hätte ich aber gern gewusst, was du mir hier gerade zu verschweigen versuchst."

„Ich verschweige dir doch nichts. Warum sollte ich das tun?"

„Hm, lass mich mal überlegen. Weil es irgendwas Peinliches ist?"

„Blödsinn. Das redest du dir ein."

„Gerti!" Sandras Ton gewann an Schärfe. „Wenn du irgendwas weißt, dann spuck's aus und wenn es noch so peinlich ist. Von mir aus kann Marzena sich mit einem Liebhaber getroffen haben, in einem Nudistencamp gewesen sein oder in einem Swingerclub. Ist mir egal, aber du darfst es nicht für dich behalten."

Am anderen Ende gab Gerti ein verdächtiges Schnaufen von sich. „War ja klar, dass du gleich an sowas denkst. Das ist es aber nicht. Marzena war wirklich ein paar Mal in einem Club, aber kein Swingerclub. Du würdest es wahrscheinlich Spinnerclub nennen. Und genau deshalb wollte sie nicht, dass du davon erfährst."

„Woher willst du denn wissen, wie ich es nennen würde. Verrat mir erst mal, was es ist und dann sag ich dir, wie ich es nenne."

„Es ist kein Club, es ist ein Zirkel." Gerti holte tief Luft für die letzte Offenbarung. „Ein Esoterik-Zirkel." In den nächsten Sekunden blieb es so still, dass man das Husten eines Flohs hätte hören können. Weder Sandra noch Petersen sagten etwas, wenn auch aus verschiedenen Gründen. Während der Kommissar diese Info mit den Fakten des Falls verbinden wollte, dachte Sandra darüber nach, wie Marzena da hineingeraten sein konnte. Sie war ja schon immer die Ruhigste im Trio gewesen, manchmal ein bisschen verpeilt und sehr empfindlich. Aber Esoterik? Grundsätzlich hatte Sandra nichts gegen Leute, die sich auf spirituellen Wegen bewegten. Wenn aber solche Sachen wie Séancen oder Wahrsagen ins Spiel kamen, dann konnte sie deren Anhänger nicht ernst nehmen. Hoffentlich war Marzena nicht auf solchen Hokuspokus reingefallen oder noch schlimmer, in die Fänge einer Sekte geraten. Mehrere Szenarien schossen ihr durch den Kopf, aus denen sich Motive formten. Doch dafür war es zu früh. Noch wusste sie nichts über diesen Zirkel.

„Okay", sprach sie sehr gedehnt, um Zeit zu gewinnen und ihre Gedanken zu ordnen. „Ein Esoterik-Zirkel. Warum nicht?" Gerti befürchtete eine von Sandras berüchtigten Spitzen und fiel ihr ins Wort.

„Wehe du lachst über sie!"

„Mach ich doch gar nicht. Ich erinnere mich gut, wie begeistert Marzena beim Mantra-Singen und der Klangschalen-Meditation mitgemacht hat." Damit spielte sie auf ihren Aufenthalt im buddhistischen Meditationszentrum *Bodhi Vihara* letztes Jahr an. „Wenn ihr der Ausflug in die Esoterik guttut, ist erst mal nichts dagegen einzuwenden. Ich weiß aber auch, dass in dieser Szene viele Scharlatane ihr Unwesen treiben und Marzena ist eine so gutgläubige Seele, dass sie geradezu prädestiniert dafür ist, ein Opfer solcher Blender zu werden." Das konnte nicht mal Gerti abstreiten und deshalb widersprach sie in dem Punkt nicht. Aber sie ergriff natürlich Partei für Marzena.

„Ich hatte schon den Eindruck, dass sie sich wohlgefühlt hat mit diesen Leuten."

„Weißt du, wer diese Leute sind?"

„Marzena hat zwar ein bisschen was erzählt, aber wenn ich ehrlich bin, habe ich nicht so richtig zugehört. Das waren solche Phantasienamen, weißt du. Da kann ich dir nicht helfen."

„Du kennst keine Namen?"

„Nein, tut mir leid."

„Ist nicht zu ändern. Dann erst mal danke. Und wenn dir doch noch was einfällt, ruf mich an." Gerti durfte wieder zu ihrem Fernsehkrimi zurück und Sandra wandte sich an Petersen. „Dann reden wir mal mit Kloss. Vielleicht weiß der was."

„Das wird nicht nötig sein", meldete sich Petersen plötzlich zu Wort. „Ich weiß, wer gemeint ist." Auf Sandras fragenden Blick hin, erklärte Petersen: „Es gibt eine Gruppe von Esoterikern in Carolinensiel. Gründer ist ein gewisser Hannes Bonner aus Cuxhaven. Er nennt sich *Videntis*, das ist lateinisch für: der Seher. Er hat eine Zeitlang in Holland, genauer gesagt in Scheveningen, gelebt, davor war er längere Zeit in Indien, wo er, wie er es ausdrückt, die Gabe des Sehens empfangen hat. Mehr weiß ich nicht über ihn."

„Das ist doch aber eine ganze Menge. Wie kommt das? Liegt was gegen ihn vor?"

„Eigentlich nicht. Es gab mal eine Beschwerde wegen Belästigung. Die wurde aber zurückgezogen. Ich bin trotzdem mal bei einem seiner Vorträge aufgetaucht. Der Typ ist genau so, wie man sich einen vorstellt, der von sich selber in der dritten Person spricht und behauptet, vom

122

großen Orakel zum Seher bestimmt worden zu sein. Wenn Größenwahn und Narzissmus strafbar wären, dann hätte ich ihn schon längst verhaftet. Mehr kann man ihm aber nicht vorwerfen. Seine Anhänger laufen ihm alle freiwillig hinterher und das ist allein ihre Sache."

Sandra hatte aufmerksam gelauscht und mit jedem Satz war ihre Neugier gewachsen. Den Typen musste sie sich unbedingt anschauen. „Herr Petersen." Das schelmische Blitzen in Sandras Augen entging dem Kommissar nicht und er war gespannt, was jetzt kam. „Wissen Sie, dass man mir schon oft hellseherische Fähigkeiten nachgesagt hat?"

Petersen beschloss, das Spiel mitzumachen. „Was Sie nicht sagen."

„Ja und gerade habe ich wieder eine Eingebung. Ich sehe da eine Begegnung der spiritistischen Art auf mich zukommen. Der morgige Tag sollte mich zu einem Mann führen, der mir Einsichten in die spirituellen Abgründe dieses Falles geben kann. Vorausgesetzt, der Ort, an dem er sich aufhält, offenbart sich mir noch."

„Da kann ich vielleicht behilflich sein. Bonner wohnt in einem Wohnwagen, dort, wo er auch seine Sitzungen abhält. Die Adresse schicke ich Ihnen morgen auf ihr Handy."

„Das wäre sehr hilfreich, danke."

„Vielleicht wäre es besser, wenn ich Sie begleite."

„Lieber nicht. Wir wollen ihn doch nicht erschrecken. Erst mal werde ich mich ihm als ein großer Esoterik-Fan vorstellen und seinen esoterischen Rat erbitten."

„Auf gut Deutsch gesagt: Sie wollen ihn austricksen."

„Es ist bestimmt von Vorteil, zunächst etwas über seine Masche zu erfahren. Auf diese Weise kriege ich vielleicht sein zweites Gesicht zu sehen, bevor ich mir das erste vornehme." Petersens einzige Reaktion bestand aus einem undurchschaubaren Blick. „Haben Sie noch was auf dem Herzen, Herr Kommissar?"

Das hatte er tatsächlich, wie sich nun herausstellte. Er öffnete die Autotür und holte eine durchsichtige Tüte heraus. „Wir haben noch etwas gefunden. Es steckte in einer Seitentasche des Sling Bags. Der Reißverschluss war offen und es war halb herausgerutscht. Nur deshalb haben wir es sofort gesehen." Sandra brauchte ein paar Sekunden, um zu erkennen, was sie da vor sich hatte. Erstaunt riss sie die Augen auf und rief: „Das ist ja eine Tarotkarte!"

ZWÖLF

Der Anblick der Tarotkarte machte Sandra zunächst erst mal sprachlos. Instinktiv wollte sie danach greifen. Dazu kam es aber nicht. Petersen zog seine Hand sofort zurück.

Mit: „Ich wollte mir nur das Kartenmotiv genauer ansehen", entschuldigte Sandra ihre unbedachte Reaktion.

Daraufhin ließ der Kommissar sie einen genaueren Blick darauf werfen. „Das ist der Turm", erklärte Petersen.

„Sowas wissen Sie?" Sandras Frage nötigte ihm eine Rechtfertigung ab. „Habe ich auch nur gegoogelt."

„Ich dachte schon, Sie gehören auch zu diesem Esoteriker-Zirkel."

„Das ist doch Tüdelkram. Ich überführe Verbrecher durch Wissenschaft, nicht mit Hilfe von Wahrsagerei."

„Denken Sie, dass die Karte eine spezielle Bedeutung für den Fall hat?"

„Sie meinen, es könnte ein Hinweis auf den Täter sein?" Das war eine rhetorische Frage, wie der Nachsatz bewies. „Toll wär's. Dann müssten wir nur noch denjenigen finden, der die Karte vom Tod in der Tasche hat und der ist dann der Täter."

„So habe ich das nicht gemeint. Es könnte doch aber ein Hinweis sein, dass Marzena bei einem Treffen des Zirkels war oder sich mit jemanden von denen getroffen hat."

„Es könnte aber auch nur Zufall sein, dass sie die Karte bei sich trug, oder sie ist ein Talisman oder eine Ablenkung. Aber im Moment ist das auch egal. Nachdem was ihre Freundin uns erzählt hat, werde ich auf jeden Fall überprüfen, ob es an jenem Abend ein Treffen des Esoterik Zirkels in Carolinensiel gegeben hat und ob Frau Kloss auch dort war."

„Ich habe keine Zweifel. Da ist zum einen die Karte und zum anderen der Fundort des Sling Bags. Das sind eindeutige Hinweise für mich und denen werde ich nachgehen."

Petersen schüttelte unwillig den Kopf. „Ach, wenn ich es doch auch so einfach hätte wie Sie. Aber leider muss ich dem Staatsanwalt etwas mehr vorlegen als das."

„Ich nehme an, Sie werden morgen mit dem Zirkel-Gründer, diesem *Videntis*, reden. Vielleicht sollten wir uns absprechen, damit wir nicht zur selben Zeit dort aufschlagen."

„Ich weiß noch nicht, wann ich Zeit finde. Das hängt davon ab, was bis morgen Früh sonst noch auf meinem Schreibtisch landet."

„Gut. Dann werde ich dem Orakel von Carolinensiel am Vormittag einen Besuch abstatten. Denken Sie bitte daran, mir seine Adresse zu schicken."

„Und Sie versprechen mir, dass Sie vorsichtig sind und nicht über den Fall mit ihm sprechen. Nur umschauen, verstanden?"

„Ja, nur gucken, nicht anfassen."

„Das ist mein Ernst, Frau Büchner. Sprechen Sie mit ihm über esoterische Themen und kaufen Sie ihm ein Amulett ab. Von mir aus können Sie sich auch die Zukunft vorhersagen lassen. Alles, nur keine Fragen zum Überfall oder zu Frau Kloss."

„Und wenn er mir nun weissagt, dass ich demnächst einen Mörder fangen werde?" Diese nicht ganz ernstgemeinte Bemerkung Sandras bewies wieder mal, dass sie immer das letzte Wort haben musste. Petersen gab sich geschlagen. Ein letztes Abwinken, dann stieg er ins Auto und brauste davon.

Drei erwartungsvolle Augenpaare schauten Sandra entgegen, als sie in den Wintergarten zurückkam.

„Wo warst du denn so lange?", fragte Svenja. „Wir dachten schon, es wäre was passiert."

„Ach, ich hatte Gerti versprochen sie anzurufen. Das wollte ich nicht hier am Tisch machen. Schöne Grüße soll ich ausrichten und sie drückt die Daumen." Alle bis auf Billy schienen ihre Erklärung zu akzeptieren. Das hatte Sandra auch nicht anders erwartet. Billy fragte zwar nicht nach, ihr Blick ließ aber keinen Zweifel daran, dass Sandra es ihr später würde erklären müssen.

♥

Mit seinem Auftauchen hatte Petersen die Stimmung empfindlich gestört. Kurze Zeit später verabschiedeten sich die beiden Magdeburgerinnen von ihren Gastgebern und machten sich auf den Heimweg. Nun konnte Sandra endlich Billys Neugier befriedigen und ihr von dem Gespräch mit Petersen berichten. Billys Schlussfolgerung war kurz und traf es auf den Punkt.

„Du willst also morgen zu diesem Wahrsager fahren?"

„Wenn Petersen schon mal damit einverstanden ist, muss ich das doch ausnutzen."

„Ich nehme an, du willst allein hingehen."

„Ist besser so. Vielleicht muss ich dich auch noch zu ihm schicken. Das geht aber nur, wenn er nicht weiß, dass wir zusammenarbeiten."

„Was mache ich denn in der Zwischenzeit? Hast du nicht irgendwas, das ich erledigen kann?"

„Da gibt es tatsächlich was, das du tun könntest. Hör dich doch mal in Carolinensiel um. Bestimmt reden die Leute über diesen Esoterik-Zirkel. Versuch mal rauszukriegen, wer alles dazu gehört."

„Das krieg ich hin. In so einem kleinen Ort kennt doch jeder jeden und da wird ordentlich getratscht. Verlass dich auf mich."

„Aber übertreib es nicht mit den Fragen. Laut Petersen reden die Eingeborenen nicht gern mit Fremden über ihre Angelegenheiten."

„Ich sag doch, dass ich das hinkriege! Sogar mein Mann hält mich für die bessere Kriminalistin von uns beiden und der muss es ja wissen."

„Das kann er leicht behaupten. Er ist ja auch keine Kriminalistin."

„Sehr witzig, Frau Oberschlau. Nur damit du's weißt, er hat mit *„uns beide"* dich und mich gemeint." Das nahm Sandra ihr zwar nicht ab, ließ es aber auf sich beruhen.

In dieser Nacht wollte der Schlaf nicht zu ihr kommen, also ließ sie den Tag noch mal an sich vorüberziehen. Sie hatte einiges über Marzena erfahren, was sie überraschte. Zum Beispiel ihr Interesse an Esoterik. Marzena war in ihrem Trio schon immer diejenige gewesen, die für mentale Reize am empfänglichsten war. Es erstaunte Sandra vielmehr, dass Marzena sich Gerti anvertraut hatte und nicht ihr. War sie denn wirklich so ein Biest? Okay, sie machte sich gern mal über alles Mögliche lustig. Von ihren kleinen Spitzen blieb niemand verschont, auch die Freundinnen nicht. Gleiches galt aber auch für sie selber. Und sie achtete sehr darauf, in ihrer Wortwahl nicht verletzend zu sein. Daher hatten Gertis Bedenken, sie könnte Marzenas neues Hobby verlachen, sie auch sehr getroffen.

Sandra war nicht unempfindlich gegenüber Kritik und wenn sie berechtigt war, nahm sie sie auch an. In diesem Fall hieß das, sie würde wohl oder übel mal in sich gehen müssen und ein paar Dinge ändern. Zum Beispiel: Gerti und Marzena öfter mal anrufen. Die Freundschaft zu den Mädels war ihr zu wichtig, um sie aus gekränkter Eitelkeit aufs Spiel zu setzen.

♥

Der nächste Vormittag führte Sandra und Billy also nach Carolinensiel. Das beschauliche Örtchen gehörte, genau wie Harlesiel, zu Wittmund und zusammen bildeten sie das Nordseeheilbad Carolinensiel-Harlesiel. Die Fahrt dorthin dauerte nur ein paar Minuten, kaum genug Zeit, um noch mal die Details durchzusprechen. Sandra ließ Billy in der Nähe des Hafens aus dem Auto springen. In diesem Teil des Ortes, hofften beide, würden sich die besten Informationsquellen finden lassen. Sie vereinbarten, sich spätestens mittags wieder zu treffen. Wo und wann genau würde man sehen. Wozu gab's schließlich WhatsApp.

Sandra sah Billy noch einen Augenblick hinterher, wie sie gemütlich davonschlenderte, dann machte auch sie sich auf die Suche. Ihr Ziel war Hannes *Videntis* Bonner, der Seher. Petersen hatte ihr nicht nur, wie versprochen, die Adresse geschickt, er hatte auch gleich noch mal zusammengefasst, was er über den Seher von Carolinensiel noch so wusste. Dafür war ihm Sandra sehr dankbar. Ihre morgendliche Internet-Recherche war nämlich im buchstäblichen Nordseesande verlaufen. Bonner betrieb keine Website und war weder auf Instagram, Facebook oder Twitter vertreten. Entweder setzte er darauf, potenzielle Anhänger auf spirituellem Weg, sprich durch Gedankenübertragung, anzulocken oder er wollte unter dem digitalen Radar bleiben. Selbst als sie ihre Suche auf das Nachbarland, die Niederlanden, ausgeweitet hatte, gab es keinen einzigen Treffer. Das war merkwürdig, denn laut Petersen hatte er dort einige Zeit verbracht. Davon war aber nichts zu finden. Dann eben nicht, dachte sie. Fürs Erste war es sowieso besser, sich auf das Hier und Jetzt zu konzentrieren. Sollte sich der Mann irgendwie als verdächtig herausstellen, konnte sie seinen Background immer noch einer gründlicheren Überprüfung unterziehen.

Erst musste sie Bonner oder vielmehr *Videntis* mal finden. Hieß sein Zirkel nicht *Sucher & Seher*? Das passte ja wie die Faust aufs Auge. Auf der Suche nach dem Seher. Sandra konnte sich ein Grinsen nicht verkneifen. Wenn der ihr mit dem dritten Auge kam, dann sollte er besser aufpassen, dass er sich nicht sein Karma verbog. Dem würde sie gehörig auf den Zahn fühlen.

Die angegebene Adresse lautete Carolinenwinkel und lag im Osten des Hafenstädtchens. In der Mitte der Straße, vor einem Einfamilienhaus, entdeckte sie ein Schild mit der Aufschrift:

OCULTUS
Alles für Seele und Sinne
Kristalle, Amulette, Pendel, Naturkosmetik u.v.m.
Inh. Siegrid Postin

Darunter stand mit etwas kleinerer Schrift:
Termine für Madame Zouza
im Laden vereinbaren

Kein Hinweis auf jemanden mit Namen *Videntis* oder Bonner. War sie hier wirklich an der richtigen Adresse? Sie fuhr langsam die Straße entlang und unterzog die anderen Häuser einer genaueren Musterung. Fehlanzeige. Sie drehte eine zweite Runde auf der Suche nach einem Parkplatz. Den fand sie vor einem Supermarkt, ein paar hundert Meter entfernt.

Bevor sie sich auf den Weg zum Carolinenwinkel machte, zog sie schnell noch Google zu Rate. Ihre Eingabe: Occultus Esoterikladen und Carolinensiel brachte tatsächlich einige Treffer. Die Inhaberin war, wie auf dem Schild vermerkt, eine gewisse Siegrid Postin. Sie war außerdem unter dem Namen Madame Zouza als Wahrsagerin unterwegs. Was für ein Name war das denn nun wieder? Sandra googelte es und fand: Zaubernuss. Zaubernuss? Sandras einzige Assoziation war Aschenbrödel, aber da waren es Haselnüsse gewesen. Der Name und das ganze Drumherum ließen vermuten, dass Madame Zouza ebenfalls dem Esoterik-Zirkel angehörte.

Kurze Zeit später stand Sandra mit diesem Wissen und einer gehörigen Portion Unglauben ausgerüstet vor dem Haus im Carolinenwinkel. Ein Plattenweg führte hin zum zweistöckigen Einfamilienhaus, das aus den 60er Jahren stammte. Ein grauer Kasten, rote Ziegel auf dem Spitzdach, weiße Fensterrahmen und eine grüne Holztür, die weit offenstand. Wenn das keine Aufforderung zum Hereinkommen war, was dann?

Sandra ging gemessenen Schrittes auf das Haus zu. Von außen machte alles einen eher normalen Eindruck. Einzig das Schild wies darauf hin, dass man hier vor der Behausung einer Wahrsagerin stand. Als Sandra näher heranging, entdeckte sie einen weiteren Hinweis darauf. Über der Tür zierte ein übergroßes Symbol die Fassade, ein Auge. Und da war es schon, dass dritte Auge. Na prima! Als hätte sie es nicht schon geahnt. Dieses Symbol fand man sonst auf den Wandmalereien in ägyptischen Grabkammern. Hier wirkte es auf den ersten Blick fehl am Platz.

Sandra näherte sich der offenen Tür, die eingerahmt wurde von zwei prächtigen Agaven in Terrakottatöpfen. Man konnte sehen, dass beide Pflanzen regelmäßig gestutzt wurden. Wahrscheinlich gewann Madame Zouza daraus ihre Naturmedizin. Als Sandra das Haus betrat, wehte ihr der typische Duft eines orientalischen Kramladens entgegen: eine Mischung aus Patschuli, Sandelholz und Zimt. Wow, das konnte einen glatt aus den Birkenstock-Latschen hauen, wenn man eine empfindliche Nase hatte. Der Intensität nach musste Madame Zouza eine beträchtliche Menge an Räucherstäbchen verbrauchen. Sie war bestimmt eine Stütze der indischen Räucherwaren-Industrie.

Das Innere des Hauses empfing die Besucher mit einem Anblick, der schon eher einer mystischen Behausung entsprach. Die Decke war mit bunten Tüchern abgehängt. Wären da nicht die Wände in einem warmen Ockerton gewesen, Sandra hätte sich wie in einem Jahrmarktszelt gefühlt. Die Mitte des Raumes dominierte ein großer Tisch aus dunklem Holz, über den eine schwere Decke aus violettem Samt drapiert worden war. Hierauf bot Madame Zouza einen Teil ihrer Waren feil. Allerlei esoterische Utensilien wie Amulette, Figürchen, Klangschalen und Dinge, deren Bedeutung sich Sandra nicht sofort erschloss. Es gab aber noch mehr. Die Wände waren mit Regalen vollgestellt. Hier fand der geneigte Besucher vielerlei hübschen, unnützen Tand, aber auch handgemachte Seifen,

Cremes in Schmuckgläschen, Tinkturen in Phiolen und zahlreiche Bücher. An einem drehbaren Ständer hingen kleine Säckchen aus Samt, gefüllt mit etwas, dass nicht erkennbar war. Kurz gesagt, Madame Zouza bot alles an, was das Esoteriker-Herz begehrte.

Sandra war noch dabei, alles auf sich wirken zu lassen, als sie die dunkle Stimme einer Frau vernahm.

„Sei gegrüßt. Ich bin Madame Zouza. Was kann ich für dich tun?"

Sandra fuhr erschrocken herum. Sandra hatte das Erscheinen der Wahrsagerin nicht bemerkt, so gefesselt war sie von dem ganzen Drumherum gewesen. Erschrocken drehte sie sich dorthin, woher die Stimme kam. Madame Zouza stand neben einem Fenster. Der Platz war gut gewählt. Das Licht der niedrigstehenden Frühlingssonne warf einen goldenen Schein auf ihre imposante Erscheinung. Sie war groß und gut gebaut. Die langen, roten Haare fielen ihr in wilden Locken bis über die Schulterblätter, Einzig ein goldgelbes Tuch, im Nacken gebunden, bändigte Madame Zouzas Lockenpracht. Falls sie geschminkt war, dann sehr zurückhaltend und mit warmen Erdtönen. Nur die Lippen glänzten in sattem Bordeauxrot. Sie trug hübsche Ohrringe in Form von übergroßen Tropfen aus einem grünen Stein, der Sandra an Jade erinnerte. Doch dieses Grün war nichts im Vergleich zum Grün ihrer Augen. Wie sie mit diesen Augen auf Sandra herabschaute, das hatte schon fast ein bisschen was Hypnotisches an sich.

Auch Ihre Kleidung war ungewöhnlich. Sie trug ein langes grünes Gewand, besetzt mit goldfarbener Borte am

Saum den Ärmeln und dem Ausschnitt. In Brusthöhe war das allsehende Auge aufgestickt, das genauso aussah, wie das über der Haustür. In dieser Aufmachung sah sie wirklich wie eine leibhaftige Wahrsagerin aus. Bestimmt war sie auf jedem Mittelaltermarkt die Attraktion. Auf jeden Fall verstand sie es, einen wirkungsvollen Auftritt hinzulegen und der verschlug sogar Sandra den Atem. Oder, lag es doch an den Räucherstäbchen? Wer konnte sagen, was hier außer Patschuli noch so in der Luft lag.

DREIZEHN

Madame Zouza kam langsam auf Sandra zu. Fast sah es so aus, als würde sie sie umarmen wollen. Das ginge ja dann doch etwas zu weit oder auch zu nah, wenn man es wörtlich nahm. Sandra trat unwillkürlich einen Schritt zurück. Zu ihrer Beruhigung hatte die Frau etwas anderes im Sinn. Mit geschmeidigen Bewegungen, die Sandra sehr an eine Katze erinnerten, trat sie an den Tisch und gleich darauf zog der tiefe, dunkle Ton einer Klangschale durch den Raum.

Noch immer sah Madame Zouza lächelnd auf Sandra herab und plötzlich spürte diese ein Kribbeln in sich aufsteigen. Dieser ganze Zinnober fing an, sie zu nerven. Das fehlte noch, dass sie sich davon beeindrucken ließ.

„Ich bin auf der Suche nach Herrn Bonner. Man sagte mir, dass ich ihn hier finden würde."

Was war das? Hatte sich der Ausdruck in Madame Zouzas Gesicht gerade verändert? Ihr Lächeln wirkte auf einmal gar nicht mehr so strahlend, sondern mehr wie in Stein gemeißelt.

„Hannes ist in seinem Wohnwagen, hinter dem Haus." Ihre dunkle Stimme gab sogar der knappen Auskunft noch einen Anflug von Wohlgefallen, doch Sandra täuschte sie damit nicht. Madame Zouza hatte in ihr eine potentielle Kundin gesehen und war nun enttäuscht darüber, dass sie zu ihrem Konkurrenten wollte. Das warf aber eine Frage auf. Wenn die Frau in Bonner einen Konkurrenten sah, wieso ließ sie ihn dann auf ihrem Grundstück wohnen? Vielleicht steckte hinter dem Stimmungsumschwung ja auch etwas ganz anderes.

„Danke. Das finde ich bestimmt." Sandra drehte sich um und ging. Madame Zouza sollte nicht auf die Idee kommen, sie zu begleiten.

„Er empfängt nicht gern Leute ohne vorherige Anmeldung. Weiß er denn, dass Sie kommen?" Amüsiert registrierte Sandra, dass Madame Zouza wieder zum förmlichen Sie übergegangen war. Nun, da sie in ihr keine potenzielle Kundin mehr sah, war Förmlichkeit ihr offenbar lieber.

Jetzt bloß nicht abwimmeln lassen. „Das geht schon in Ordnung. Mich empfängt er." So überzeugend das auch rüberkam, ganz sicher war sich Sandra nicht mehr. „Danke und einen schönen Tag." An der Tür drehte sie sich für eine letzte Bemerkung noch mal um. „Einen tollen Laden haben Sie hier!" Etwas Höflichkeit konnte nicht schaden, fand Sandra. Man konnte nie wissen, wozu es gut war. Vielleicht musste sie ja mit Madame Zouza auch noch reden. Dann konnte es sehr hilfreich sein, einen guten Abgang hingelegt zu haben. Sie war schon halb draußen, als ihr Madame Zouza noch etwas hinterherrief.

„Geben Sie auf Udo acht. Der kann Fremde nicht leiden."

Auch das noch, dachte Sandra, ein Wachhund. Hoffentlich lief der nicht frei rum. Sie hatte nicht mal ein Leckerli dabei. Wenn da jetzt ein Rottweiler auf sie zukam, würde sie passen müssen. Mit diesen Gedanken setzte sie ihren Weg um das Haus herum fort. An der ersten Ecke blieb sie stehen und lugte herum. Nichts zu sehen, weder Hund noch Besitzer und auch kein Wohnwagen. Sie lief weiter. Hinter der nächsten Ecke entdeckte sie schließlich den Wohnwagen. Ein älteres Modell, auf den ersten Blick aber ganz gut in Schuss. Bis hierhin sah alles noch völlig harmlos aus. Auch vom Hund war weit und breit nichts zu sehen. Dafür erblickte Sandra etwas anderes, ein Zelt. Keins für Kinder, in dem der Häuptling vom Stamme der Rotznasen Kriegsrat hielt. Dies hier war ein geräumiges Rundzelt mit spitzem Dach aus cremefarbenem Zeltstoff, derb und sicher wasserabweisend. Solche Zelte hatte sie bisher nur auf Mittelaltermärkten oder Wikingerfesten gesehen, in einer gutbürgerlichen Wohngegend wie dieser aber noch nie. Was Sandra besonders erstaunte, war der krasse Gegensatz zu Madame Zouzas Laden. War das Innere des Hauses total überladen mit Waren und Deko gewesen, suchte man hier vergeblich nach irgendwelchen Hinweisen auf die Zunft der Esoteriker. Nur ein Windspiel gab ein melodisches Läuten von sich und das hing an der Tür des Wohnwagens. Sandra musste zugeben, dass sie etwas anderes erwartet hatte.

Der Eingang zum Zeltinneren stand offen und Sandras Neugier war geweckt. Über einen Trampelpfad kam man am Wohnwagen vorbei direkt dorthin. Vor dem Zelt hielt sie einen Moment inne. „Hallo! Herr Bonner?", rief sie ins Innere hinein. Nicht gerade laut, aber hörbar. Drinnen regte sich etwas, doch das hörte sich nicht nach einem „Herein" an. Was soll's, dachte sie. Wenn der Mann gerade mit etwas beschäftigt war, das niemand mitbekommen sollte, dann hätte er eben den Eingang schließen müssen. Entschlossen trat sie über die Schwelle.

Eine seltsame Atmosphäre umfing sie. Auch das Innere des Zeltes sah nicht so aus, wie sie es sich vorgestellt hatte. Rechts und links neben dem Eingang waren Kissen aufgestapelt, solche, die man als Auflagen für Gartenstühle verwendete. Die waren sicher für die Besucher gedacht. Dem Zugang gegenüber stand ein Sitzhocker auf einem Podest. Sein Zweck erschloss sich Sandra sofort. Dort saß oder thronte der *Meister* und konnte auf seine Anhängerschar herabsehen. Sandra kam der Gedanke, dass dieser *Videntis* möglicherweise nicht besonders groß war. Kleine Männer wählten gern erhöhte Plätze.

Was gab es noch zu sehen? Nicht viel. Die Mitte des Zelts zierte ein runder Teppich, aus dessen Mitte sich eine Zeltstange erhob, die das Dach abstützte. Alles, bis auf einen weißen Paravent neben dem Podest, war in gedeckten Gelb- und Grüntönen gehalten. Diese ruhige Farbgestaltung, die im absoluten Gegensatz zu Madame Zouzas Laden stand, empfand Sandra als sehr wohltuend für ihre Augen. Eines hatten beide Behausungen aber gemeinsam. Auch hier schwebte der schwere Duft von

Sandelholz und Patschuli durch die Luft. In dem geöffneten Zelt war er allerdings nicht so dominant wie im Haus.

Etwas Entscheidendes fehlte im Zelt, stellte Sandra nun fest, nämlich Bonner. *Kein Seher zu sehen.* Normalerweise mochte Sandra Wortspielereien, allerdings brachte sie das im Moment nicht weiter. Plötzlich drang ein merkwürdiges Geräusch an ihr Ohr. Hinter dem Paravent raschelte es. Bonner? Nein, wohl eher nicht. Aber irgendwas war da. Sollte sie nachsehen? Sie entschied sich, zunächst einmal zu rufen. „Hallo?" Keine Reaktion. Und wenn es der Hund war, der hinter dem Paravent lauerte?

So ein Quatsch! Stell dich nicht so an, Sandra!

Sie nahm die Schultern zurück, den Kopf nach oben und schritt todesmutig durch das Zelt. Betont energisch machte sie den letzten Schritt um den Raumteiler herum und schaute direkt in zwei bernsteinfarbene Augen. Weder Bonner noch der Hund waren es, denen sie sich gegenübersah. Der Schreck fuhr ihr durch alle Glieder bei dem Anblick, der sich ihr bot. Ein großer Vogel saß auf einer hölzernen Stange und sah ihr direkt in die Augen. Der massige Körper, der dicke Kopf, ein grau-braun-weißes Gefieders, aber besonders die abstehenden Federohren wiesen ihn als einen Uhu aus. Sandras plötzliches Auftauchen musste ihn aufgeschreckt haben. Er breitete seine Flügel aus, was ihn gleich noch größer erscheinen ließ. Außerdem klapperte er mit dem Schnabel und als das den scheinbaren Feind nicht vertrieb, tat er etwas, das Sandra nicht für möglich gehalten hätte: er fauchte sie an.

„Udo mag es nicht, wenn man ihn bei seinem Vormittagsschläfchen stört", hörte Sandra plötzlich eine

Stimme sagen. Schon wieder hatte sich jemand ihr genähert und schon wieder hatte sie es nicht bemerkt. Sie musste wirklich vorsichtiger sein.

Langsam, um den Uhu nicht noch mehr zu reizen, drehte sie sich um. Im lichtdurchfluteten Eingang des Zeltes stand ein Mann. Das musste Bonner sein. Er war klein, wie sie es schon vermutet hatte, vielleicht gerade mal 1,70 m. Sein Alter schätzte Sandra auf circa 40 Jahre. Die blonden, langen Haare trug er offen und sein bartloses Gesicht zierte eine runde Nickelbrille. Bonner war gekleidet wie ein Guru: Sandalen, die Sandra als *Jesuslatschen* bezeichnen würde, beige Leinenhose und ein weißes, weites Hemd. Die helle Kleidung ließ seine braune Haut gut zur Geltung kommen. Sein Teint ließ sie schmunzeln. Um diese Jahreszeit kam man nur auf zwei Arten zu so einer Bräune. Entweder man nahm Bräunungsspray oder man ging ins Solarium. Egal, was es bei Bonner war, es war eine Täuschung und wirkte unnatürlich. Auch der legere Schnitt seiner Klamotten sollte über etwas hinwegtäuschen. Sandra erkannte den Ansatz eines Bauches unter dem Hemd. Je genauer sie den Seher musterte, umso mehr drängte sich ihr die Vermutung auf, dass Bonner eitel war. Aber vielleicht tat sie ihm auch Unrecht. Als Anführer eines esoterischen Zirkels musste man auch ein entsprechendes Bild abgeben.

Bonner hatte Sandras Musterung nicht weiter zur Kenntnis genommen. An derlei Aufmerksamkeit war er gewöhnt. Seine ganze Sorge galt dem Vogel. Er stand jetzt vor der Stange und redete beruhigend auf den Uhu ein. Der Vogel legte die Flügel wieder an und ließ es sich gefallen, von seinem Herrn gekrault zu werden. Nach einer Minute saß er wieder ganz ruhig auf seiner Stange, hielt seine Augen aber immer noch wachsam auf Sandra gerichtet. Bonner schob den Paravent so, dass der Uhu wieder dahinter verschwand und Sandra atmete leise auf.

„Das war ja mal eine unheimliche Begegnung. Da wäre mir ein Hund ja fast noch lieber gewesen."

„Ein Hund?" Bonner warf ihr einen fragenden Blick zu.

„Ihre Vermieterin hat mich nur vor einem Udo gewarnt. Ich dachte, sie meinte einen Wachhund."

Bonner lachte. Es war ein herzliches Lachen, das Sandra für ihn einnahm.

„Nachdem dieses Missverständnis nun geklärt ist, könntest du mir doch endlich verraten, wer du bist, oder? Immerhin bist du mir gegenüber im Vorteil. Du weißt, wer ich bin und Udo hast du auch schon kennengelernt."

Sandra nahm verwundert zur Kenntnis, dass er sie geduzt hatte. Wenn das zu seiner Masche gehörte, dann sollte es ihr recht sein. Für einen Moment dachte sie daran, einen falschen Namen zu verwenden, entschied sich jedoch dagegen. Es sollte reichen, wenn sie zurückhaltend mit Informationen über sich sein würde. „Mein Name ist Sandra Büchner."

„Sehr erfreut. Darf ich dich Sandra nennen?"

„Von mir aus. Wie darf ich Sie denn ansprechen?"

„Sag ruhig Videntis zu mir."

Sandra konnte sich nicht überwinden, auf das Angebot, ihn zu duzen, einzugehen. „Sie heißen Videntis Bonner?"

Erneut lachte Bonner. „Natürlich nicht. In meinem bürgerlichen Leben habe ich einen ganz normalen bürgerlichen Namen, Hannes. Videntis ist der Name, den ich in Indien, im Ashram, erhalten habe. Er bedeutet: der Seher."

„Aha." Sandra betonte viel Betonung in dieses *Aha*. Im Stillen dachte sie: *Du kannst mir viel erzählen, auch wenn du sehr überzeugend klingst.*

Bonner legte den Kopf zur Seite und die Stirn in Falten. Mit diesem Blick schaute er sie eindringlich an. Gerade so, als wolle er ihre Gedanken lesen. „Und weshalb bist du zu mir gekommen?

„Das können Sie nicht sehen?" Das war vielleicht nicht die beste Antwort, aber Sandra konnte einfach nicht anders und sie blieb beim Sie. Das half ihr, innerlich einen gewissen Abstand zu wahren. Als Bonner nicht auf ihre flapsige Bemerkung einging, setzte sie noch hinzu: „Ich dachte, weil Sie doch ein Seher sind."

Bonner breitete die Arme aus, legte den Kopf in den Nacken und schloss die Augen. Das veranlasste Sandra, einen Schritt zurückzutreten. Auch von ihm wollte sie auf keinen Fall umarmt werden. Diese Absicht verfolgte Bonner mit der theatralischen Geste jedoch gar nicht. Nach ein paar tiefen Atemzügen kehrte er zu seiner ursprünglichen Haltung zurück und verkündete in leierndem Tonfall: „Es ist schwer, etwas zu sehen, wenn ein zweifelnder Geist den Weg versperrt. Wer nach Erleuchtung sucht, muss bereit sein, sich zu öffnen." Sandra spürte förmlich, wie Bonner, oder Videntis, sie mit seinem Blick durchbohrte. Charisma hatte der Mann auf jeden Fall, das gestand sie ihm gern zu.

Urplötzlich machte er einen Schritt auf sie zu, hielt sie mit einer Hand an der Schulter fest und legte ihr die andere

Hand auf die Stirn. Vor Schreck blieb Sandra wie angewurzelt stehen. Was sollte das denn jetzt werden? Sie hatte mal etwas Ähnliches in einem Film gesehen, in dem ein Hypnotiseur auf diese Weise freiwillige Mitspieler in Schlaf fallen ließ. Wie viele Menschen, hegte auch sie große Zweifel an der Echtheit solcher Vorführungen. Sie war fest davon überzeugt, dass die meisten dieser Hypnotiseure nichts anderes als Illusionisten waren. Nichts gegen eine gute Illusion, aber darunter verstand sie was anderes.

Genauso unvermittelt, wie der Seher sie gepackt hatte, ließ er sie auch wieder los. „Nichts zu machen", sagte er lässig. „Durch diese Mauer würde nicht mal ein Vulkanier dringen." Sein schelmisches Grinsen machte Sandra klar, dass die ganze Show nicht wirklich ernst gemeint gewesen war. „Wir werden uns wohl auf herkömmliche Art verständigen müssen. Ich denke, das geht im Sitzen besser."

Er griff sich zwei Polsterkissen vom Stapel, legte sie auf das Podest und ließ sich auf einem davon nieder. Als Sandra zögerte, meinte er: „Ich will dich ja nicht drängen, aber ich erwarte einen Freund und mit dem habe ich etwas Wichtiges zu besprechen. Du kannst natürlich auch gern ein anderes Mal wiederkommen, wenn du dir noch nicht sicher bist." Das wollte Sandra nun auch wieder nicht, also nahm sie Platz.

Wegen des jeden Augenblick auftauchenden Besuchers beschloss Sandra, keine Zeit mehr zu verschwenden und gleich mal mit der Tür ins Haus zu fallen.

„Ich bin eine Freundin von Marzena Kloss. Sie hat mir erzählt, dass sie zu Ihrem Zirkel gehört." Während sie das sagte, behielt sie Bonner genau im Blick. Sein Gesicht blieb entspannt, kein Erschrecken oder etwas Ähnliches. Im Gegenteil. Bei der Erwähnung von Marzenas Namen begann er zu lächeln.

„Ach ja, Marzena. Sie ist noch nicht lange dabei. Mit ihrer empfindsamen Seele ist sie eine wahre Bereicherung für uns. Du bist also ihre Freundin?"

Sandra begnügte sich damit, zu nicken.

„Bist du eine ihrer Freundinnen aus der Reha?" Als Sandra die Augenbrauen hob, fügte er schnell hinzu. „Sie hat mir von der Reha erzählt, als sie das erste Mal herkam. Da war sie gerade erst hergezogen und auf der Suche nach einem neuen Therapieplatz. Schätze mal, ich wurde so eine Art Ersatztherapeut." Das klang nicht abwertend, sondern vielmehr so, als wäre er stolz auf diese Vertrauensstellung. Das wollte Sandra ausnutzen. „Hat sie oft mit Ihnen darüber gesprochen?"

„Nur zwei, drei Mal und nur, wenn wir allein waren. Wenn die Gruppe sich trifft, geht es um andere Sachen."

„Hatte sie in letzter Zeit Probleme? Haben Sie bemerkt, dass sie wieder Depressionen hatte?"

Bonners Augen verengten sich plötzlich zu Schlitzen. Er klang immer noch freundlich, doch Sandra bemerkte einen Unterton, der sie aufmerken ließ.

„Jetzt weiß ich, wer du bist. Die Privatdetektivin. Wieso interessierst du dich dafür, ob Marzena Probleme hatte? Als ihre Freundin solltest du doch darüber besser Bescheid wissen als ich. Aber wahrscheinlich ist deine Frage nur rhetorischer Natur gewesen. In Wirklichkeit geht es dir um was ganz Anderes. Habe ich Recht?"

Ärger stieg in Sandra auf. Es wollte ihr doch partout keine passende Antwort darauf einfallen. Es wurmte sie nicht nur, dass Bonner damit voll ins Schwarze traf, er wusste anscheinend auch mehr über sie, als sie über ihn. Tief im Inneren fluchte sie: *Marzena, du alte Tratschtante!*

Bonner war aufgestanden und hinter den Paravent getreten. Als er wieder hervorkam, hatte er einen dicken Lederhandschuh über die linke Hand gestreift und darauf saß Uhu Udo. Seine Augen starrten Sandra an, als wäre sie seine Beute. Er wandte seinen Kopf auch nicht ab, als Bonner ihm beruhigend über die Brust strich.

„Kein Wunder, dass du dich so aufgeführt hast, mein Junge. Du hast sie sofort durchschaut." Sein Blick ging zu Sandra und als er weitersprach, klang er nicht mehr freundlich. „Ich weiß, weshalb du dich hier reingeschlichen hast. Dafür brauche ich nicht mal seherische Fähigkeiten. Ihre Familie hat nichts davon gehalten, dass sie zu unseren Treffen kam. Ich wette, bei dir war das auch so. Wahrscheinlich wolltest du überprüfen, was für einem Spinner deine Freundin hier aufgesessen ist. Ich könnte mir sogar vorstellen, dass die Familie dich damit beauftragt hat, mich auszuspionieren." Sandra schwieg. Sollte er doch denken was er wollte. Hauptsache, er redete weiter. Genau das tat er.

„Eins würde mich mal interessieren: Weiß Marzena von deiner kleinen verdeckten Ermittlung oder machst du das hinter ihrem Rücken?" Das hörte sich so an, als würde er nichts von dem Überfall auf Marzena wissen und auch nicht, dass sie in der Klinik lag. Das wollte Sandra genau wissen.

„Marzena weiß nicht, dass ich hier bin. Hinter ihrem Rücken mache ich es aber auch nicht." Mal sehen, wie er darauf reagierte. Sie kam nicht mehr dazu, das rauszufinden. Ehe Bonner reagieren konnte, breitete Uhu Udo die Flügel aus und klapperte aufgeregt mit dem Schnabel. Ein wenig unwohl wurde Sandra bei diesem Anblick schon. Sie wollte auf keinen Fall mit seinem Schnabel und den Krallen Bekanntschaft machen. Vorsichtshalber machte sie noch einen Schritt in Richtung Ausgang.

Bonner streckte die Hand mit dem Vogel zur Seite und Sandra glaubte schon, dass er ihn fliegen lassen wollte. Ihre Sorge war unberechtigt, denn Udo trug eine Leine um seine Krallen, die Bonner fest in der Hand hielt. „Oh, ihr Kleingläubigen! Wieso fällt es euch nur so schwer, zu begreifen, dass es mehr zwischen Himmel und Erde gibt als euer Geist erfassen kann?" Bonner hatte die Stimme erhoben, so dass er sicher auch außerhalb des Zelts zu hören sein war. Mit Uhu Udo auf der Hand wirkte die Szene, die er machte, gleich noch imposanter. „Du gehst jetzt besser, bevor sich Udo noch mehr aufregt. Mein Besucher wird jeden Augenblick eintreffen und mit deinen negativen Schwingungen störst du den Frieden des Zeltes." Mit diesem dramatischen Auftritt hatte er die Wandlung von Bonner zu Videntis vollzogen. Jetzt fiel es Sandra nicht schwer, sich vorzustellen, wie er seine Anhänger in den Bann zog. Bei ihr wirkte der Zinnober nicht. Es kam auch gar nicht in Frage, dass sie sich von ihm aus dem Zelt vertreiben ließ. Sie würde nicht gehen, bevor sie nicht ein paar Antworten bekommen hatte.

„Wann war meine Freundin das letzte Mal hier? War das am Samstag oder am Sonntag?" Es war ein Schuss ins Blaue und natürlich wusste Sandra, dass der Sonntag gar nicht in Frage kam. Marzena war schon am Samstagabend überfallen worden. Die Frage war, ob Videntis ihre kleine Täuschung durchschaute. Seine Reaktion war erstaunlich heftig. Seine Augen blitzten ihr zornig entgegen und dass er die Stimme wieder senkte, machte seine Worte auch nicht weniger feindselig. Zumal Sandra erstaunt feststellte, dass er sie plötzlich wieder siezte. „Ich weiß nicht, was Sie von mir wollen, aber eins weiß ich: Dass ich keine Ihrer Fragen beantworten muss."

„Würden Sie mir dann diese Frage beantworten, Herr Bonner?" Erschrocken fuhr Sandra herum und sah in das freundlich lächelnde Gesicht von Kommissar Petersen.

VIERZEHN

„Gut, dass Sie da sind, Herr Petersen. Würden Sie bitte dafür sorgen, dass diese Frau endlich verschwindet. Ich habe sie aufgefordert zu gehen, aber sie tut es einfach nicht."

Petersen schob sich an Sandra vorbei. Seine Aufmerksamkeit galt dem Zelt und allem, was sich darin befand. „Nett haben Sie es hier", meinte er beiläufig. „Viel schöner als in Ihrem vorherigen Domizil. Gefällt mir." Bonners Bitte kam er jedoch nicht nach, was Sandra beruhigt zur Kenntnis nahm. Nicht so Bonner. Er ließ nicht locker.

„Sagen Sie der Frau endlich, dass sie gehen soll? Das hier ist Privatbesitz. Ihre Anwesenheit grenzt schon an Hausfriedensbruch und für sowas ist die Polizei doch zuständig, oder?"

„Zunächst mal ist das hier kein Hausfriedensbruch. Den müsste der Grundstückseigentümer anzeigen und der sind nicht Sie, sondern Frau Postin. Von der weiß ich aber, dass Frau Büchner sich mit ihrer Erlaubnis auf dem Grundstück aufhält." Petersen sprach ruhig auf Bonner ein, was den noch wütender machte.

„Aber das Zelt gehört mir und deshalb kann ich verlangen, dass sie es verlässt."

Petersen sah erst Sandra an, dann Bonner und schließlich erwiderte er: „Im Prinzip könnten Sie das, nur nicht heute. Betrachten Sie Frau Büchner ruhig als meine Beraterin in diesem Fall. Sie wird erst gehen, wenn auch ich gehe."

„In diesem Fall?", echote Bonner verärgert. „Was für ein Fall soll das denn sein? Es geht doch nicht schon wieder um diese dämliche Beschwerde. Dazu wurde ich schon befragt und habe meiner Aussage nichts mehr hinzuzufügen."

„Es waren drei Beschwerden, um genau zu sein und die sind noch nicht alle vom Tisch, wie Sie wissen. Aber deswegen bin ich nicht hergekommen."

„Dann sagen Sie mir doch endlich, weshalb Sie hier sind. Wie ich Ihrer *Beraterin* schon sagte: Ich erwarte einen Besucher."

„Als erstes möchte ich, dass Sie Frau Büchners Fragen beantworten. Fangen wir damit an, wann Sie Frau Kloss zuletzt gesehen haben."

Irgendetwas geschah mit Bonner. Man sah deutlich, wie sich seine Miene veränderte. Wahrscheinlich fragte er sich gerade, was hinter all dem steckte. Petersen hatte nicht die Absicht, Bonner Auskunft darüber zu geben und mit seiner Geduld war er auch am Ende.

„Herr Bonner, ich weiß, dass Sie am letzten Samstag eins Ihrer Treffen abgehalten haben. Ich möchte wissen, ob Frau Kloss auch dabei war. Das ist eine einfache Frage. Die können Sie mir hier oder auf der Dienststelle beantworten. Also?"

„Ja, sie war dabei."

„Von wann bis wann?"

„Das weiß ich nicht genau. Um 15 Uhr ging's los, da war sie schon hier. Kurz nach 17 Uhr war der offizielle Teil zu Ende. Bis dann alle gegangen waren, hat es noch über eine Stunde gedauert. Ich weiß aber nicht, wann Marzena gegangen ist. Darauf habe ich nicht geachtet."

„Wieso nicht?"

„Ich gehe nach einem Treffen immer sofort in den Wohnwagen. Erstens, weil es anstrengend ist und zweitens, weil die Leute sonst mit allen möglichen Sonderwünschen kommen."

„Ist das nicht ein bisschen leichtsinnig? In der Zeit könnten Ihre Anhänger doch sonst was hier im Zelt anstellen."

„Das sind meine Freunde. Die stellen nichts an. Sie haben meine ausdrückliche Erlaubnis, länger zu bleiben und miteinander zu reden."

„Und der Uhu?", fragte Sandra dazwischen.

Bonner sah sie pikiert an. „Den nehme ich natürlich mit in den Wohnwagen."

Die nächste Frage kam wieder von Petersen. Sie wissen also nicht, wann Frau Kloss gegangen ist, ob Sie allein ging oder noch jemand bei ihr war?"

„Das sagte ich doch bereits." Bonner setzte den Uhu zurück auf seine Stange. „Hören Sie mal, Herr Kommissar, jetzt will ich aber wissen, warum Sie mir all diese Fragen stellen. Ich bin ja nicht von gestern, also vermute ich, dass es etwas mit Frau Kloss zu tun hat. Entweder verraten Sie mir, was los ist oder ich sage das Zauberwort und unser Gespräch ist sofort beendet."

„Anwalt?"

„Genau."

Petersen zuckte mit den Schultern. „Wieso nicht? Allerdings hatte ich angenommen, Sie wüssten es schon. Frau Kloss wurde am Samstagabend überfallen, vermutlich als sie von Ihrem Treffen kam."

„Ist sie tot?", kam es wie aus der Pistole geschossen von Bonner.

„Nein, aber sehr schwer verletzt."

„Dann lebt sie noch?" Sandra fiel auf, dass Bonner es als Frage formuliert hatte, nicht als eine erleichterte Feststellung. Komisch. Sie versuchte sich zu erinnern, wie sie auf die Nachricht vom Überfall auf Marzena reagiert hatte. So jedenfalls nicht, das war mal klar. Bonner wirkte auf sie weder erschrocken noch bestürzt, eher neugierig und lauernd.

Ohne nachzudenken, platzte sie dazwischen. „Sie liegt im Koma." Warum sie das sagte, wusste Sandra selber nicht und Petersen offenbar auch nicht, so wie er sie ansah. Bonners nächste Frage verstärkte Sandras ungutes Gefühl, was ihn betraf, weiter.

„Dann konnten Sie sie bis jetzt noch nicht befragen." Das war eine Feststellung, aus der eine gewisse Erleichterung deutlich herauszuhören war. Petersen ging nicht darauf ein. Stattdessen wechselte er das Thema.

„Nur mal so aus Interesse: Wie läuft so ein Treffen hier im Zelt eigentlich ab? Schwingen Sie die Räucherstäbchen und lesen die Zukunft aus dem Kaffeesatz oder trinken Sie Absinth und tanzen ums Feuer?" Das war vielleicht ein bisschen dick aufgetragen, fand Sandra und fast sah es so aus, als würde Bonner nicht darauf anspringen. Zum Glück für Petersen fühlte Bonner sich an seiner esoterischen Ehre gekratzt. Das führte dazu, dass sie in den Genuss eines kleinen Vortrages über Esoterik im Allgemeinen und seinen Zirkel im Speziellen kamen.

Grundtenor: Natürlich war sein Ansatz seriös und der Anspruch, den er an sich selbst stellte, auch. Es würde in seiner Welt um das seelische Gleichgewicht im Menschen gehen, darum, die Kraft der Natur zu erleben. Der Mensch solle offen für Neues sein oder, in seinem Fall, für Altes. Die Wege, die er und seine Anhänger beschritten, wären nämlich älter als die Zivilisation. Er zeigte den Menschen, wie sie die uralten Kräfte für sich nutzen konnten.

Zugegeben, das hörte sich alles erst mal recht vernünftig an, wenn auch ein bisschen geschwollen. Auch Sandra war der Meinung, dass die Natur das größte Wunder überhaupt war und ihre Kräfte noch nicht mal ansatzweise nutzbar gemacht worden waren. Sie würde auch nicht leugnen, dass der menschliche Geist zu Dingen fähig war, die jenseits des heute Vorstellbaren lagen. Was Bonner da von sich gab, klang aber auch ein bisschen wie das Herbeten von Beschwörungsformeln eines Sekten-Gurus. Besonders auffällig war, dass er viel redete, ohne auch nur ansatzweise auf Petersens Frage einzugehen. Über den Ablauf des Treffens sagte er kein Wort. Dafür erging er sich weitschweifig darüber, was alles nicht bei so einer Zusammenkunft geschah. Das waren keine Séancen. Sie suchten keinen Kontakt zu den Toten oder Wege ins Jenseits. Es wurden weder Alkohol noch Drogen konsumiert, ja nicht mal gekifft wurde. Zumindest in puncto Drogen sprach Bonner die Unwahrheit, egal ob wissentlich oder nicht. Marzenas Tox-Screen sagte etwas anderes.

Petersen beschloss Bonner auf den Zahn zu fühlen. „Heißt das, bei einer polizeilichen Durchsuchung würden wir hier nichts Illegales finden?" Damit konnte er Bonner offensichtlich nicht aufschrecken. „Nur zu. Sehen Sie sich ruhig um. Wenn Sie wollen, gleich jetzt, auch ohne Beschluss. Ich habe nichts zu verbergen." Das hatte er wohl wirklich nicht, wenn er Petersen ein so großzügiges Angebot machte. Oder er war ein verdammt ausgebuffter Gauner. Petersen sah das so, denn er lehnte dankend ab.

„Ich würde viel lieber erfahren, was bei Ihren Treffen nun wirklich abgeht."

„Das einem Außenstehenden zu erklären, ist nicht so einfach. Wir führen verschiedene Meditationen durch oder wir reden einfach über unsere spirituellen Erfahrungen. Ich sagte ja schon, es geht um seelische Befindlichkeiten oder die Reinheit des Geistes."

„Ja das sagten Sie. Und wie haben Sie Ihren Geist am Samstag gereinigt."

„Ihre Art darüber zu reden, zeigt mir, wie wenig Sie bereit sind, sich solchen Dingen gegenüber zu öffnen. Ich sehe daher keinen Grund, mit Ihnen darüber zu reden."

„Ach, versuchen Sie es ruhig. Sie werden überrascht sein, wie offen ich sein kann."

Bonner wirkte nicht im Geringsten angetan davon, sah aber ein, dass Petersen nicht lockerlassen würde. Also gab er klein bei. „Wir haben über die Kraft von Heilsteinen geredet. Und bevor Sie sich darüber lustig machen, es gibt sehr wohl Fälle, in denen die heilende Wirkung von solchen Steinen belegt ist."

Petersen hatte nicht die Absicht, etwas in Abrede zu stellen, mit dem er sich nicht auskannte. Daran glauben musste er aber auch nicht. Er nickte also nur und ließ Bonner weiterreden. Der erging sich ziemlich ausführlich darin, Beispiele aufzuzählen, bis er schließlich vom Kommissar unterbrochen wurde. „Gab es unterschiedliche Meinungen zu diesem Thema." Bonner sah ihn fragend an und Petersen ergänzte. „Ich meine, hatte vielleicht jemand Zweifel?"

„Nein! Zweifler haben keinen Zutritt zu den Treffen des inneren Zirkels. Vor Interessenten und Neueinsteigern halte ich regelmäßig Vorträge zur Einführung in die Esoterik und zu speziellen Inhalten. Die sind übrigens sehr gut besucht, wo immer ich meine Vorträge halte. Es kommen auch Leute aus allen Gegenden Deutschlands extra hierher"

„Sie meinen Urlauber? Ja, das ist bekannt. Sie haben vergessen, zu erwähnen, dass sich nach Ihren Vorträgen einige Ihrer Zuhörer nicht sehr beseelt fühlten. Das könnte allerdings auch an dem horrenden Eintrittspreis liegen."

„Jetzt reiten Sie doch nicht schon wieder darauf herum. Das waren Einzelfälle und Eintritt ist auch nur bei den auswärtigen Veranstaltungen fällig. Für die muss ich Räume anmieten und es entstehen mir Kosten für Übernachtungen und Anreise. Im Verhältnis dazu sind meine Eintrittspreise durchaus angemessen. Manchmal zahle ich sogar noch drauf."

„Ja, ja. Schon gut. Wie gesagt, deshalb bin ich nicht hier." Petersen wedelte ungeduldig mit der Hand. „Mich interessiert, mit wem Frau Kloss sich am letzten Samstag unterhalten hat."

Das weiß ich nicht. Wenn ich ins Zelt komme, fangen wir sofort an. Dann wird sich nicht mehr unterhalten. Und hinterher habe ich, wie schon gesagt, das Zelt sofort wieder verlassen."

„Dann wissen Sie also auch nicht, ob Frau Kloss Streit hatte mit jemandem?"

„Wie sollte ich?"

„Und es gab auch keine anderen Streitigkeiten?"

„Unsere Treffen sind eher ruhiger Natur. Da wird nicht gestritten. Negative Schwingungen stören den Ablauf aufs Empfindlichste. Mehr kann ich Ihnen nicht über den Samstag sagen."

Petersen sah ein, dass er hier nicht mehr weiterkam und kam zum Schluss. „Herr Bonner, ich brauche eine Liste all derer, die am Samstag anwesend waren. Außerdem wäre es gut, wenn Sie einen Zeugen benennen könnten, der bestätigt, dass Sie nach dem Treffen Ihren Wohnwagen nicht mehr verlassen haben. Und mit Zeugen meine ich jemanden ohne Gefieder."

Bonner sah aus, als hätte ihn der Blitz getroffen. „Sie denken doch nicht, dass ich...?" Er sprach das Ungeheuerliche nicht aus.

„Wir überprüfen natürlich nicht nur Ihr Alibi, aber mit Ihrem fangen wir an. Haben Sie Ihren Wohnwagen an jenem Abend noch mal verlassen oder nicht?"

„Ich habe Ihn nicht verlassen."

„Und kann das außer Udo noch jemand bestätigen?"

„Nicht dass ich wüsste?"

„Dann habe ich noch eine letzte Frage. Ich weiß, dass auf Ihren Namen kein Auto zugelassen ist. Aber, haben Sie trotzdem Zugang zu einem Fahrzeug?"

„Das würde mir nichts nützen, da ich auch keine Fahrerlaubnis besitze."

„Ach. Bewahren wir die gerade für Sie auf?"

„Sie können sich Ihren Sarkasmus sparen. Ich besitze keinen Führerschein, weil ich nie einen gemacht habe."

„Sie haben einen Wohnwagen. Wie transportieren Sie den von A nach B?"

„Den habe ich erst, seitdem ich hier wohne. Ein Freund hat ihn mir zur Verfügung gestellt. Wenn ich weiterziehe, holt er ihn wieder ab."

154

„Sie wollen uns schon wieder verlassen?" Petersen versuchte gar nicht erst, so zu tun, als würde er es ernst meinen. „Da werden Ihre Anhänger aber furchtbar enttäuscht sein. Und ich wäre es auch. Jedenfalls, wenn Sie fortgehen, bevor der Fall geklärt ist." Der Hinweis war deutlich: *Verlassen Sie nicht die Stadt!* Damit war Petersen aber noch nicht am Ende, etwas interessierte ihn doch noch.

„Okay. Mal abgesehen davon, dass es Leute gibt, die auch ohne Führerschein mit dem Auto fahren, wie lösen Sie denn sonst Ihre Transportprobleme?"

„Nett, dass Sie sich solche Sorgen um mich machen. Ich besitze ein Rad, auch wenn ich gerade nicht damit fahren kann. Es hat einen Platten und ich bin noch nicht dazu gekommen, es zu reparieren. Überzeugen Sie sich ruhig. Es steht hinter dem Wohnwagen."

In den letzten Minuten war Bonner immer unruhiger geworden. Das lag aber nicht an den bohrenden Fragen des Kommissars, wie Sandra vermutete. Sein Blick war immer öfter über die Köpfe seiner Gäste zum Zelteingang gewandert. Sein Besucher schien sich zu verspäten. Petersen war das nicht entgangen. Da er fürs Erste seine Fragen gestellt hatte, wollte er gehen.

„Dann werden wir Sie mal nicht länger aufhalten. Wenn Sie mir jetzt noch die Namen der Teilnehmer von Samstag geben, dann sind wir auch schon weg."

Eine solche Liste habe er im Wohnwagen, war Bonners Antwort. Ausgehändigt bekam Petersen sie nicht. Bonner gestattete ihm nur, ein Foto davon zu machen. Zu gern hätte Sandra einen Blick darauf geworfen, doch der Kommissar steckte sein Handy gleich wieder ein.

„Danke, Herr Bonner. Wenn ich noch Fragen habe, weiß ich ja, wo ich Sie finde. Und ich gehe davon aus, dass Sie sich melden, wenn Sie etwas hören oder sehen sollten." Petersen konnte sich diese kleine Spitze nicht verkneifen und Sandra nicht ihr Grinsen. Sie waren schon ein paar Schritte gegangen, als sie sich noch mal umdrehte. Eine Sache musste sie noch loswerden, da Petersen es nicht zur Sprache gebracht hatte.

„Herr Bonner! Wurden am Samstag auch die Tarotkarten befragt?" Sie hörte, wie Petersen scharf Luft holte, bevor er sich ebenfalls umwandte. Bonners Gesicht nahm für eine Sekunde einen verdutzten Ausdruck an, dann antwortete er gelassen: „Es ging um Heilsteine. Das sagte ich doch bereits. Im Übrigen: In meinem Zirkel geht es seriös zu. Für Hokuspokus ist da kein Platz. Wenn Sie sich die Karten legen lassen wollen, müssen Sie zu Madame Zouza gehen. Fünfzig Euro für eine Session."

„Dann wissen Sie wohl auch nichts über die Bedeutung einzelner Karten?"

Eine solche Frage zu beantworten, war eindeutig unter seiner Würde. Bonner schnaubte nur abfällig und verschwand im Wohnwagen.

FÜNFZEHN

„Hatten Sie wirklich gedacht, er verrät Ihnen, ob er Ihrer Freundin die Tarotkarte zugesteckt hat?" Petersen hatte ihre Absicht natürlich durchschaut.

„Wieso nicht? Einen Versuch war es wert. Nun wissen wir wenigstens, dass Madame Zouza die Kartenlegerin ist. Wir sollten sie fragen, ob Marzena an jenem Abend auch bei ihr war."

Petersen blieb abrupt stehen und schaute Sandra von der Seite an. „Danke für den Tipp. Da wäre ich sicher nicht von selber draufgekommen."

Sandra fand seinen Sarkasmus absolut fehl am Platz. Wenn Petersen dachte, dass sie sich das einfach so gefallen lassen würde, dann hatte er sich geirrt. „Natürlich wären Sie das, wenn Sie Bonner danach gefragt hätten. Haben Sie aber nicht. Ach ja richtig! Das war ja ich. Gern geschehen." Sie ließ ihn stehen und lief zum Haus. Petersen verdrehte die Augen und folgte ihr. Langsam begann er zu verstehen, was seine Kollegin in Rostock gemeint hatte, als sie Sandra eine Nervensäge nannte.

♣

Versteckt hinter einem Vorhang beobachtete Bonner die beiden ungebetenen Gäste bei ihrem Disput. Verstehen konnte er zwar nichts, aber so ganz einträchtig wirkte die Szene nicht. Es war ihm herzlich egal, was die beiden zu besprechen hatten. Viel wichtiger war, dass sie endlich verschwanden. Es musste nun wirklich nicht sein, dass sein erwarteter Besucher auf die Polizei traf. Sicher würde ihm eine Erklärung dazu einfallen, aber dennoch würde es einen Schatten auf das Treffen werfen. Das konnte er nicht gebrauchen, nicht schon wieder. Die Angelegenheit war viel zu wichtig. Er konnte es sich nicht leisten, seinen Besucher zu verärgern. Am Ende überlegte er es sich anders und ging wieder. Und wenn das längst passiert war? Ein Blick zur Uhr zeigte Bonner, dass der Besucher schon zehn Minuten über die Zeit war. Das war kein gutes Zeichen.

♣

Bonner war nicht der einzige Beobachter. Er wusste es nicht, aber er und seine Gäste waren ebenfalls beobachtet worden. Während der letzten Minuten hatte ein Lauscher vor dem Zelt gestanden und das Gespräch verfolgt. Auch nachdem Bonner und seine Besucher außer Sichtweite waren, blieb die Gestalt noch im Schatten des Zypressenbusches verborgen. Nur den letzten Teil des Gespräches hatte er mitbekommen, doch der reichte, um beunruhigt zu sein. Ihm missfiel die Richtung, in die die Angelegenheit sich bewegte. Worüber sich der Beobachter besonders ärgerte, war die Tatsache, dass er nur durch Zufall Kenntnis vom polizeilichen Interesse gegenüber Bonner bekommen hatte. Das nahm langsam Überhand. Auf das heutige mit Bonner verzichtete er lieber. Es würde sowieso nur in Streit ausarten und davon hatte er in letzter Zeit genug. Vielleicht waren gewisse Nachbesserungen unvermeidlich geworden.

♣

Sandra folgte Petersen ins Haus. Im Gegensatz zu ihm, war ihr der Anblick nicht mehr neu. Petersen jedoch musste erst mal verarbeiten, was er sah. Zwar ließ er sich nicht anmerken, was er von dem esoterischen Verkaufsangebot hielt, Sandra vermutete aber zu Recht, dass er von Räucherstäbchen, Pendeln und Klangschalen nicht besonders angetan war. Hoffentlich hielt er sich mit Bemerkungen Madame Zouza gegenüber zurück.

„Frau Postin? Kriminalpolizei, Kommissar Petersen hier. Ich hätte da ein paar Fragen an Sie." Die laute, sonore Stimme des Kommissars durchdrang die kontemplative Stille so unvermittelt, dass Sandra vor Schreck zusammenzuckte.

„Großer Gott, wollen Sie mich zu Tode erschrecken?"

„Seit wann sind Sie so empfindlich?"

„Wenn Sie aber auch gleich so rumbrüllen. Ich bin sicher, wir hätten uns auch anders, also leiser, bemerkbar machen können."

„Wie denn? Eine Klingel gibt's hier nicht und Telepathie hatte ich nicht auf der Polizeischule."

Das wollte Sandra lieber nicht kommentieren. Sie entlockte stattdessen einer Klangschale einen Ton, der mindestens genauso gut im ganzen Haus zu hören, jedoch viel angenehmer war. Fast sah es so aus, als ob Sandras Versuch auch keinen Erfolg haben würde und Petersen bedachte sie mit einem schiefen Grinsen sowie den Worten: „Was jetzt? Haben Sie vielleicht eine Beschwörungsformel auf Lager, mit der wir die Dame herbeirufen können?"

„Das wird nicht nötig sein, Herr Kommissar", ertönte die wohlklingende Stimme von Madame Zouza aus einem Nebenraum. Sie hatte die ganze Zeit schon dort gestanden, sich aber nicht gerührt, in der Hoffnung, dass die beiden Besucher aufgaben und gingen. Da es aber nicht danach aussah, kam sie zu der Erkenntnis: Je eher sie sich der erneuten Befragung stellte, umso eher würde sie die neugierigen Besucher wieder loswerden. Betont würdevoll trat sie auf Petersen zu und nahm Sandra den Klöppel aus der Hand.

„Was möchten Sie mich denn fragen, Herr Kommissar?"

„Waren Sie am Samstagabend auch unter den Gästen Ihres Untermieters?"

Madame Zouza zog die Augenbrauen nach oben und holte tief Luft. „Ich? Wieso sollte ich? Halten Sie mich etwa für eine von Videntis' Anhängerinnen? Na, ich danke herzlich. Nur weil ich ihm hier ein vorübergehendes Asyl geboten habe, heißt das noch lange nicht, dass wir dicke Freunde sind."

Petersen tat ganz unschuldig. „Ich dachte nur, weil es doch am Samstag um Heilsteine ging." Er schaute sich um. „Wie ich sehe, verkaufen Sie die hier auch. Was liegt da näher, als sich zusammenzutun. Sie beackern ja sozusagen das gleiche Feld."

Madame Zouza gab sich alle Mühe, ihre Mimik unter Kontrolle zu halten. „Ich hoffe, Sie wollen damit nicht andeuten, dass Sie mich auf eine Stufe mit einem *Hellseher* stellen. Videntis' Fähigkeiten als modernes Orakel sind eher fragwürdigen Ursprungs, wogegen ich mich auf zwar althergebrachte, aber bewährte, Mittel und Methoden der Esoterik stütze."

Sandra nahm amüsiert zur Kenntnis, dass in esoterischen Kreisen manche Krähe bereit war, einer anderen ein Auge auszuhacken, wenn es um den Schutz des eigenen Betätigungsfeldes ging. Petersen zuckte nur mit den Schultern. „Ich wollte gar nichts andeuten. Eigentlich wollte ich von Ihnen nur wissen, ob Sie die Besucher an dem Abend gesehen haben."

„Das ließ sich nicht vermeiden, da man am Haus vorbei muss, um zum Zelt zu kommen. Außerdem weiß ich gern, wer sich auf meinem Grundstück aufhält."

„Kannten Sie die Leute?"

„Nicht alle. Einige waren zum ersten Mal da, wahrscheinlich Urlauber. Es kamen aber auch Leute, die von hier sind und zum inneren Zirkel gehören. Wenn sie Namen brauchen? Damit kann ich nur bedingt dienen."

„Herr Bonner hat uns schon eine Liste gegeben. Vielleicht können Sie uns aber bestätigen, dass Frau Marzena Kloss zu den Anwesenden gehörte."

„Ja, sie habe ich auch gesehen."

„Haben Sie auch mit ihr gesprochen?"

Madame Zouza stutzte. „Wieso wollen Sie das wissen?"

„Bitte beantworten Sie doch einfach meine Frage."

„Erst wenn ich weiß, worum es eigentlich geht." Es gab keinen Grund, ihr die Frage nicht zu beantworten. Jedenfalls schien Petersen das so zu sehen.

„Frau Kloss wurde am Samstagabend, nachdem sie das Treffen verlassen hatte, überfallen. Wir versuchen die Tatzeit möglichst genau einzugrenzen. Dafür wäre es hilfreich, wenn wir wüssten, wann genau Frau Kloss von hier wegfuhr und mit wem sie zuletzt gesprochen hat."

„Da kann ich Ihnen nicht helfen, weil ich nicht bei dem Treffen war. Was hat denn Bonner gesagt?"

Petersen ging nicht auf die Gegenfrage ein. Stattdessen bohrte er weiter. „Es hätte ja sein können, dass Frau Kloss anschließend noch bei Ihnen war. Wir müssen jede Möglichkeit in Betracht ziehen."

Madame Zouza ließ ebenfalls nicht locker. „Hat Bonner etwa sowas behauptet?" Auch das blieb unbeantwortet. „Na egal was er Ihnen gesagt hat, an jenem Abend habe ich Marzena nur kommen sehen, aber nicht, wann sie ging. Und gesprochen habe ich sie auch nicht."

Während Petersen noch an der nächsten Frage feilte, wusste Sandra genau, was sie fragen wollte und kam dem Kommissar zuvor. „Nicht an jenem Abend also. Und was war sonst?"

„Was meinen Sie damit?"

„Das klingt für mich, als wäre sie ab und zu mal Ihre Kundin gewesen. Hat sie sich von Ihnen auch die Karten legen lassen?"

Madame Zouza schien ihre Worte genau abzuwägen. „Es stimmt schon, sie kam auch in meinen Laden, aber nur um etwas zu kaufen. Sie hat nie meine Beratung gesucht, weder im Tarot noch durch Handlesen."

Überrumpelt und wenig erfreut hatte Petersen Sandras Einmischung zur Kenntnis genommen. Bevor sie ihre nächste Frage loswerden konnte, hatte er sich jedoch soweit gefangen, dass er wieder die Gesprächsführung übernahm.

„Was hat sie denn so gekauft?"

Madame Zouza zuckte mit den Schultern. „So genau weiß ich das nicht mehr. Ich glaube es waren hauptsächlich Räucherstäbchen. Ist das denn wichtig?"

Jetzt war es Petersen, der mit den Schultern zuckte. Dann klappte er sein Notizbuch zu, ein Zeichen dafür, dass das Gespräch beendet war. Damit bot sich für Sandra die Chance doch noch eine Frage loszuwerden.

„Was bedeutet eigentlich die Turm Karte im Tarot? Stimmt es, dass sie auf ein bevorstehendes schlimmes Ereignis hinweist und eine Unglückskarte ist?" Trotz des beiläufigen Tons war Madame Zouza nicht gänzlich davon überzeugt, dass Sandra ohne Hintergedanken fragte. Doch so sehr sie auch danach suchte, sie fand keine Anzeichen dafür in Sandras Blick. Und was für ein Hintergedanke sollte das auch sein? Nach einer kurzen, intensiven Musterung entspannte sie sich, nahm einen Stapel Karten zur Hand und hatte schon nach wenigen Sekunden die besagte Turmkarte hervorgezogen.

„Den Turm als Unglückskarte zu bezeichnen, wäre zu einfach. Es kommt immer auf den Kontext an. Das gilt übrigens für alle Karten. Zunächst einmal ist diese Karte eine der Trumpfkarten der großen Arkana. Sie ist also wichtig. Der Turm darauf symbolisiert das Gefängnis unserer Gedanken oder die Mauern unseres Weltbildes, in denen wir eingebunden sind. Sie haben doch sicher schon mal die Redewendung, *gefangen im Elfenbeinturm,* gehört. Das trifft es ganz gut. Und dann haben wir noch den Blitz. Er steht für gewisse äußere Umstände, die unser Weltbild erschüttern und manchmal auch zerstören können. Wenn das geschieht, dann erleben Sie einen sogenannten Turmmoment."

Sandra fand die Erklärung erstaunlicherweise schlüssig und überzeugend, obwohl sie nicht an so etwas wie Wahrsagerei glaubte. Überrascht war sie jedoch nicht. Leute wie Madame Zouza oder auch Videntis mussten über sehr gute kommunikative Fähigkeiten verfügen, wenn sie

Erfolg haben wollten. Das war genauso wichtig wie ein charismatisches Auftreten.

„Und die beiden Figuren? Was ist mit denen? Beide fallen vom Turm. Wenn ich mir die Karten legen lassen würde, dann würde ich mich mit keiner dieser Figuren identifizieren wollen."

„Das müssen Sie auch nicht. Das sind zwei verschiedene Menschen. Der eine verlässt sich nur auf das Geistige und der andere ist nur auf das Materielle fixiert."

„Aha. Man muss also beides in Einklang miteinander bringen, um nicht zu scheitern." Für diese Deutung bedachte Madame Zouza Sandra mit einem wohlwollenden Nicken. Petersen stand im wahrsten Sinne des Wortes daneben und fühlte sich mehr und mehr ausgeschlossen. In ihm sah die Madame wohl nur einen Ungläubigen, mit dem über Tarot zu reden nicht lohnte. Wenn sie sich da mal nicht irrte. Er mochte zwar nicht an diesen esoterischen Quatsch glauben, aber diese Ermittlung erforderte einen gewissen Einblick in die Materie. Den hatte er sich verschafft. Und als Sandra plötzlich fragte, welcher Unterschied denn zwischen Turm und Tod bestehen würde, wo doch beide auf Zerstörung hinwiesen, kam er mit seiner Erklärung Madame Zouza zuvor.

„Während der Tod die Entfernung von Energie aus dem aktuellen Zustand ist, steht der Turm für eine Explosion von Energie, die den aktuellen Zustand niederreißt." Genauso hatte es im Internet gestanden und aus irgendeinem unerfindlichen Grund war ihm diese Formulierung im Gedächtnis geblieben.

„Herr Kommissar!" Das Erstaunen der Madame war echt. „Ich hätte es nicht besser formulieren können. Sind Sie etwa ein heimlicher Anhänger unserer Szene?" Es blieb abzuwarten, ob Petersen dadurch in ihrer Achtung gestiegen war. Wenn ja, so setzte er dies mit seiner nächsten Bemerkung gleich wieder aufs Spiel.

„Das kann sich doch jeder halbwegs mit Phantasie geschlagene Mensch zusammenreimen. Dazu braucht's keine esoterischen Kenntnisse. Das ganze Geheimnis besteht darin, dass Sie Ihre Vorhersagen so allgemein und mehrdeutig halten, dass ihre Auslegung so dehnbar wie Gummi wird. Damit gaukeln Sie den Menschen vor, dass Sie die Zukunft vorhersagen können. Es gibt einen Begriff für Leute wie Sie: Scharlatan."

Sandra hielt unwillkürlich die Luft an. Damit hatte Petersen ihnen ganz sicher keinen Gefallen getan. Wäre dies in einem Film passiert, dann würde sich jetzt das Licht verdunkeln und die Temperatur so weit absinken bis man den Atem sah. Madame Zouzas Antlitz verdüsterte sich jedenfalls augenblicklich und auch ohne Special-Effects konnte Sandra die Kälte spüren, die nun von der Frau ausging. Es lag nicht mal mehr der Hauch von Freundlichkeit in Madame Zouzas Stimme, als sie zu sprechen anfing.

„Nur zu Ihrer Information, Herr Kommissar. Ich bin keine Wahrsagerin, die mit einem Pferdewagen und einem bunten Zelt von einem Jahrmarkt zum anderen zieht und den Leuten das Geld aus der Tasche zieht, indem sie ihnen sagt, was sie hören wollen. Was ich anbiete sind Dinge, die auf seriöse Weise zum Wohlbefinden beitragen. Es sind

Hilfsmittel zur Verbesserung der psychischen Stabilität, nicht mehr und nicht weniger. Und ja, ich lege auch auf Wunsch die Karten, aber nicht um, wie Sie es ausdrückten, die Zukunft vorherzusagen. Schauen Sie sich um. Sehen Sie hier irgendwo eine Kristallkugel, Kaffeesatz oder einen spitzen Hut?" Sie schnaubte abfällig. „Ich bin keine Hellseherin. Vielmehr betrachte ich mich als spirituelle Beraterin. Und auch wenn Sie Esoterik für Quatsch halten, gibt Ihnen das noch lange nicht das Recht, mich zu beleidigen."

Petersen wollte etwas erwidern, kam aber nicht dazu. Madame Zouza gedachte nicht, ihm das letzte Wort zu überlassen. „Sie sollten jetzt besser gehen. Nicht, dass Sie sich noch einen bösen Fluch einfangen." Mit der Souveränität einer Siegerin verließ sie den Raum und Sandra konnte nicht anders, als die Frau dafür zu bewundern.

SECHZEHN

Die Laune des Kommissars war auf dem Nullpunkt angelangt, als Sandra und er wieder auf der Straße standen.

„Tja, das wars dann wohl. Diese Leute mögen ja Spinner sein, die irgendwelchen gutgläubigen Menschen das Geld aus der Tasche ziehen, mehr aber auch nicht."

Sandra war nicht überrascht, dass Petersen das so sah. Sie konnte es sogar nachvollziehen. Nur, was bedeutete das jetzt für die Ermittlung und vor allem, was bedeutete das für ihre Zusammenarbeit? Das wollte sie genau wissen. „Und in welche Richtung ermitteln wir jetzt?"

Petersen machte einen tiefen Atemzug, bevor er antwortete. „Wir? Ich weiß, dass ich Sie nicht davon abhalten kann, sich weiter mit dem Fall zu beschäftigen. Deshalb versuche ich es gar nicht erst. Lassen Sie sich aber gesagt sein, dass ich keine Einmischungen oder gar illegale Aktivitäten dulden werde. Es gibt kein *wir*, haben Sie das verstanden?" Seine Ansage fühlte sich wie ein Tiefschlag an und den musste sie erst mal verdauen. Ihr Nicken fiel daher auch recht kläglich aus. Natürlich hatte er Recht mit der Annahme, dass sie weitermachen würde. Es könnte aber schwierig werden, ihm nicht ständig über den Weg zu laufen. Um ihm aus dem Weg zu gehen, müsste sie wissen, auf welchen Pfaden er wandeln würde. Das brachte sie auf eine Frage.

„Herr Kommissar!", rief sie ihm hinterher. „Verraten Sie mir wenigstens, welchen Ansatz Sie nun verfolgen werden?"

Petersen war stehengeblieben. Als er sich umdrehte, blickte er Sandra mit strengem Blick an. „Haben Sie mir gerade nicht zugehört?"

„Doch, natürlich. Und ich möchte Ihnen auch gewiss nicht in die Quere kommen. Dafür wäre es aber hilfreich, wenn ich wüsste, in welche Richtung ich nicht ermitteln darf, damit ich nicht aus Versehen dort auftauche, wo Sie schon sind. Nur deshalb habe ich diese Frage gestellt." Das klang sogar in ihren Ohren überzeugend, fand Sandra. Stellte sich die Frage, ob Petersen das auch so sah. Mit angehaltenem Atem stand sie da und wartete auf seine

Reaktion. Einige Sekunden geschah erst mal gar nichts. Dann kam Petersen wieder zurück und sein Kopfschütteln verhieß nichts Gutes.

„Wenn ich das doch nur glauben könnte, Frau Büchner."

„Wieso nicht? Immerhin will ich genau das, was Sie auch wollen. Herausfinden, wer Marzena das angetan hat. Und wenn Sie nicht mit mir zusammenarbeiten wollen, dann akzeptiere ich das. Das Letzte was ich will, ist, mich aufdrängen. Also, was sagen Sie?" Die Herausforderung, die in ihren Worten lag, spiegelte sich auch in ihrem Gesicht wider. Schließlich kapitulierte Petersen.

„Also gut, ich riskiere es mal. Sollte ich aber herausfinden, dass Sie mich austricksen wollen, dann wird Ihnen nicht mal Kommissar Grießler helfen können."

„Das würde der sowieso nicht tun."

„Vielleicht sollten Sie sich mal die Frage stellen, wieso? Wie dem auch sei. Für mich sieht das Ganze immer mehr nach einem Raubüberfall aus, bei dem Frau Kloss ein Zufallsopfer war. Dafür sprechen unter anderem die Tasche, die wir im Watt gefunden haben und das immer noch fehlende Motiv. Wir können Frau Kloss zwar noch nicht befragen, aber ich bin sicher, dass sie diese Theorie bestätigen wird, sobald sie aus dem Koma aufwacht. So, nun wissen Sie, wohin meine Ermittlung geht und ihre nicht." Ohne auf eine Erwiderung zu warten, drehte er sich wieder um und ließ sie stehen.

Sandra sah ihm nach. Sie wollte warten, bis er außer Sicht war, ehe sie entschied, was sie als nächstes tun würde. Sie gab es nicht gern zu, aber seine Theorie klang gar nicht mal so unwahrscheinlich. Und das fehlende Motiv war echt ein Problem.

♥

Während Sandra noch vor sich hin grübelte, stand Madame Zouza hinter einem Fenster und bemühte sich, ihre Wut unter Kontrolle zu bringen. Normalerweise fiel es ihr nicht schwer, mit Zweiflern und Ungläubigen umzugehen, doch Petersens Vergleich mit einer Jahrmarktsschwindlerin hatte sie tiefer verletzt, als sie es zugeben wollte. Und dann auch noch diese bohrenden Fragen zu Marzena und die Schocknachricht vom Überfall. Als wäre das nicht schon schlimm genug, aus Petersens Mund hatte es sich angehört, als würde er sie verdächtigen, etwas damit zu tun zu haben. Was hatte das nur zu bedeuten? Ihr blieb keine Zeit, um darüber nachzudenken, denn schon wieder war Besuch im Anmarsch.

Auch das noch! Muss ausgerechnet die jetzt hier auftauchen? Mit diesem Gedanken zog sie sich langsam vom Fenster zurück.

♥

Sandra stand neben ihrem Auto, als sie angesprochen wurde. „Hallo! Wie geht es Ihnen?"

Erschrocken fuhr sie herum. Die Frau, die sie angesprochen hatte, war ihr nicht unbekannt. Sie war ihr schon ein paar Mal begegnet, zweimal bei der Ferienwohnung und einmal hatte Sandra sie im Krankenhaus gesehen. „Danke gut", gab Sandra freundlich zur Antwort und mit einem schelmischen Lächeln fügte sie

169

noch hinzu: „Hier läuft man sich ziemlich oft über den Weg, finden Sie nicht?"

„Ja, und beim dritten Mal gebe ich Ihnen einen Grog aus."

Eigentlich, dachte Sandra, war das ja schon ihr drittes Mal, ging aber nicht weiter darauf ein. Sie wollte die Gelegenheit lieber nutzen, um ihre immerwährende Neugier zu befriedigen. „Gehört Ihnen auch eine Ferienwohnung, da wo wir wohnen? Ich frage nur, weil wir uns schon zwei Mal dort getroffen haben." Die Begegnung war jedes Mal nur flüchtig gewesen. Wenn die Frau sie nicht angesprochen hätte, sie hätte sie nicht wiedererkannt. Jetzt ergab sich die Möglichkeit einer genaueren Betrachtung. Sie hatten beide etwa die gleiche Größe, damit waren die Ähnlichkeiten aber auch schon erschöpft. Während Sandra sich ständig mit vier bis fünf Kilo zu viel herumärgerte, war bei der Frau alles genau dort, wo es hingehörte und zwar in genau der richtigen Menge. Lange schwarze Haare quollen unter der Wollmütze hervor und umrahmten ein ovales, gut geschminktes Gesicht. Das Make-Up fand Sandra ein bisschen zu dick aufgetragen. Vor allem um die Augen herum. Sie hatte den grünen Lidschatten großzügig aufgetragen und die Augenkonturen mit Kajal nachgezogen. Ihre geschwungenen Augenbrauen sahen absolut perfekt aus und die langen Wimpern glänzten seidig. Eindeutig zu viel Make-Up, aber sehr gekonnt gemacht. Vielleicht das Werk einer Kosmetikerin. Trotzdem, sie würde nicht mal abends so herumlaufen.

Die Frau war stehengeblieben. „Mir gehören die Wohnungen im Erdgeschoss und in der 1. Etage."

„Dann müssen Sie Frau Krawczyk sein."

Die Angesprochene sah verwirrt aus. „Woher wissen Sie das? Wer hat getratscht?"

„Niemand! Auf den Klingelschildern stehen nur zwei Namen: Kloss zweimal und Krawczyk viermal. Da die Familie Kloss unser Vermieter ist, müssen Sie Frau Krawczyk sein."

Die Züge der Frau entspannten sich wieder und sie lächelte sogar wieder. „Ach so. Nun ja, ich bin Lena Krawczyk."

„Das klingt polnisch. Sind Sie auch aus Polen, so wie Marzena?" Wenn ja, sprach die Frau erstaunlich akzentfrei.

„Mein verstorbener Mann stammte aus Polen." Das war alles, was Sandra an Erklärung zu hören bekam. „Sind Sie zufrieden mit ihrer Ferienwohnung? Wenn nicht, ich vermiete auch noch andere Ferienwohnungen hier, in Carolinensiel und Greetsiel."

„Danke, es ist alles bestens. Die Wohnung ist toll und die Aussicht wäre es auch, wenn das Wetter besser wäre."

Die Frau lachte etwas gequält. „Darauf haben wir leider keinen Einfluss, beziehungsweise zum Glück. Wir müssen das Wetter alle so nehmen, wie es ist. Sie haben sich aber auch nicht gerade die beste Urlaubzeit ausgesucht."

„Es ist auch kein Urlaub, mehr ein Krankenbesuch. Wir sind wegen unserer Vermieterin hier."

„Marzena Kloss? Kennen Sie sich?"

„Sie ist unsere Freundin und liegt im Krankenhaus. Vielleicht haben Sie schon davon gehört."

„Die Frau machte einen Schritt auf Sandra zu und stand nun dicht vor ihr. „Nein! Ich wusste nicht, dass sie krank ist. Hoffentlich nichts Ernstes."

„Nun ja, sie ist nicht direkt krank. Sie wurde überfallen."

„Was?" Kopfschütteln und tiefe Bekümmerung.

„Ich hatte angenommen, dass Sie das wissen."

„Nein! Woher denn auch? Ich hatte zwar von einem Überfall auf eine Frau gehört, aber dass es Frau Kloss war, wusste ich nicht."

„Es ist am Samstag nach dem Treffen des Esoterik-Zirkels passiert, als Marzena auf dem Heimweg war. Waren Sie nicht auch dort?" Es war ein Versuch und er misslang. Krawczyk ging nicht darauf ein. Sie konterte, indem sie ihrerseits eine Frage stellte. „Was geht Sie das eigentlich an, ob ich dort war? Sollten sie nicht lieber zu Ihrer Freundin in die Klinik fahren?" Nun war es Sandra, die Krawczyks Fragen unbeantwortet ließ. Es wurde Zeit, sie mit etwas anderem zu konfrontieren. Etwas, das Sandra viel mehr interessierte.

„Apropos Klinik. Ich war gestern in der Klinik und da habe ich Sie gesehen. Es sah so aus, als kämen Sie von der Intensivstation. Haben Sie dort einen Angehörigen besucht oder waren Sie bei Marzena?" Diese Frage schien die Frau aus dem Konzept zu bringen, was Sandra aus den Falten schloss, die auf ihrer Stirn erschienen. Nur für einen Moment und der war so schnell wieder vorbei, dass Sandra sich nicht mehr sicher war, überhaupt etwas gesehen zu haben. Als die Frau antwortete, klang das wieder völlig normal.

„Ich war überhaupt nicht in der Klinik."

„Ich bin mir aber sicher, dass ich Sie gesehen habe."

„Mich?" Lena Krawczyks Stimme war ein wenig zu schrill, um beiläufig zu klingen.

„Ja, Sie. Im Fahrstuhl."

„Sie müssen sich irren. Vielleicht war das eine Frau, die mir ähnlich sieht."

„Ich irre mich bestimmt nicht. Ich habe genau gesehen, wie der Arzt, mit dem ich gerade geredet hatte, im Fahrstuhl mit einer Frau zusammenstieß und diese Frau waren Sie."

Lenas Wangen wurden rot und ihre anfängliche Verwirrung schlug nun in Ärger um. „Sie irren sich trotzdem. Ich kann gar nicht im Krankenhaus gewesen sein, weil ich gestern Nachmittag nicht in Bremen war. Und kommen Sie bloß nicht auf die Idee, mich zu fragen, wo ich gestern war. Das geht sie nämlich nichts an. Und ob ich bei dem Treffen war, auch nicht." Lena holte tief Luft. Ihr Wutausbruch hatte sie selber überrascht. Um sich wieder ins richtige Licht zu rücken, ruderte sie etwas zurück. „Tut mir leid. Das klang jetzt ärgerlicher, als es sollte. Sie machen sich bestimmt nur Sorgen um Ihre Freundin und ich keife wie ein altes Waschweib. Das war unpassend. Bitte grüßen Sie Frau Kloss von mir, wenn Sie sie wieder besuchen. Ich wünsche ihr gute Besserung."

„Dazu werde ich wohl vorläufig keine Gelegenheit haben. Sie liegt noch im Koma."

„Das hört sich ja nicht gut an." Wäre die kleine Entgleisung zuvor nicht gewesen, Sandra hätte ihr die Betroffenheit wahrscheinlich abgekauft. Das tat sie nun nicht mehr. Krawczyks Freundlichkeit war aufgesetzt. Da ging keine echte Emotion von ihr aus. Genauso klangen auch ihre nächsten Worte. „Machen Sie sich keine Sorgen. Im Klinikum Nord ist sie in den besten Händen. Ich muss jetzt aber wirklich weiter. Einen schönen Tag noch." Sandra ließ die Frau gehen, machte aber auch keine Anstalten, ins Auto zu steigen. Jetzt wollte sie noch sehen, wohin Lena wollte. Eigentlich konnte sie es sich schon denken, aber wissen war besser als vermuten.

Lena lief direkt auf Madame Zouzas Haus zu. Würde sie hineingehen oder außen herum? Zu wem war sie auf dem Weg? Endgültige Gewissheit bekam sie nicht, denn Madame Zouza trat plötzlich aus der Haustür. Dass die beiden Frauen ein Gespräch begannen, musste nicht zwangsläufig bedeuten, dass sie miteinander verabredet gewesen waren.

Schon nach wenigen Sekunden schauten beide Frauen in ihre Richtung. Damit war zumindest ihr Gesprächsthema klar. Die Frauen redeten über sie. Um die Angelegenheit nicht noch peinlicher werden zu lassen, startete Sandra den Motor und fuhr los. Sie musste am Haus und den Frauen vorbeifahren. Sie spürte, wie deren Blicke sie verfolgten. Eine unangenehme Situation, die sie überspielte, indem sie den beiden Frauen schnell noch ein Lächeln zuwarf. Es wurde nicht erwidert.

♥

„Irgendwie nervig, die Frau", murmelte Madame Zouza. Da konnte Krawczyk ihr nur zustimmen. „Nervig und neugierig? Ist die von der Polizei?"

„Ich glaube nicht, aber sie war mit einem von der Kripo hier."

„Ach!" Lenas Augen wurden größer. „Den habe ich nicht gesehen. Was hat der denn gewollt?"

„Hat mir Fragen zu Marzena gestellt. Ob ich sie letzten Samstag gesprochen habe und sowas." Ihren Blick, mit dem sie Sandras davonfahrendes Auto verfolgt hatte, lenkte sie nun zu Lena. „Hast du gewusst, dass Marzena überfallen worden ist?"

„Nein. Bis eben nicht." Lena schaute dem Auto immer noch hinterher. „Hast du es gewusst?" Die Gegenfrage wurde sofort und energisch beantwortet. „Nein. Ich habe es auch eben erst erfahren. Dieser Kommissar hat es mir gesagt. Sie soll im Krankenhaus liegen."

„Im Koma, wie ich gehört habe. Die Nervensäge hat mir doch tatsächlich unterstellt, dass ich sie gestern besucht habe. Angeblich hat sie mich dort gesehen."

„Du warst dort?"

„Nein! Hörst du mir nicht zu? Ich sagte angeblich. Muss eine Verwechslung gewesen sein." Nun, da Sandra außer Sichtweite war, wandte Krawczyk sich wieder ihrer Freundin zu. Als sie deren Gesichtsausdruck sah, musste sie lachen. „Hör auf, mich mit deinem dritten Auge anzustarren. Heb dir das für deine Kunden auf. Bei mir zieht das nicht." Doch Madame Zouza ließ nicht locker. Ihre Miene entspannte sich zwar etwas, aber innerlich lag sie immer noch auf der Lauer.

„Woher kennst du eigentlich diese Frau?"

„Sie hält sich in einer von Marzenas Ferienwohnungen auf. Im selben Haus, in dem ich auch Wohnungen vermiete. Da sind wir uns begegnet. Ich glaube, sie und Marzena sind befreundet."

„Dann hat sie sich für ihren Freundschaftsbesuch aber einen denkbar ungünstigen Zeitpunkt ausgesucht."

„Oder auch nicht." Krawczyks Aussage klang ominös und da sie keine Erklärung folgen ließ, fragte Madame Zouza nach.

„Was soll das denn heißen?"

„Denk doch mal nach. Marzena wird überfallen und ein paar Tage später taucht diese Frau hier auf. Sie behauptet, eine Freundin zu sein, aber mal ehrlich. Würdest du einen Freundschaftsbesuch machen, wenn du wüsstest, dass deine Freundin überfallen wurde? Also ich nicht. Ich würde meinen Besuch zumindest solange verschieben, bis sie aus dem Koma erwacht ist. Stattdessen taucht sie mit diesem Kommissar hier auf und stellt komische Fragen. Das ist doch nicht normal."

„Da magst du ja Recht haben, allerdings war sie allein, als sie hier ankam. Sie wollte zu Bonner. Ich glaube, dort hat sie sich dann mit dem Kommissar getroffen."

Krawczyk riss überrascht sie Augen auf. „Bei Bonner war sie auch? Dann hat sie den bestimmt über das Treffen am Samstag ausgefragt."

„Ist anzunehmen."

„Weißt du, was er ihr erzählt hat?"

„Woher soll ich das denn wissen?" Langsam begann Madame Zouza sich unwohl zu fühlen. Krawczyk führte sich ja noch schlimmer auf als dieser Kommissar und die Frau. Wieso interessierte sie sich so sehr dafür, was wer gefragt oder gesagt hatte? Soweit sie wusste, waren Marzena und sie keine Freundinnen, eher das Gegenteil.

Also was sollte das? Krawczyks Stimme riss sie aus ihren Gedanken.

„Versuch doch mal rauszukriegen, was der Kommissar und die Nervensäge von Bonner wollten."

Wie kam Krawczyk nur auf die Idee, sie könnte ihr Aufträge erteilen? Soweit kam's noch."

„Frag ihn doch selber, wenn es dich interessiert."

Krawczyk bedachte sie mit einem Blick, der nicht erkennen ließ, was sie von Madame Zouzas Weigerung hielt und ihre Antwort war auch nicht handfester. „Mit dir wird er doch viel eher reden als mit mir. Schließlich wohnt er auf deinem Grundstück und als seine Vermieterin hast du jedes Recht, zu erfahren, was die Polizei von ihm wollte." Dem konnte die Angesprochene leider nichts entgegensetzen. Krawczyk gab ihr auch keine weitere Gelegenheit zu diskutieren. Sie verließ ohne abzuwarten das Grundstück. „Ruf mich an, wenn du was rausgefunden hast", rief sie ihr noch im Weggehen zu.

Madame Zouzas sonst so sonniges Antlitz hatte sich schlagartig verfinstert und während sie zurück ins Haus ging, murmelte sie vor sich her: „Du kannst mich mal, Chamandra."

SIEBZEHN

Bis sie um die Ecke bog konnte Sandra im Rückspiegel beobachten, wie die beiden Frauen die Köpfe zusammensteckten. Schon eigenartig, dass ausgerechnet die zwei sich kannten. Andererseits waren Neuharlingersiel und Carolinensiel Nachbarorte. Hier kannte sicher jeder so gut wie jeden. Also sollte sie lieber nicht zu viel in die Sache hineininterpretieren. Wenn sie sich im Moment über etwas den Kopf zerbrach, dann lieber über das, was sie von Bonner und Madame Zouza erfahren hatte. Und zwar jetzt, solange es noch frisch in ihrem Gedächtnis verhaftet war.

Marzena war vor dem Überfall beim esoterischen Zirkel von Videntis gewesen und alles war friedlich abgelaufen. Mit Madame Zouza hatte sie an dem Tag nicht gesprochen und sich auch noch nie die Karten legen lassen. Nicht viel und auch nur dann relevant, wenn man davon ausging, dass beide Befragten die Wahrheit gesagt hatten. Was war sonst noch rausgekommen? Diese Lena Krawczyk war nicht mit Marzena befreundet und hatte sie auch nicht besucht. Hinter Letzterem machte Sandra ein dickes, fettes gedankliches Fragezeichen. Sandra glaubte immer mehr, dass die Frau im Fahrstuhl Krawczyk gewesen war. Und nicht nur das. Sie hatte das Gefühl, sie irgendwo schon mal gesehen zu haben. Nur wo? Letztendlich schob sie es auf die Begegnung in der Klinik. Krawczyk leugnete zwar vehement, dort gewesen zu sein, doch das konnte auch eine Schutzbehauptung sein. Wieso sie das tat, dafür fand Sandra keine Erklärung. Wenn sie doch nur einen Beweis für Krawczyks Besuch in der Klinik finden könnte.

Sie war gerade mal zwei Straßen weit gekommen, als sie mit voller Wucht von einem Geistesblitz getroffen wurde. Die nächste freie Parkbucht war ihre. Aufgeregt blätterte sie ihre Notizen durch, nur um sie gleich wieder fluchend auf den Beifahrersitz zu schmeißen. Während des Gespräches mit Krawczyk hatte sie sich keine Notizen gemacht. Aber egal, sie würde das auch so zusammenkriegen.

Was hatte Krawczyk gesagt? *Ich kann gar nicht im Krankenhaus gewesen sein, weil ich gestern Nachmittag nicht in Bremen war.*

Sandra hatte nicht gesagt, dass sich diese Begegnung am Nachmittag abgespielt hatte. Und da war noch etwas. Krawczyk hatte auch noch behauptet, dass Marzena im Klinikum Nord in den besten Händen sei. Das mochte stimmen, aber woher wusste sie, dass Marzena dort lag? Auch das hatte Sandra mit keiner Silbe erwähnt und in Bremen gab es nicht nur dieses Krankenhaus. Das alles konnte nur bedeuten, dass Krawczyk gelogen hatte. Sie wusste sehr wohl, dass Marzena im Krankenhaus lag und auch in welchem. Also wusste sie auch von dem Überfall. Als Beweis reichte das nicht aus. Weder für den Besuch bei Marzena und erst recht nicht dafür, dass Krawczyk was mit dem Überfall zu tun hatte. Ihre Anwesenheit in der Klinik konnte die verschiedensten Gründe haben. Ein krankes Familienmitglied oder sie war selber bei einem Arzt gewesen. Das würde auch erklären, wieso sie ihre Anwesenheit geleugnet hatte. Sie wollte einfach nur nicht, dass jemand davon erfuhr.

Frustriert musste Sandra sich eingestehen, dass sie nichts Erhellendes erfahren hatte. Ja, Krawczyk hatte sie belogen. Das sprach nicht für, aber auch nicht unbedingt gegen sie. Hoffentlich hatte Billy mehr erreicht.

♦

Hinter Billy lag ein ausgedehnter Bummel durch zahlreiche Geschäfte, den Hafen inklusive zweier Cafébesuche. Als Sandra sich meldete, war sie gerade in einem Supermarkt, um ein paar Leckereien einzukaufen. Beim Anblick von Billys voller Einkaufstasche begann Sandras Magen zu knurren. Kein Wunder, die Mittagszeit war längst vorbei. Billy schlug vor, nach Neuharlingersiel zurückzufahren und am Hafen auf Fischbrötchenfang zu gehen. So wurde es gemacht.

Außer mit Lachs- und Matjesbrötchen versorgten sie sich noch mit zwei Latte Macchiato, suchten sich eine halbwegs windgeschützte, sichere Bank und ließen es sich schmecken. Das alles zu bekommen, erwies sich als gar nicht so einfach. Windgeschützt mochten einige Bänke sein, sicher waren keine von denen. Über ihren Köpfen kreisten die Piraten der Lüfte, die Möwen und belauerten sie aufmerksam. Zwei Möwen entpuppten sich als besonders raffinierte Jäger. Ihre Angriffe erfolgten nach einer richtig ausgebufften Strategie. Möwe 1 näherte sich den Frauen von vorn. Sie flog bis dicht vor die Bank, landete rotzfrech vor ihren Füßen und hüpfte unter lautem Geschrei auf und ab. Plötzlich breitete der Vogel die Flügel aus und flog so dicht vor den Frauen hin und her, dass Billy erschrocken ihr Brötchen zur Seite hielt. Beinahe hätte es geklappt. Darauf hatte Möwe 2 nur gewartet. Sie schoss aus dem toten Winkel herab und nur Sandras beherztes Eingreifen rettete Billys Brötchen davor, Möwen-Futter zu werden. Sie sprang auf, wedelte mit den Armen und gab dabei noch ein lautes Krächzen von sich. Das schlug die Räuber fürs Erste in die Flucht. Es folgten noch ein paar halbherzige Frontalangriffe, dann zogen sie endlich ab. Ein Kutter, der gerade die nichtverkäuflichen Reste des Fangs über Bord warf, verhieß leichtere Beute.

Beim anschließenden Bummel durch den Hafen tauschten sie endlich ihre Erlebnisse aus. Sandra wollte den Anfang machen. Auch wenn sie die Befragungen nicht wirklich weitergebracht hatten, es war einfach zu viel passiert, als dass sie es mit wenigen Sätzen abtun konnte. Während Sandra Billy eine Zusammenfassung gab, schlenderten sie auf der westlichen Seite am Hafen entlang, am Rettungsschuppen vorbei auf den Deich bis zu seinem Ende. Die Flut hatte ihren Höchststand erreicht und das Wasser drang bis weit auf den Strand. So schön dieses Wellenspiel auch war, die Frauen schenkten ihm nur wenig Beachtung. Sie konzentrierten sich mehr auf das, was sie sich zu erzählen hatten. Solange Sandra redete, hörte Billy aufmerksam zu. Sie hielt sich sogar mit Fragen zurück, bis Sandra fertig war. Ihr Fazit war ähnlich frustrierend wie das ihrer Freundin.

◆

Auf der Polizeidienststelle machte Kommissar Petersen sich auch so seine Gedanken. Anfangs hatte der Fall wirklich nach einem Raubüberfall ausgesehen. Inzwischen rückte diese Möglichkeit immer weiter an den Rand der Ermittlung. Die Spurenlage war nicht eindeutig genug, um nicht auch andere Theorien in Betracht zu ziehen. Wenn er wenigstens das Opfer befragen könnte. Doch das würde noch Tage dauern können, wie der behandelnde Arzt ihm versichert hatte. Und nicht nur das. Die Wahrscheinlichkeit, dass sie sich nicht erinnern würde, war groß. Auch das hatte der Arzt zu bedenken gegeben.

Petersen trat auf der Stelle. Gerade hatte er den ersten Bericht des Kriminallabors bekommen, mit niederschmetterndem Ergebnis. Keine Fremd-DNA, keine Fingerabdrücke und die im Blut gefundene Droge war ein starkes Beruhigungsmittel und konnte legal oder illegal beschafft worden sein. Man war sich nur sicher, dass Marzena Kloss die Droge maximal 1-2 Stunden vor dem Überfall eingenommen haben musste und zwar oral. Den Zeitpunkt des Überfalls hatten sie auf 19-20 Uhr eingegrenzt, das Treffen bei Bonner war um 17 Uhr zu Ende. Sie wussten bis jetzt aber nicht, wann Marzena Kloss gegangen war. Daher konnte sie die Drogen sowohl während des Treffens als auch kurz danach aufgenommen haben. Damit war sein weiteres Vorgehen wenigstens klar. Er musste Bonners Teilnehmerliste abarbeiten und darauf hoffen, dass sich einer der Videntis-Jünger an Marzenas Weggang erinnerte. Außerdem blieb zu klären, wo das Opfer zwischen 17 Uhr und der Tatzeit gewesen war. Was hatte sie in diesen 2-3 Stunden gemacht? Sie konnte kaum die ganze Zeit durch die Gegend geradelt sein. Auch dazu würde er die Esoterik-Anhänger befragen. Und er musste sich ranhalten. Sein Chef scharrte schon mit den Hufen. Deshalb beschloss er, einen Teil der Befragungen seinem Partner, Jansen, zu übertragen. So kamen sie schneller voran und hoffentlich auch zu Erkenntnissen. All ihre anderen Fälle würden eben warten müssen.

♦

Die Frauen waren schon auf dem Rückweg zum Auto, als Billy endlich mit ihrem Bericht beginnen konnte. Sandra war sehr gespannt, was die Freundin erfahren hatte. In ihrer kurzen Zeit als Privatdetektivin hatte sie nämlich eins gelernt, dass man Klatsch und Tratsch nie unterschätzen durfte. Oft bekam man zwar die haarsträubendsten Theorien zu hören, doch selbst in der krudesten Geschichte steckte meist ein Körnchen Wahrheit. Genau darauf hoffte sie.

Billy ließ sich nicht lange bitten und erzählte ausführlich von ihrer vormittäglichen Unternehmung, die hauptsächlich aus Gesprächen mit Ladenbesitzern und Gastronomen bestand. Alles nicht wirklich interessant für die Ermittlung. Zumal die meisten der Befragten auch nicht mehr wussten als die selbsternannten Meisterdetektivinnen. So war es kein Wunder, dass Sandras Gedanken begannen, nach den ersten Minuten abzudriften. Erst als Billy eine längere Pause machte und sie fragend ansah, wand sie sich wieder ihrer Freundin zu.

„Ist das alles, was du erfahren hast?", fragte sie vorsichtig nach,

„Ja, ich weiß, ist nicht dolle. Irgendwie hatte ich mir auch mehr versprochen." Billy war ehrlich zerknirscht über ihren Misserfolg. „Wenn ich gewusst hätte, wie frustrierend es ist, ständig die gleichen Fragen zu stellen und doch nichts zu erfahren, ich wäre zuhause geblieben."

„Vielleicht hast du auch nur die falschen Fragen gestellt", gab Sandra zu bedenken.

„Wie meinst du das denn? Ich habe die besorgte Urlauberin gegeben, die sich nach dem Bekanntwerden des

Überfalls fragt, ob es nicht sicherer wäre, abzureisen. War das nicht richtig?"

„Es war sicher nicht direkt falsch, aber besonders clever war es auch nicht. Einem verängstigten Urlauber, der sich danach erkundigt, ob die Gegend sicher ist, dem wird man sicher keine Horrorgeschichten erzählen. Da der Überfall schon Stadtgespräch ist, kann man ihn natürlich nicht verschweigen. Man wird ihn aber herunterspielen und tunlichst jede Indiskretion vermeiden. Dein Bericht hört sich an, als wäre genau das passiert. Du hättest es genau andersherum machen müssen."

„Ich bin nicht sicher, ob ich dich verstehe", gab Billy unumwunden zu.

„Ich wette, wenn du gesagt hättest, dass die einzige Abwechslung in Ostfriesland aus Ebbe und Flut besteht, wären die Reaktionen anders ausgefallen. Man hätte sich wahrscheinlich überschlagen, um dir das Gegenteil zu beweisen."

„Und hätte mir den Raubüberfall in den blutigsten Farben geschildert."

„Genau das meine ich. Du hast die falschen Fragen gestellt."

„Tut mir leid. Es wäre vielleicht hilfreich gewesen, wenn du mir das vorher gesagt hättest. Schließlich bin nicht ich bei der Kripo, sondern mein Mann." Aus Billys Worten war die Unzufriedenheit deutlich herauszuhören. Immerhin fühlte es sich so an, als hätte sie einen ganzen Vormittag vergeudet. Sandra wollte nicht, dass Billy sich ärgerte. Etwas Beschwichtigendes musste her, ehe die Stimmung ganz am Boden lag.

„Ach, mach dir nichts draus. Wir versuchen es einfach noch mal woanders."

„Es ärgert mich einfach, dass ich so gar nichts erfahren habe."

„Na und? Viel erfolgreicher war ich auch nicht. Weißt du was? Wir fahren jetzt in die Klinik. Vielleicht hat wenigstens Svenja gute Neuigkeiten."

„Das bringt uns wenigstens auf andere Gedanken."

„Genau. Wenn ich mal nicht weiter weiß, dann mache ich auch immer was ganz anderes und oft kommt mir dabei die zündende Idee."

„Wenn du meinst." Billy hatte sich zwar wieder beruhigt, konnte aber nicht verhindern, dass ihre Gedanken weiterhin um ihren ersten eigenständigen Beitrag zur Ermittlung kreisten.

„Übrigens hatte ich den Eindruck, dass der Überfall gar nicht das Stadtgespräch ist", verkündete sie plötzlich.

„Gibt's tatsächlich was, das noch interessanter ist?"

„Egal mit wem ich gesprochen habe, bei dem Thema *grausiges Ereignis*, war der Überfall auf Marzena nicht das Erste, worüber die Leute sprachen."

„Das könnte daran liegen, dass der Überfall in Neuharlingersiel stattgefunden hat. Da glauben die braven Leute aus Carolinensiel vielleicht, dass es sie nichts angeht."

„Nein, so hat das nicht geklungen. Es gab nur etwas, dass sie mehr betroffen gemacht hat als der Überfall."

„Jetzt bin ich aber mal gespannt, was die friesische Seele noch mehr erschüttern kann. Sind die Seehunde von Langeoog verschwunden?"

„Du wirst es nicht glauben, aber als erstes dachten die Leute, dass ich den Toten aus dem Watt meine."

„Der Tote aus dem Watt? Klingt wie einer von den Ostfriesen Krimis."

„Ist aber eine wahre Geschichte und es ist gerade erst drei Wochen her. Auf einer geführten Wattwanderung hat eine Gruppe Urlauber außer Wattwürmern auch noch eine Leiche gefunden. Also nur dass du's weißt, ich mach keine Wattwanderung mit."

Sandra musste zugeben, dass dieser Vorfall wirklich eine Nummer größer war als ein Überfall. Kein Wunder, dass er nach so kurzer Zeit immer noch durch die Köpfe der Anwohner spukte. Für ihre eigene Ermittlung spielte der Leichenfund aber keine Rolle.

„Wattwanderungen sind nicht gefährlich, Billy. Man sollte allerdings nicht unbedingt allein durch den Matsch waten und vor allem nicht bei einsetzender Flut. Deshalb gibt es ja auch geführte Wattwanderungen mit Leuten, die sich auskennen. Der Tote hat sich vielleicht nicht daran gehalten und wurde von der Flut überrascht. In dem Fall war es ein Unfall."

„So hat es die Polizei auch gesehen. Ihre Ermittlung hat wohl ergeben, dass es ein bedauerlicher Unfall war."

„Na sag ich doch." Damit wollte Sandra es eigentlich bewenden lassen. Billy war mit ihrer Geschichte aber noch nicht fertig.

„Es gibt aber auch Leute, Einheimische, die der Meinung sind, dass es kein Unfall war."

„Und was ist deren Meinung nach passiert?"

Billy konnte aus Sandras Tonfall heraushören, dass sie nur fragte, um Billy nicht das Gefühl zu geben, dass sie ihre Bemühungen nicht ernst nahm. Ehrlich interessiert war sie nicht.

„Ich habe mit einem Krabbenfischer gesprochen, der sich da draußen sehr gut auskennt. Er hat mir gesagt, wenn jemand im Watt von der Flut überrascht wird, wenn er es wirklich nicht ans Ufer schafft und ertrinkt, dann wird seine Leiche entweder an den Strand gespült oder aufs Meer hinausgezogen. Dieser Tote wurde aber neben einer Prigge gefunden."

„Was ist eine Prigge?"

„Das sind diese Stöcker, mit denen man die Strecken kennzeichnet, auf denen zum Beispiel die Fährschiffe fahren können."

„Ich weiß was du meinst. Der Tote wurde also neben so einem Stock gefunden. Vielleicht wollte er sich daran festhalten?"

„Hm. Das hätte er wohl kaum bis zur nächsten Ebbe ausgehalten."

Sandra wurde das Ratespiel langsam leid und reagierte mit leicht gereiztem Tonfall. „Komm bitte zum Punkt, Billy."

„Man hat den Toten also neben so einer Prigge gefunden. Er hatte sich mit einem Strick daran festgebunden."

„Na ist doch klar. Er wollte nicht von der Strömung erfasst werden."

Billy warf Sandra einen Blick zu, in dem sowohl Erstaunen als auch Belustigung lag. „Echt jetzt? Du als

Privatdetektivin wunderst dich nicht darüber, woher er den Strick hat? Also, wenn ich eine Wanderung unternehmen würde, egal ob im Watt oder im Wald, ich hätte bestimmt alles Mögliche bei mir, einen Rucksack mit Wasser, Handy, Geldbörse, Regencape, Müsliriegel und so was. Ein Strick wäre aber bestimmt nicht dabei."

„Okay, der Punkt geht an dich. Vielleicht hat er den Strick ja dort gefunden. Ich hab gelesen, dass man Birkenäste an diese Stäbe bindet."

Hat der Fischer auch gesagt. Funktioniert aber nicht. Die Priggen sind nicht stabil genug, um einen Körper halten zu können und man müsste sich an den Teil festbinden, der aus dem Wasser ragt. Das hat der Tote gar nicht erst versucht. Er hat sich ganz unten angebunden und das macht nun überhaupt keinen Sinn. Das wäre glatter Selbstmord." Billy dachte einen Moment über diese ungeheuerliche Version nach, dann platzte es aus ihr heraus. „Vielleicht wollte er ja Selbstmord begehen?"

KAPITEL 18

Mit der Behauptung, etwas anderes erledigen zu müssen, hatte Lena Krawczyk nicht übertrieben. Sie würde sogar dringend etwas unternehmen müssen, nur nicht sofort. Dafür war sie viel zu aufgewühlt im Moment. In ihrer jetzigen Verfassung war sie nicht in der Lage, einen kühlen Kopf zu bewahren. Erst mal musste sie sich wieder beruhigen. Das ging am besten, wenn sie allein war und niemand sie beobachtete. Deshalb fuhr sie erst mal nachhause. Dort angekommen, führte ihr erster Gang an die kleine Hausbar. Sie entschied sich für einen großen Gin Tonic und zwar im Verhältnis 2 zu 1. So wie sie gerade drauf war, traf der Spruch, weniger ist manchmal mehr, nicht zu.

Als der Alkohol seine Wirkung entfaltete, wurde ihr leicht zumute und warm. Natürlich wusste sie, dass damit ihre Probleme nicht verschwanden. Trotzdem wollte sie nicht auf die, wenn auch nur kurzzeitige, Betäubung verzichten. Sie hatte sich inzwischen an die kleinen Auszeiten, wie sie es nannte, gewöhnt und ein abendliches Ritual daraus gemacht. Jetzt war es allerdings mitten am Tag. Sollte sie sich deshalb Sorgen machen? Ach was! Sie war nicht alkoholabhängig, nur weil sie ab und zu gern ein Gläschen oder auch zwei trank. Das war keine Sucht, nur ein bisschen Ablenkung und Entspannung. Und sie hatte es absolut im Griff. Wenn sie wollte, konnte sie darauf verzichten. Aber nicht gerade heute. Es machte alles viel erträglicher. Schließlich nahm sie keine Drogen. Sowas würde sie nie anrühren. Wer das tat, war in ihren Augen einfach nur ein Loser. Sie war kein Loser. Im Gegenteil. Sie war eine erfolgreiche Geschäftsfrau mit Ambitionen.

Nach dem zweiten Glas Gin Tonic fühlte sie sich endlich gut genug, um zum Telefon zu greifen und die Nummer anzurufen, die sie für einen eventuellen Notfall bekommen hatte. Und das war ein Notfall. Sie hörte das Klingelzeichen am anderen Ende und wartete, während sie sich ihre Worte zurechtlegte. Endlich ertönte ein Knacken.

„Hallo?"

„Ich bin's."

„Wieso rufst du an? Die Nummer ist nur für Notfälle."

„Das ist ein Notfall, glaub mir."

„Was ist denn passiert?"

„Hier schleicht so eine Frau rum, angeblich eine Freundin von Marzena. Die stellt so komische Fragen. Sie hat mich gestern im Krankenhaus gesehen und vermutet, dass ich die Polin besucht habe."

„Na und?"

„Hast du vergessen, dass ich tatsächlich im Krankenhaus war?"

„Was soll's! Dann warst du eben dort. Du kannst ja bei einem Arzt gewesen sein. Davon gibt es da jede Menge. Also reg dich ab."

„Ich reg mich aber nicht ab. Zouza hat mir erzählt, dass sie auch bei ihr war, zusammen mit einem von der Kripo. Wenn sie dem davon erzählt, kommt der als nächstes zu mir."

Am anderen Ende herrschte zunächst Stille. Krawczyk befürchtete schon, ihr Gesprächspartner könnte aufgelegt haben, als er wieder zu reden anfing. „Also gut. Wenn es dich beruhigt, dann treffen wir uns. Ich komm hier aber gerade nicht weg. Du musst also schon herkommen."

„Zu dir nach Hause?"

„Das fehlte noch. Ich bin in Bremen. Wir treffen uns am Tiergehege, in zwei Stunden. Schaffst du das?"

„Na klar!", gab sie sofort zurück. Erst als das Telefonat beendet war, fiel ihr ein, dass sie schon zwei Gin Tonic intus hatte. Egal, sie würde trotzdem fahren. So betrunken war sie noch nicht, dass sie das nicht mehr hinkriegte. Dazu wären mehr als zwei Gläser Alkohol nötig gewesen.

♠

Billys Theorie, der Tote im Watt könnte Selbstmord begangen haben, stimmte Sandra nicht mal ansatzweise zu. „Bitte Billy! Überleg doch mal. Welcher halbwegs normale Mensch würde einen solchen Aufwand betreiben, um sich zu ertränken. Das geht in der Badewanne einfacher und da ist es wenigstens nicht so schweinekalt."

„Wenn man sehr verzweifelt ist?", versuchte Billy einzuwenden.

„Man ist wohl generell verzweifelt, wenn man an Suizid denkt. Insofern stimme ich dir zu. Trotzdem erscheint es mir sehr unwahrscheinlich, dass es so gewesen ist."

„Und wieso?"

„Versuch dich mal in die Situation reinzudenken. Du sitzt da draußen im Matsch. Deine Klamotten sind nass, dir wird kalt und dann kommt das Wasser. Es überspült deine Beine, dann die Hüften und es wird immer ungemütlicher. Bis es dir aber bis zum Hals steigt, dauert es eine ganze Weile. Und die ganze Zeit sitzt du da und frierst dir den Arsch ab? Es gibt so was wie den Selbsterhaltungstrieb. Ehrlich, Billy. Ich glaube, die Chancen, an Unterkühlung zu sterben, bevor man ertrinkt, wären wesentlich größer. Für mich sieht es eher so aus, als ob jemand nachgeholfen hat."

„Du nun wieder. Wieso muss bei dir gleich wieder alles in Mord und Totschlag ausarten?" Es hörte sich so an, als wäre Billy beleidigt, was aber zum Glück nicht zutraf. Sie wollte nur nicht klein beigeben. Sandra stellte sich Grießlers

Gesicht vor, wenn sie das mit ihm machte und ein Lächeln stahl sich auf ihr Gesicht. Schließlich lenkte sie ein. „Naja, vielleicht war es ja doch ein Unfall." Sofort hellte Billys Miene sich wieder auf. „Wir können ja Petersen danach fragen, wenn wir ihn das nächste Mal sehen."

„Das darfst du dann gern übernehmen. Mit mir ist er durch. Ich glaub, ihm wäre es lieber, wir würden wieder abreisen."

„Das kann er vergessen. Wir werden ja wohl noch unsere Freundin besuchen dürfen." Wenn Billy energisch klingen wollte, dann hob sie ihre Stimme, stemmte die Hände in die Hüften und schob das Kinn weit nach vorn. Leider sah das so komisch aus, dass Sandra grinsen musste.

„Genau das werden wir jetzt auch tun!" Mit diesen Worten schob sie Billy mit sanftem Druck vorwärts.

♠

Der Treffpunkt war gut gewählt. Im Tiergehege herrschte zu dieser Jahreszeit nur wenig Betrieb, noch dazu mitten in der Woche. Krawczyk lief schon seit 10 Minuten um das Wildhaus herum, ohne die Tiere eines Blickes zu würdigen. Das Wetter lud auch nicht gerade zum Bummeln ein. Ihr Körper hatte den Alkohol fast gänzlich abgebaut und die Kälte kroch ihr langsam die Beine empor. Ihre ohnehin schon miese Laune verschlechterte sich minütlich. Endlich, auf ihrer dritten Runde, kam ihr eine vertraute Gestalt entgegen. Kurz bevor sie aufeinandertrafen, blieb der Mann stehen, stützte sich auf der Holzumzäunung ab und schaute ins Gehege. Für jeden zufälligen Beobachter sah es so aus, als ob er sich brennend für die Tiere

192

interessierte. Nur gab es eben nicht viel zu sehen. Zwei Esel standen träge vor dem leeren Futtertrog, das war alles.

„Also?", eröffnete er das Gespräch und sein Unterton verhieß nichts Gutes. „Was willst du mit mir besprechen?"

Sein herrischer Ton ärgerte sie maßlos. Trotzdem hielt sie sich zurück. Sie wusste, dass man ihn besser nicht reizte. Er war nicht der Typ, der gut mit Kritik umgehen konnte. Das war auch der Grund, weshalb sie ihre Worte sorgfältig wählte. Sie würde sagen, was es zu sagen gab, aber sie würde es vorsichtig tun.

„Mit gefällt nicht, welche Ausmaße das Ganze genommen hat. Erst die Sache mit dem Niederländer, dann der Überfall auf die Polin, da ist es doch kein Wunder, dass die Polizei unangenehme Fragen stellt. Und nicht nur das. Jetzt schnüffelt auch noch die Freundin hier rum. Wenn sie oder die Bullen eine Verbindung zu uns herstellen, ist hier bald der Teufel los."

Er schaute teilnahmslos ins Gehege und ließ Krawczyk erst mal reden. Je mehr Dampf sie abließ, umso schneller beruhigte sie sich. Es war nötig, dass sie sich beruhigte, damit sie ihm aufmerksam zuhörte. Nach ein paar Minuten hatte sie sich alles von der Seele geredet, einschließlich des Vorschlags, zu warten, bis der Sturm vorübergezogen war. Endlich verstummte sie und schaute ihn aus großen Augen an.

„Fertig?", fragte er zur Vorsicht noch mal nach. Sie nickte. „Gut. Dann hör mir jetzt mal gut zu. Es besteht kein Grund zur Sorge, was uns betrifft. Ich weiß nicht, wie oft ich es dir noch sagen soll. Mit dem, was dem Typen passiert ist, habe ich nichts zu tun. Das war ein Unfall! Zu genau diesem Schluss ist auch die Polizei gekommen."

„Haben die Bullen dich deswegen befragt?", unterbrach sie ihn. „Wissen die, dass du den Niederländer getroffen hast?"

„Herrgott nochmal!" Seine Hand krachte auf die hölzerne Brüstung. „Hörst du mir nicht zu oder kapierst du das wirklich nicht? Die Bullen haben nicht mit mir gesprochen. Niemand außer dir weiß von dem Treffen mit dem Niederländer."

„Und woher weißt du dann, dass die Polizei es als Unfall abgehakt hat?"

„Woher ich das weiß, geht dich eigentlich nichts an. Aber um dich zu beruhigen: Ich habe einen Kontakt bei den Bullen. Der Niederländer war betrunken als er nachts ins Watt lief. Warum er das tat, weiß kein Mensch. Er wurde von der Flut überrascht und da er kein Handy dabei hatte, konnte er keinen Notruf absetzen. Das war's!" So richtig überzeugt hatte er Krawczyk nicht, das konnte man an ihrem Blick ablesen.

„Und was ist mit Marzena? Das war definitiv kein Unfall."

„Sie wurde doch überfallen, habe ich gehört. Was soll uns das interessieren?"

„Sie war aber vorher bei Bonners Zirkel und bei dem war die Kripo auch schon. Das hat mir Zouza erzählt."

Der Mann fing an zu lachen. „Wenn die Kripo sich von Bonner Informationen erhofft, dann Prost Mahlzeit. Der gibt doch nur esoterisches Geschwafel von sich. Da können sie sich auch gleich von Zouza die Karten legen lassen."

Krawczyk hatte eine spitze Bemerkung auf den Lippen, die sie sich jedoch lieber verkniff, als sie spürte, wie sich seine Hand schwer auf ihre Schulter legte. „Alles ist in Ordnung. Solange du dich an das hältst, was wir besprochen haben, kann nichts schiefgehen. Hör auf, bei der kleinsten Kleinigkeit in Panik zu verfallen. Mach ganz normal weiter. Keine Extratouren mehr. Wenn uns nämlich etwas in Schwierigkeiten bringen kann, dann deine blöde Eigenmächtigkeit. Haben wir uns verstanden?" Während er sprach, verstärkte er langsam den Griff seiner Hand und seine Finger gruben sich schmerzhaft in ihre Schulter. „Und lass das Saufen! Oder hast du etwa gedacht, ich krieg das nicht mit? In dem Zustand auch noch Auto zu fahren, ist sehr leichtsinnig. Du willst doch keinen Unfall bauen, oder?"

Mit schmerzverzerrtem Gesicht versuchte sie, sich seinem Griff zu entziehen, was ihr aber nicht gelang. In dem Moment, als sie den Mund zu einem Schrei öffnete, ließ er sie plötzlich los.

„Wir werden jetzt gehen. Wo steht dein Auto?" Sie nannte ihm eine Straße. „Das ist die Richtung, in die ich auch muss. Ich gehe zuerst und du wartest noch mindestens 10 Minuten, bevor du abhaust. Guck dir die Viecher an oder dreh noch eine Runde. Und ruf nicht mehr an! Ich melde mich bei dir."

Weg war er. Krawczyk wagte nicht, ihm nachzuschauen. Während sie sich die schmerzende Schulter rieb, schossen ihr Tränen in die Augen. Dieser Mistkerl! Wieso hatte sie sich nur mit ihm eingelassen? Als sie ihn traf, war er charmant, witzig und vor allem ambitioniert gewesen. Ganz anders als andere Kerle. Anfangs war ihr das mit ihm wie ein großer Glücksfall vorgekommen. Aus dem Glücksfall war inzwischen eine toxische Beziehung geworden, aus der sie nicht rauskam. Doch das musste sie. Das war ihr gerade klar geworden. Sie musste weg von ihm und wenn sie dafür zu den Bullen gehen musste.

♠

Sandras Hoffnung, endlich mit Marzena sprechen zu können, zerschlug sich in dem Moment, als sie Svenja mit sorgenvollem Gesicht auf sich zukommen sah. Sofort überfiel sie die dunkle Ahnung, dass der Rückfall schlimmer gewesen sein musste, als zuerst angenommen. Leider fand sie ihre Ahnung bestätigt, kaum dass Svenja den Mund aufmachte.

„Ich bin so froh, dass ihr da seid. Papa musste ich nach Hause schicken, der stand kurz vor dem Herzinfarkt. Er hat den Arzt und die Schwestern angebrüllt, obwohl die nichts dafür können." Offenbar setzte Svenja voraus, dass Sandra und Billy verstanden, wovon sie redete. Das war aber nicht der Fall. Sandra griff ein. „Beruhige dich doch erst mal, Svenja. Sonst bist du diejenige, die einen Herzinfarkt kriegt."

Svenja nickte. „Tut mir leid. Ich bin immer noch so erschrocken." Einige tiefe Atemzüge später saßen sie in einer Besucherecke. Nachdem Marzenas Tochter sich etwas beruhigt hatte, begann Sandra zu fragen.

„Also, was ist denn passiert? Ich vermute, es hängt mit der Nachricht von gestern zusammen, mit dem Rückfall. Was ist damit?"

„Das mit dem Rückfall war nur die halbe Wahrheit. Es muss eine Zeitlang auf der Kippe gestanden haben. Das wollte mir Doktor Haferkorn gestern aber nicht sagen, nicht am Telefon. Damit rückte er erst heute raus, als wir hier ankamen."

„Dann erzähl mal, was er gesagt hat."

„Alles, was ich verstanden habe, ist, dass Mamas Zustand sich plötzlich dramatisch verschlechterte. Anfangs hatten die Ärzte keine Ahnung wieso, weil sie eigentlich auf die Behandlung gut ansprach. Sie sollte ja heute sogar aus dem Koma geholt werden. Doch plötzlich bekam sie keine Luft mehr, ihr Kreislauf brach fast zusammen und sie fiel in einen Schockzustand." Svenja holte tief Luft, ehe sie weitersprach. „Der Grund für die Verschlechterung war eine Lungenembolie."

Billy rief erschrocken aus: „Eine Lungenembolie? Wie konnte das denn passieren?"

„Sie sagen, dass es eigentlich nicht hätte passieren dürfen. Die Schwestern kontrollieren regelmäßig Mamas Vitalfunktionen und die Infusionen. Sie schwören, dass alles normal war und ich glaube ihnen. Papa will natürlich irgendwem die Schuld dafür geben, aber das bringt doch nichts. Für mich ist nur wichtig, dass es ihr wieder besser geht. Zum Glück hat man es noch rechtzeitig erkannt und reagiert."

„Das ist natürlich das Wichtigste", gab Billy ihr Recht, machte aber dennoch einen Einwand geltend. „Ich fände es trotzdem wichtig, wenn man rausfinden würde, wie es dazu kommen konnte. Und sei es nur, damit sowas nicht wieder geschieht."

„Das versuchen ja auch alle. Doktor Haferkorn hat sogar Kommissar Petersen informiert. Der ist sofort hergekommen und hat alle befragt, die mit Mama Kontakt hatten. Das ist doch ein Zeichen, dass man es ernst nimmt, oder?“

Sandra hatte das Gespräch bisher stumm verfolgt. Jetzt mischte sie sich ein. „Hat Petersen denn etwas erfahren?“

„Das weiß ich nicht. Doktor Haferkorn wollte nicht darüber reden.“ Damit schien Sandra sich nicht zufrieden geben zu wollen.

„Ich finde es auch wichtig, dass die Ursache für die Embolie gefunden wird. Immerhin ist deine Mama Opfer eines Verbrechens geworden. Ich will dich nicht beunruhigen, aber da könnte es einen Zusammenhang geben. Wenn Petersen nur mit mir reden würde.“

„Du denkst doch hoffentlich nicht, dass jemand aus der Klinik mit dem Überfall zu tun hat?“ Ohne darüber nachzudenken, hatte Billy ausgesprochen, was sie dachte. Diese Vermutung erschreckte Svenja natürlich. Falls Sandra Recht hatte, würde das doch bedeuten, dass ihre Mutter in der Klinik nicht sicher war.

Sandras Bemerkung bezog sich auf ihre Beobachtung vom vergangenen Tag, als sie glaubte, Lena Krawczyk im Fahrstuhl gesehen zu haben. Die hatte zwar behauptet, nicht hier gewesen zu sein, nach dem, was sie gerade erfahren hatte, wurde es immer wahrscheinlicher, dass Krawczyk gelogen hatte. Doch selbst wenn, hieß das noch lange nicht, dass sie etwas mit Marzenas Embolie zu schaffen hatte. Die Frage, ob man ihr so etwas zutrauen konnte, stellte Sandra sich nicht. Sie wusste zu gut, dass man für niemanden die

Hand ins Feuer legen konnte. Es gab Situationen, in denen sich der klare Menschenverstand verabschiedete, nämlich dann, wenn Panik oder Verzweiflung die Oberhand über rationales Denken gewann. Verzweifelte Menschen waren zu verzweifelten Taten fähig.

Das fehlende Motiv war ein Problem. Daran konnte Sandra im Moment nichts ändern. Blieb die Frage, ob jemand wie Krawczyk überhaupt die Gelegenheit zu so einer Tat gehabt haben könnte. Das müsste sich eigentlich klären lassen. Sandra traf eine Entscheidung.

„Ich würde Marzena gern mal besuchen. Denkst du, dass das möglich wäre?" Ihre Frage galt Svenja. Sie war Familie und durfte natürlich zu ihrer Mutter.

„Ich weiß nicht. Nach dem was passiert ist, sind die Schwestern natürlich doppelt so streng, was die Besucher betrifft. Aber ich könnte Doktor Haferkorn bitten, bei dir eine Ausnahme zu machen."

„Tu das. Ich versuche inzwischen mein Glück noch mal bei der Kripo. Treffen wir uns doch in einer halben Stunde in der Cafeteria." Svenja nickte und lief los, Haferkorn zu suchen. Als sie außer Sicht war, ergriff Billy die Gelegenheit, eine Frage loszuwerden.

„Weshalb willst du denn zu Marzena? Du weißt schon, dass sie noch im Koma liegt, oder?"

„Natürlich weiß ich das."

„Dann ist dir auch klar, dass du sie nicht fragen kannst, ob ihr jemand absichtlich Luft in die Vene gespritzt hat?"

Der Blick, mit dem Sandra Billy bedachte, drückte wenig Schmeichelhaftes aus und ihre Antwort klang dementsprechend sarkastisch.

„Was du nicht sagst. Na dann muss ich wohl telepathischen Kontakt aufnehmen. Vielleicht will ich aber auch was ganz anderes. Vielleicht will ich mich einfach mal dort umsehen, um zu überprüfen, wie sicher Marzena wirklich ist."

„Du willst unbedingt einen Mordanschlag draus machen, was?"

„Wenn du es genau wissen willst, ja. Ich halte es nämlich genau dafür. Wenn es niemand vom Pflegepersonal war, dann muss es ein Besucher gewesen sein."

„Glaubst du wirklich, dass eine fremde Person einfach so auf die Intensivstation schleichen und sich an einem Patienten zu schaffen machen könnte, ohne bemerkt zu werden?"

Ohne zu zögern antwortete Sandra: „Ich glaube es nicht nur, ich weiß, dass es geht." Und das tat sie wirklich. Sie hatte es selber mal versucht, mit Erfolg. Während ihrer Reha vor drei Jahren hatte es in der Klinik einen Mord gegeben. Eine andere Patientin war zu einer Verdächtigen geworden und Sandra hatte sie befragen wollen. Blöd nur, dass die Verdächtige einen nächtlichen Zusammenstoß mit einem Wildschwein hatte und in der Charité notoperiert werden musste. Und genau dort hatte Sandra das gemacht, was sie Krawczyk heute unterstellte. Sie hatte sich heimlich auf die Intensivstation geschlichen. Allerdings hatte sie nichts Übles im Sinn gehabt und sie hatte dabei auf die Hilfe von Marzena zurückgreifen können, die sich als Krankenschwester bestens dort auskannte.

*"Mord mit Therapie", der erste Fall der Bademantel-Gang

Billy suchte, ob der Ungeheuerlichkeit, die in Sandras Behauptung steckte, nach Worten. Zu guter Letzt beließ sie es jedoch bei einem: „Du bist ja verrückt!"

„Mal sehen, ob die Kripo das auch so sieht."

„Die Kripo?" Billy lachte laut auf. „Du willst der Kripo doch hoffentlich nichts von deiner Wahnsinnstheorie erzählen?" Ehe Sandra etwas erwidern konnte, winkte Billy ab. „Schon gut. Mach was du willst. Ich frag mich nur, mit wem du reden willst. Petersen spricht ja nicht mehr mit dir, was vielleicht sogar dein Glück ist."

„Ich muss ja nicht unbedingt mit Petersen reden. Irgendein anderer tut's auch." Sandra verkündete, zum Telefonieren lieber vor die Klinik gehen zu wollen, weil der Empfang dort besser sei. In Wirklichkeit wollte sie Billys bissigen Kommentaren aus dem Weg gehen. So kam es, dass Billy sich plötzlich von einem Moment zum nächsten allein in der Besucherecke wiederfand. Es gefiel ihr nicht, dass sie so außen vor gelassen wurde. Aber das musste sie ja nicht akzeptieren. Sie griff selber zum Telefon.

NEUNZEHN

Nach einigen Versuchen gelang es Sandra tatsächlich, ihren gewünschten Gesprächspartner zu erreichen.

„Kriminalkommissar Jansen. Hallo Frau Büchner, wenn Sie Petersen sprechen wollen, dann müssen Sie später noch mal anrufen. Der ist außer Haus."

Woher wusste Jansen, dass sie am Telefon war? Sie hatte sich noch gar nicht gemeldet. Sandra zeigte ihre Überraschung ganz offen. „Sind Sie unter die Hellseher gegangen?"

„Was? Ach so. Nein. Ich habe vorsichtshalber Ihre Nummer gespeichert, damit ich Sie gleich zuordnen kann. Ich dachte mir schon, dass Sie früher oder später anrufen."

„Aha. Ich vermute, Ihr Kollege hat meine Nummer nicht im Kurzwahlspeicher abgelegt."

Jansen lachte herzlich und verneinte. „Darüber sollten Sie sich nicht wundern. Aber wie schon gesagt, er kann im Moment nicht ans Telefon. Sie müssen mit mir vorliebnehmen." Das war genau das, was Sandra gewollt hatte.

„Ich wollte eine Beobachtung melden."

„Okay. Und was haben Sie gesehen?"

„Ehrlich gesagt, möchte ich persönlich mit jemandem darüber reden. Könnten wir uns irgendwo treffen?"

Jansens Antwort ließ auf sich warten. Zum einen, weil er ganz und gar nicht begeistert war. Und zum anderen konnte er nicht so ohne weiteres alles stehen und liegen lassen, für etwas, von dem er nicht mal wusste, ob es wichtig war. Er wog das Für und Wider genau ab. Petersen konnte er nicht fragen, weil er nicht da war. Andererseits schien er ihn gerade nicht zu brauchen, wenn er allein zu einem Außentermin fuhr und ihm nicht mal verriet wohin. Jansen war nicht der Typ, der sich zu wichtig nahm. Trotzdem hatte es ihn gewurmt, dass Petersen ihn nicht mitgenommen, ja nicht mal informiert hatte. Aber gut, wenn

Petersen allein ermittelte, konnte er ihm auch nicht verbieten, es ebenfalls zu tun. Das gab den Ausschlag.

„Wo sind Sie denn?"

„In Bremen, im Krankenhaus."

Das war eine ziemliche Strecke. Ein Treffen dort würde ihn zu viel Zeit kosten. „Treffen wir uns in der Mitte. Ich komme Ihnen bis Varel entgegen. Dort gibt es einen Wasserturm. Ist nicht zu verfehlen. Kurz vor dem Turm, in der Oldenburger Straße, finden Sie einen Parkplatz und da treffen wir uns in 45 Minuten."

Das war zu schaffen, überlegte Sandra, aber nur, wenn sie sofort losfuhr. Verdammt! Damit würde sie vorher auf keinen Fall noch auf die ITS gehen können. Allerdings hatte sie von Svenja auch noch nichts gehört.

„Was ist?", fragte Jansen ungeduldig. „Wollen Sie mich nun treffen oder nicht. Ich hab nicht den ganzen Tag Zeit."

„Ja, okay. Dann in 45 Minuten. Aber warten Sie auf mich." Sie wollte schon auflegen, als Jansen noch ein: „Hoffentlich ist es wichtig", hinterherschob.

„Ob es wichtig ist, können Sie sicher besser entscheiden. Ich finde nur, dass Sie es wissen sollten." Sandras Antwort hatte Jansen schon nicht mehr gehört, jemand anderes aber schon.

„War das Petersen?" ertönte Billys Stimme hinter ihr.

„Nein, ich habe seinen Partner angerufen. Erschien mir erfolgversprechender."

„Und der sollte was wissen?"

„Ach nichts weiter. Ich habe ihm gesagt, ich hätte was beobachtet. Das habe ich aber nur gemacht, damit er sich mit mir trifft."

„Du hast ihn belogen? Oh Mann, Sandra! Wieso tust du sowas immer. Bei deiner ewigen Trickserei brauchst du dich wirklich nicht zu wundern, dass du bei der Polizei ständig aneckst."

„Ich habe ihn ja nicht wirklich belogen, nur ein bisschen übertrieben." Dazu sagte Billy lieber nichts. Sie stand nur mit verschränkten Armen vor Sandra und musterte sie missbilligend. „Ach Billy! Manchmal muss ich als Privatermittlerin eben in die Trickkiste greifen, damit ich was erfahre. Ich muss wissen, wie weit Petersen mit seinen Ermittlungen ist. Aber damit du beruhigt bist: Ich will Jansen wirklich was berichten. Nämlich, dass ich gestern diese Lena Krawczyk hier im Krankenhaus gesehen habe."

„Ich kann mir nicht vorstellen, dass ihm das ein Treffen wert ist."

„Das allein vielleicht nicht. Wenn ich ihm aber erzähle, dass Krawczyk es geleugnet hat, hier gewesen zu sein und wenn man dann noch Marzenas Embolie dazu nimmt, dann sieht das schon ganz anders aus."

„Um Himmels willen!" Billy riss die Arme nach oben. „Das ist ja eine direkte Anschuldigung. Findest du nicht, dass du dich damit ein wenig zu weit aus dem Fenster lehnst?"

„Wieso? Die Ärzte haben doch selber gesagt, dass es eigentlich nicht hätte dazu kommen können. Sie haben keine Erklärung dafür, oder? Wenn man alle Möglichkeiten ausgeschlossen hat, dann ist das was übrigbleibt und sei es auch noch so ..."

„Schon gut, schon gut! Wenn du dich unbedingt lächerlich machen willst, dann werde ich dich nicht davon

abhalten. Aber halte bitte den großen Meister da raus."
Kopfschüttelnd fügte Billy noch hinzu. „Ich fand es schon
schlimm genug, dass du deine Theorie vom Mordanschlag
vor Svenja geäußert hast. Musste das wirklich sein? Ist die
nicht schon gestresst genug?"

„Hältst du mich für so unsensibel, dass ich das nicht
selber wüsste? Es ging aber nicht anders."

„Manchmal verstehe ich dich wirklich nicht. Aber dafür
begreife ich langsam, wieso mein Mann sich nicht auf deine
Abenteuer einlassen will."

„Da bin ich aber froh, dass er nicht hier ist." Das hatte
patziger geklungen als beabsichtigt. Billys Bemerkung war
aber auch nicht sehr nett gewesen. Plötzlich herrschte
eisiges Schweigen zwischen ihnen. Bevor es noch
unangenehmer wurde, zog Sandra die Reißleine. „Ich muss
jetzt los, wenn ich pünktlich am Treffpunkt sein will."

„Wolltest du nicht zu Marzena?", lenkte Billy ein.

„Svenja hat sich noch nicht gemeldet, also muss ich das
erst mal verschieben." Jetzt war nur noch eine Sache zu
klären. „Kannst du Svenja fragen, ob sie dich mit
zurücknimmt?" Auch wenn Billy schon sowas geahnt hatte,
ihre Begeisterung hielt sich in Grenzen. Schon wieder ließ
Sandra sie außen vor und das wurmte sie gewaltig.

„Ich frag sie und wenn sie heute nicht wieder nach
Neuharlingersiel fährt, komm ich mit dem Bus." Ihr Ärger
war deutlich herauszuhören. So wollte Sandra das Gespräch
nicht beenden.

„Quatsch, mit dem Bus! Wenn Svenja hierbleibt, dann
ruf mich an und ich hole dich natürlich ab."

Billy schien zu überlegen, ob sie das Angebot annehmen sollte oder nicht. Schließlich nickte sie und lief los, Svenja zu suchen. Mit einem flauen Gefühl im Bauch machte Sandra sich endlich auf den Weg. Im Grunde gab sie Billy Recht. Ihre Beobachtung war nicht viel wert. Petersen hätte sie damit gar nicht erst kommen brauchen. Ihre Hoffnung war, dass Jansen ihr mehr vertraute. Immerhin wusste er um ihre Rolle bei der Aufklärung der Mordfälle im Meditationszentrum *Bodhi Vihara*.

"Mord fürs Karma", der 3. Fall der Bademantel-Gang

Es musste ihr gelingen, die Sache so darzustellen, dass er bereit war, ihr im Gegenzug auch ein paar Fragen zu beantworten. Die Strategie dafür würde sie sich unterwegs überlegen.

♣

Bei Oldenburg bog Krawczyk auf die A 29. Es ging schnurgeradeaus, der Verkehr hielt sich in Grenzen und sie kannte die Strecke. Sie konnte es sich also leisten, etwas von ihrer Konzentration dafür zu nutzen, ihre Optionen zu überdenken. Alles, was ihr einfiel, war nicht dazu geeignet, sie optimistisch zu stimmen. Längst hatte sie sich so in diese verflixte Sache verstrickt, dass es keinen Ausweg zu geben schien. Das wollte sie aber nicht akzeptieren. Wenn sie doch nur mit jemandem reden könnte. Aber mit wem? Zouza? Ausgeschlossen! Dann doch lieber die Polizei.

Plötzlich wurde sie von einem lauten Hupen aufgeschreckt. Ihr Blick ging in den Rückspiegel. Von hinten kam ein Sportwagen angeflogen. Das war an sich nicht weiter schlimm, da sie auf der rechten Fahrspur fuhr.

Der Fahrer des Sportwagens kam ihrer Fahrspur aber so verdammt nahe, dass sie instinktiv eine ruckartige Lenkbewegung nach rechts machte. Der Flitzer rauschte an ihr vorbei und verschwand in der Ferne. So ein rücksichtsloses Arschloch. Sie war fast gänzlich auf den Standstreifen ausgewichen. Nachdem sich ihr Herzschlag langsam beruhigt hatte, wollte sie wieder links rüber ziehen. Hinter ihr war alles frei. Trotzdem setzte sie vorschriftsmäßig den Blinker und bewegte das Lenkrad sacht in die gewünschte Richtung. Kaum war sie wieder in der Spur, als sie ein Klappern hörte. Das kam eindeutig vom Auto. Es hörte sich nicht nach einem Platten an, eher so, als hätte sich etwas unter dem Auto verfangen. Ein Tier vielleicht? Oh bitte nicht! Was auch immer dieses Klappern verursachte, es hörte sich nicht gut an und weit und breit war kein Parkplatz in Sicht. Jetzt bekam sie es mit der Angst zu tun. Ihr schlimmster Alptraum wurde gerade wahr, eine Panne auf der Autobahn.

Die Angst lähmte ihre Fähigkeit, gute Entscheidungen zu treffen. Zum Beispiel Warnblinker setzen, runter vom Gas und zurück auf den Standstreifen. Stattdessen fuhr sie weiter geradeaus. Vielleicht hörte das Klappern ja wieder auf. Solange es nicht schlimmer wurde, wollte sie weiterfahren und versuchen, den nächsten Parkplatz oder die nächste Abfahrt zu erreichen. Ihre Hände umklammerten das Lenkrad und ihr Blick ging starr geradeaus, als könnte sie mit der Kraft der Gedanken verhindern, dass es schlimmer wurde. Dann geschah alles gleichzeitig.

Ein Schlag, das kreischende Geräusch von Metall, Funken wirbelten durch die Luft und der Wagen begann sich zu drehen. Ein weiterer Schlag hob das Auto in die Luft. Es flog über die Leitplanke, wo es sich mehrfach überschlug und schließlich am Fuß einer Böschung auf dem Dach zum Liegen kam. Stille trat ein. Nichts bewegte sich. Nur die Räder drehten sich noch eine Weile weiter, haltlos und sinnlos. Einem Beobachter wäre aufgefallen, dass es nur drei Räder waren. Das vierte Rad lag in einiger Entfernung am Rand der Autobahn. Nachdem es sich gelöst hatte, war es noch einige Meter weitergerollt, gegen die Leitplanke gestoßen und umgekippt. Das Drehmoment hatte es über den Straßenrand hinausgeschoben, bis es schließlich im halbhohen Grün der Böschung liegenblieb. Das alles hätte ein Augenzeuge sehen können, doch es gab keinen.

Der Sportwagenfahrer war schon meilenweit entfernt, ein herankommendes Fahrzeug nicht in Sicht und auch die Gegenfahrbahn lag in diesem Moment leer und verlassen da. Keine Zeugen, keine Ersthelfer. Der Staub legte sich und als die ersten Fahrzeuge an der Stelle vorbeifuhren, deutete nichts mehr auf den Unfall hin. Krawczyk hatte das Glück an diesem Tag eindeutig nicht auf ihrer Seite. Ihr Wagen lag so unglücklich, dass er selbst aus den erhöhten Fahrerkabinen der LKWs nicht bemerkt wurde. Der Verkehr rollte an der Unfallstelle vorbei, als wäre nie etwas gewesen und schon bald legte sich die Dunkelheit wie ein schweres Tuch über Wrack und Fahrerin.

♣

Auch Sandra passierte die Stelle, ohne etwas zu bemerken. Sie war damit beschäftigt, einen Anruf von Svenja entgegenzunehmen. Die teilte ihr mit, dass ein Besuch bei ihrer Mutter vorläufig nicht möglich sein würde. Haferkorn hatte sich aber bereiterklärt, noch mal mit ihr zu reden. Das hatte er allerdings erst auf ihr eindringliches Bitten hin getan. Über einen Termin hatte man sich noch nicht verständigt. Sandra sollte das besser selber erledigen. Ihr war das ganz recht so. Sie bedankte sich bei Svenja und legte auf. Nach Billy zu fragen hatte sie völlig vergessen. Jetzt war es zu spät und extra deshalb noch mal zurückzurufen hielt sie für übertrieben. Außerdem musste sie sich beeilen, wenn sie noch rechtzeitig am Treffpunkt ankommen wollte.

Als sie auf den Parkplatz fuhr waren 55 Minuten seit dem Telefonat vergangen. Jansen stand, ungeduldig von einem Fuß auf den anderen tretend, neben seinem Wagen.

„Sie wissen schon, dass ich seit 10 Minuten Feierabend habe?", empfing er Sandra.

„Um eher hier zu sein, hätte ich tieffliegen müssen und das sieht man hier bestimmt auch nicht gern. Außerdem erhöht sich dadurch das Risiko auf einen Unfall."

„Ja, schon gut. Jetzt erzählen Sie mir endlich, was Sie gesehen haben, damit ich heimfahren kann."

Sandra gefiel die Richtung, in die das Gespräch sich bewegte, nicht. Sie brauchte Jansens Kooperation, nicht seine Ablehnung. Seine Ungeduld war da nicht hilfreich. Am besten würde es sein, wenn sie erst mal dafür sorgte, dass er runterkam. Er sollte ihr zuhören und vor allem zustimmen.

„Haben Sie schon gehört, was in der Klinik passiert ist?" Jansens Stirnrunzeln deutete sie als ein Nein und genau das traf zu.

„Ich weiß nicht, was Sie meinen?"

„Es gab einen Zwischenfall auf der Intensivstation."

„Was für ein Zwischenfall?"

Sandra konnte nicht sagen, ob seine Unkenntnis echt oder gespielt war. Sie tippte aber auf Letzteres. „Bei meiner Freundin kam es plötzlich zu einer Lungenembolie. Sie wäre beinahe daran gestorben." Ein bisschen dramatisch, aber es ging nicht anders.

„So was kann schon mal vorkommen. Immerhin ist sie ziemlich schwer verletzt und hängt an lauter Schläuchen. Zum Glück ist auf der ITS die Überwachung so gut, dass jede Veränderung ihres Zustands sofort bemerkt wird. Sie müssen sich also keine Sorgen machen." Sein letzter Satz klang so beruhigend, dass Sandra sofort klar wurde, dass Jansen gerade einem Irrtum erlag. Offenbar glaubte er, der Grund für ihre Bitte um ein Treffen war, dass sie beruhigt werden wollte. Von wegen!

„Ich denke, dass dieser Zwischenfall unbedingt Anlass zur Sorge geben sollte, auch Ihnen."

„Ich versichere Ihnen...", setzte Jansen an und wurde sofort unterbrochen.

„Nichts wäre mir lieber, als wenn Sie Recht hätten. Leider spricht einiges dagegen."

„Und was, wenn ich fragen darf?" Jetzt klang Jansen schon beinahe so wie Petersen. Davon ließ Sandra sich nicht beeindrucken.

„Zum Beispiel, dass die Embolie ausgerechnet in dem Moment auftritt, als man Marzena aus dem Koma holen will. Was unweigerlich dazu führen würde, dass Sie und Ihr Kollege sie zu dem Überfall befragen würden. Außerdem wurde mir versichert, dass die Ärzte keine Erklärung dafür haben, wie es überhaupt zu der Embolie kommen konnte. Aus medizinischer Sicht jedenfalls. Es sieht also so aus, als käme dafür nur Fremdeinwirkung in Frage."

Jansen konnte nicht mehr an sich halten und platzte dazwischen. „Sie wollen hoffentlich nicht damit andeuten, dass jemand vom Personal etwas ..."

„Ich will nichts dergleichen andeuten", unterbrach Sandra ihn. „Meine Vermutung geht in eine ganz andere Richtung. Und damit komme ich zu meiner Beobachtung."

„Oh gut. Ich dachte schon, Sie hätten vergessen, weshalb Sie mich hierher zitiert haben." Da war er wieder, dieser leicht sarkastische Unterton, den Sandra so verabscheute, weil er bedeutete, dass man sie mal wieder nicht ernst nahm.

„Der Vorfall ereignete sich gestern. An dem Tag waren meine Freundin und ich auch im Krankenhaus. Wir trafen uns dort mit Marzenas Familie und ich sprach mit Doktor Haferkorn. Er wurde plötzlich zu einem Notfall gerufen. Wie sich rückwirkend herausstellte, handelte es sich bei dem Notfall um Marzenas Embolie. Und genau zu dieser Zeit habe ich dort jemanden aus Neuharlingersiel beobachtet. Ich habe erst nichts darauf gegeben. Wohl auch deshalb, weil ich zunächst von keiner Verbindung zwischen

Marzena und dieser Person wusste. Inzwischen hat sich das aber geändert." Sie machte eine Pause, um das Gesagte erst mal wirken zu lassen. Jansen brauchte aber keine Pause. Er wollte, dass sie langsam mal zum Punkt kam.

„Verraten Sie mir endlich, wen Sie dort gesehen haben oder muss ich raten?"

„Es war Lena Krawczyk."

„Wer?"

„Lena Krawczyk!" Jetzt war es Sandra, die ungeduldig klang.

„Ja glauben Sie im Ernst, dass ich alle Einwohner von Neuharlingersiel kenne. Wer ist denn nun diese Lena Krawczyk und was hat sie mit Frau Kloss zu tun?"

„Sie vermietet Ferienwohnungen im selben Haus wie meine Freundin. Dort traf ich sie auch das erste Mal. Am Mittwoch sah ich sie am Nachmittag in der Klinik und am Abend wurden Frau Grießler und ich beim heimkommen Zeugen, wie sie sich mit einem Mann stritt. Sie war wütend auf ihn, weil irgendwas schiefgelaufen war und er war sauer über etwas, das sie getan und versaut hatte. Wer der Mann war, weiß ich nicht. Sie stritten in einer der Parterrewohnungen. Kurz danach kam sie uns aus der Wohnung entgegen. Heute war ich nun in Carolinensiel und da sind wir uns wieder über den Weg gelaufen. Und zwar als ich Madame Zouza und diesem Seher mit dem Uhu einen Besuch abgestattet habe. Ihr Kollege war allerdings schon weg, als Krawczyk dort eintraf. Ich weiß nicht mit Sicherheit, zu wem sie wollte. Sie hat sich aber mit Madame Zouza unterhalten. Das konnte ich noch sehen. Ob sie hinterher noch mit Videntis gesprochen hat?" Sie zuckte mit den Schultern. „Keine Ahnung. Möglich wäre es aber."

Jansens Blick war nicht eine Sekunde von ihr gewichen. Mit ausdrucksloser Miene hatte er ihrer Rede aufmerksam zugehört. Genauso, wie sie es sich gewünscht hatte. Seine Reaktion fiel allerdings nicht so aus, wie erhofft.

„Vielleicht wollte sie sich auch nur den Uhu ansehen."

„Sehr witzig! Wieso sind Sie so spöttisch? Krawczyk könnte durchaus zu diesem Esoterik-Zirkel gehören."

Jansen machte noch immer nicht den Eindruck, als ob er darauf anspringen wollte. Also musste sie noch eine Schippe drauflegen.

„Vielleicht sind der Mann, mit dem Krawczyk sich gestritten hat, und dieser Videntis ja ein und dieselbe Person. Und beide könnten etwas mit den Übergriffen auf Marzena zu tun haben. Videntis hat Marzena überfallen und als das nicht klappte, ist Krawczyk in die Klinik, um es zu Ende zu bringen." Sekunden der Stille dehnten sich endlos dahin. Sandra war sich dessen bewusst, dass sie ziemlich übers Ziel hinausgeschossen war. Ein Rückzieher kam nun nicht mehr in Frage. Sie tat das Einzige, was ihr noch blieb. Sie schaute Jansen mit erwartungsvollem Blick an und schwieg.

ZWANZIG

Endlich holte Jansen tief Luft, klatschte einmal laut in die Hände und rief mit übertriebener Begeisterung:

„Phantastisch! Sie haben den Fall gelöst!" Im nächsten Moment begann er herzhaft zu lachen. Mit offenem Mund stand Sandra da und konnte nicht fassen, was da geschah. Unfähig etwas zu erwidern, spürte sie, wie ihre Laune sich sekündlich verdüsterte. Jansens nächste Bemerkung machte es auch nicht besser, im Gegenteil. „Sagen Sie mir Bescheid, wenn der Film in die Kinos kommt. Oh, eine Bitte hätte ich noch. Meine Rolle wird zwar nicht viel Text haben, ich möchte trotzdem nicht von Till Schweiger gespielt werden." Jansen versuchte immer wieder, sein Lachen zu unterdrücken, ohne großen Erfolg. Er verschluckte sich nur und das führte zu einem Hustenanfall.

Da ihr gerade die Worte fehlten, ließ Sandra ihm Zeit, sich wieder einzukriegen. Sollte er ruhig lachen. Noch war sie mit ihren Argumenten nicht am Ende.

„Tun Sie mir wenigstens den Gefallen und hören sie mir bitte noch eine Minute zu, bevor sie sich vor Lachen auf den Boden schmeißen. Marzena gehört dem Esoterik-Zirkel von Videntis an und sie war bei dem Treffen am Samstag. Sie geht gelegentlich auch zu Madame Zouza, um Räucherstäbchen zu kaufen. Die drei kannten sich also. Fakt! Krawczyk und Marzena kennen sich durch die Vermietung von Ferienwohnungen. Fakt! Dass ich Krawczyk bei Madame Zouza getroffen habe, legt doch nahe, dass sie auch zu Videntis' Anhängern gehört. Wahrscheinlich war sie sogar bei dem Treffen am Samstag. Ihr Kollege bekam übrigens eine Teilnehmerliste von Videntis. Gezeigt hat er sie mir nicht, aber ich wette, ihr Name steht auch drauf. Und dann taucht sie auch noch in der Klinik auf, genau zu der Zeit, als es bei Marzena zu einer mysteriösen Embolie kommt."

„Eine Embolie ist eine medizinische Komplikation, mehr nicht. Und der Rest hat sicher auch nichts zu bedeuten. Für mich sind das alles nur Zufälle."

„Vielleicht, vielleicht auch nicht. Ich halte allerdings nichts von Zufällen. Vor allem, wenn sie so gehäuft auftreten. Und ich sage Ihnen noch was. Als ich Frau Krawczyk auf ihren Besuch in der Klinik ansprach, hat sie abgestritten, dort gewesen zu sein und das war eine glatte Lüge. Wieso lügt sie? Wenn sie wegen etwas Anderem dort gewesen ist, könnte sie es doch zugeben. Indem sie es abstreitet, macht sie sich doch verdächtig."

„Also gut. Nehmen wir mal an, dass es wirklich Frau Krawczyk gewesen ist, die Sie dort gesehen haben. Vielleicht ist sie krank und der Meinung, dass es Sie nichts angeht. Würden Sie irgendwelchen neugierigen Fremden erzählen, dass sie krank sind?"

In dem Punkt musste Sandra Jansen Recht geben. Natürlich würde sie sich genau so verhalten. Für Krawczyk war sie nur eine neugierige Fremde und nicht die Polizei. Deren Fragen würde sie schon eher beantworten. Nur hatte ihr noch keiner diese Fragen gestellt. Gerade wollte sie das in die Waagschale werfen, als Jansen zum nächsten Schlag ausholte.

„Was ihre unterschwellige Vermutung betrifft, Videntis, Madame Zouza und Lena Krawczyk würden bei was auch immer unter einer Decke stecken, so kann ich immerhin das bestätigen. Jedenfalls im esoterischen Sinne. Krawczyk vermietet nicht nur Ferienwohnungen. Sie betätigt sich auch noch als exotische Tänzerin. Ihr Künstlername ist Chamandra. Sie tritt bei Feiern, Mittelalter Märkten und anderen Gelegenheiten auf. Ihre Spezialität sind Bauchtanz und Feuertanz. Zouza versorgt sie mit Kostümen und Requisiten und durch den Zirkel kriegt sie Kontakte. Also ja, die Drei kennen sich gut und haben öfter miteinander zu tun."

Jansens kleine Rede war entmutigend. Es erklärte die Nähe der Drei zueinander tatsächlich. Was sie taten, mochte für viele Menschen Humbug sein, illegal war es nicht. Sandras Vermutung, Marzena könnte bei den Treffen über etwas gestolpert sein, das nach einem Verbrechen aussah, war also eher unwahrscheinlich. Und wenn sich dort nichts Illegales abspielte, gab es für keinen der Drei ein Motiv, Marzena aus dem Weg zu räumen. Jansen musste Ähnliches gedacht haben, was sein Fazit bewies.

„Sie wollen den Täter unbedingt finden, um Ihrer Freundin auf diese Weise zu helfen. Das verstehe ich und Petersen auch. Aber Sie haben sich da in was verrannt. Videntis hat in der Vergangenheit vielleicht ein paar Dinge getan, die fragwürdig sind. Seit er hier ist, hat er sich aber noch nichts zu Schulden kommen lassen, wenn man von gelegentlichen Beschwerden unzufriedener Besucher über seine seherischen Fehlgriffe mal absieht. Das waren aber alles Bagatellen. Er und Madame Zouza zwingen die Leute ja nicht, zu ihnen zu kommen und etwas zu kaufen. Das geschieht absolut freiwillig. Vielleicht nutzen die beiden die Gutgläubigkeit ihrer Kunden für ihre Zwecke aus. Aber noch mal: wo kein Kläger, da kein Richter. Und was *Chamandra* Krawczyk angeht? Ihre Tänze sind nun wirklich weder anrüchig noch gefährlich. Tut mir leid, Frau Büchner. Sie mögen ja in der Vergangenheit den Kollegen ein paar Mal geholfen haben, dieses Mal sind Sie aber gewaltig im Irrtum. Die Drei haben Ihre Freundin nicht überfallen und es gab ganz sicher auch keinen weiteren Mordanschlag auf sie." Er sah, wie geknickt Sandra war und plötzlich tat sie ihm leid. „Erinnern Sie sich noch daran, was ich Ihnen bei unserem ersten Treffen geraten habe?"

Sandra nickte. Und ob sie sich erinnerte. „Machen Sie eine Wattwanderung oder fahren Sie raus zur Seehundkolonie auf Langeoog", brummelte sie.

„Genau das habe ich gemeint. Warum vergessen Sie die Angelegenheit nicht einfach und genießen Ihren Aufenthalt, wenn Sie schon mal hier sind. So ein Ausflug tut der Seele gut, macht den Kopf frei und hinterher sieht alles wieder besser aus."

Sandra wollte ihm wirklich gerne zustimmen. Es war bestimmt nicht verkehrt, mal was anderes zu machen, als immer nur imaginären Verbrechern hinterherzujagen. Etwas in ihr sträubte sich aber dagegen. „Ich werde trotzdem mit Doktor Haferkorn über den Vorfall sprechen."

Sie hatte sehr leise und mehr zu sich selbst gesprochen. Jansen war es dennoch nicht entgangen und er reagierte mit einem überaus verständnisvollen Lächeln und der Bemerkung: „Das hat Petersen schon gemacht. Der Doktor hat ihm glaubhaft versichert, dass niemand auf der Station eine fremde Person oder irgendetwas Auffälliges bemerkt hat. Aber, wenn Sie sich dann besser fühlen, bitte. Reden Sie ruhig mit dem Arzt." Er sah Sandras Miene an, wie unzufrieden sie mit dem Verlauf des Gesprächs war. Wie sie so dastand, mit hängenden Schultern und der Erkenntnis im Blick, nichts erreicht zu haben, hätte sie einem fast leidtun können. Doch dann fiel ihm die Zeit ein, die er für dieses Treffen vergeudet hatte und das Mitleid verschwand. Sein Feierabend war um zwei Stunden kürzer geworden und das ließ ihn eher ärgerlich werden. Als ob er nicht schon genug Überstunden machen musste. Wenigstens konnte er hier und jetzt dafür sorgen, dass es nicht noch mehr wurden. Zumal er sich nicht mal sicher war, ob Petersen ihm die Zeit für seinen Ausflug als Überstunden anrechnen würde. Um einem erneuten Einwand Sandras zuvorzukommen, beschloss er, deutlicher zu werden.

„Ich rate Ihnen dringend, überlassen Sie uns die Suche nach dem Täter. Mit Ihren Einmischungen helfen sie uns nicht, im Gegenteil. Sie behindern unsere Ermittlung. Ihrer Freundin helfen Sie damit übrigens auch nicht. Wirklich! Lassen Sie es gut sein, Frau Büchner. Ihre Verdächtigungen sind an den Haaren herbeigezogen und Ihre sogenannten Beweise kann man nicht mal als Indizien bezeichnen. Vielleicht wäre das eine gute Story für einen Fernsehkrimi. Mit der Realität hat es aber nichts zu tun."

Jansens unterschwelliger Vorwurf traf Sandra hart. Wie immer, wenn sie das Gefühl hatte, ungerechterweise kritisiert zu werden, regte sich sofortiger Widerspruch in ihr.

„Das könnte man von Ihrer Theorie aber auch sagen. Hört sich für mich eher nach der einfachsten Lösung an. Raubüberfall, Täter unbekannt, Akte geschlossen!" Vielleicht war sie damit etwas zu weit gegangen. Das traf dann aber auf Jansen und seine Bemerkung auch zu und

Sandra war niemand, der so etwas widerspruchslos hinnahm. Ob das auf Jansen auch zutraf, würde sich zeigen. Sie machte sich auf eine entsprechende Reaktion gefasst und die ließ auch nicht lange auf sich warten. Allerdings fiel sie anders aus, als Sandra erwartet hatte.

„Wenn mir meine Schwester nicht schon ein paar Dinge über Sie erzählt hätte, wäre ich jetzt wohl stinksauer. Aber ich will Ihre Bemerkung mal ihrem übertriebenen Ermittlungsdrang zuschreiben." Er machte ein paar Schritte auf sie zu und senkte die Stimme. „Im Gegensatz zu Ihnen können wir uns unsere Fälle nicht aussuchen. Und wir bearbeiten auch nicht nur einen Fall. Ich wünschte, ich könnte mich nur auf diesen einen Fall konzentrieren, aber das geht leider nicht. Da liegen viele Akten auf unseren Schreibtischen und alle wollen mit der gleichen Aufmerksamkeit bearbeitet werden. Das braucht seine Zeit. Und ich verrate Ihnen noch was. Nicht immer entsprechen die Ergebnisse den Vorstellungen Außenstehender, denn nicht hinter jedem Verbrechen steckt gleich ein kriminelles Genie. Manchmal erweist sich ein ungewöhnlicher Todesfall nur als ein bedauerlicher Unfall und ein vermutlicher Mordversuch nur als ein Raubüberfall." Als guter Beobachter erkannte Jansen an Sandras Gesichtsausdruck, dass er sie noch nicht gänzlich besänftigt hatte. Er holte tief Luft und ergänzte. „So einen Fall hatten wir vor nicht allzu langer Zeit, als ein Toter im Watt gefunden wurde."

Sandra erinnerte sich daran, dass Billy ihr davon schon erzählt hatte. „Davon habe ich schon gehört. Was ist denn dabei rausgekommen?"

Jansen winkte ab. „Das war vielleicht ein beschissener Fall. Von der Boulevard-Presse angefeuert, kochte die Gerüchteküche über. Von Mord an einem Drogenhändler, Eifersuchtsdrama, alkoholisierter Passagier über Bord gegangen und ertrunken, bis hin zum Selbstmord. Da war für jeden Geschmack was dabei. Unsere Ermittlungen ergaben nichts von alledem. Am Ende erwies sich die einfachste Erklärung als die richtige. Der Tote war ein Urlauber, der zur falschen Zeit ins Watt lief und nicht mehr rechtzeitig zum Ufer kam."

„Ockhams Rasiermesser", murmelte Sandra.

„Genau. Es besagt, dass die plausibelste Erklärung oftmals die richtige ist. Das sieht aber längst nicht jeder so. Noch heute kriegen wir wütende E-Mails von den Angehörigen, weil wir angeblich nicht gründlich genug ermittelt haben."

„Aber es gab doch sicher Beweise dafür, oder?"

„Es war mehr das, was wir nicht fanden, das keinen anderen Schluss zuließ. Nämlich das Fehlen jeglicher Hinweise auf Fremdeinwirkung und die Aussage eines Zeugen, der den Mann allein am Strand gesehen hatte, zwei Stunden vor dem ermittelten Todeszeitpunkt."

„Na wenn das so ist." Sandra klang nicht überzeugt. Sie konnte durchaus nachvollziehen, dass die Angehörigen mit diesem Ergebnis nicht zufrieden gewesen waren. Jansen, der sich etwas mehr Verständnis von ihrer Seite erhofft hatte, zeigte sich enttäuscht.

„Wir konnten nichts mehr tun. Es gab keine Spur, der wir nicht schon nachgegangen waren, also mussten wir die Ermittlung abschließen." Was Jansen da sagte, erweckte bei

Sandra den Eindruck, dass er selber nicht so ganz zufrieden damit war. Auch das war nachvollziehbar. Ihr selber war es während ihrer kurzen Laufbahn als Privatdetektivin zum Glück noch nie so gegangen. Nun, gewöhnlich schlug sie sich auch mit weniger brisanten Fällen herum oder, um es ganz deutlich zu sagen, mit langweiligen Bagatellen. Vielleicht suchte sie deshalb hier nach einer spektakulären Erklärung für den Überfall auf Marzena. Diese Erkenntnis setzte ihr fast noch mehr zu, als Jansens unterschwellige Vorwürfe. War sie wirklich so fixiert darauf, ein großes Verbrechen daraus zu machen, dass sie den Bezug zur Realität verlor? Darüber würde sie wohl mal gründlich nachdenken müssen.

Wie Jansen ihr Schweigen interpretierte, ließ er offen. Nach ein paar Sekunden verabschiedete er sich endgültig und auch Sandra machte sich auf den Weg zurück nach Neuharlingersiel. Neue Erkenntnisse hatte sie nicht im Gepäck, dafür aber jede Menge Stoff zum Nachdenken, hauptsächlich über sich selber. Zu allem Überfluss begann auch das schlechte Gewissen gegenüber Billy an ihr zu nagen. Sie hatte Billy seit ihrer Ankunft wirklich vernachlässigt. Da war eine Entschuldigung überfällig.

„Das wird geklärt!", murmelte Sandra auf dem Weg zum Auto. „Noch heute Abend. Und morgen sehen wir uns die Seehunde an, versprochen Billy."

♥

Jansen wollte endlich Feierabend machen. Das Gespräch mit Sandra ließ ihn allerdings nicht los. Was war das nur mit dieser Frau? Irgendwie gelang es ihr immer wieder, dass man ihr zuhörte. Seiner Schwester war es auch schon so gegangen. Ja, Sandra hatte bei ihrer Ermittlung maßgeblich mitgewirkt und zur Aufklärung beigetragen. Trotzdem hatte Ella ihn gewarnt, sich nicht zu sehr auf sie einzulassen, weil sie gern Pfade beschritt, die der Polizei nun mal nicht erlaubt waren. Er hatte weiß Gott alles versucht, sie von solchen Eigenmächtigkeiten abzubringen. Aber war es ihm auch gelungen. Er hatte da so seine Zweifel. Sein Blick ging in den Rückspiegel. In einiger Entfernung sah er zwei auf und ab tanzende Scheinwerferlichter. Das musste ihr Auto sein. Als er wieder auf der Landstraße war, verlor er die Lichter aus dem Blick. Das konnte verschiedene Ursachen haben. Entweder war es ein anderer Fahrer mit einem anderen Ziel oder Sandra hatte ein anderes Ziel. Aber welches? Zurück in die Klinik, der Freundin einen späten Besuch abstatten? Oder jetzt noch das Gespräch mit Doktor Haferkorn führen? In dem Fall hatte er nichts bei ihr erreicht. Inzwischen war es ihm aber egal. Ein Blick auf die Zeitanzeige hatte ihm verraten, dass von seinem Feierabend nicht mehr viel übrig war. Verärgert trat er aufs Gas. Nicht eine Minute würde er an diese Angelegenheit mehr verschwenden.

♥

Wenn Jansen gewusst hätte, was Sandra gerade durch den Kopf ging, er wäre auf der Stelle umgekehrt. Zum Glück für ihn war er in dieser Hinsicht ahnungslos. Er fuhr seelenruhig seinem wohlverdienten Feierabend entgegen, während Sandras Gedanken, kaum dass sie wieder im Auto saß, eine Kehrtwendung machten. Das führte dazu, dass sie nicht dieselbe Richtung wie Jansen auf der Landstraße einschlug. Schuld daran war die Erinnerung an das noch ausstehende Gespräch mit Doktor Haferkorn. Das wollte sie nicht unter den Tisch fallen lassen. Schließlich hatte Svenja sich extra darum bemüht. Auf morgen verschieben ging nicht. In dem Fall würde ihr guter Vorsatz, mit Billy einen Ausflug zu machen, ins Wasser fallen. Auch keine Option. Sie hatte immer noch vor, morgen einen schönen Tag mit Billy zu verbringen. Das würde ihr aber viel besser gelingen, wenn sie vorher ein paar Dinge geklärt hatte. Also musste sie heute noch mit Haferkorn reden. So kam es, dass sie und Jansen sich mit jedem gefahrenen Kilometer voneinander entfernten. Ihre guten Vorsätze lagen erstmal auf Eis.

EINUNDZWANZIG

So einfach wie gedacht, ließ sich ihr Plan nicht umsetzen. Als Sandra in der Klinik ankam, erfuhr sie, dass Haferkorn im OP war und das noch mindestens drei Stunden. Das hatte sie nicht einkalkuliert. Was nun? Sie wollte wirklich dringend mit ihm sprechen, aber drei Stunden untätig in der Klinik rumsitzen war keine angenehme Vorstellung. Die Cafeteria hatte schon lange geschlossen und die Warteinseln für Patienten und Besucher boten keine Annehmlichkeiten, nur Funktionalität und medizinische Lektüre. Das meiste waren Ratgeber-

Broschüren, die einem noch mehr Angst vor der Krankheit machten als man ohnehin schon hatte.

Mit einem Automatenkaffee in der Hand begann sie durch die Gänge zu laufen. Wenn sie nun schon mal hier war, dann konnte sie die Gelegenheit doch nutzen, sich einen allgemeinen Überblick über die Gegebenheiten in der Klinik zu verschaffen.

Im Erdgeschoss befanden sich die Bereiche, in denen die ambulante Versorgung und die Notfallbehandlungen stattfanden. Tagsüber war hier immer Betrieb. In den Abendstunden ließ der Zustrom von Patienten merklich nach und es wurden nur noch Notfälle behandelt. Sandra stieg in einen Fahrstuhl und fuhr eine Etage rauf. Hier war noch weniger los. Kein Wunder, hier ging es zu den einzelnen Stationen, auf denen die Spätschicht schon bald vom Nachtdienst abgelöst werden würde. Die Patienten lagen brav in ihren Betten. Nur ab und zu huschte eine Gestalt im Bademantel oder Jogginganzug leise über den Flur, auf der Suche nach einer Gelegenheit zum Rauchen oder zum Telefonieren. Alles, was sonst noch unterwegs war, trug weiße oder blaue Kittel. Mit ihrer Straßenkleidung fiel Sandra um diese Zeit auf wie ein bunter Hund. Jeden Augenblick rechnete sie damit, angesprochen zu werden, doch vorerst geschah nichts. Also wanderte sie weiter.

Auf ihrem Weg kam sie an einigen Schwesternzimmern vorbei, deren Türen weit geöffnet waren. Sie hörte Gelächter, das Klappern von Instrumenten und Geschirr. Schwestern und Pfleger hatten zu tun, entweder im Hintergrund oder in den Zimmern, wenn ein Patient den Rufknopf drückte. Immer, wenn ihr jemand vom

Pflegepersonal entgegenkam, gab Sandra sich den Anschein, zielgerichtet irgendwohin unterwegs zu sein. Sie lief zügig, ohne sich neugierig umzuschauen, grüßte kurz, aber freundlich, und blieb nirgends stehen. Es klappte. Niemand schien Anstoß an ihrer Anwesenheit zu nehmen.

So durchwanderte sie die einzelnen Etagen, doch die Zeit wollte und wollte nicht vergehen. Irgendwann würde ihr Rundgang zu Ende sein. Was dann? Wenn sie immer wieder durch die Etagen lief, würde sie früher oder später doch jemandem auffallen. Auf keinen Fall wollte sie unliebsame Aufmerksamkeit erregen. Es blieb ihr gar nichts anderes übrig, als auf einer Warteinsel Platz zu nehmen und genau das zu tun, was man da so tat: warten und sich langweilen.

Als sie wieder in den Fahrstuhl stieg, traf sie dort auf eine Gruppe Ärzte. Sie trugen OP-Kleidung und Masken, weshalb Sandra nicht erkennen konnte, ob einer von ihnen Haferkorn war. Aber wahrscheinlich nicht, denn er hätte sie erkannt und bestimmt angesprochen. Die Türen öffneten sich wieder, die Gruppe verließ die Kabine und im selben Moment kam Sandra eine Idee. Schnell schob sie sich durch die schon fast geschlossene Tür. So ganz genau wusste sie noch nicht, wohin das alles führen würde, doch schon begann ihre Idee sich in einen Plan zu verwandeln. Als erstes brauchte sie OP-Kleidung.

♦

Während Doktor Haferkorn sich die OP-Montur aus- und den weißen Kittel anzog, wanderten seine Gedanken schon zu dem, was vor ihm lag. Er musste den OP-Bericht und die nachfolgende Behandlung dokumentieren. So sehr er es mochte, zu operieren, auf alles, was sonst noch damit zusammenhing, hätte er gern verzichtet. In den letzten Jahren hatte der Umfang von Dokumentationen, Vorschriften und Reglementierungen drastisch zugenommen. Allein die Abrechnung seiner Arbeit war ein Alptraum und eins war sicher, es würde bestimmt nicht besser werden. Er schob solche Arbeiten gern, so lange es ging, hinaus. Dafür war ihm jede Abwechslung recht. Genau wie jetzt.

Sein Weg führte ihn zwar an seinen Schreibtisch, aber nicht, um den Bericht zu schreiben. Am Nachmittag war Kommissar Petersen aufgetaucht und hatte ihn zu Marzena Kloss' Embolie befragt. Zunächst hatte Haferkorn sich darüber gewundert. Petersens Interesse hatte nicht so sehr den medizinischen Fakten gegolten, vielmehr den Vorgängen auf der Intensivstation vor und während des Vorfalls. Als der Kommissar sich schließlich nach Überwachungsaufnahmen erkundigte, war Haferkorn zu einer erschreckenden Erkenntnis gelangt. Offenbar schloss der Kommissar die Möglichkeit nicht aus, dass die Embolie absichtlich herbeigeführt worden war. Als Haferkorn ihn darauf ansprach, meinte er nur, dass man nichts übersehen wolle. Je eher man so etwas ausschließen könne umso besser. Leider erwies sich das als unmöglich, da der Bereich der ITS selbstverständlich nicht überwacht wurde. Damit würde man die Persönlichkeitsrechte von Patienten und Angehörigen verletzen. Das verstand auch Petersen. Überwachungskameras waren nur dort angebracht, wo es zulässig war: an Ein- und Ausgängen, in den Fahrstühlen, im Bereich der Klinik-Apotheke und in den Fluren. Es gab noch ein paar weitere Kameras, an besonders neuralgischen Punkten der Klinik. Von deren Existenz wussten aber nur sehr wenige, zu denen Haferkorn nicht gehörte.

Nachdem Petersen sich ziemlich lustlos einige Aufnahmen rund um die ITS angesehen hatte, war ihm klar geworden, dass er dafür mehrere Stunden und die Hilfe von Jansen brauchen würde. Er kam also nicht drumherum, einen richterlichen Beschluss dafür zu besorgen. Allerdings bat er den IT-Techniker vorher noch, ihm die Aufnahmen des entsprechenden Zeitraums schon mal vorsorglich zusammenzustellen. Kaum war er gegangen, stellte Haferkorn die gleiche Bitte. Da er zum Klinik-Personal gehörte, versprach der Techniker, es sofort zu erledigen. Inzwischen sollten die Aufnahmen also auf seinem Rechner sein.

♦

Sandra entdeckte eine Gruppe von Medizinern wartend vor einer Fahrstuhltür. Einer von ihnen trug grüne OP-Kleidung. Man schwatzte und lachte. Als sich die Tür öffnete, stiegen alle, bis auf den Mann in Grün ein. Sein Ziel war offensichtlich irgendwo auf dieser Etage. Ohne, dass sie genau wusste weshalb, folgte Sandra ihm. Natürlich in gebührendem Abstand. Er steuerte direkt auf eine Tür mit der Aufschrift *Personal* zu, öffnete sie mittels einer Karte und ging hindurch. Nur durch einen beherzten Sprint gelang es Sandra, die Tür zu erreichen, bevor diese wieder ins Schloss fiel. Sie wartete ein paar Sekunden, dann lugte sie vorsichtig durch einen Spalt. Vor ihr lag ein weiterer Flur, von dem zu beiden Seiten Türen in irgendwelche Räume führten. Durch eine dieser Türen sah sie gerade noch den Arzt verschwinden.

Jetzt war der Moment gekommen, an dem sie sich entscheiden musste, ob sie ihm weiter folgen wollte oder nicht. Nach einem tiefen Atemzug trat sie durch die Tür. Im Moment war der Flur menschenleer, doch das konnte sich schnell ändern. Jeden Augenblick konnte jemand aus einer der anderen Türen herauskommen. Während sie den Flur entlangeilte, nahm sie die Türen in Augenschein. Manche waren mit Schildern versehen, auf denen Namen standen. Vor jedem dieser Namen stand entweder Doktor oder Professor. Sie sah auch Türen, die mit Piktogrammen gekennzeichnet waren. Männliche und weibliche Silhouetten wiesen auf getrennte Benutzung hin. Der Arzt war in so einem Männerbereich verschwunden. Das machte es für Sandra nicht gerade einfacher. Ein Zurück gab es aber nicht mehr. Sie verzichtete darauf, anzuklopfen. Stattdessen öffnete sie langsam die Tür, bis sie einen vorsichtigen Blick hineinwerfen konnte. Was sie sah, ließ sie vor Schreck zusammenfahren und die Tür wieder schließen. Sie hatte den Arzt gesehen. Er stand mit dem Rücken zu ihr vor einem Schrank. Das war ihr Glück gewesen, denn der gute Doktor war splitterfasernackt. Auf diesen Anblick war sie nicht gefasst und nun bekam sie das Bild nicht mehr aus dem Kopf. Am liebsten wäre sie abgehauen, doch das kam nicht in Frage. Nicht, wo sie es bis hierhergeschafft hatte.

Als sie nach ein paar Schrecksekunden einen zweiten Blick riskierte, war der Arzt verschwunden. Das Rauschen von Wasser verriet ihr, wohin: unter die Dusche. Seine grüne Montur hatte er zurückgelassen, auf einer Bank. Den Erfolg in greifbarer Nähe, machte sie einen ersten Schritt, dann einen zweiten und schließlich hielt sie nichts mehr. Sie griff sich das Bündel und wollte mit ihrer Beute so schnell wie möglich den Gefahrenbereich wieder verlassen. Dabei fiel ihr Blick durch eine offene Tür in den Nebenraum.

Oh mein Gott, war alles, was sie denken konnte. Da stand der Mann, so wie ihn die Natur und gutes Essen geschaffen hatten, nur unzureichend in Seifenschaum gehüllt und prustend wie ein Walross. Sein Anblick war dieses Mal sogar noch peinlicher, weil er ihr die Vorderseite zuwandte. Das war mehr als sie hatte sehen wollen. Davon abgesehen, stand sie kurz davor, entdeckt zu werden, denn der Mann hatte sich inzwischen den Seifenschaum aus dem Gesicht gespült und öffnete die Augen. Jetzt aber nichts wie weg.

Mit roten Ohren verließ Sandra fluchtartig die Männer-Umkleide und auch den Personalbereich. Nur nicht anhalten, bis sie weit genug vom Ort ihrer neusten Missetat entfernt war. Sie konnte nur beten, dass die Geschichte nicht bekannt wurde. Erzählen konnte sie das jedenfalls niemandem. Wahrscheinlich würde ihr das sowieso keiner glauben. Eigentlich konnte sie selber nicht fassen, dass sie das getan und es funktioniert hatte. Obwohl, ganz sicher, dass der Mann sie nicht gesehen hatte, war sie nicht. Es war auf jeden Fall eine knappe Sache gewesen.

♦

Die Bilder, die Doktor Haferkorn sich anschaute, waren deutlich harmloserer Natur. Sie zeigten nichts außer hin und her eilende Personen. Besucher in Straßenkleidung, Patienten in Bademänteln oder Freizeitklamotten und medizinisches Personal. So sehr er auch auf den Monitor starrte, er konnte nichts Ungewöhnliches erkennen. Aber was hatte er denn auch erwartet? Dass eine Person mit dunklem Kapuzen-Shirt in gebeugter Haltung über den Flur schlich, eine Spritze wie eine Waffe, vor sich haltend? So ein Quatsch.

Der Monitor zeigte den Eingang zur ITS. Hauptsächlich medizinisches Personal betrat oder verließ die Station. Besucher mussten klingeln und warten, bis sie eingelassen wurden. In der Zeit vor dem medizinischen Notfall waren es gerade mal zwei Besucher gewesen und es waren nicht Marzena Kloss' Angehörige gewesen. Beim Personal konnte er auf den ersten Blick nur Männer und Frauen unterscheiden. Wer die einzelnen Personen waren, ließ sich nicht so einfach sagen. Manche trugen Masken, manche schauten auch nicht direkt in die Kamera. Haferkorn kannte auch nicht jede Schwester oder jeden Pfleger so gut, dass er sie am Gang, der Statur oder den Haaren erkennen konnte. Es war also nicht unmöglich, dass sich jemand dort unbemerkt einschlich.

Mit einem Ruck wandte Haferkorn sich vom Monitor ab. Jetzt fing er auch schon an, Gespenster zu sehen. Das war doch verrückt! So etwas tut doch niemand. Er wollte den Monitor ausmachen, als ihm ein weiterer Link ins Auge fiel. Den musste ihm auch der Techniker geschickt haben. Waren das Aufnahmen von einer anderen Kamera? Haferkorn öffnete den Link. Nein, das war dieselbe

Kamera. Was für Material hatte der ITler ihm denn noch geschickt?

◆

Hastig hatte Sandra sich in einer Besuchertoilette umgezogen. Hose und Kittel waren zu groß, doch das war gut so. So konnte sie die Montur über ihre Straßenkleidung ziehen. Ihre Jacke musste sie allerdings ausziehen. Auf die Schuhüberzieher verzichtete sie. Niemand lief außerhalb des OP-Saals damit herum. Unauffällig war dagegen das Tragen von Handschuhen. Die musste sie sich aber noch besorgen, genau wie Haube und Mundschutz. Die würde sie sich auf der der ITS besorgen, denn genau dorthin wollte sie.

Sie erinnerte sich an den unerlaubten Besuch auf der Intensivstation der Berliner Charité vor ein paar Jahren. Damals hatten sie und Marzena sich zu einer Zeugin geschlichen. Ihre Freundin, die damals noch als Krankenschwester gearbeitet hatte, war ihr dabei eine große Hilfe gewesen. Heute war sie auf sich allein gestellt. Aber, wenn die ITS in Bremen der in Berlin glich, dann würde sie das auch ohne Marzenas Hilfe hinkriegen. Dachte sie.

Die ITS zu finden, war nicht das Problem, auf die Station zu kommen, erwies sich als schwierig. Der einzige Zugang war eine speziell gesicherte Tür, die sich nur mit einer Zugangskarte öffnen ließ.

„So ein Mist aber auch!", flüsterte Sandra und begann, auf der Suche nach einer solchen Karte, die Montur abzutasten. Doktor Nackedei hatte sie doch sicher nicht mit unter die Dusche genommen. Der Kittel half ihr nicht weiter. Der hatte ja keine Taschen. Anders die Hose, doch aus deren Tiefen beförderte sie nur irgendeinen Schlüssel ans Licht. Sandra fluchte vernehmlich „Shit, Shit, Shit!" Ihr Blick suchte den Flur nach einem Ausweg aus der Misere ab, fand aber nur Leere.

War das vielleicht sogar schon die Antwort auf ihre Frage, ob ein Fremder sich unbemerkt Zugang zur ITS verschaffen konnte? Sie kam hier jedenfalls nicht weiter. Gerade wollte sie aufgeben, als die Tür von innen geöffnet wurde. Eine Schwester wollte mit einem Servierwagen voller Geschirr auf den Flur. Das war ihre Chance und Sandra ergriff sie. Das heißt, sie griff nach der Tür und tat so, als würde sie sie aufhalten. Eigentlich völlig unnötig, denn die Automatik hielt die Tür lange genug offen. Die kleine Höflichkeitsgeste verfehlte ihren Zweck jedoch nicht. Die Schwester nickte ihr freundlich zu, murmelte Danke und Sandra konnte eintreten.

◆

Noch immer sah Doktor Haferkorn auf den Monitor. Inzwischen war ihm klargeworden, was er sich da anschaute. Das waren keine Aufnahmen, das waren Life-Bilder. Er wollte schon abschalten, als plötzlich die Gestalt einer OP-Schwester im Erfassungsbereich der Kamera erschien. Nicht ungewöhnlich, doch irgendetwas stimmte mit dieser Schwester ganz und gar nicht. Sie stand vor der Tür, ging aber nicht hinein. Dafür gab es nur eine Erklärung: Sie hatte keine Zugangskarte. Wenn sie die Karte vergessen hatte, konnte sie die Klingel betätigen, so wie es Besucher machten. Das würde ihr allenfalls einen missbilligenden

Blick einbringen, aber mehr nicht. Diese Schwester tat nichts dergleichen. Als sie sich umsah, konnte Haferkorn einen Blick auf ihr Gesicht werfen und die Erkenntnis traf ihn wie ein Schlag. Diese Schwester hatte keine Zugangskarte, sie war nicht mal eine Schwester.

„Das glaub ich jetzt nicht! Was will die denn hier?" Mit diesem Ausruf sprang er auf. Jetzt war Eile geboten. Das Handy am Ohr, rannte er über den Flur, kam aber nicht weit. In vollem Lauf prallte er gegen einen halbnackten Mann, der lautstark auf zwei Kolleginnen einredete.

„Wenn ich rauskriege, dass eine von Ihnen das war, dann können Sie was erleben!", brüllte der Mann die Frauen an.

„Wir haben Ihre Sachen nicht!", rief eine der beiden Frauen, eine junge Assistenzärztin, wobei sie sich nur mit Mühe das Lachen verkneifen konnte. Das schien seinen Ärger noch anzufeuern.

„Finden Sie das etwa witzig?"

„Sie können die Sachen doch sowieso nicht noch mal anziehen", versuchte die zweite Frau einzulenken. „Nehmen Sie sich einfach frische Sachen aus dem Schrank."

„Wie denn? In der Hose ist mein Spindschlüssel." Er machte einen Schritt auf die Frauen zu und kam dadurch Haferkorn direkt in die Quere. Zum Ausweichen gab es keine Gelegenheit mehr, zum Bremsen auch nicht. Der Aufprall war so heftig, dass der Halbnackte sofort zu Boden ging und drohte Haferkorn mitzureißen. In dem Bestreben den Stürzenden aufzuhalten, packte der Doktor das Einzige, was greifbar war, das Handtuch. Eine Sekunde später war alles vorbei. Haferkorn hielt das nasse Handtuch in den

Händen, der nackte Kollege lag auf dem Boden und zeigte zum zweiten Mal an diesem Abend seine ganze Männlichkeit und Pracht.

Man musste den beiden Kolleginnen hoch anrechnen, dass sie nicht lachten. Jedenfalls nicht sofort. Das taten sie erst, als sie außer Sicht- und Hörweite waren. Dann aber umso lauter. Haferkorn legte behutsam das Handtuch über die im wahrsten Sinne bloßliegenden Teile seines Kollegen. Eine halbherzige Entschuldigung murmelnd, stürzte er davon. Für mehr blieb ihm keine Zeit. Er musste weiter und außerdem wollte er vor dem Gedemütigten nicht noch die Kontrolle über seine Gesichtsmuskeln verlieren. Der war gestraft genug, denn diese Geschichte würde ganz sicher die Runde machen.

ZWEIUNDZWANZIG

Auf die ITS hatte sie es geschafft. Sandra zog sich eine Maske über Mund und Nase, bevor sie sich auf die Suche nach Marzena machte. Irgendwo hing bestimmt eine Tafel mit dem Bettenplan. Vermutlich dort, wo sich Schwestern und Pfleger aufhielten. Auch wenn Sandra ihre Tarnung für gelungen hielt, mehr als einer oberflächlichen Prüfung würde sie nicht standhalten. Es war also besser, sich vom Personal fernzuhalten und damit fiel der einfache Weg aus. Dann eben kompliziert und von Bett zu Bett.

Die Einrichtung der ITS war ganz klar auf Funktionalität ausgerichtet. Geräte zur Überwachung von Vitalfunktionen piepten unentwegt, über die Monitore liefen leuchtende Linien und dazwischen lagen regungslose Menschen. Manche waren in Einzelzimmern untergebracht. Es gab aber auch einen offenen Bereich mit mehreren nebeneinanderstehenden Betten. Intimsphäre suchte man hier vergeblich. Lediglich ein weißer Vorhang, der zwischen den Betten hing, bot etwas Abgeschiedenheit. In diesem Bereich der Station fand sie Marzena nicht.

Sandra lief den Flur entlang und schaute dabei in die Zimmer rechts und links. Nicht in jedem Fall reichte ein kurzer Blick aus, um zu entscheiden, ob sie Marzena vor sich hatte. Einige Patienten wurden künstlich beatmet. Ihre Gesichter konnte man nur bei näherem Hinsehen erkennen, Wenn Sandra in dieser Absicht eins der Zimmer betreten musste, tat sie das mit äußerster Vorsicht. So, als würde sie befürchten, einen unsichtbaren Bewegungsmelder auslösen zu können oder den Patienten zu wecken. Ihr war ziemlich mulmig zumute. Seit ungefähr 10 Minuten war sie nun hier, im Herzen der Intensivstation, und noch immer hatte niemand sie entdeckt, geschweige denn aufgehalten. Doch mit jeder Minute wuchs die Gefahr, dass genau das geschah. Sie wollte nur noch einen kurzen Blick auf Marzena werfen und dann wieder gehen. Es wurde ohnehin Zeit für ihr Gespräch mit Doktor Haferkorn. Bestimmt würde er aus allen Wolken fallen, wenn sie ihn mit dem Ergebnis ihres kleinen Tests konfrontierte. Auf seinen Gesichtsausdruck war sie schon sehr gespannt.

♠

Im Moment zeigte das Gesicht des Doktors nichts als grimmige Entschlossenheit. Mit dem Handy am Ohr hastete er durch die Klinik und ein offener Kittel flatterte actionmäßig hinter ihm her. Der gewünschte Gesprächspartner ging allerdings nicht ran. Ihm blieb also nichts weiter übrig, als eine kurze Nachricht auf der Mailbox zu hinterlassen.

Haferkorn hoffte noch immer, sich zu irren, aber diese Hoffnung schwand zusehends. Beim Zusammenprall mit Doktor Nackedei war ihm der Verdacht gekommen, dass dieser Vorfall und das, was die Kamera vor der ITS aufgenommen hatte, irgendwie kausal zusammenhingen. Oh Mann! Wenn das stimmte, dann hatte das Krankenhaus einen ausgewachsenen Skandal an der Backe. Über das Ausmaß dessen wollte er lieber nicht nachdenken. Hoffentlich kam er nicht zu spät.

♠

Als Sandra Marzena endlich fand, waren nochmals 2 Minuten vergangen. Ihr ungutes Gefühl verstärkte sich noch, als sie die Freundin zwischen all den Geräten und Schläuchen liegen sah. Vielleicht hätte sie sich das lieber ersparen sollen, aber für irgendwelche Reue war es zu spät. Jetzt konnte sie genauso gut auch noch zu ihr ans Bett herantreten. Das tat sie, wenn auch zögerlich. Behutsam berührte sie Marzenas Hand. Wie kalt sie sich anfühlte und wie blass ihr Gesicht war. Augenblicklich füllten sich ihre Augen mit Tränen.

„Es tut mir so leid, Marzena", flüsterte sie. Ihr war egal, ob ihre Worte zu der Bewusstlosen durchdrangen oder nicht. „Ich wünschte, ich könnte mehr für dich tun als deine Hand zu halten. Bitte wach bald wieder auf."

Ihre Freundin so regungs- und hilflos vor sich zu sehen, erschütterten sie schwer. Sie spürte, dass sie es keine Sekunde länger hier aushielt. Sie wollte nur noch weg, aus dem Zimmer, von der Station und all dem Leid.

Sandra wandte sich ab. Sie hatte die Tür noch nicht erreicht, als sie den Atem anhielt. Auf dem Flur waren Stimmen zu hören und sie kamen eindeutig näher. Jetzt bloß nicht nervös werden. Es war wichtig, den Eindruck zu erwecken, hierher zu gehören. Die Klinik war groß. Hier konnte man davon ausgehen, dass nicht jeder jeden kannte. Am besten, sie lief einfach drauflos, dann würde schon alles gutgehen.

Das war einfacher gedacht als getan. Das Herz schlug ihr bis zum Hals, als sie sah, wer ihr da auf dem Flur entgegenkam. Mit den Schwestern und Pflegern wäre sie klargekommen, doch es war Doktor Haferkorn und er kannte sie. Trotzdem behielt sie den Kopf oben, während sie sich dem Pulk näherte. Doktor Haferkorn diskutierte heftig mit einer Schwester, während der Rest der Gruppe kopfschüttelnd danebenstand. Wortfetzen drangen an Sandras Ohr.

„... kein Besucher! Nicht um diese Zeit."

„... müssen nachsehen. Sofort!"

Na prima! War man etwa auf der Suche nach ihr? Das konnte gar nicht sein. Woher sollte Haferkorn davon wissen? Niemand hatte mitbekommen, dass sie hier war.

Vielleicht ging es um einen Patienten. Aber das konnte auch nicht stimmen. Es war eindeutig von einem Besucher die Rede gewesen. Egal. Sandra wollte gar nicht wissen, wieso er hier aufgetaucht war und wen er suchte. Sie musste jetzt wirklich dringend von der Station runter. Leider führte der einzige Weg direkt an der Gruppe vorbei

Inzwischen hatte Haferkorn damit begonnen, die Zimmer in Augenschein zu nehmen. Die Schwester folgte ihm widerstrebend. Noch war Sandra keinem der beiden aufgefallen. Sie beschleunigte ihre Schritte und als Arzt und Schwester den offenen Bereich absuchten, schlüpfte sie hinter deren Rücken vorbei. Gleich war sie an der Tür und dahinter in Sicherheit. Dann musste sie nur noch in die Besuchertoilette, die OP-Kleidung ausziehen und in den Abfallbehälter stopfen, in dem sie ihren Rucksack versteckt hatte.

Eine Welle der Erleichterung übermannte sie, als sie die Hand nach der Tür ausstreckte. In dem Moment begann ihr Telefon zu klingeln. Verdammt! Sie hatte es nicht im Rucksack lassen wollen, genau wie ihr Portemonnaie. Sonst war das Ding immer auf lautlos gestellt. Ausgerechnet heute hatte sie das vergessen.

Hinter ihr ertönte eine ärgerliche Stimme der Schwester. „Mach sofort das Handy aus oder geh raus, wenn du telefonieren willst!"

„Tschuldigung!", rief Sandra, ohne sich umzudrehen. „Bin schon weg." Sie wollte die Tür öffnen, doch so sehr sie daran zog, es tat sich nichts. Sie versuchte es in die andere Richtung. Auch Fehlanzeige. Nicht, dass sie zum Verlassen auch eine Karte brauchte. Das fehlte noch. In der

Hoffnung, dass die Tür sich doch noch öffnete, tat sie so, als würde sie die vermaledeite Karte suchen. Ihr Handy klingelte immer noch. Wenn sich jetzt der Boden unter ihr auftun würde, sie wäre froh darüber. Doch das geschah natürlich nicht. Stattdessen tauchte eine Gestalt neben ihr auf, die mit Haferkorns Stimme sprach: „Die Tür hat eine Automatik. Zum Öffnen muss man auf diesen Sensor drücken." Sandra schaute zur Seite und sah, wie der Arzt das besagte Sensorfeld an der Wand berührte, worauf die Tür sich wie von Zauberhand öffnete. Unfähig, sich zu rühren, hörte sie Haferkorn noch sagen: „Das wüssten Sie, wenn Sie hier arbeiten würden, Frau Büchner."

♠

Konnte es was Schlimmeres geben als die Demütigung, erwischt zu werden? Und ob. Jetzt ging der Ärger erst richtig los. Als Sandra versuchte, Haferkorn die Sache zu erklären, ließ er sie gar nicht zu Wort kommen.

„Sparen Sie sich Ihre Erklärung für die Polizei auf. Mein Kollege hätte allerdings gern den Schlüssel für seinen Spind wieder, damit er sich was anziehen kann."

Sandra fiel der Schlüssel in der Hosentasche wieder ein. *Mist! Auch das noch.* Sie hatte die Erinnerung an Doktor Nackedei doch gerade erfolgreich verdrängt.

Nachdem sie den Schlüssel Haferkorn überreicht hatte, übergab er sie einem bulligen Security-Mann. Von da aus ging's für sie in einen Raum, der eine Art Abstellraum für Reinigungsmittel war. Etwas Passenderes fand sich auf die Schnelle nicht. Bezeichnenderweise suchte der Hüne die provisorische Zelle gründlich mit seinen Augen ab, bevor er die Tür schloss. Sandra zog amüsiert die Augenbrauen nach oben. Was glaubte der denn, was sie hier drin veranstalten würde? Aus einem Scheuerlappen, Bleiche und Fußbodenreiniger eine Bombe bauen und sich den Weg freisprengen? Sie war doch nicht MacGyver. Sie schaute sich trotzdem aufmerksam um, während sie die OP-Kleidung endlich auszog. Wenigstens gab es hier drin einen Stuhl und sie konnte sitzend über ihre Optionen nachdenken.

Ihren Rucksack hatte sie auf dem Weg in ihren Arrest aus der Toilette holen dürfen. Allerdings wurde er ihr gleich wieder abgenommen, genau wie Handy und Portemonnaie. Telefonieren fiel schon mal aus. Sie hätte ohnehin nur Billy anrufen können. Bestimmt machte die sich schon Sorgen. Vielleicht war sogar sie die Anruferin gewesen, die ihre Flucht zu einem Fiasko hatte werden lassen. Das war echt dumm gelaufen, aber noch lange kein Weltuntergang. Was konnte man ihr schon vorwerfen? Sie hatte sich unbefugt auf die Intensivstation geschlichen, mehr auch nicht. Die Patienten waren durch ihre Anwesenheit nicht gefährdet gewesen. Denen hatte sie sich nicht mal genähert. Okay, bei Marzena war sie bis ans Bett gegangen und hatte ihre Hand gehalten. Sonst hatte sie aber nichts angefasst.

Gab es noch was, für das sich die Polizei interessieren könnte? Da war noch die Sache mit der *ausgeborgten* OP-Kleidung. Deswegen musste man doch keinen Aufstand machen. Woher hätte sie denn wissen sollen, dass der Schlüssel in der Hosentasche zu einem Spind gehörte und schmerzlich vermisst wurde. Der Besitzer hatte ihn sicher schon längst wieder zurück.

Nach dieser Bestandsaufnahme sah sie der Begegnung mit der Bremer Polizei gelassen entgegen. Für die Klinik war kein Schaden entstanden. Die Polizei hatte bestimmt Wichtigeres zu tun, als haufenweise Schreibkram wegen irgendwelcher Bagatellen erledigen zu müssen. Bestimmt würde sie mit einer Verwarnung und einem blauen Auge davonkommen.

Ihre Hoffnung darauf schwand, als die Tür geöffnet wurde. Im Türrahmen stand, die Hände in die Hüften gestemmt, Kommissar Petersen. Das war übel.

♠

Haferkorn hatte nicht die Bremer Polizei verständigt. Seine Nachricht war auf der Mailbox von Petersen gelandet. Haferkorns Nummer erkennend, hatte er sie umgehend abgehört. Seine erste Vermutung, dass sich Marzena Kloss' Zustand weiter verschlechtert habe, zerschlug sich schnell. Erleichterung kam jedoch nicht auf, als er den wahren Grund für den Anruf vernahm. Mit dem Fluch: „Diese verdammte Schnüfflerin!", sprang er vom Sofa auf, wodurch seine Frau geweckt wurde und fragte: „Ist der Film zu Ende?"

„Schon lange, Schatz. Du hattest Recht, der Schwager war der Mörder. Geh ruhig ins Bett. Ich muss noch mal los."

Frau Petersen war zu lange mit einem Kommissar verheiratet, um noch überrascht zu sein. Sie fragte auch nicht. Wenn es was zu erzählen gab, würde sie es noch früh genug erfahren. Sie machte sich auch keine Sorgen, als sie ihren Mann murmeln hörte: „Die Frau macht mich wahnsinnig." Egal welche Bedrohung von dieser Frau ausging, sie betraf nicht ihre Ehe. Petersens nächste Bemerkung bestätigte das. „Die hat doch nicht mehr alle Latten am Zaun." Beruhigt drehte Frau Petersen sich auf die andere Seite und schlief weiter. Ins Bett würde sie gehen, wenn er wieder zuhause war.

Jetzt stand Petersen also in der Tür und warf Sandra einen grimmigen Blick zu. „Ich hoffe, Sie haben eine sehr gute Erklärung dafür, weshalb ich Ihretwegen auf meinen Schönheitsschlaf verzichten muss."

♠

Die Erklärung musste warten. Sandra wurde zwar aus dem Kabuff geholt, doch vorerst schenkte Petersen ihr keinerlei Beachtung mehr. Er interessierte sich viel mehr für das, was Haferkorn und einige andere Beteiligte zu berichten wussten. Sandra konnte diese Gespräche nur aus der Ferne beobachten und das fühlte sich nicht gut an. Sie wusste, dass es um sie ging, hatte aber keine Möglichkeit, die Dinge richtigzustellen. Was für eine blöde Situation. Es passte ihr so gar nicht, auf der Strafbank zu sitzen.

Falls sie glaubte, dass dies schon der Tiefpunkt ihrer Lage war, dann musste sie bald einsehen, wie sehr sie sich irrte. Es gab ein sehr unangenehmes Wiedersehen mit dem Arzt, dessen OP-Kleidung sie sich *ausgeborgt* hatte. Zwar kam es nicht zu einer verbalen Auseinandersetzung, doch Sandra bekam einen sehr finsteren Blick zugeworfen. Eins stand mal fest, diesem Chirurgen durfte sie jedenfalls nie unters Messer kommen.

Dann ging es Schlag auf Schlag. Jansen tauchte auf, und er schien auch nicht glücklich über sein erneutes Treffen mit ihr zu sein. Natürlich berichtete er seinem Partner von dem vorangegangenen Gespräch, was dessen Laune auch nicht hob. Sandra schwante, dass sie nicht nur mit einem Klaps auf die Finger davonkommen würde. Um die Scharte wieder auszuwetzen, musste sie wirklich gute Argumente vorbringen können. Angriff war immer noch die beste Verteidigung und das bedeutet: Bloß keine Entschuldigung. Die würde sie nur schuldig aussehen lassen. Immerhin hatte sie mit ihrer Aktion bewiesen, wie unzureichend hier die Sicherheitsvorkehrungen waren. Dafür sollte ihr die Klinik eigentlich dankbar sein. Solche Stresstests vornehmen zu lassen kostete normalerweise viel Geld und von ihr gab's das umsonst. Also bitte! Dieses Argument im Kopf, fühlte Sandra sich gleich viel besser. Wenn sie doch nur endlich mal zu Wort kommen würde.

Sandras Geduld wurde auf eine harte Probe gestellt. Erst als Petersen mit allen anderen gesprochen hatte, kam er endlich zu ihr. Innerlich Anlauf nehmend öffnete sie den Mund, um ihre kleine vorbereitete Rede loszuwerden. Petersen kam ihr aber zuvor.

„Frau Büchner, ich nehme Sie hiermit vorläufig fest. Ihnen wird Verschiedenes vorgeworfen: Diebstahl, Hausfriedensbruch, gefährlicher Eingriff in den Betriebsablauf und Behinderung von polizeilichen Ermittlungen. Sie haben das Recht, zu schweigen und ich bitte Sie inständig, von diesem Recht Gebrauch zu machen. Denn alles, was Sie sagen, kann und wird vor Gericht gegen Sie verwendet werden. Sie haben das Recht einen Anwalt..." Es gelang Sandra nicht, weiter zuzuhören. Der Schreck war ihr so dermaßen in die Glieder gefahren, dass sie zur weiteren Aufnahme nicht mehr fähig war. Die Gedanken überschlugen sich. Sie war verhaftet? Meinte Petersen das ernst? Er sah jedenfalls nicht so aus, als würde er sich einen Spaß mit ihr machen. Jetzt war sie wirklich am Arsch!

„Haben Sie alles verstanden?" Petersens Frage holte sie zurück in die Realität.

„Ja, aber kann ich nicht wenigstens..."

„Was hatte ich gerade zum Thema Schweigen gesagt?" Um ihr jede Möglichkeit für eine Erwiderung zu nehmen, drehte er sich einfach um. Damit ging der schwarze Peter, sie abzutransportieren, an Jansen über. Der hatte das wohl schon geahnt. In der einen Hand trug er ihren Rucksack, mit der anderen zeigte er auf den Ausgang. Gerade wollte Sandra sich in Bewegung setzen, als Petersen sich noch mal umdrehte und zu seinem letzten Schlag ausholte.

„Eric, vergiss die Handschellen nicht. Frau Büchner hat Anspruch auf das volle Programm."

DREIUNDZWANZIG

Sie bekam das volle Programm. Wenigstens konnte man Petersen zu Gute halten, dass er keinerlei Spaß daran hatte, sie erkennungsdienstlich zu behandeln. Er schwieg auch dabei die ganze Zeit über. Lediglich als das Foto gemacht wurde, kam von ihm eine Bemerkung. „Gucken Sie nicht so amüsiert, wenn es geht. Das hier ist kein Party-Gag." Sandra hatte wirklich die Mundwinkel verzogen gehabt. Allerdings sollte ihr angedeutetes Lächeln keine Freude ausdrücken, eher Unverständnis. Das war ihr wohl nicht ganz geglückt.

Anschließend lernte Sandra den Teil der Polizeistation Esens kennen, den sie noch nicht kannte. Er war ja auch speziellen Gästen vorbehalten, zu denen sie sich also ab heute auch zählen durfte. Zunächst brachte Jansen sie in den Befragungsraum, wo er ihr die Handschellen abnahm.

„War das wirklich nötig? Ich wäre auch so nicht abgehauen.", fragte sie in der Hoffnung, Jansen dazu zu bringen, mit ihr zu reden. Als er stumm blieb, fügte sie noch hinzu: „Ich wollte nur meine Freundin besuchen und mich vergewissern, dass sie in Sicherheit ist."

„Sie hätten besser die Seehunde besuchen sollen."

Zu dieser Erkenntnis war Sandra inzwischen auch gekommen, doch das gab sie natürlich nicht zu. Nein, sie schaltete auf beleidigt und rief Jansen hinterher: „Ich will einen Anwalt und ich will telefonieren!"

Jansen drehte sich um, sah sie mit traurigem Blick an und nickte. „Ich sag es Petersen."

Die Zeit verging, doch nichts geschah. Nach einer gefühlten Ewigkeit kam Petersen in den Raum, legte ein Telefon vor sie hin und meinte: „Sie wollen einen Anwalt anrufen? Das ist bestimmt eine gute Idee. Der wird allerdings nicht vor morgen Früh kommen können. Sie werden also heute Nacht unser Gast bleiben. Ich lasse unser 1-Sterne Gästezimmer gleich für Sie herrichten. Oder Sie erzählen mir jetzt, was zum Geier Sie sich dabei gedacht haben, diese Nummer in der Klinik abzuziehen." Seine Miene blieb ausdruckslos, dafür lag viel Sarkasmus in der

245

Stimme. Sandra rührte sich nicht, was Petersen dazu veranlasste, nachzuhaken.

„Wollen Sie denn nun einen Anwalt anrufen oder nicht?

„Ich kenne hier keinen Anwalt", gab Sandra missmutig zurück.

„Soll ich dann einen Anwalt anfordern?"

Sandra ging nicht darauf ein, was bei ihr so viel wie nein hieß. Stattdessen sagte sie: „Ich will meine Freundin anrufen. Die macht sich bestimmt schon Sorgen."

„Das fällt Ihnen ja reichlich spät ein. Aber, Sie können beruhigt sein. Sie weiß schon, wo Sie sind und auch warum."

Sandra schaute erschrocken auf. „Sie haben sie angerufen?"

„Natürlich nicht. Was denken Sie denn? Sie hat angerufen. Nicht hier bei uns. Sie hat ständig versucht, Sie zu erreichen. Ihr Handy hat dauergeklingelt und irgendwann bin ich rangegangen."

„So ein Mist!"

„Das waren auch ihre Worte, als ich mich meldete. Als nächstes hat sie sofort gefragt, ob Sie verhaftet wären."

Das schien Sandra nicht zu gefallen. „Ich könnte doch auch einen Unfall gehabt haben."

„Das wäre vielleicht die zweite Wahl Ihrer Freundin gewesen. Aber ich konnte ja gleich ihre erste Wahl bestätigen."

„Was hat sie gesagt?"

„Sie wollte wissen, ob sie Ihnen irgendwelche Sachen vorbeibringen soll."

„Sachen? Was denn für Sachen?"

„Ich nehme an, sie meinte Sachen, die man im Knast so braucht. Zahnbürste, Unterwäsche, Feile." Nach dieser Bemerkung war sich Sandra sicher, dass Petersen die Situation in der sie sich befand so richtig genoss. Da sie keine Lust hatte, seine Schadenfreude noch zu befeuern, beschloss sie, die Klappe zu halten. Nur einen tiefen Seufzer gestattete sie sich.

„Entspannen Sie sich. Noch müssen Sie nicht in den Knast. Ob Sie unsere Gästezelle noch kennenlernen, hängt ganz von Ihnen ab. Wenn Sie jetzt mit mir reden, bleiben wir beide in diesem Raum bis Ihre Freundin Sie abholt. Wenn nicht, fahre ich nach Hause, wo ich den Rest der Nacht in meinem Bett schlafen werde und Sie kommen in den Genuss einer Übernachtung bei uns."

Sandra wusste genau, wann sie sich geschlagen geben musste. Sie tat es nur nicht immer sofort. Jetzt sah sie aber keine andere Möglichkeit als einzulenken. Mit: „Ich wollte doch nur nach Marzena sehen und deshalb habe ich mir die Sachen ausgeborgt", begann sie ihre Beichte.

♣

Es wurde eine lange Nacht oder eine kurze, je nachdem aus welcher Richtung man die Sache betrachtete. Lang, weil sich das Gespräch schier endlos hinzog und kurz, weil es für niemanden viel Schlaf gab.

Die erste Stunde füllte Sandra mit ihrer Schilderung von den Geschehnissen in der Klinik. Aus ihrer Sicht hörte sich das allerdings eher harmlos an. Immer wieder betonte sie, dass auf keinen Fall eine böse Absicht hinter allem gestanden hatte. Petersen meinte schließlich: „Okay, das hatte ich schon beim ersten Mal verstanden. Besser wird es dadurch aber auch nicht. Kommen wir mal zu dem, was Sie Jansen gegenüber geäußert haben."

Natürlich ließ Sandra sich nicht zweimal bitten, dem Kommissar ihre Theorie zu Marzenas Embolie zu erläutern. Sie schloss mit der Feststellung, mit ihrer Aktion sei die Möglichkeit einer Fremdeinwirkung bewiesen worden. Damit überspannte sie den Bogen etwas. Petersens Unvoreingenommenheit schwand zusehends.

„Gar nichts haben Sie damit bewiesen, außer dass sie gern unvernünftige Dinge tun. Und nur damit Sie es wissen, Doktor Haferkorn hat sich die Aufnahmen von der Kamera am Eingang zur ITS angesehen, von Mittwoch und von heute. Der einzige unbefugte Besucher darauf waren Sie."

Das erklärte immerhin, weshalb Haferkorn plötzlich auf der Station aufgetaucht war. Noch etwas schloss Sandra daraus. Wenn Haferkorn sich die Aufnahmen von Mittwoch angesehen hatte, dann doch nur, weil er ihre Vermutung teilte. Und wenn er das tat, dann Petersen vielleicht auch? Das waren doch endlich mal gute Neuigkeiten. Aus dem Schneider war Sandra aber noch lange nicht. Nachdem sie all ihre Erkenntnisse und Vermutungen auf den Tisch gepackt hatte, fing Petersen mit der eigentlichen Befragung an. Mann, war der gut darin. Sandra hielt sich durchaus für schlagfertig, aber Petersen nahm sie regelrecht ins Kreuzverhör. Da wurde selbst ihr schwummerig. In der Ausbildung hatten sie Fragetechniken geübt, untereinander. Von einem erfahrenen Ermittler selber befragt zu werden, war eine ganz andere Hausnummer.

Sandras Erleichterung kannte daher keine Grenzen, als Jansen hereinkam und die Befragung unterbrach.

„Sie hat Besuch", warf er grinsend in den Raum. Petersen nickte und rief in den Flur: „Herein, wenn's kein Anwalt ist."

♣

Ein Anwalt war es natürlich nicht und auch Sandras Vermutung, es könnte Billy sein, erfüllte sich nicht. Wer sich durch die Tür schob, war kein anderer als Sören Grießler und damit war der absolute Tiefpunkt von Sandras Pechsträhne erreicht. Grießler hatte gerade mal ein knappes Nicken für sie, dann wandte er sich an Petersen.

„Wie lange kannst du sie hier festhalten?"

Na prima. Die beiden Männer duzten sich schon. Sie musste sich also nicht fragen, auf wessen Seite Grießler stand. Auf ihrer schon mal nicht.

„Wann kannst du sie mir denn abnehmen?" Petersens Gegenfrage klang völlig gleichgültig. Grießlers Antwort stand ihr in nichts nach. „Wenn wir abreisen, am Sonntag."

Als Petersen Sandras entgeisterten Gesichtsausdruck sah, musste er doch schmunzeln. „Es könnte schwierig werden, das beim Haftrichter durchzukriegen. Besteht Fluchtgefahr?"

„Glaub ich nicht. Ich könnte ihr aber vorsichtshalber die Autoschlüssel wegnehmen. Wo steht der Wagen denn überhaupt."

„Auf dem Klinik-Parkplatz oder, wenn der Parkschein abgelaufen ist, in der Verwahrstelle. Jansen, würdest du mal nachfragen?"

Sandras Miene wurde immer finsterer. Es ging ihr gegen den Strich, wie sich die beiden auf ihre Kosten amüsierten. Trotzdem hielt sie die Klappe. Irgendwann würde ihnen schon die Luft ausgehen. Sie würde einfach geduldig abwarten. Das musste sie auch, denn Petersen bat Grießler um ein 4-Augen-Gespräch und Sandra blieb allein zurück.

♣

Ihre Geduld wurde auf eine harte Probe gestellt. Es dauerte eine halbe Stunde, bis die Tür wieder geöffnet wurde. Petersen war nur gekommen, um ihr die frohe Botschaft zu überbringen, dass sie gehen konnte.

„Ihr Freund Grießler hat mich überredet, Sie in seine Obhut zu übergeben. Man könnte das einen Gefallen von Kollegen zu Kollegen nennen. Zumindest tut er mir einen Gefallen damit. Ob ich ihm damit wirklich einen Gefallen tue, weiß ich nicht. Er hat mir versprochen, Sie nicht aus den Augen zu lassen und Sie werden keinen Schritt ohne ihn tun. Höre ich was anderes, kriegen Sie Ärger. Damit meine ich noch mehr Ärger, als Sie ohnehin schon am Hals haben. Was die Ermittlung im Fall Marzena Kloss betrifft, werden Sie sich ab sofort raushalten. Haben wir uns verstanden?"

„Ja." Auch wenn Sandra sich extrem zurückhielt, Petersen war sich dessen bewusst, wie oft er genau das schon von ihr verlangt und sie es ihm versprochen hatte. Darauf gab er inzwischen nicht mehr viel. Seine Hoffnung lag darauf, dass Grießler sie unter Kontrolle hielt. Allerdings konnte er sich ein paar Zweifel nicht verkneifen.

In diesem buddhistischen Meditationszentrum war er ja nicht besonders erfolgreich damit gewesen.

Grießler steckte den Kopf durch die Tür. „Können wir?"

„Ich würde gern wissen, wann und wo ich mein Auto abholen kann."

Petersen hatte die Antwort schon parat. „Es steht noch vor der Klinik. Jansen und ich fahren im Laufe des Tages hin, um die Protokolle unterschreiben zu lassen. Auf dem Rückweg bringen wir es mit. Sie können es sich hier abholen, wenn Sie Ihr Befragungsprotokoll unterschrieben haben." Als er sah, dass Sandra etwas erwidern wollte, schnitt er ihr das Wort ab. „Schon gut. Danken Sie mir bloß nicht. Und jetzt raus hier, bevor ich es mir anders überlege."

Das ließ Sandra sich nicht zweimal sagen. Kopfschüttelnd sah Petersen ihnen nach. Irgendwie wurde er das Gefühl nicht los, dass die Sache damit nicht beendet war.

♣

Auf dem Weg nach draußen kam Sandra an Jansen vorbei, der ihr Rucksack und Handy entgegenhielt. Sie nahm ihm beides ab und begann sofort in ihrem Rucksack zu wühlen.

„Es ist noch alles da", brummte Jansen einigermaßen pikiert.

„Ich suche nur meinen Autoschlüssel. Den brauchen Sie doch, wenn Sie mein Auto mitbringen wollen."

„Ach so. Den habe ich schon rausgenommen, als wir Ihre Sachen durchsucht haben."

„Was glaubten Sie denn zu finden? Eine Spritze mit Luft?"

Ihre Bemerkung kam nicht gut an und Grießler sah sich genötigt, einzugreifen. „Lass es doch endlich gut sein, Sandra. Es ist mitten in der Nacht und wir sind alle müde und gereizt." Zu Jansen gewandt meinte er noch: „Nichts für ungut. Sie kann einfach nicht anders. Muss immer das letzte Wort haben. Ich halte sie euch von jetzt ab vom Leib, versprochen. Mich kann sie nicht so leicht nerven."

Jansen war viel zu müde, um sich zu streiten. Er wollte Sandras Verbalattacke aber auch nicht kommentarlos hinnehmen. „Ist schon okay. Sie ist ja nicht die Einzige, die nervt. Die Niederländer können das auch ganz gut. Die haben schon wieder Beschwerde eingereicht. Das nervt! Jetzt sitze ich das ganze Wochenende, um eine Antwort für den Staatsanwalt zu formulieren." Sandra erinnerte sich an den Fall, den Jansen bei ihrem Treffen erwähnt hatte. Sie wollte Grießler gerade erklären, was Jansen gemeint hatte, als dieser schon antwortete.

„Sie meinen den Toten im Watt vor ein paar Wochen? Ich weiß Bescheid. Petersen hat mir vorhin davon erzählt. In dem Fall wird ja zum Glück keine Hilfe mehr benötigt. Den habt ihr ja schon aufgeklärt." Die letzte Bemerkung war eindeutig auf Sandra gemünzt. Sie hatte von den Sticheleien genug und verließ das Büro mit den Worten: „Ich warte dann im Auto auf dich." Erst im Vorraum fiel ihr ein, dass das Auto sicher abgeschlossen sein würde. In der kalten Nacht draußen zu warten, wollte sie nicht und blieb neben der Tür stehen. Damit war sie außer Sicht- aber nicht außer Hörweite. Mal sehen, ob Jansen noch etwas Interessanteres erzählte, wenn sie nicht dabei war.

Die beiden Männer redeten unbekümmert weiter, allerdings nur über den besagten Toten im Watt. Das meiste wusste Sandra schon und deshalb interessierte es sie nicht besonders. Als Jansen jedoch erwähnte, dass der Fall vielleicht doch noch nicht aufgeklärt war, wurde sie hellhörig.

„Es wird Petersen nicht gefallen, wenn er erfährt, was ich entdeckt habe. Der Tote steht auf der Gästeliste, die wir von dem Esoteriker Videntis gekriegt haben. Eigentlich sollte ich die Gäste vom Treffen am Tag des Überfalls auf Frau Kloss befragen. Tja, und da sehe ich plötzlich den Namen des Toten."

„Wie soll das gehen? Ist der nicht schon einige Tage vor dem Überfall auf Marzena umgekommen? Dann kann er an dem Tag doch gar nicht dort gewesen sein."

„Das stimmt. Ich habe Bonner angerufen und gefragt. Er sagte, dass auf der Liste auch Leute stehen, die sich angemeldet hatten, aber nicht gekommen sind."

„Und der Tote aus dem Watt war einer davon?"

„Er und noch zwei andere. Die ganze Sache hat sowieso nichts gebracht. Ich habe inzwischen mit allen, außer mit Udo, gesprochen und keinem ist irgendwas aufgefallen."

„Dann bleibt Ihnen ja immer noch die Hoffnung, dass Udo was bemerkt hat."

Jansen setzte ein schiefes Grinsen auf. „Der wird mir ganz sich nichts verraten. Udo ist die Eule von Bonner."

„Der Kerl hat eine Eule? Ich hätte eher auf eine Meise getippt." Zum Lachen war Jansen nicht zumute. Er musste

Petersen noch von seiner Entdeckung berichten und was das bedeutete, war ihm jetzt schon klar. Noch mehr Arbeit.

„Ich wette, wenn die Niederländer davon erfahren, werden die verlangen, dass wir uns den Fall noch mal vornehmen."

„Der Tote war Niederländer? Das wusste ich nicht."

„Anfangs hieß es, dass er hier Urlaub machen wollte. Das glaube ich aber nicht." Jansen war offensichtlich in Plauderstimmung. „Der hat sich nicht nur die schöne Gegend angeguckt. Die hat er nämlich zuhause auch. Er war wegen was Geschäftlichem hier."

„Was vermuten Sie? Was Illegales?"

„Möglich, aber dafür haben wir bisher keine Beweise gefunden."

„Tja, da werden Sie wohl wirklich noch mal draufschauen müssen. Könnte der Überfall auf Frau Kloss und sein Tod miteinander zu tun haben?"

„Nein. Da sehe ich keinen Zusammenhang, weder zeitlich, noch anderweitig. Vielleicht sind die beiden sich mal bei einem Treffen begegnet, aber mehr auch nicht." Jansen hatte mit voller Überzeugung gesprochen, doch dann fiel ihm etwas ein. „Erzählen Sie Frau Büchner bitte trotzdem nichts davon. Die sieht nur gleich wieder Gespenster und noch mehr Komplikationen können wir nicht gebrauchen."

„Sie auch nicht. Keine Sorge. Von mir erfährt sie nichts."

„Danke. Dann werde ich mal Petersen die Neuigkeiten mitteilen. Ich weiß jetzt schon, was ich morgen machen darf."

„Und ich werde den ganzen Tag Sightseeing mit den Damen machen und Sandra vom Ermitteln abhalten. Das ist auch nicht viel besser, glauben Sie mir.

VIERUNDZWANZIG

Als das Männergespräch seinem Ende zuging, machte Sandra schnell, dass sie von der Tür wegkam. Grießler fand sie mit vorwurfsvollem Blick vor dem Eingang stehend.

„Was hat denn so lange gedauert? Ich frier mir hier den Arsch ab." Typisch Sandra. Dass er sich wegen Billys Hilferuf nach Dienstschluss sofort auf den Weg gemacht hatte, sah sie natürlich nicht als einen Freundschaftsdienst an. Dankbarkeit konnte er dafür nicht erwarten, dass wusste er. Dass er sich die Nacht um die Ohren schlug, um sie aus dem Polizeigewahrsam zu holen, hätte sie aber wenigstens mit einem Dankeschön honorieren können. Wie gut, dass er Sandra inzwischen kannte. Bei ihr kam die Erkenntnis meist etwas zeitverzögert, aber sie kam. Das hielt ihn davon ab, ihr die Antwort zu geben, die ihm gerade durch den Kopf ging. Nämlich, dass sie gern wieder in die schöne warme Arrestzelle zurückgehen konnte, wenn ihr das lieber war.

♥

Sandra hatte schon damit gerechnet, dass die Fahrt nach Neuharlingersiel ungemütlich werden würde und sie sollte Recht behalten. Die beklemmende Stille im Wagen ließ sie unruhig auf dem Sitz hin und her rutschen, bis sie es einfach nicht mehr aushielt.

„Was hast du denn mit Jansen so lange noch zu bereden gehabt?" Eigentlich bestand kaum Hoffnung, dass Grießler die Frage wahrheitsgemäß beantworten würde. Einen Versuch wollte sie trotzdem wagen.

„Das war was Dienstliches, also nichts, dass dich betrifft." Das war zumindest die halbe Wahrheit. Sie war ihm erstaunlich leicht über die Lippen gegangen. Auf einen zweiten Versuch wollte es Grießler dennoch nicht ankommen lassen und er wechselte schnell das Thema. „Übrigens, gern geschehen."

„Ich habe nicht verlangt, dass du mich mitten in der Nacht abholen kommst."

„Soll ich dich wieder zurückbringen?"

„Nein! Ich meine ja nur. Ich hätte das nie verlangt."

„Das hat Billy für dich getan. Es war auch ihr Wunsch, dass ich herkomme. Hat mich übrigens einen Urlaubstag gekostet. Von der Fahrerei ganz zu schweigen. Vielen Dank, Sandra!"

Sandra öffnete den Mund, doch Grießler kam ihr zuvor. „Wenn du jetzt *gern geschehen* sagst, schmeiß ich dich gleich hier auf der Landstraße raus."

„Ich wollte eigentlich *Entschuldigung* sagen."

Grießler war sich nicht sicher, ob er über diese Brücke gehen wollte. Nach einer Minute peinlichem Schweigen redete er weiter. „Normalerweise wäre jetzt die Frage angebracht, wieso zum Geier du dich schon wieder eingemischt hast. Kann ich mir aber sparen, weil ich deine Antwort kenne. Sie besteht aus einer verrückten Theorie, vielen unbewiesenen Behauptungen, die alle auf eins hinauslaufen. Darauf, dass du es besser weißt und kannst als die Kripo. Das habe ich schon oft genug gehört und würde gern auf ein weiteres Mal verzichten.

Kein Zweifel, Grießler war angepisst. Sandra wusste, dass es besser war, die Klappe zu halten, wenn er so drauf war. So ganz gelang ihr das jedoch nicht. „Jedem popligen Verbrecher wird eine Verteidigung zugestanden, nur mir nicht. Dabei bin ich mir sicher, wenn du die genauen Umstände kennen würdest..."

„Ich kenne die genauen Umstände, Sandra!", fiel Grießler ihr ins Wort. „Was glaubst du, worüber ich mich mit Petersen so lange unterhalten habe? Über das Wetter? Er hat mich über den Stand der Ermittlung aufgeklärt, was er übrigens nicht hätte tun müssen. Und damit du es weißt, bei der Faktenlage würde ich mich auch auf einen Raubüberfall konzentrieren und nicht auf einen Mordversuch."

„Aber die Embolie..."

„Nein! Fang jetzt bitte nicht damit an. Wenn ich nur daran denke, was du dir heute in der Klinik geleistet hast, wird mir schlecht. Du solltest beten, dass man auf eine Anzeige verzichtet. Obwohl, wenn ich es mir überlege, dann wäre es vielleicht sogar ganz gut, wenn du das Gesetz mal von der anderen Seite der Schranke kennenlernst. Dir ist doch wohl klar, dass du als vorbestrafte Privatermittlerin einpacken kannst." Das war in der Tat etwas, das Sandra bis jetzt erfolgreich verdrängt hatte. Von Grießler direkt angesprochen, stand es nun im Raum und sie musste sich wohl oder übel damit auseinandersetzen. Ihr fiel nur eine passende Umschreibung dafür ein: ein Supergau. Grießler hatte Recht. Wenn sie Pech hatte, war ihre Laufbahn als Privatdetektivin bald beendet.

„Was soll ich denn deiner Meinung nach tun? Ich kann doch nichts ungeschehen machen."

„Das wohl nicht, aber du könntest zur Abwechslung wirklich mal die Füße stillhalten und dich vernünftig entschuldigen. Vielleicht stimmt das ja die betreffenden Leute milde." Sein Blick glitt zu ihr hinüber. Seine nächsten Worte klangen beinahe flehentlich. „Es sind nur noch zwei Tage, Freitag und Samstag. Am Sonntag fahren wir wieder nach Magdeburg und du bist aus dem Schussfeld. Denkst du, du kriegst das hin, bis dahin nicht mehr in Schwierigkeiten zu kommen?" Statt einer Antwort bekam er von Sandra nur ein Seufzen. Er legte nach. „Versuch es wenigstens. Tu es Billy zu Liebe. Die war nämlich krank vor Sorge, als sie dich nicht erreichen konnte."

„Okay", murmelte Sandra und Grießler nahm es erleichtert zur Kenntnis. Ein bisschen früh, wie sich gleich darauf zeigte. „Ich glaube trotzdem, dass Petersen mit seiner Raubüberfall-Theorie nur den Weg des geringsten Widerstandes geht. Sagst du nicht immer, man soll andere Möglichkeiten nicht gleich ausschließen?"

„Ich geb's auf. Wenn es nicht im Guten geht, dann eben anders. Petersen hat mich gebeten, dich im Auge zu behalten und das werde ich tun, mit beiden Augen. Wenn es sein muss auch mit meinen Hühneraugen. Und wenn das nicht reicht, werde ich dich mit Handschellen an mich fesseln." Sein Tonfall war immer energischer geworden und was er sagte, klang nicht mehr wie eine Bitte, sondern wie eine Anweisung. „Du wirst die nächsten zwei Tage nicht von meiner Seite weichen. Wir werden alles tun, was Urlauber hier so tun und ganz viel Spaß haben. Wenn ich auch nur ansatzweise befürchten muss, dass du wieder ermittelst, verhafte ich dich und buchte dich persönlich ein. Hast du mich verstanden, Frau Büchner?"

Es war hauptsächlich der Tonfall, der Sandra reizte. Niemand durfte sie einfach so wie ein Kind behandeln. Ihre Antwort, „Ich bin ja nicht taub", unterschied sich allerdings nicht so sehr von der eines bockigen Kindes. Typisch Sandra.

Die restliche Nacht verbrachte Sandra zwar in ihrem Bett in der Ferienwohnung, doch an Schlaf war nicht wirklich zu denken. Das lag einerseits daran, dass der Fall sie einfach nicht losließ und andererseits an den Geräuschen, die von der Couch im Wohnzimmer zu ihr drangen. Dort hatte Grießler sein Lager aufgeschlagen und er schnarchte. Billy schien daran gewöhnt zu sein. Sie schlief tief und fest. Vielleicht lag das aber auch an ihrem ruhigen Gewissen.

♥

Nach einem späten Frühstück machten Grießlers und Sandra sich auf, das von Jansen vorgeschlagene Ausflugsprogramm abzuarbeiten. Für heute war eine Wattwanderung geplant. Billy hatte am gestrigen Abend schon etwas ausgemacht, während ihr Mann Sandra von der Polizeistation abholte. Die offiziellen Führungen waren schon ausgebucht, doch Svenja wusste Abhilfe. Ein Freund von ihr machte ab und zu private Führungen und sie bot an, ihn zu fragen. Svenja war sich sicher, dass er gern bereit sein würde, den Guide zu geben. Und, hatte sie noch angemerkt, als waschechter Friesenjung war er sozusagen im Watt zuhause. Oder, wie er es ausdrücken würde: Er kannte jeden Wattwurm persönlich.

Svenja holte die Ausflügler ab und fuhr mit ihnen nach Carolinensiel-Harlesiel. Dort sollte die Führung starten. Die angehenden Wattwanderer wurden von einem jungen Mann erwartet, der für jeden Tourismus-Hochglanzprospekt als Max Musterfriese in Frage gekommen wäre. Er machte in seiner sportlichen Kleidung eine gute Figur und sah auch so aus, wie Sandra sich einen Ostfriesen vorstellte: blond, blaue Augen, heller Teint und Sommersprossen auf Nase und Wangen. Svenja stellte den großgewachsenen, schlanken Mann als Fiete Borkhardt vor. „Ihr könnt mich Fiete nennen", meinte er sofort und man einigte sich allgemein aufs Duzen.

Fiete war gut drauf und seine Fröhlichkeit steckte alle an. Sogar Sandras Missstimmung verflog. Während ihr Guide ihnen die Regeln für eine Wattwanderung erklärte, fiel sein Blick auf die Fußbekleidung der Gruppe. Die beiden Frauen trugen helle Sneaker und Grießler Lederschuhe. Kopfschüttelnd meinte er: „Ich hoffe, ihr wollt nicht mit diesen Schuhen durchs Watt laufen."

Grießler verzog das Gesicht. „Ich werde im April jedenfalls nicht barfuß da durch stapfen."

„Barfuß soll man sowieso nicht durchs Watt laufen, nicht mal im Sommer. Wegen der vielen Muschelschalen. Wenn, dann mindestens in Leinenturnschuhen oder speziellen Wattsocken. Heute solltet ihr besser

Wattwanderschuhe tragen." Er zeigte auf seine und Svenjas Füße. Die Dinger sahen aus wie kurze Gummistiefel mit einem elastischen Bund, der eng am Bein anlag. Ratlos schauten dich die drei Wanderer an. „Woher kriegen wir denn jetzt solche Schuhe?", wollte Billy wissen. Fiete wusste Abhilfe. Er ließ sich die Schuhgrößen geben und lief zu seinem Auto, einem Jeep. Als er zurückkam, bekam jeder ein Paar Wattwanderschuhe überreicht.

„Ich dachte mir schon, dass ihr welche brauchen würdet. Hoffentlich passen sie. Ich kannte ja eure Größen nicht. Sören, deine Schuhe könnten etwas zu groß sein. Hier...", er hielt ihm ein Paar dicke Socken hin. „...zieh die am besten noch über deine Strümpfe."

Svenja war auch bestens vorbereitet. Sie verteilte Lunchpäckchen. So viel Fürsorglichkeit war Grießler peinlich. „Das wäre aber nicht nötig gewesen. Wir haben sehr gut gefrühstückt."

Die beiden jungen Leute lachten und Svenja erwiderte: „So eine Wanderung kann ganz schön anstrengend werden und wir sind vier Stunden unterwegs. Spätestens auf Spiekeroog werdet ihr froh sein, was dabeizuhaben."

„Da hätten wir aber auch selber dran denken können", raunte Billy ihrem Mann zu und laut sagte sie: „Danke. Das machen wir wieder gut."

Fiete winkte ab. „Da nich für, Leute. Und nun los, sonst holt uns die Flut ein."

♥

Es wurde eine sehr lustige und interessante Wanderung, darüber waren sich endlich mal alle einig. Fiete wusste nicht nur gut über das Watt und seine Bewohner Bescheid, er kannte auch viele Geschichten, die bestimmt nicht alle der Wahrheit entsprachen, nichts desto trotz unterhaltsam waren. Manchmal, wenn er das Gefühl hatte, dass seine Gruppe eine Pause brauchen könnte, hielt er inne und erzählte ihnen eine der vielen Legenden. Nordfriesland hatte seinen Schimmelreiter und das versunkene Rungholt, das auch Atlantis der Nordsee genannt wurde. Die Ostfriesische Küste konnte aber auch mit zahlreichen Überlieferungen aufwarten. Etwa über die Orte Ostbense und Itzendorf, von denen nach einer schweren Sturmflut nichts mehr da war. Genau so erging es in den letzten Jahrhunderten vielen Dörfern. An jedem Küstenstreifen erzählt man sich solche Schauergeschichten.

Fiete war ein guter Erzähler. Deshalb hingen ihm alle wie gebannt an den Lippen, wenn er seine Geschichten zum Besten gab. Sie alle endeten damit, dass man aus den Tiefen des Meeres manchmal noch das Läuten der Kirchenglocken oder das Gejammer der Ertrunkenen hören konnte. „Heute leider nicht", fügt er dann bedauernd hinzu. „Ist auch gut so. Ich will euch ja keine Angst machen."

Darauf kam natürlich von Sandra sofort eine Bemerkung. „Och, mit den ollen Kamellen machst du uns keine Angst. Von uns glaubt keiner mehr an den Klabautermann."

Billy schnappte sich ihren Mann und bat Svenja, ein paar Fotos von ihnen zu schießen, mit der Insel im Hintergrund. Dafür mussten sie ein Stück zur Seite treten. Auf so eine Gelegenheit hatte Sandra gewartet.

„Hast du nicht was Aktuelleres?"

Fiete reagierte mit Belustigung. „Svenja hat mir schon erzählt, dass du als Detektivin arbeitest. Tja, ich hätte da tatsächlich eine Geschichte, die vor nicht allzu langer Zeit passiert ist."

„Redest du von dem Toten, der im Watt gefunden wurde?"

„Ihr habt also schon davon gehört?"

„Wie man's nimmt. Billy und ich haben da was läuten hören und das war keine Kirchenglocke. Es heißt, er war Niederländer und hat hier Urlaub gemacht. Weißt du mehr?"

„Nicht viel. Sein Name war Gijs de Jonge. Er hat im Hotel *Dünenläufer* gewohnt. Ein sehr gutes Hotel in der gehobeneren Preisklasse. Das mit dem Urlaub hat aber wohl nur teilweise gestimmt. Meine Freundin arbeitet dort an der Rezeption. Sie hat erzählt, dass er sich im Hotel ein paar Mal mit Leuten getroffen hat, die nicht von hier waren. Die haben meist Englisch gesprochen. Von denen hat aber keiner dort übernachtet."

„Klingt wirklich nach was Geschäftlichem. Hat deine Freundin mitgekriegt, worum es ging?"

„Weiß ich nicht. Danach habe ich sie nicht gefragt. Ich glaube aber nicht, dass sie absichtlich Gäste belauschen würde."

„Natürlich nicht. Das wollte ich damit auch nicht gesagt haben. Ist ja auch nicht wichtig. So richtig spannend klingt das aber auch nicht. Ist das alles, was du zu erzählen hast?"

„Du bist ja ganz schön sensationslüstern. Viel mehr zu erzählen gibt es wirklich nicht. Ich habe aber noch was Besseres zu bieten."

„Was denn? Noch einen Toten?"

„Nein. Ich könnte euch die Stelle zeigen, wo er gefunden wurde. Ist kein Umweg."

Grießler und Billy hatten ihr Fotoshooting beendet und gerade noch Fietes Angebot mitbekommen. Ehe Grießler eingreifen konnte, platzte Billy dazwischen. „Du weißt, wo der Tatort ist?"

Grießler brummte. „Das heißt Fundort, Billy. Ein Tatort ist es nur, wenn das Verbrechen dort stattfand."

„Dann eben Fundort. Sei doch nicht immer so pingelig. Du weißt doch, was ich meine."

Fiete beeilte sich, beschwichtigend einzugreifen. „Die Polizei glaubt tatsächlich, dass es ein Unfall war, weil der Mann allein und zur falschen Zeit im Watt unterwegs war."

„Hältst du das für möglich", wollte Billy wissen.

„Möglich wäre es schon, aber höchst unwahrscheinlich." „Wieso?"

„Weißt du, Billy, es geschieht gar nicht so selten, dass Urlauber im Watt in Not geraten und gerettet werden müssen. Nicht umsonst wird davon abgeraten, ohne einen kundigen Führer ins Watt zu gehen. Wenn man es dennoch macht, dann soll man immer in Sichtweite des Ufers bleiben und man soll sich den Tidenkalender vorher ansehen. Leider gibt es immer wieder Urlauber, die es besser wissen und die Gefahren unterschätzen. Ich habe selber auch schon einige dieser Besserwisser wieder an Land gebracht. Manche hatten sogar Kinder dabei. Das sind die wirklich gruseligen Geschichten." Billy nickte zustimmend und meinte: „Zum Glück haben wir dich ja dabei."

Grießler verfolgte stumm und mit wachsender Besorgnis, welche Wendung das Gespräch nahm. Am liebsten hätte er sich eingeschaltet, aber da es seine Frau war, die Fiete mit Fragen löcherte, und nicht Sandra, verzichtete er darauf und hoffte, dass ihre Neugier damit befriedigt war. Weit gefehlt. Billy reichte es noch lange nicht.

„Okay, es wäre also möglich, dass es ein Unfall war. Wieso hältst du es dann für höchst unwahrscheinlich?" Für diese Frage bekam sie von ihrem Mann einen Stoß in die Seite. „Was denn? Es interessiert mich eben. Darf ich jetzt auch keine Fragen mehr stellen?"

Grießler gab auf, warf Sandra aber einen warnenden Blick zu, so, als vermute er, dass sie dahinterstecken würde. Tat sie dieses Mal wirklich nicht. Sie zog die Schultern nach oben und schüttelte den Kopf. Fiete hingegen ließ sich nicht zweimal fragen und legte los.

„Der Mann wurde gesehen, als er am späten Abend das Hotel verließ. Er trug Anzug und Krawatte. Mit solchen Klamotten geht man essen, ins Theater oder zu einer Verabredung, aber ganz sicher nicht ins Watt. Ganz davon abgesehen, dass kein halbwegs intelligenter Mensch nachts allein eine Wattwanderung machen würde."

Billy unternahm einen Erklärungsversuch. „Vielleicht war er ja aus gewesen, hatte zu viel getrunken und den Heimweg nicht gefunden. Als er merkte, dass er ins Watt hinausgelaufen war, war es zu spät."

Das konnte nicht mal Grießler kommentarlos hinnehmen. „Das glaubst du doch nicht wirklich, Billy.

Selbst ein Betrunkener merkt doch, wenn er plötzlich durch Matsch und Wasser läuft."

„Er war nicht betrunken", schaltete Fiete sich ein. Sofort richteten sich erstaunte Blicke auf ihn.

„Woher weißt du das?", fragte Grießler.

„Ein Schulfreund von mir arbeitet in der Rechtsmedizin."

„Du hast interessante Schulfreunde, Fiete. Kennst du vielleicht auch noch jemanden bei der Polizei oder woher weißt du so genau, wo der Tote gefunden wurde?" Grießlers Stimme klang jetzt ein bisschen bedrohlich, was Fiete nichts ausmachte. Er war eben eine echte friesische Frohnatur und nicht um eine Erklärung verlegen.

„Hier auf dem platten Land kennt doch jeder jeden. Eric Jansen und ich, wir sind als Ehrenamtliche bei der DLRG."

Grießler konnte sein Pech nicht fassen. Svenja hatte ihnen ausgerechnet einen Guide verpasst, der über beste Kontakte zu den Ermittlungsbehörden verfügte. Jede Wette, dass Sandra innerlich gerade abfeierte. Aber da der Schaden nun mal angerichtet war, konnte er nur noch gute Miene dazu machen. Im nächsten Moment ertönte auch schon Sandras fröhliche Stimme.

„Wo ist denn nun der Fundort?"

FÜNFUNDZWANZIG

Fiete führte sie bis in die Nähe eines Priels. So wurden natürliche Wasserläufe im Watt genannt, die auch bei

Niedrigwasser noch Wasser führten. Ein paar kleinere hatten sie auf ihrer Wanderung schon passiert. Der, dem sie sich jetzt näherten, gehörte zu den größeren und war auf Grund seiner Tiefe auch bei Ebbe schiffbar. Man nannte sie Baljen oder Balgen. Oberhalb des Priels gab es einen seichten Oberlauf, die Wattrinne. Weiter ging es nicht. Fiete zeigte auf einen im Boden steckenden Ast.

„Dort wurde er gefunden. Hat versucht sich daran festzubinden. Darum ist er nicht aufs Meer rausgezogen worden. Hätte trotzdem leicht passieren können, wenn er nicht so schnell gefunden worden wäre." Fiete schüttelte vielsagend den Kopf. „Der Typ hat so ziemlich alles falsch gemacht. Hatte nicht mal ein Handy dabei, mit dem er Hilfe hätte rufen können."

Billy versuchte, sich in den Mann hineinzuversetzen. „Vielleicht wollte er sich an der Stange hochhangeln als das Wasser kam?"

„Das funktioniert nicht. Selbst die kleineren Priele füllen sich so schnell mit Wasser, dass die Fließgeschwindigkeit unglaublich groß wird. Hinzu kommt, dass der Körper im kalten Wasser sehr schnell auskühlt. Selbst gute Schwimmer kriegen da Probleme. Er, in Klamotten und zugedröhnt, hat bestimmt keine halbe Stunde durchgehalten."

Nun mischte Sandra sich doch noch ein. „Ich denke, er war nicht betrunken?"

„Das nicht, aber man hat irgendwelche Drogen in seinem Blut festgestellt."

Grießler zog die Augenbrauen nach oben. „Ich nehme an, das hat dir dein Rechtsmediziner verraten." Er klang verärgert. Dass ein Außenstehender wie Fiete an solche Informationen herankam, ging ihm gegen den Strich. Was dachten diese Schwätzer sich eigentlich dabei? War denen nicht klar, dass es sich dabei um *Täterwissen* handelte?

Anscheinend war Fiete inzwischen auch klar geworden, dass sein Freund jetzt wie ein Whistleblower dastand, also versuchte er die Sache zu bagatellisieren: „Was für Drogen es waren, hat er mir natürlich nicht gesagt."

„Na, da bin ich aber erleichtert. Und Petersen wird es sicher auch sein, wenn er das hört."

„Er muss es ja nicht erfahren", gab Fiete kleinlaut zurück. Billy, die den munteren Friesenjung ins Herz geschlossen hatte, mischte sich ein.

„Von uns jedenfalls nicht." Sie schaute ihren Mann an. „Nicht wahr, Sören?"

Der war immer noch sauer. Da Petersen aber ausdrücklich auf eine Zusammenarbeit verzichten wollte, sah er auch keinen Grund, ihn zu informieren. Das sollten die Fischköppe mal schön unter sich ausmachen. „Ich glaube nicht, dass wir ihn vor der Abreise noch mal sehen werden, also werden wir auch keine Gelegenheit haben, es ihm zu erzählen. Du solltest aber in Zukunft nicht so freizügig mit deinen Infos umgehen. Nur zur Vorsicht." Fiete nickte erleichtert und hatte es nun eilig weiterzukommen.

Auf Spiekeroog angekommen, blieb gerade noch Zeit, ein paar Fotos zu schießen und die Schuhe zu wechseln. Dann mussten sie auch schon zum Hafen. Zurück ging's mit der Fähre. Allerdings nicht zu ihrem Ausgangspunkt, sondern nach Neuharlingersiel.

„Können wir nicht eine andere Fähre nehmen, eine die nach Carolinensiel fährt? Dort steht doch unser Auto." Billys Frage musste Fiete verneinen.

„Die Fähre von Carolinensiel fährt nur Wangerooge an." Hilfsbereit, wie sie war, bot Svenja sofort an, Grießler zu seinem Auto zu fahren. Das wurde heute noch gebraucht. Immerhin mussten sie noch Sandras Auto aus Esens abholen.

◆

Die Überfahrt mit der *Spiekeroog I* gestaltete sich friedlich. Grießler und Billy hatten sich ins Innere der Fähre zurückgezogen, um dem eisigen Fahrtwind zu entgehen. Sandra stand am Heck auf dem halbwegs windgeschützten Zwischendeck der Fähre und schaute in die Wellen. Um sich die Zeit zu vertreiben, versuchte sie Fietes Erzählung und das, was sie vom Gespräch zwischen Jansen und Grießler mitbekommen hatte, zusammenzufassen. Der Tote im Watt war ein niederländischer Geschäftsmann gewesen. Abgestiegen war er in einem Hotel in Carolinensiel, also im selben Ort, in dem Madame Zouza und Videntis lebten. Sein Name war auf einer Gästeliste des esoterischen Zirkels aufgetaucht. Also, konnte man davon ausgehen, dass er mal im Zelt des Sehers gewesen war. Vielleicht kannten sich die beiden Männer ja von früher? Sandra erinnerte sich daran, gehört zu haben, dass Videntis eine Zeit in Scheveningen gelebt hatte. Möglicherweise waren sich de Jonge und er dort begegnet. Schade, dass sie nicht wusste, welche Art von Geschäften de Jonge so betrieb. Aber vielleicht ließ sich das ja rauskriegen, wenn sie sich mit Fietes Freundin aus dem Hotel unterhielt.

Wie aufs Stichwort kam Fiete plötzlich den Niedergang herauf. Er hielt zwei Becher in der Hand, aus denen Dampf emporstieg. Lächelnd hielt er ihr einen davon entgegen. „Hier, zum Aufwärmen." Sandra ließ sich nicht lange bitten. Der heiße Becher wärmte ihre Hände und ein angenehmer Duft stieg ihr in die Nase.

„Ist das Grog?"

„Magst du lieber Kaffee? Ich kann dir welchen holen."

„Nein. Ist okay, danke." Sandra nahm einen Schluck und meinte anerkennend: „Alle Wetter! Der ist aber nicht von schlechten Eltern. Schenken die hier noch mehr so starke Sachen aus?" Sie sah Fiete verschmitzt grinsen. „Verstehe! Der Barmann ist ein Freund von dir."

„Das nennt sich Steward. Ist aber egal."

Mit ihren Bechern standen sie nebeneinander an der Reling und sahen auf die immer kleiner werdende Insel. Günstiger würde es nicht werden, dachte Sandra. Die Überfahrt dauerte nur 45 bis 55 Minuten und davon waren schon 10 Minuten vergangen. Wenn sie noch was erfahren wollte, dann durfte sie nicht länger warten.

„Sag mal Fiete, weißt du vielleicht noch was über den toten Niederländer."

„Eigentlich nicht." Grießlers Ansage schien ihre Wirkung nicht verfehlt zu haben. Das musste Sandra erst mal gradebiegen.

„Ich bin nicht von der Kripo, wie du weißt. Die wollen sowieso nicht mit mir reden. Eine Privatdetektivin ist unter ihrer Würde. Sogar mein Freund Sören nimmt mich nicht

ernst. Dabei will ich doch nur verstehen, was passiert ist."
Sie ließ mit Absicht offen, was genau sie damit meinte. Falls
Fiete vermutete, dass sie den Fall des Toten im Watt meinte,
würde sie ihn gern in diesem Glauben lassen.

„Ich hab schon gemerkt, dass zwischen euch was nicht
stimmt."

„Als Kommissar kann er nun mal nicht aus seiner Haut
raus. Er denkt, ich würde mich in die Ermittlungen
einmischen. Will ich aber nicht. Ich will nur die
Zusammenhänge verstehen. Das sind nur so eine Art
Gedankenspiele für mich. Verstehst du?"

Fiete kämpfte nur kurz mit sich. Sandra war ihm
eindeutig sympathischer als der mürrische Grießler. „Ich
weiß aber nicht, was ich dir noch erzählen könnte."

„Weißt du vielleicht, woher der Niederländer stammt
oder was er beruflich gemacht hat?"

„Nein, aber das könnte Maaren wissen."

„Ist das deine Freundin aus dem Hotel?" Fiete nickte und
Sandra hakte nach. „Denkst du, dass sie mit mir reden
wird?"

„Nicht unbedingt im Hotel. Aber ihr könntet euch
irgendwo treffen."

„Das müsste dann aber bald geschehen. Wir sind ja nur
noch heute und morgen hier. Sonntag geht's wieder nach
Hause."

„Wie wär's mit heute? Ich weiß, dass sie frei hat. Soll
ich sie mal anrufen und fragen?"

Sandra stimmte zu. Sie hatte auch schon eine Idee, wie
sie Grießlers Aufsicht entkommen konnte. Er wollte sie ja
am Nachmittag nach Esens zu ihrem Auto fahren. Die

Rückfahrt erfolgte dann in jedem Fall getrennt. Dabei ergab sich bestimmt die Möglichkeit, einen kleinen Umweg zu nehmen.

Fiete erreichte seine Freundin zuhause. Er erzählte ihr, worum es ging und Maaren erklärte sich zum Glück bereit, aus dem Nähkästchen zu plaudern. Die Erwähnung des Wortes Privatdetektivin hatte ihre Neugier geweckt. So etwas erlebte man nicht oft in ihrem Job war. Endlich mal ein Lichtblick, dachte Sandra. Da sie noch keine genaue Uhrzeit ausmachen konnten, tauschten Maaren und Sandra die Handynummern aus. Sobald sie in Esens abfuhr, würde sie anrufen, damit sie Ort und Zeit ausmachen konnten.

Sandra fühlte sich nach dem Telefonat wieder etwas optimistischer.

„Was interessiert dich denn so an dem Fall?" Sandra war nicht überrascht, dass Fiete fragte und ihr war auch klar, welchen Fall er meinte.

„Ich werde den Verdacht nicht los, dass euer toter Wattläufer und der Überfall auf meine Freundin irgendwie miteinander zusammenhängen."

„Wie denn?"

„Das kann ich noch nicht sagen. Dazu müsste ich einfach noch mehr wissen. Im Moment gibt es nur eine Verbindung und das ist der Esoterik-Zirkel von diesem Seher. Beide haben daran teilgenommen."

„Du meinst Videntis und seinen Uhu? Krass! Bist du dir sicher, dass der Niederländer dort war?"

„Ja. Die Polizei hat eine Gästeliste von dem Seher gekriegt und da stand sein Name drauf." Sie verschwieg, dass die Liste von einem Treffen war, das erst stattfand, als der Mann schon längst tot war.

Fiete hatte ihr staunend zugehört. „Das könnte die Erklärung sein" murmelte er nachdenklich.

„Eine Erklärung? Wofür?"

„Was man in seiner Hosentasche gefunden hat."

Sandra ahnte, was das war. Fragen musste sie trotzdem. Sie brauchte eine Bestätigung. „Eine Tarotkarte?"

„Das wusstest du also schon. Dann hast du es wenigstens nicht von mir." Sandra ließ ihn in dem Glauben.

Schon wieder eine Tarotkarte. Das konnte doch kein Zufall sein. Angeblich verwendete dieser Videntis keine Tarotkarten, aber Madame Zouza tat es. Die gehörte aber nicht zum inneren Kreis des Esoterik-Zirkels, wenn man ihr Glauben schenken konnte. Hatten der Todesfall des Niederländers und der Überfall auf Marzena am Ende etwas mit ihr zu tun? So vieles, was noch zu klären war und nur noch so wenig Zeit bis zur Abreise. Sandra begann zu befürchten, unverrichteter Dinge nach Hause fahren zu müssen und der Gedanke gefiel ihr gar nicht.

Langsam näherte die Überfahrt sich ihrem Ende. Nach und nach kamen die wenigen Fahrgäste aufs Deck, um die Einfahrt in den Hafen zu beobachten. Billy und Grießler waren noch nicht zu sehen. Also nutzte Fiete die Gelegenheit für eine letzte Frage. „Und wenn Sören was dagegen hat, dass du dich mit Maaren treffen willst?"

Nun grinste Sandra verschmitzt. „Er muss es ja nicht erfahren." Fiete verstand genau und gab verschwörerisch zurück: „Von mir jedenfalls nicht."

Bevor sie sich am Hafen von Fiete trennten, fragte Billy den Friesenjung noch, wo man gut essen gehen könnte. Fiete empfahl den *Sielkrug* in Carolinensiel und bot sich auch gleich an, einen Tisch zu reservieren.

„Ich wette, der Besitzer ist ein Freund von dir", kam es sofort von Grießler und alle lachten.

„Bestell den Tisch, aber wir laden euch ein", riefen Sandra und Billy begeistert aus. Da Fiete sich partout geweigert hatte, Geld für die Führung zu nehmen, ließen die Magdeburger in diesem Punkt keinen Einwand gelten und die Einladung galt natürlich auch für Svenja.

◆

Noch im Hafen trennten sie sich. Grießler, Svenja und Fiete liefen in die eine Richtung, Sandra und Billy in die andere. Die beiden Frauen steuerten die Ferienwohnung an. Vor dem Haus stand ein Pärchen mit Koffern und sie schienen zu streiten. Als sie merkten, dass die beiden Frauen auf sie zusteuerten, verstummten sie. Die Frau versuchte, eine freundliche Miene aufzusetzen, was ihr nicht so recht gelang. Ihre Frage klang auch eher wie ein Vorwurf.

„Sind Sie Frau Krawczyk?" Ob sie Billy oder Sandra meinte, ließ sie offen. „Das wurde aber auch Zeit. Wir stehen hier schon seit einer geschlagenen halben Stunde."

Sandra klärte auf. „Sorry, aber wir sind nur zwei Urlauberinnen. Wir wohnen hier."

Die Enttäuschung stand den Neuankömmlingen ins Gesicht geschrieben. „Ist Frau Krawczyk auch Ihre Vermieterin? Wissen Sie, wie sie zu erreichen ist?"

Wieder verneinte Sandra und schob sich an den beiden vorbei. Billy taten die Leute leid und so deutete sie auf einen kleinen Schaukasten. „Versuchen Sie es mal mit der Nummer, die da drinsteht."

„Das haben wir schon versucht. Da geht keiner ran und die Tourist-Information kann uns auch nicht helfen. Die sagen, sie dürfen die Privatadresse nicht rausgeben. Sie können uns nur eine andere Unterkunft vermitteln."

Dem Mann wurde die Diskussion langsam peinlich. „Komm, Ute. Es hilft ja doch nichts. Wir fahren jetzt zur Tourist-Info und buchen eine andere Unterkunft." Er schnappte sich die Koffer, nickte Sandra und Billy zu und zog los. Seine Frau war offenbar nicht so leicht zu besänftigen. „Warte mal, Holger. Wir können doch nicht einfach so aufgeben. Immerhin haben wir schon bezahlt. Ich sehe nicht ein, dass wir doppelt bezahlen müssen."

Die Antwort des Mannes war nur noch gedämpft zu hören. „Du kannst ja hierbleiben und weiter warten. Oder du suchst dir einen Strandkorb zum Übernachten. Ich fahre jetzt zur Tourist-Info." Nach einem letzten ärgerlichen Blick in Richtung Haus folgte ihm seine Frau endlich.

♦

Es dauerte nicht lange und Grießler war wieder da und wartete unten im Wagen auf Sandra. Billy wollte zum Glück nicht mitkommen. Ihr hatten Kälte und Nässe trotz Grog und Bewegung doch ganz schön zugesetzt. Sie würde stattdessen lieber zum Bäcker laufen und etwas Kuchen kaufen. „Wenn ihr zurück seid, trinken wir schön Kaffee und dazu gibt's leckere Zimtschnecken." Sandra nahm den Vorschlag mit Erleichterung zur Kenntnis.

Während der Fahrt nach Esens vermied sie es tunlichst, noch mal auf den Toten im Watt zu sprechen zu kommen. Sie wollte Grießler nicht mit der Nase drauf stoßen, wie sehr der Fall sie interessierte. Der kriegte es fertig und hängte sich auf der Rückfahrt an sie dran. Das wollte sie nicht riskieren.

Es ging dann alles doch viel einfacher als gedacht. Grießler setzte sie vor dem Polizeigebäude ab, kam aber nicht mit hinein. Als Sandra mit ihrem Autoschlüssel und ein paar weiteren Ermahnungen wieder herauskam, war er schon verschwunden. Na, wenn das mal kein gutes Zeichen war.

SECHSUNDZWANZIG

Nachdem Sandra Maaren angerufen und sich mit ihr verabredet hatte, raste sie los. Unterwegs fiel ihr ein, dass sie gar nicht wusste, wie Maaren aussieht. Nun, das würde sich schon finden. Das Café, in dem sie sich treffen wollten, war bis auf eine junge Frau und eine Gruppe Urlauberinnen leer. Die Entscheidung wurde Sandra leichtgemacht, denn Maaren winkte ihr schon zu, als sie hereinkam. Mit ihren rotblonden Haaren, blauen Augen und den Sommersprossen war Fietes Freundin ein echter Hingucker. Sie und Fiete passten rein optisch schon mal gut zusammen.

Sandra bestellte sich einen Latte Macchiato und setzte sich zu ihr. „Danke, dass du Zeit für mich hast", war ihr Einstieg.

Mit einem entwaffnenden Lächeln antwortete die junge Frau: „Da nich für." Das schien hier so etwas wie *keine Ursache* zu bedeuten. Maaren sprach genau wie Fiete mit friesischem Dialekt, nur nicht so stark. Das lag bestimmt an ihrem Job im Hotel. Sandra hätte sich gut vorstellen können, mit der fröhlichen jungen Frau ein nettes Kaffeekränzchen abzuhalten, doch die Zeit drängte. Sie durfte Grießler und Billy nicht zu lange warten lassen. Also legte sie ohne Umschweife los

„Fiete hat erzählt, dass du in dem Hotel arbeitest, in dem der tote Niederländer abgestiegen ist. Ich interessiere mich für alles, was du mir über ihn und sein Verschwinden erzählen kannst."

„Ich weiß von Fiete, dass du für Svenja und ihren Vater arbeitest. Wieso interessiert dich der tote Niederländer? Hat denn der Überfall auf Svenjas Mutter etwas damit zu tun?" Leichtgläubig war sie jedenfalls nicht, was sie in Sandras Augen noch sympathischer erscheinen ließ.

„Es gibt da gewisse Überschneidungen. Genaueres kann ich dazu nicht sagen. Ich will deine Aussage nicht beeinflussen. Erzähl mir einfach, was du weißt. Vielleicht hilft mir das ein Stück weiter. Okay?"

„Na gut, aber so viel weiß ich gar nicht. Herr de Jonge reiste am Montag an und Sonntagnacht ist es passiert. Ich hatte Spätdienst an der Rezeption und sah den Mann, wie er gegen 17:30 Uhr das Hotel verließ. Das fiel mir auf, weil er die Tage davor immer im Hotel zu Abend gegessen hatte.

Er trug einen Anzug, wie gewöhnlich, und einen dunklen Wintermantel." Sie machte eine Pause und schien nicht zu wissen, was noch wichtig sein könnte. Also begann Sandra nachzufragen.

„Hatte er etwas bei sich?"

„Eine Tasche etwa? Nein, nicht an dem Abend. Tagsüber, wenn er sich in der Lobby mit Leuten traf, dann hatte er meist ein Notebook dabei, auf dem er seinen Gesprächspartnern etwas zeigte oder irgendwas schrieb."

„Dann war er also nicht auf Urlaub hier, sondern geschäftlich."

„Naja, er hat auch einen Ausflug auf die Inseln gemacht. Dienstag nach Langeoog und Donnerstag nach Spiekeroog. Vermutlich ging es also nicht nur um Geschäfte. An den anderen Tagen hat er sich, wie gesagt, mit Leuten im Hotel getroffen."

„Kanntest du jemanden von den Leuten, mit denen er sich getroffen hat?"

„Von denen kannte ich niemanden. Ich kann aber nur von denen sprechen, die ich gesehen habe, also wenn ich im Dienst war. Was während meiner Freizeit passierte oder außerhalb des Hotels, weiß ich nicht."

„Waren das immer Männer oder auch Frauen?"

„Hauptsächlich Männer. Einmal war es ein Paar, Mann und Frau. Mehr weiß ich nicht."

„Wann habt ihr im Hotel gemerkt, dass er verschwunden war?"

„Eigentlich gar nicht. Erst als die Polizei kam und nachfragte."

„Haben die sich auch mit dir unterhalten?"

„Die haben mit jedem geredet, mit unserem Zimmermädchen sogar mehrfach. Das Zimmer wurde versiegelt und untersucht. Das war vielleicht ein Aufmarsch. Unser Chef war stinksauer, weil die Gäste es natürlich mitbekamen. Beruhigt hat sich das alles erst als die Polizei erklärte, dass es ein Unfall war und das Hotel nichts damit zu tun hat."

„Kann ich mir vorstellen. So ein Todesfall wirkt sich bestimmt nicht gut auf die Bewertungen aus. Ist das Zimmer noch versiegelt?"

„Nein! Die Polizei hat noch seine Sachen ausgeräumt und danach konnten wir es wieder vermieten." An der Stelle geriet das Gespräch ins Stocken. Sandra wusste nicht so recht weiter und Maaren auch nicht.

„Dann ist also während seines Aufenthaltes nichts Ungewöhnliches passiert?"

„Nicht, dass ich wüsste. Jedenfalls nicht die ersten Male."

„Heißt das etwa, er war schon einmal hier?"

„Sogar schon drei Mal. Letztes Jahr im August drei Tage, dann im November eine Woche und dann das letzte Mal. Ich habe extra noch mal nachgesehen. Dieses Mal wollte er sogar 14 Tage bleiben."

„Und was ist beim letzten Mal passiert?"

„Er hatte Streit mit einem Paar. Das war aber nicht das Paar, mit dem er sich im Hotel getroffen hat. Die habe ich vorher und auch danach nie wieder hier gesehen. Die, mit denen er sich gestritten hat, das waren Leute von hier. Hat mir jedenfalls unser Gärtner erzählt."

„Hat er auch gesagt, wer die beiden waren?"

„Nein. Nur, dass die Frau in seiner Straße wohnt und der Mann soll ihr Untermieter sein."

„Worüber haben sie sich gestritten?"

„Das habe ich nicht mitgekriegt. Der Streit war auf dem Parkplatz vor dem Hotel. Ich konnte es nur von weitem beobachten. Die Männer haben sich gestritten und gegenseitig angerempelt, bis die Frau dazwischenging. Das Paar ist dann gegangen, das heißt, sie hat ihn weggezogen. Der Niederländer blieb stehen, hat ihnen aber noch eine Weile hinterhergesehen."

„Würdest du sie wiedererkennen?"

„So genau konnte ich die beiden nicht sehen. Dafür waren sie viel zu weit weg. Weißt du denn, wer das gewesen sein könnte?"

„Es ist mehr eine Vermutung." Die hatte Maaren anscheinend auch. Nur ging die in eine andere Richtung. „Wenn du denkst, dass es Svenjas Eltern waren, dann irrst du dich. Die hätte ich auch auf die Entfernung erkannt. Außerdem wohnen die in Neuharlingersiel und unser Gärtner hat hier in Carolinensiel gewohnt."

„Wieso sagst du, hat gewohnt? Ist er nicht mehr hier?"

„Er ist gestorben, letzte Woche, an einem Herzinfarkt."

„Das ist ja blöd. Er hätte gewusst, wer die beiden waren."

„Na, ich kann dir sagen, wo er gewohnt hat. Vielleicht erfährst du was, wenn du dich dort umschaust? So viele Frauen mit Untermieter kann es doch hier in einer Straße nicht geben."

♠

Als Sandra den Straßennamen in ihr Navi eingab, konnte sie kaum an sich halten. Sie kannte die Straße schon und wusste auch sofort, mit wem sich der Niederländer gestritten hatte, mit Videntis und Madame Zouza. Na wenn das mal keine Überraschung war. Jetzt konnte sie sich wenigstens die Suche nach dem ominösen Pärchen sparen. Allerdings begann sie sich nun einige andere Fragen zu stellen. Was war der Grund für den Streit gewesen? War der Niederländer vor oder nach dem Streit zu dem Esoterik-Treffen in Videntis' Zelt gekommen und wieso stand er auch nach seinem Tod immer noch auf der Liste? Wie gern würde sie darüber mit Madame Zouza und dem Seher reden. Ihr Gespräch mit Maaren hatte aber schon viel zu lange gedauert. Allein diese Zeitspanne Grießler zu erklären, würde nicht einfach werden. Wenn sie jetzt noch einen weiteren Abstecher machte, dann wusste Grießler doch sofort, dass sie wieder rückfällig geworden war. Wenn das nicht schon längst der Fall war.

Sie warf einen Blick auf ihr Handy und richtig. Grießler hatte sie angerufen, zweimal und er hatte eine Sprachnachricht hinterlassen. Etwas bange war ihr schon, als sie die Nachricht abrief.

„Hallo Sandra. Billy und ich haben allein Kaffee getrunken. Ich soll dir sagen, dass dein Stück Kuchen in der Tupperbüchse ist. Billy und ich wollen vor dem Treffen mit Svenja und Fiete noch einen Ausflug zum Buddelschiff-Museum in der Seriemer Mühle machen. Ich nehme mal an, es macht keinen Sinn, davon auszugehen, dass du mitwillst. Falls doch, kannst du ja nachkommen, wenn du mit dem fertig bist, was du gerade treibst. Ansonsten treffen wir uns im Sielkrug." Er machte eine Pause und räusperte sich, bevor er weitersprach. „Und noch eins: Solltest du jemanden brauchen, der dich wieder aus Esens abholt, verschwende deinen Anruf bitte nicht an mich. Ich werde nicht kommen."

Au Backe! Sandra verzog ihr Gesicht. Wenn der sonst so wortkarge Grießler sich zu so einer Ansprache herabließ, dann war er ziemlich sauer. Ein Gutes hatte das Ganze wenigstens. Da der Schaden nun schon mal angerichtet war, konnte sie auch weitermachen.

♠

Beinahe wäre ihr Ausflug schiefgegangen. Als Sandra in die kleine Straße einbog, entdeckte sie schon von weitem Jansens Auto vor dem Haus von Madame Zouza. Ihn hätte sie nicht hier vermutet. Dabei lag es doch auf der Hand, was er hier wollte. Er war aus einem ähnlichen Grund wie sie hier, wegen eines bestimmten Namens auf der Gästeliste von Videntis' Esoterik-Zirkel. Bei all der Aufregung hatte sie nicht mehr daran gedacht, dass er Grießler gegenüber erwähnt hatte, dem nachgehen zu wollen. Sie beeilte sich, am Haus vorbeizufahren. Nicht, dass er sie noch entdeckte. Sie konnte nur hoffen, dass Petersen nicht auch dabei war.

Hinter einem SUV fand sie eine Lücke, die groß genug für ihr Auto war. Von dort konnte sie auch gut sehen, was vor dem Haus passierte. Die erste Viertelstunde gar nichts. Dann sah sie Jansen hinter dem Haus hervorkommen. Er war also bei Videntis oder viel mehr Bonner gewesen. Sie fand es übertrieben, den Seher außerhalb seines Zirkels mit seinem Pseudonym zu betiteln. Für sie war er Bonner, Hannes Bonner. Alles andere würde ihm viel zu viel Bedeutung verleihen.

Jansen lief am Haus vorbei, aber nicht zu seinem Auto. Offensichtlich wollte er auch noch mit Madame Zouza sprechen, denn er ging schnurstracks auf die Eingangstür zu. Ohne zu klingeln oder zu klopfen trat er ein. Und die Tür war deshalb offen, weil Madame Zouza im Erdgeschoss ihren Laden hatte. Zu den Öffnungszeiten sollte ihre Kundschaft natürlich freien Zugang haben.

Wieder musste Sandra warten. Sie wollte nicht riskieren, Jansen in die Arme zu laufen. In dieser Zeit konnte sie sich aber schon mal ein paar Fragen überlegen. Bonner aus der Reserve zu locken, würde nicht leicht werden. Der Typ war aalglatt. Die Tatsache allein, dass er einige Zeit in den Niederlanden gelebt hatte, reichte nicht aus, um ihm eine Bekanntschaft zu einem speziellen Niederländer zu unterstellen. Selbst der Streit vor dem Hotel musste noch nichts bedeuten. Zumal sie ja noch nicht hundertprozentig wusste, ob es Bonner und Madame Zouza gewesen waren. Wer weiß, ob Bonner überhaupt noch mal mit ihr reden würde. Aufgeben kam trotzdem nicht in Frage. Und was den Streit betraf, über den konnte sie auch mit Madame Zouza noch sprechen.

Für einen Augenblick geriet ihr schöner Plan gehörig ins Wanken, denn Bonner kam ins Blickfeld. Er schob ein Fahrrad vor sich her, was nur eins bedeuten konnte. Er wollte irgendwohin fahren. Das passte ihr natürlich gar nicht. Bonner jetzt anzusprechen, ging nicht, solange Jansen noch im Haus war. Einen Fahrradfahrer mit dem Auto verfolgen war aber sicher auch keine so gute Idee. Also was nun?

Zum Glück ging die Tür auf und Jansen kam, gefolgt von Madame Zouza, heraus. Bonner blieb abrupt stehen und warf den beiden einen vorwurfsvollen Blick zu. Madame Zouza zeigte deutlich, was sie von seinem Gehabe hielt. Sie verschränkte die Arme vor der Brust und warf den Kopf energisch zurück. So, als wollte sie sagen: Das ist mein Grundstück und ich rede hier mit wem ich will und über was ich will. Bonners Reaktion bestand darin, dass sich sein Blick noch mehr verfinsterte. Von all dem schien Jansen nichts zu bemerken. Er setzte sich in sein Auto, wendete und fuhr weg.

Jetzt wollte auch Bonner seinen Weg fortsetzen, doch Madame Zouza stellte sich ihm in den Weg. Sandra konnte nicht verstehen, was sie sagte, doch es konnte nichts Nettes sein. Augenscheinlich hatte Bonner nicht die Absicht, sich auf einen Disput mit ihr einzulassen. Ohne etwas zu erwidern, drehte er sich und das Rad um und verschwand wieder hinter dem Haus.

„Wag es nicht, mich hier einfach so stehenzulassen. Ich will eine Antwort!", rief Madame Zouza so laut hinter ihm her, dass sogar Sandra es verstehen konnte. Madame Zouza erwartete wohl, dass er zurückkommen würde, doch das tat er nicht und sie fand es unter ihrer Würde, hinter ihm herzulaufen. Zu guter Letzt drehte sie sich um, ging wieder ins Haus zurück und warf die Tür mit einem lauten Knall zu.

Ein paar Sekunden wartete Sandra noch, dann stieg sie aus dem Auto. Immer noch verwundert darüber, dass die resolute Frau so schnell aufgegeben hatte, lief sie auf das Haus zu. Was war das denn gerade gewesen? Ein Streit unter Liebenden sicher nicht. Aber, dass der esoterische Haussegen schief hing, war nicht zu übersehen gewesen. Wenn der Vorfall mit Jansens Besuch zusammenhing, dann wäre es interessant, zu erfahren, worüber der junge Kripobeamte mit Bonner und Madame Zouza gesprochen hatte. Sandra überlegte, mit wem sie zuerst sprechen sollte, mit der Frau oder mit Bonner? Die Entscheidung wurde ihr abgenommen. An der Tür hing ein Schild, auf dem *Vorübergehend geschlossen* stand. Und als Sandra versuchsweise die Klinke drückte, fand sie die Tür verschlossen. Sie hätte klingeln können, doch das war vielleicht keine so gute Idee. Madame Zouza war anscheinend nicht zum Plaudern aufgelegt. Besser sie ging doch erst zu Bonner. Wenn sie mit dem fertig war, hatte sie bei der Frau vielleicht mehr Glück.

♠

Sie war noch nicht ganz um das Haus herumgelaufen, als sie auch schon laute Stimmen vernahm. Kein Zweifel, Madame Zouza hatte nicht aufgegeben, sondern den Streit in den rückwärtigen Teil des Grundstücks verlegt. Über eine Hintertür war sie in den Garten gelangt, wo Bonners Zelt und der Wohnwagen standen. Deshalb war die Vordertür abgeschlossen gewesen.

Die Stimmen den beiden Kontrahenten zuzuordnen war nicht schwer, etwas verstehen konnte sie trotzdem nicht. Zu Sandras Pech spielte sich der Streit nicht in dem hellhörigen Zelt ab, sondern im Wohnwagen. Deshalb klang alles dumpf und undeutlich. Sandra musste sich bis unter ein angekipptes Fenster schleichen, erst dort wurde das Gebrabbel verständlicher.

„Wenn ich gewusst hätte, dass du mir die Polizei aufs Grundstück bringst, hätte ich dich auf dem Parkplatz verrotten lassen." Madame Zouza hatte ihre Stimme so weit gedämpft, dass sie sich fast wie das Zischeln einer Schlange anhörte. Dagegen klang Bonner fast gemütlich.

„Was denn? Mit dem Überfall auf die dumme Kuh hab ich nichts zu tun."

„Das sieht die Polizei anscheinend anders. Vor allem, seitdem sie wissen, dass der tote Holländer auch bei dir im Zelt war. Wie konnten die das überhaupt rauskriegen? Hast du denen das erzählt?"

„Du hältst mich wohl für total bescheuert. Garnnichts hab ich erzählt. Er stand auf meiner Gästeliste und die wollte die Polizei von mir haben. Ich habe nicht mehr daran gedacht, dass er da noch draufstand. Außerdem, wer konnte denn ahnen, dass die Kripo da einen Zusammenhang sieht."

„Toll! Wirklich toll! Du hast doch gesagt, die Angelegenheit sei erledigt. Jetzt, wo der Holländer weg ist, wäre alles in Ordnung. Da haben dich deine seherischen Fähigkeiten wohl im Stich gelassen. Ich sag es dir noch mal ganz deutlich: Ich will keinen Ärger mit der Polizei oder sonst wem. Verstanden?"

„Ist ja schon gut. Es wird keinen Ärger mehr geben."

„Besser is das!"

♠

Sandra hatte den Streit angestrengt verfolgt, um nichts zu verpassen. Deshalb fiel es ihr nicht gleich auf, wie ruhig es plötzlich geworden war. Als dann die Tür aufging und Madame Zouza herauskam, war es zu spät, um abzuhauen. Erwischt! Sie versuchte noch, so zu tun, als würde sie gerade erst am Wohnwagen ankommen. Damit hatte sie aber kein Glück. Madame Zouza warf ihr nicht nur einen missbilligenden Blick zu, sie ließ auch sonst ihrem Unmut freien Lauf.

„Da hört sich doch alles auf. Nur weil Sie irgendeine Verbindung zur Polizei haben, heißt das noch lange nicht, dass Sie einfach so fremde Grundstücke betreten dürfen und Privatgespräche belauschen erst recht nicht."

„Ich habe nicht gelauscht. Was kann ich dafür, dass Sie eine so tragende Stimme haben? Wenn Sie nicht wollen, dass jemand ihre Geheimnisse hören kann, machen Sie doch das nächste Mal das Fenster zu."

„Sie sollten jetzt besser gehen, bevor ich die Polizei rufe. Und belästigen Sie mich nicht mehr."

„Von Ihnen will ich ja gar nichts. Ich wollte mit Herrn Bonner sprechen."

Wie aufs Stichwort kam Bonner heraus. „Sie wollen zu mir? Kommen Sie doch herein." Seine freundlich klingenden Worte täuschten Sandra nicht darüber hinweg, dass er ganz und gar nicht begeistert über ihr Auftauchen war. Sie verdankte die Einladung nur der Tatsache, dass er damit seiner Vermieterin eins auswischen wollte. Das war ihr aber egal. Hauptsache, sie konnte mit ihm reden. Sandra trat ein. Als Madame Zouza Anstalten machte, sich anzuschließen, warf Bonner ihr provokatorisch die Tür vor der Nase zu. Auch ihr gereizter Ausruf: „Bonner!", verschaffte ihr keinen Zutritt.

SIEBENUNDZWANZIG

Innerlich aufgewühlt schaute Madame Zouza auf die geschlossene Wohnwagentür. Bonner hatte sich aufgeführt, als wäre nicht sie die Herrin hier, sondern er. Dieser Mistkerl! Es war eindeutig ein Fehler gewesen, dass sie ihn und seinen Uhu auf ihr Grundstück gelassen hatte. Jetzt musste sie zusehen, wie sie ihn wieder loswurde. Vor allem durfte sie keinen Tag mehr länger warten. Seine Anwesenheit begann sich bereits störend auf ihr Geschäft auszuwirken. Versprochen hatte er ihr etwas anderes. Mit legalen Mittel brauchte sie es gar nicht erst versuchen, das war ihr inzwischen klar. Es ging aber auch anders. Er würde schon noch sehen, dass er mit ihr nicht so umspringen konnte.

Wütend drehte sie sich um und lief zum Zelt hinüber. In Erwartung dessen, dass sich aus der Schar seiner Anhänger Kunden für ihr Geschäft gewinnen ließen, hatte sie Bonner einige Dinge aus ihrem Laden überlassen. Diese Erwartungen waren nicht erfüllt worden, genauso wie seine Zusage, sie an seinen Spendeneinnahmen zu beteiligen. Alles nur leeres Geschwätz. Dabei war sie sich ziemlich sicher, dass er sich über Spenden und Honorare nicht beklagen konnte. Darüber gab es aber keine

Aufzeichnungen, geschweige denn eine Buchhaltung. Alles wurde cash und unter der Hand abgewickelt. Erst hatte er sie mit Anfangsschwierigkeiten und dann mit zu geringen Teilnehmerzahlen vertröstet. Wann immer sie ihn angesprochen hatte, um Ausreden war er nie verlegen gewesen. Damit war jetzt Schluss!

Als erstes würde sie sich ihre Sachen zurückholen. Verkaufen konnte sie das ganze Zeug sicher nicht mehr, so wie er damit umging. Das, was zum Verbrauch bestimmt war, konnte sie ohnehin abschreiben. Unterm Strich hatte ihre Vereinbarung mit Bonner sie nur Geld gekostet. Wütend schlug sie den Zelteingang auf und rannte direkt in einen Mann hinein.

♣

Bonners Wohnwagen erwies sich als sehr gemütlich, wie Sandra schon nach einem kurzen Rundumblick feststellte. Und für eine Männerbehausung war er überraschend aufgeräumt. Während Sandra sich noch umschaute, schloss Bonner das angekippte Fenster. Damit war ein Belauschen nahezu unmöglich geworden. Ein weiterer Seitenhieb gegen seine Vermieterin.

Jetzt wandte Bonner sich Sandra zu. Er lächelte immer noch, aber jetzt wirkte sein Lächeln wie aufgemalt, total unecht. Was seine Gastgeberqualitäten betraf, die ließen auch zu wünschen übrig. Sandra durfte zwar auf einer bequemen Sitzbank Platz nehmen, etwas angeboten bekam sie aber nicht. Zu einem gemütlichen Kaffeeplausch war sie auch nicht hergekommen.

„Und was hat Sie denn nun wieder zu mir geführt?"

Sandra beschloss einfach mal aufs Ganze zu gehen. „Ich bin aus demselben Grund gekommen wie Kommissar Jansen."

„Ach ja? Und was sollte das für ein Grund sein?"

„Ich weiß, dass er Sie nach dem Niederländer gefragt hat. Für den interessiere ich mich auch." In dem Moment, als Sandra den Niederländer erwähnte, verschwand alle Freundlichkeit aus Bonners Gesicht.

„Ich weiß nicht, wen sie meinen."

„Natürlich wissen Sie das. Er war einer Ihrer Besucher, genau wie meine Freundin Marzena. Und beiden ist etwas Schreckliches zugestoßen. Meine Freundin war, kurz bevor sie überfallen wurde, bei Ihnen und der Niederländer steht auch auf ihrer Gästeliste."

„Ach der. Der war nur einmal hier. Mehr kann ich Ihnen zu ihm nicht sagen." Sandra ließ das mal unkommentiert. Mit ihrer nächsten Bemerkung gedachte sie, Bonner weitere Unwahrheiten zu entlocken. „Außerdem steht fest, dass er sich am Abend seines Todes mit jemandem treffen wollte. Vielleicht mit Ihnen?"

„Ganz sicher nicht. Ich kannte den Mann ja kaum. Weshalb sollte ich mich mit ihm treffen?"

„Um einen Streit aus der Welt zu schaffen?"

Bonner erwiderte zwar nichts darauf, musterte Sandra aber argwöhnisch. Ihm war klar, dass sie ihre Frage absichtlich so ungenau formuliert hatte. Bluffte sie nur oder wusste sie etwas? Nach kurzer Überlegung hielt er es für das Beste, nicht weiter darauf einzugehen.

„Wie ich schon gesagt habe, ich hatte keinen Grund, mich mit ihm zu treffen."

„Wieso stand er eigentlich noch auf ihrer Besucherliste, obwohl er schon tot war?"

„Das habe ich dem Kommissar schon erklärt. Fragen Sie ihn doch."

„Ich würde es lieber von Ihnen hören und wenn nichts weiter dabei ist, können Sie es mir doch sagen."

„Gott, sind Sie eine Nervensäge. Na meinetwegen. Es ist eigentlich keine große Sache. Ich lege bei jedem Treffen Listen mit den nächsten Terminen und den Themen aus. Wer Interesse hat, kann sich eintragen, damit ich weiß, mit wie vielen Teilnehmern ich rechnen kann. Die Anmeldung ist unverbindlich. De Jonge hatte sich gleich beim ersten Mal für mehrere Treffen im Voraus angemeldet. Er kam dann aber zu keinem weiteren Treffen mehr. Sie sehen, alles völlig harmlos." Bis auf die Tatsache, dass Sandra den Namen, de Jonge, nicht erwähnt hatte.

„Sie müssen ein sehr gutes Namensgedächtnis haben, wenn sie sich den Namen eines Gastes merken können, der nur einmal bei einem Treffen war."

„De Jonge ist ein eher ungewöhnlicher Name, vielleicht habe ich ihn mir deshalb gemerkt." Eins musste Sandra ihm lassen, schlagfertig war Bonner jedenfalls.

„Wieso haben Sie seinen Namen nicht von der Liste gestrichen?"

„Als er nicht kam, dachte ich mir zunächst nichts dabei. Wie gesagt, die Anmeldungen sind unverbindlich. Da passiert es schon mal, dass ein Gast es sich anders überlegt oder was dazwischenkommt. Deshalb streiche ich doch nicht gleich jeden. Beim nächsten Mal kann derjenige ja wieder dabei sein."

„Aber Sie wussten doch, dass er nicht mehr kommen würde. Samstag war er schon nicht mehr am Leben. Soweit ich weiß, erscheinen Tote nur auf Séancen, die Sie ja nicht veranstalten, oder?"

„Ich wusste am Samstag noch nicht, dass er tot war! Klar hatte ich von dem Toten im Watt gehört. Es wurde aber kein Name veröffentlicht oder, dass der Tote Niederländer war. Woher sollte ich also wissen, dass es sich um einen meiner Besucher handelt? Das habe ich erst nach dem Überfall auf Ihre Freundin erfahren. Ich war echt geschockt. Und ehe Sie fragen. Seinen Namen habe ich auch danach nicht von der Liste genommen, weil ich nicht daran gedacht habe."

Seine Behauptungen, nichts vom Tod seines Besuchers gewusst zu haben, konnte Sandra nicht widerlegen. Sie konnte ihn aber noch auf den Streit vor dem Hotel ansprechen. Nicht direkt, natürlich. Sie traute ihm zu, mit einer plausiblen Erklärung aufwarten zu können.

„Wie erfuhr der Niederländer denn von Ihnen und Ihren Treffen?"

„Er kam auf eine Empfehlung hin, wie die meisten meiner Anhänger."

„Empfehlung? Von wem?"

„Das weiß ich doch nicht. Vielleicht jemand aus dem Hotel. Ich habe nicht gefragt."

„Worüber haben Sie sich dann mit ihm unterhalten?"

„Das geht Sie zwar nichts an, aber ich habe mich gar nicht mit ihm unterhalten. Dafür war gar keine Zeit. Zu den Treffen kommen viele Leute. Jeder wird begrüßt, für mehr bleibt keine Gelegenheit. Wer mich allein konsultieren will, vereinbart einen Extratermin." Sandra hatte sofort die

292

nächste Frage in Petto, doch Bonner kam ihr zuvor. „Ich muss keine seherischen Fähigkeiten haben, um zu wissen, was Sie mich fragen wollen. Die Antwort lautet: Nein, er hatte keinen solchen Termin mit mir ausgemacht. Ich habe ihn nur dieses eine Mal gesehen und mehr kann ich Ihnen nicht sagen." Zumindest das war gelogen. Jetzt hatte sie ihn erwischt.

♣

Der Mann, mit dem Madame Zouza zusammenstieß, war gerade im Begriff, das Zelt zu verlassen.

„Hoppla! Nicht so stürmisch gute Frau." Seine salopp klingende Bemerkung konnte sie nicht darüber hinwegtäuschen, dass auch er überrascht war.

„Was wollen Sie hier allein im Zelt?", fauchte Madame Zouza ihn an. „Wenn Sie zu Bonner wollen, ist es gerade sehr ungünstig. Er hat Damenbesuch." Sie spuckte das Wort förmlich aus und das führte dazu, dass der Besucher sie missverstand."

„Wie unhöflich von Herrn Bonner. Ich war doch mit ihm verabredet. Bleibt die Frau länger oder nur für eine kurze Nummer?"

„Quatsch! Die ist nicht vom horizontalen Gewerbe. Sowas würde ich hier nicht dulden. Die arbeitet für die Bullen."

„Das macht es nicht besser, wenn Sie mich fragen. Was mache ich denn nun? Dürfte ich vielleicht bei Ihnen im Haus warten, bis die Dame gegangen ist? Es wäre mir eine große Freude, mit Ihnen zu plaudern."

Auch das noch! Der Kerl ging ihr jetzt schon gewaltig auf die Nerven. Aber da er schon mal hier war, konnte sie seine Anwesenheit gleich mal für ihre Zwecke nutzen. Sie setzte ihr Kundenlächeln auf und mit dem dazu passenden Ton sagte sie: „Und ich würde mich freuen, wenn Sie mir behilflich sein würden."

„Aber gern doch. Wobei brauchen Sie denn Hilfe?"

„Beim Tragen." Mehr Information bekam er nicht, dafür aber jede Menge Zeug, das sie ihm in die Hände drückte. Kissen, Tücher, Traumfänger und einen großen Korb mit Geschirr. Sie mussten mehrmals gehen, um alles aus dem Zelt zu schaffen, was Madame Zouza als ihr Eigentum betrachtete.

Während sie hin und her pendelten, versuchte der Mann erneut, mit ihr ins Gespräch zu kommen.

„Was will denn die Polizei von Bonner? Er hat doch keinen Ärger am Hals, oder? Er hat mir versichert, dass er seriös arbeitet."

Aha! Das sollte so klingen, als wäre da jemand um Bonners Ruf besorgt. Von wegen. Der Typ machte sich nur Sorgen, dass seine Verbindung zu dem Seher ihm selber schaden könnte, nichts anderes. Es würde ihr eine Freude und Genugtuung sein, in die Kerbe noch reinzuhauen.

„Kommt darauf an, was Sie unter seriös verstehen. Ich war bei keinem seiner Meetings dabei und kann mir deshalb kein Urteil erlauben. Aber eins weiß ich: Er hat sich als kein besonders zuverlässiger Partner erwiesen. Dass die Bullen hier ein- und ausgehen, wirft kein gutes Licht auf mich. Ich weiß nicht, was die von ihm wollen, aber das krieg ich noch raus. Dazu muss ich mich nur mit der Frau unterhalten, die gerade bei ihm ist." Sie warf dem Mann einen verschwörerischen Blick zu. „Wussten Sie, dass zwei seiner Anhänger in den letzten Wochen unter mysteriösen Umständen zu Tode beziehungsweise zu Schaden gekommen sind? Eine Frau wurde nach einem Treffen überfallen und der Tote aus dem Watt kam aus den Niederlanden, wo Bonner vor seiner Zeit hier gelebt hat. Das kann doch kein Zufall gewesen sein, dass der zu einem Treffen kam. Bestimmt kannten Bonner und er sich von damals."

„Das ist ja interessant", murmelte der Mann und sah mit besorgter Miene zum Wohnwagen hinüber. Fragen stellte er nicht mehr.

Madame Zouza drückte dem Mann einen Karton voller Kleinkram in die Hände. Sie selber schaute sich ein letztes Mal im Zelt um und stellte zufrieden fest, dass sie ganze Arbeit geleistet hatte. Ohne all die dekorativen Dinge hatte das Zelt nichts mehr von einer esoterischen Wirkungsstätte. Es wirkte nur noch kalt und ungemütlich. Übrig war nur noch der Paravent, hinter dem Uhu Udo in seinem Käfig aufgeregt mit den Flügeln schlug. Die Stange, auf der der Vogel tagsüber saß, interessierte sie nicht. Sie wollte nur den Beutel mit Udos Leckerlis, der daran hing. Der enthielt nämlich auch noch etwas anderes, Bonners Spezialtee, der manchmal besonderen Gästen gereicht wurde.

Der Tee hatte eine sehr beruhigende Wirkung, war ansonsten aber absolut harmlos. Bonner machte seine Gäste damit zugänglicher, wenn es um Spenden ging. Madame Zouza wusste das, weil sie selber diese Teemischung für ihn zusammengestellt hatte. Kostenlos, wie ihr gerade wieder einfiel. Mit einem hämischen Grinsen nahm sie den Beutel an sich und warf ihn zu den anderen Sachen in den Karton. Eigentlich sollte der Beutel an Udos Käfig hängen und in dem Fall hätte sie ihn nicht angerührt. Der Vogel war bissiger als ein Pitbull.

Wenn Bonner sah, dass die Sachen weg waren, würde ihn das ganz sicher ärgern. Das geschah ihm recht. Mit diesem Gedanken kehrte sie dem Zelt den Rücken. Der Mann wollte ihr folgen, als ihm der Karton aus den Händen rutschte. Zwar konnte er gerade noch verhindern, dass er krachend zu Boden fiel, einige der Sachen rutschten jedoch heraus. Es schepperte leise und Madame Zouza drehte sich erschrocken um.

„Nichts passiert!", beeilte er sich ihr zu versichern. „Ist alles heilgeblieben." Um nichts machte Madame Zouza sich weniger Sorgen, als darum, ob etwas zu Bruch gegangen war. „Machen Sie nicht solchen Lärm.", fauchte sie ihren Helfer an. Das fehlte noch, dass Bonner jetzt schon mitbekam, was Sache war.

„Tschuldigung", gab der Mann kleinlaut zurück und während Madame Zouza weiterlief, packte er alles wieder zurück in den Karton. Dass er dabei dem Beutel mit den Leckerlis und dem Tee etwas mehr Aufmerksamkeit schenkte, fiel nicht auf. Man hätte schon sehr genau hinsehen müssen, um zu bemerken, dass dem Inhalt etwas hinzugefügt worden war. Nachdem das erledigt war, folgte er der Frau ins Haus.

„Fertig?", fragte der Mann. Als sie nickte, schlug er vor: „Wie wär's mit einer schönen Tasse Kaffee als

Dankeschön? Ich würde Ihre Gesellschaft gern noch etwas länger genießen."

Das fehlte noch, dachte sie. „Warten Sie lieber im Zelt. Von dort aus sehen sie auch viel besser, wann die Frau wieder geht. Udo leistet Ihnen bestimmt gern Gesellschaft." Ihre Antwort schien ihn zu amüsieren. Na gut, dann wurde sie eben etwas deutlicher. „Richten Sie Herrn Bonner bitte aus, dass er sich für seine zukünftigen Verabredungen einen Platz außerhalb meines Grundstücks suchen soll und zwar umgehend. Und der hässliche Wohnwagen muss auch weg. Es wird mir hier langsam zu eng. Jetzt entschuldigen Sie mich. Ich habe zu tun." Damit ließ sie ihren Helfer einfach stehen.

„Das werde ich gern ausrichten, schöne Frau!", rief er ihr lächelnd hinterher. Dann senkte er die Stimme, denn was ihm noch auf der Zunge lag, war nicht für andere Ohren bestimmt. „Für ihn wird es wirklich langsam Zeit zu verschwinden. Vielleicht kann ich ihm dabei ja auch behilflich sein."

♣

Sandra freute sich diebisch, Bonner endlich bei einer Lüge ertappt zu haben. Das Beste daran war, dass er noch keine Ahnung davon hatte, wie sehr er sich gerade reingeritten hatte. Noch nicht. Das würde sich aber gleich ändern.

„War's das?", fragte Bonner in die Stille. „Ich habe nämlich gleich einen Termin mit einem Kunden." Er war der festen Überzeugung, dass das Gespräch beendet war.

Aber dem war nicht so, wie er gleich darauf feststellen musste.

„Sie haben den Niederländer nur einmal gesehen, als er zu dem Treffen kam." Sie hatte mit Absicht darauf verzichtet, es wie eine Frage zu formulieren und dabei schaute sie Bonner eindringlich an. „Habe ich das richtig verstanden?" Falls Bonner ahnte, dass dies eine Falle war, ließ er es sich nicht anmerken. Er nickte nur kurz.

„Das ist aber merkwürdig", begann sie und blätterte in ihrem Notizbuch herum, als würde sie etwas suchen. „Es gibt da eine Zeugin, die Sie mit dem Niederländer zusammen gesehen hat, und zwar ganz woanders." Mal sehen, wie er darauf reagierte. Würde er zurückrudern oder bei seiner Lüge bleiben?

Bonner holte tief Luft. „Das ist eine Lüge! Ich kann es nicht fassen, dass die blöde Kuh zu solchen Mitteln greift, um mich anzuschwärzen." Bonners Wut war nicht gespielt, doch sie richtete sich gegen die falsche Person. Offenbar dachte er, dass es sich bei Sandras Zeugin um Madame Zouza handelte. Den Irrtum konnte sie schnell aufklären.

„Ich rede nicht von Ihrer Vermieterin. Obwohl die dieses Zusammentreffen sicher bestätigen könnte. Sie war ja auch dabei."

Einen Moment stand Bonner absolute Verwirrung ins Gesicht geschrieben. Im nächsten Moment begriff er, worauf Sandra anspielte. Er begann zu lachen. Mit allem hatte Sandra gerechnet, nur damit nicht. Etwas zu verdutzt schaute sie ihn an und das schien Bonner zu gefallen. Jetzt war er wieder obenauf.

„Ist das alles, was Sie haben? Ein zufälliges Treffen auf einem Hotelparkplatz? Wenn Sie deswegen hergekommen sind, hätten Sie sich den Weg sparen können. Das war doch gar nichts. Völlig unwichtig."

„Sie streiten also nicht ab, dass Sie sich mit Herrn de Jonge vor dem Hotel getroffen haben?"

„Nicht getroffen. Wir waren nicht verabredet. Wie ich schon sagte, es war eine zufällige Begegnung und sie hat nur wenige Minuten gedauert."

„Lange genug jedenfalls, um sich zu streiten. Und wenn Madame Zouza nicht dazwischengegangen wäre, wer weiß?"

„Blödsinn! Das war doch kein Streit, höchstens eine Meinungsverschiedenheit. Sie deuteln da viel zu viel hinein."

„Dann sagen Sie mir doch, worum es bei Ihrer Meinungsverschiedenheit ging. Vielleicht um etwas aus Ihrer gemeinsamen Vergangenheit in Scheveningen?" Das war jetzt wirklich hoch gepokert von ihr, aber Sandra hatte einfach nicht anders gekonnt. Im Nu fiel die Lockerheit von Bonner ab. Seine Miene wurde zu einer wutverzerrten Fratze. Sandra wurde es mulmig zumute, als sie ihn plötzlich auf sich zukommen sah. Was hatte sie nur geritten, diesem Mann allein in seinen Wohnwagen zu folgen? Und keiner wusste, wo sie war. Wenn er sie jetzt angriff...

Bonner dachte zum Glück nicht daran, handgreiflich zu werden. Er stürmte an ihr vorbei, riss die Tür auf und brüllte sie an: „Verschwinden Sie und wagen Sie es nicht, mich weiter zu belästigen. Sollte ich Sie noch mal hier rumschleichen sehen, rufe ich die Polizei. Und nun raus aus meinem Wohnwagen!"

Eigentlich war Sandra froh, unbehelligt aus der Nummer rauszukommen. Dennoch, rausschmeißen ließ sie sich deshalb noch lange nicht. „Von mir aus rufen Sie ruhig die Polizei, Herr Bonner. Und dann? Weswegen wollen Sie mich denn anzeigen? Streng genommen begehe ich keinen Land- und keinen Hausfriedensbruch, da dies hier weder Ihr Grundstück noch Ihr Wohnwagen ist. Das hat Ihnen Kommissar Petersen doch gestern erst erklärt. Ich könnte mir aber vorstellen, dass die Polizei sich gern mit Ihnen unterhalten würde, wenn ich Ihnen von meiner Zeugin und dem Treffen vor dem Hotel erzähle."

Sandras kleine Ansprache hatte Bonner gereicht, seine Fassung wiederzuerlangen. „Die Polizei wird sich für Ihre kleine Geschichte nicht interessieren. Für die ist die Angelegenheit nämlich längst erledigt. Der Tod des Niederländers war ein Unfall. Fall geklärt! Ihre Zeugin hat mich mit de Jonge gesehen. Na und? Gehört, worüber wir uns unterhalten haben, hat sie nicht."

„Ihre Vermieterin aber schon. Haben Sie das vergessen? Ich denke, ich werde mich mal mit ihr darüber unterhalten."

„Tun Sie, was Sie nicht lassen können, nur gehen Sie endlich. Ich will nicht, dass Sie meinen Besucher verschrecken. Und was meine Vermieterin betrifft, da gebe ich Ihnen gern noch einen kleinen kostenlosen Rat mit auf den Weg. Nehmen Sie sich vor Madame Zouza in Acht. Diese Frau ist nicht so nett, wie sie immer tut." Mit dieser unterschwelligen Drohung wurde Sandra von Bonner einfach durch die Tür nach draußen geschoben. Ehe sie eine

Chance hatte, zu fragen, was er damit meinen würde, war seine Tür schon wieder zu.

„Blöder Labersack! Der denkt doch wirklich, dass er mir mit solchem Quatsch Angst machen kann. Der kann mich mal." Ungeachtet dessen, was sie sagte, konnte Sandra nicht verhindern, dass eine gewisse Beklommenheit in ihr aufstieg. Sie nahm den Weg ums Haus, auf dem sie auch gekommen war. Aus dem Zelt schaute ihr Bonners Besucher neugierig hinterher.

♣

„Na endlich!" murmelte der Mann im Zelt, als er Bonners Besucherin davoneilen sah. Madame Zouza hatte nicht übertrieben. Bonner stand eindeutig im Fokus polizeilicher Ermittlungen. Er selber hatte dieselbe Frau vor ein paar Tagen schon einmal bei Bonner gesehen. Damals war sie in Begleitung eines Kommissars hier gewesen. Auch wenn Bonner die ganze Sache später bagatellisiert hatte, ihr zweiter Besuch heute, zeigte, dass da mehr dahinersteckte, als Bonner ihn glauben machen wollte. Dass die Frau dieses Mal ohne den Bullen mit Bonner geredet hatte, machte es nicht besser. Die ganze Sache gefiel ihm nicht. Für seinen Geschmack erregte Bonner eindeutig zu viel Aufsehen. Einen Moment lang erwog er, lieber wieder zu gehen. Nein. Es gab wichtige Dinge zu entscheiden und dafür musste er mit Bonner reden. Oder mit Videntis, ganz wie er es gerade gerne hätte. Dabei kam ihm der Wunsch der Hausherrin sehr entgegen. Sie wollte den Wohnwagen vom Grundstück haben? Aber gern doch. Und am besten gleich mit Bonner oder seinem Alter Ego drin?

Kein Problem. Ihre Wünsche würden sich schon sehr bald erfüllen. Vielleicht nicht ganz so, wie sie sich das wünschte, aber so war das eben. Mit dem, was man sich wünschte, sollte man immer vorsichtig sein.

ACHTUNDZWANZIG

Die Haustür stand wieder offen und Sandra trat entschlossen ein. Hoffentlich hatte sich der Ärger von Madame Zouza inzwischen gelegt, wenigstens was sie betraf. Es war ja nicht ihre Schuld, dass Bonner seiner Vermieterin die Tür vor der Nase zugeschlagen hatte. Vielleicht half es ja, wenn sie sich ihr gegenüber solidarisch zeigte. Zunächst musste sie die Dame des Hauses aber erst mal finden.

In den Verkaufsräumen war sie nicht. Hier wurde Sandra nur von kontemplativer Stille und dem unausweichlichen Duft von Räucherstäbchen empfangen. Kam es ihr nur so vor oder war der Geruch heute noch intensiver als beim letzten Mal? Wahrscheinlich bildete sie sich das nur ein. Sie schlenderte um die Tische herum, nahm ein paar Dinge in die Hand und legte sie nach einem Blick auf die Preisschilder schnell wieder zurück. Ganz schön happig, was Madame Zouza dafür haben wollte. Ganz anders als in dem kleinen Kramladen im *Bodhi Vihara,* wo sie letztes Jahr gewesen waren. Dort hatte es ein nahezu identisches Angebot von spirituellem Zubehör für Anhänger von

Achtsamkeit und Meditation gegeben. In ihren Preisen unterschieden sich die beiden Lädchen allerdings gewaltig.

„Das ist aber nichts für den schmalen Geldbeutel", murmelte Sandra. „Möchte nicht wissen, was Madame Zouza für einen Blick in die Karten aufruft."

„Weniger als Sie denken", flüsterte eine sanfte Stimme ihr plötzlich ins Ohr und eine Hand legte sich auf ihre Schulter. „Die erste Sitzung ist sogar umsonst."

Sandra war viel zu erschrocken, um zu reagieren. Sonst hätte sie wohl gesagt, was ihr gerade durch den Kopf ging. Nämlich, dass sie jede solcher Sitzungen für umsonst hielt. Madame Zouza zu verärgern, würde ihr aber nicht helfen. Stattdessen startete sie ihre Charme-Offensive.

„Tut mir leid, was da vorhin passiert ist. Ich fand es unmöglich, wie Herr Bonner Sie behandelt hat. Das wollte ich Ihnen nur sagen."

Madame Zouza winkte ab. „Ist schon okay. Ich sollte mich ja eigentlich längst an seine ungehobelte Art gewöhnt haben. Seit ich ihn und seinen kleinen Zirkus auf mein Grundstück gelassen habe, hat er mich nur noch von oben herab behandelt. Allerdings nie im Beisein von Gästen oder Kunden. Dann war er die Liebenswürdigkeit in Person." Sie machte eine Handbewegung, als wolle sie eine lästige Fliege verscheuchen. „Reden wir nicht mehr von *Videntis, dem großen Seher.* Er ist nichts weiter als ein Schaumschläger, der mit billigen Tricks die Leute in seinen Bann zieht. Wer wahre spirituelle Kräfte besitzt, hat sowas nicht nötig." Das klang nicht so, als hätte sie eine hohe Meinung von den seherischen Fähigkeiten ihres Untermieters.

„Und Sie besitzen solche spirituellen Kräfte?" Wahrscheinlich lag es an den Duftschwaden, die wer weiß was enthielten. Jedenfalls merkte sie erst viel zu spät, dass sie damit Madame Zouza direkt in die Karten gespielt hatte.

„Urteilen Sie selber. Es kostet Sie nichts, außer etwas Zeit."

Sandra saß in der Falle. Entweder sie ließ sich hier und jetzt die Karten legen oder sie lief Gefahr, ohne die erhofften Antworten wieder gehen zu müssen.

„Können Sie Ihren Laden denn so lange allein lassen?" Ihr Versuch, dem ungewollten Ausflug in die Welt der Wahrsagerei doch noch zu entgehen, blieb erfolglos.

„Keine Sorge. Um diese Zeit ist nie viel los." Diese Worte besiegelten Sandras Schicksal. Sie spürte, wie Madame Zouza den Arm um ihre Schultern legte und sie mit sanftem Druck durch einen Perlenvorhang ins Allerheiligste führte.

♥

Bonner saß grübelnd in seinem Wohnwagen. Das entwickelte sich alles ganz und gar nicht so, wie er gehofft hatte. Erst war dieser Bulle gekommen. Hatte ihn mit Fragen zu de Jonge gelöchert. Dass der hinterher noch mit Zouza gesprochen hatte, beunruhigte ihn nicht weiter. Die würde den Mund halten, um es sich nicht mit ihm zu verscherzen. Bis jetzt musste er nicht befürchten, dass die Polizei vom Streit mit de Jonge wusste. Es war diese Privatschnüfflerin gewesen, die ihm das unbeabsichtigterweise verraten hatte. Soweit so gut, aber woher wusste sie überhaupt von dem Streit? Hatte Zouza ihr das gesteckt?

Jemand anderes kam nicht in Frage, weil niemand außer ihr dabei gewesen war. Es sei denn, jemand hatte das Ganze vom Hotel aus beobachtet. Das könnte sein. Es war sogar ziemlich wahrscheinlich. Wäre Zouza die Petze gewesen, dann hätte sie der Schnüfflerin auch den Grund für den Streit verraten. Das wiederum hätte die Nervensäge ihm garantiert unter die Nase gerieben.

Trotzdem. So ganz auf der sicheren Seite war er nicht. Es bestand die Gefahr, dass sie wirklich zu Zouza gegangen war und sich gerade jetzt mit ihr über die Sache auf dem Parkplatz unterhielt. Nach dem heftigen Streit vorhin war er sich nicht sicher, ob sie noch dichthalten würde. Solange sie gute Laune hatte, konnte man sich auf sie verlassen. Aber im Moment war sie nicht gut auf ihn zu sprechen. Rückblickend war es keine gute Idee gewesen, ihr die Tür vor der Nase zuzuwerfen. Damit hatte er sie möglicherweise so verärgert, dass sie bereit war, aus dem Nähkästchen zu plaudern. Blöd gelaufen. Daran ließ sich nun nichts mehr ändern. Er konnte nur hoffen, dass die beiden sich nicht völlig gegen ihn verbrüderten.

Worüber machte er sich eigentlich solche Sorgen? Was konnte die Hexe denn überhaupt erzählen? Ihr gegenüber hatte er nie was erwähnt, mit dem sie ihm schaden könnte und ihre Tarotkarten würden ihr ganz sicher nichts über ihn verraten. Also Schluss mit den trübsinnigen Gedanken. Er hätte zwar gern gewusst, worüber die beiden Frauen quatschten, doch das war leider nicht möglich. Zouza hielt ihre Fenster gern geschlossen, damit die Räucherstäbchen ihre volle Wirkung entfalten konnten. Außerdem saßen sie bestimmt gemütlich in Zouzas fensterlosem Hinterzimmer, bei Keksen und einer Tasse Tee.

Der Gedanke an Tee und Kekse erinnerte ihn daran, dass er einen Besucher erwartete. Nicht, dass er den mit Tee und Keksen bewirten würde. Er gehörte nicht zu seinen normalen Kunden, wusste aber, was bei den Einzelsitzungen manchmal gereicht wurde. Deshalb würde er nie auf die Idee kommen, etwas von dem zu sich zu nehmen, was er ihm anbot. Wenn Bonner an das bevorstehende Gespräch dachte, fand er das ziemlich bedauerlich. Heute hätte er gern auf seinen Spezialtee zurückgegriffen. Sein Besucher war leider auch einer denen, die im Moment nicht gut auf ihn zu sprechen waren. Und er gehörte zu der Sorte von Menschen, die man besser nicht verärgerte. Bonner konnte sich noch gut an das Gespräch erinnern, dass er nach dem Auftauchen von de Jonge hatte führen müssen. Sowas wollte er nicht noch mal erleben. Er war einem regelrechten Verhör unterzogen worden, zwei Stunden lang. Erst dann war der Typ zufrieden gewesen. Er selber hatte sich gefühlt wie ausgekotzt.

Bestimmt wartete sein Besucher schon im Zelt auf ihn. Es war nicht ratsam, die Begegnung noch länger hinauszuzögern. Je länger er den Mann dort warten ließ, umso mieser würde er drauf sein. Besser nicht! Für heute hatte er schon genug unangenehme Begegnungen gehabt.

♥

Der Perlenvorhang raschelte leise, als er sich hinter Madame Zouza und Sandra wieder schloss. Das war also das geheime Reich der Wahrsagerin, dachte Sandra, während sie sich verstohlen umsah. Außer der Decke waren hier auch die Wände mit bunten Tüchern abgehängt worden, was dem Raum eine mystische Stimmung verlieh. Sie fühlte sich an das Zelt einer Zigeunerin erinnert. Das hier war so ganz anders als Bonners Zelt. Auf den Tüchern waren Symbole aufgedruckt. Bis auf ein Pentagramm sagten ihr die meisten nichts. Ein runder schwerer Holztisch stand in der Mitte des künstlich geschaffenen Raumes. Der verbleibende Platz reichte gerade mal aus für zwei Sitzgelegenheiten, eine alte Truhe und ein Regal. Über dem Tisch hing ein fünfarmiger Kerzenleuchter. Madame Zouza hatte ihn mit allerlei Steinen und Amuletten behangen, die sich wie ein magisches Mobile bewegten.

Neben den allgegenwärtigen Räucherstäbchen sorgten noch getrocknete Blumen und Kräuter für eine besondere Atmosphäre. Zu Sträußen gebunden, hingen sie überall herum, wo Platz war und verbreiteten ihren aromatischen Duft. Die Mischung war schwer, aber erstaunlich angenehm. Was jetzt noch fehlt, dachte Sandra, ist die obligatorische Kristallkugel.

Madame Zouza nahm in einem großen Lehnstuhl Platz. Für ihre Kunden stand ihr gegenüber ein einfacher Holzstuhl bereit. Besonders bequem war er nicht, doch das konnte auch Absicht sein. Niemand sollte länger als notwendig bleiben.

„Wollen wir anfangen?" Der tiefe und melodische Klang von Madame Zouzas Stimme umfing Sandra. Zu einer anderen Zeit, in einer anderen Situation hätte sie sich vielleicht darauf eingelassen. Heute war sie viel zu aufgedreht dafür. Nicht mal eine Horde betender tibetanischer Mönche könnte sie heute in kontemplative Stimmung versetzen. Madame Zouza dabei zuzuschauen, wie sie die Tarotkarten mischte, half auch nicht. Sie war zwar hier, weil sie Antworten suchte, die standen aber garantiert nicht in den Karten.

„Ehrlich gesagt, ist mir nicht nach einem Blick in meine Zukunft. Ich würde viel lieber etwas über die Vergangenheit erfahren."

„Alles beginnt mit der Vergangenheit." Mit diesen Worten legte die Frau den Stapel Karten vor Sandra auf den Tisch. „Manchmal finden wir dort Antworten, die wir schon lange suchen und manchmal sogar welche, auf die wir die Frage noch gar nicht kennen."

Genau das ging Sandra bei Leuten wie Zouza oder Bonner zutiefst auf die Nerven: Dass sie stets in Rätseln sprachen. Sie mochte es nicht, wenn jemand kryptische Botschaften verkündete und so tat als würde ein tiefer Sinn darin verborgen sein. Ein Geheimnis, das es zu entschlüsseln galt, auf dem Weg zur Glückseligkeit. In Wahrheit steckte nichts weiter dahinter als Show und die Absicht zu manipulieren. Ähnlich, wie bei Magiern oder Illusionisten. Doch während es beim Magier um verblüffende Tricks ging, bei denen man wusste, dass es ein Trick war, wollten Zouza und Bonner, dass man ihren Worten Glauben schenkte. Sie mussten das, was sie von sich gaben, nur so formulieren, dass es in jede Richtung interpretiert werden konnten. Bei ihr würde das nicht klappen.

An einem anderen Tag hätte Sandra sich vielleicht den Spaß gemacht und Madame Zouza sich ihre blitzweißen Zähne an ihr ausbeißen lassen. Für derlei Spielereien fehlten ihr heute Zeit und Nerven.

„Sie missverstehen mich, Frau Postin." Sandra hatte mit voller Ansicht den bürgerlichen Namen Madame Zouzas verwendet. Damit wollte sie klarstellen, dass es ihr nicht um Wahrsagerei und Hokuspokus ging. „Ich bin nicht an meiner Vergangenheit interessiert, sondern an der meiner Freundin. Ich will in Erfahrung bringen, was ihr zugestoßen ist."

Ihr Gegenüber hatte den Wink mit dem Zaunpfahl sofort verstanden. Aus Madame Zouza wurde Sigrid Postin. Mit einem Ruck schob sie die Karten beiseite und erhob sich. Sandra befürchtete schon, wieder gehen zu müssen. Doch Postin verschwand einfach nur durch den Perlenvorhang. Unschlüssig rutschte Sandra auf ihrem Stuhl hin und her. Sie war weder zum Gehen noch zum Bleiben aufgefordert worden. Na gut, dann würde sie mal frei interpretieren. Keine schwere Entscheidung. Da sie eindeutig nicht ohne ein paar Antworten gehen wollte, blieb sie.

♥

Während Billy sich für das Abendessen umzog, stand Grießler auf dem Balkon der Ferienwohnung und starrte aufs Meer. Die Falten auf seiner Stirn passten irgendwie zum wolkenverhangenen Himmel und seine Laune stand dem in nichts nach. Den ganzen Nachmittag über war er unruhig gewesen. Nicht mal das Buddelschiff-Museum hatte daran etwas ändern können. Seine Befürchtungen,

Sandra betreffend, waren allgegenwärtig. Er kannte sie mittlerweile zu gut, um zu wissen, dass sie die Finger nicht von dem Fall lassen würde. Besonders überrascht war er deshalb auch nicht, als sich herausstellte, dass sie sich auf der Rückfahrt von Esens abgesetzt hatte. Die Gelegenheit war einfach zu verlockend gewesen.

Hartnäckig war sie ja, das musste man ihr lassen. Für einen Ermittler nicht die schlechteste Eigenschaft. Wenn sie nur nicht immer übers Ziel hinausschießen würde. Es würde ihn nicht wundern, wenn das gerade wieder mal der Fall war. Er konnte sich sogar denken, welcher Spur sie nachging, der des Toten aus dem Watt. Grießler würde seinen Arsch darauf verwetten, dass Sandra darauf aus war, den Tod des Niederländers und den Überfall auf Marzena in Verbindung zu bringen. Auch er glaubte inzwischen daran, dass die beiden Fälle etwas miteinander zu tun hatten. Es gab gewisse Übereinstimmungen und die konnte ein erfahrener Ermittler wie er nicht mehr übersehen. Jedenfalls nicht, wenn er das, was er gestern von Jansen und heute von Fiete erfahren hatte, zusammen betrachtete. Ein gemeinsamer Nenner war dieser Videntis. Beide Opfer waren Besucher seines esoterischen Zirkels gewesen. Der Niederländer hatte sich kurz vor seinem Tod mit dem Seher gestritten und Marzena war auf dem Heimweg von einem Treffen gewesen, als sie überfallen worden war. Das konnte Zufall sein, doch an Zufälle glaubte Grießler nun mal nicht.

Außerdem waren da noch die Tarotkarten, die die Polizei bei beiden Opfern gefunden hatte. Ein Hinweis auf ein Motiv? Das wohl eher nicht. Welches Motiv sollte das denn sein? *Die Karten haben mir deinen Tod gezeigt und die*

Karten sagen immer die Wahrheit. Das wäre ganz schön melodramatisch. Die prosaischere Variante war, dass die Karten eine Art Eintrittskarte darstellten. Oder es handelte sich um Talismane. Leute, die solche Zirkel besuchten, waren sicher abergläubisch. Sollte jedoch der Täter die Karten hinterlassen haben, dann wäre das ganz schön unvorsichtig. Solche Signaturen waren schon manchem Verbrecher zum Verhängnis geworden.

Es gab aber noch eine dritte Erklärung für die Karten. Sie waren mit der Absicht hinterlassen worden, um die Ermittler auf eine falsche Spur zu lenken, hin zum esoterischen Zirkel. Alle Spuren führten irgendwie immer wieder zu diesem Videntis. Ob er wirklich etwas mit den Vorfällen zu tun hatte, konnte Grießler nicht beantworten. Er kannte den Mann bisher nur vom Hörensagen. Um ihn besser einschätzen zu können, müsste er sich schon selber mal mit ihm unterhalten. Inzwischen gab es wirklich ein paar Fragen, die er ihm gern würde stellen wollen.

Grießler zuckte zusammen. Jetzt hatte er sich doch tatsächlich schon ein bisschen in die Angelegenheit reingesteigert. Das fehlte noch, dass er sich schon wieder von Sandra anstecken ließ. Ungeachtet dessen, was Fiete von dem Tod des Niederländers hielt, für die Polizei war es ein Unfall gewesen und der Fall abgeschlossen. Unter diesen Umständen verzichtete Jansen vielleicht sogar darauf, den Seher über den Niederländer zu befragen. Wozu schlafende Hunde wecken? Es gab bestimmt noch genug andere Fälle, die bearbeitet werden mussten. Wäre er an Jansens Stelle, würde er das wahrscheinlich so sehen. Der Punkt war aber, dass er nicht an Jansens Stelle war. Er hätte durchaus Zeit für ein Gespräch mit dem Seher. Das würde er sogar mit der abendlichen Verabredung verbinden können, da der Mann in dem Ort wohnte, in dem sich auch das Restaurant *Sielkrug* befand.

„Willst du dir vielleicht ein frisches Hemd anziehen, Sören?" Unbemerkt war Billy zu ihm auf den Balkon getreten. Hinter ihm stehend, schlang sie ihre Arme um ihn und schmiegte sich fest an seinen Körper. Als er sich zu ihr umwandte, schaute sie ihn mit großen Augen an, legte den Kopf zur Seite und sagte: „Du machst dir Sorgen, wo sie abgeblieben ist. Stimmt's?" Grießler ließ einen tiefen Seufzer hören und nickte. Seine Billy! Sie kannte ihn besser als jeder andere. Und manchmal las sie in ihm wie in einem offenen Buch.

„Du kennst sie doch", erwiderte er. „Sie kann es einfach nicht lassen. Bestimmt ist sie wieder unterwegs, zu einer ihrer Eigenmächtigkeiten." Billy war eine Gute. Sie spürte instinktiv, wie sehr ihn die Angelegenheit beschäftigte. Es drängte ihn, darüber zu reden, doch er würde nie von sich aus damit anfangen. Es war lieb gemeint, dass er sie nicht mit seinen Problemen behelligen wollte, aber aus Billys Sicht fehl am Platz. In solchen Momenten half es oft, wenn sie die Therapeutin raushängen ließ. Mit einer einzigen Frage baute sie ihm eine Brücke und brachte ihn zum Reden. „Was glaubst du, wo Sandra gerade ist?"

Sofort sprudelte es aus Grießler heraus. „Seit sie die Geschichte von dem Toten im Watt von Fiete gehört hat, konnte sie es doch kaum erwarten, wieder aufs Festland zu kommen. Bestimmt ist sie zu dem Hotel gefahren, in dem der Niederländer abgestiegen war."

„Weshalb denn das? Hat der tote Niederländer denn etwas mit dem Überfall auf Marzena zu tun?"

„Es gibt da tatsächlich so was wie eine Verbindung, den esoterischen Zirkel. Beide Opfer, Marzena und der Niederländer, waren dort Gäste gewesen. Das könnte wirklich was bedeuten."

„Weiß Sandra das?"

„Eigentlich nicht. Die Sache mit dem Niederländer hat mir Jansen gestern im Vertrauen erzählt. Sandra war da nicht dabei. Trotzdem werde ich das Gefühl nicht los, dass sie es mitgekriegt hat."

„Wie denn? Jansen und Petersen würden ihr nie davon erzählen."

Grießler stieß ein kurzes Lachen aus. „Als ob sie darauf angewiesen wäre. Ich vermute, sie hat uns belauscht."

„Zuzutrauen wäre es ihr", musste Billy zugeben. „Wenn sie wirklich Wind davon gekriegt hat, dann will sie bestimmt nicht nur mit Fietes Freundin reden. Wahrscheinlich ist sie auch noch mal zu dem Esoteriker gefahren."

„Genau das befürchte ich."

„Ach Sören. Was kann es schaden, wenn sie noch mal zu ihm fährt?" Billy kicherte. „Vielleicht hat er ja ihr Kommen vorhergesehen und geht ihr aus dem Weg." Im Gegensatz zu ihrem Mann fand sie das ungeheuer witzig. Als sie sah, wie sich sein Gesicht verzog, lenkte sie ein. „Wer weiß, ob der überhaupt mit ihr redet, wenn sie ihm ihre Verdächtigungen um die Ohren haut."

„Das ist es ja, was mir Sorgen macht. Was, wenn er wirklich was mit den Vorfällen zu tun hat? Dann ist er bestimmt nicht erfreut darüber, dass Sandra ihn verdächtigt."

Jetzt machte Billy große Augen. „Du glaubst doch nicht, dass er ihr was antun könnte, oder?"

„Da würde ich mir eher Sorgen um den Seher machen. Egal. Soll sie tun, was sie nicht lassen kann. Hauptsache sie kommt auch mit den Konsequenzen klar, ich helfe ihr jedenfalls nicht mehr." Nachdem er sich alles von der Seele geredet hatte, fühlte Grießler sich gleich viel besser. Er drückte seiner besseren Hälfte einen dicken Schmatz auf die Lippen und damit war das Thema erledigt. „Ich gehe mich mal in Schale schmeißen." Das tat er und als Billy beim Aufbruch leise fragte: „Alles okay, Sören?", fiel es ihm nicht schwer den Unbekümmerten zu spielen.

„Aber ja doch. Wir werden einen schönen Abend mit Freunden verleben. Morgen besuchen wir die Seehunde und übermorgen geht's nach Hause." Das klang ein bisschen zu optimistisch, als dass sich Billy davon täuschen ließ. Sie wollte die Stimmung aber nicht trüben, deshalb sagte sie: „Bestimmt wartet Sandra schon im Restaurant auf uns." Grießlers „Bestimmt!", hörte sich allerdings an wie das unheilvolle Grollen eines sich nähernden Gewitters.

NEUNUNDZWANZIG

Als Bonner das Zelt betrat, wartete Peter Voss schon auf ihn. Seine Laune schien jedoch gar nicht so übel zu sein. Sogar ein kleines, süffisantes Lächeln umspielte seinen

Mund. Trotzdem war sich Bonner sicher, dass es sich nicht um einen Freundschaftsbesuch handelte. Doch das wurde plötzlich zur Nebensache, denn etwas anderes traf ihn wie ein Schlag mit dem Hammer. Fassungslos starrte Bonner auf das, was er sah oder besser, das was er nicht sah. Das Zelt war leer! Geblieben waren ihm nur der Paravent, ein paar Plakate an den Zeltwänden und die leere Stange von Udo.

Udo! Scheiße, wo ist Udo? Gerade wollte er hinter den Paravent stürzen, als er das vertraute Geräusch von schlagenden Flügeln und ein Pfeifen hörte.

Gott sei Dank, der Vogel ist noch da. Das war zumindest ein Trost. Ansonsten sah es im Zelt eher trostlos aus. Jemand hatte gründlich ausgeräumt. Bonners Besorgnis wegen des Besuches wurde von seiner Wut regelrecht hinweggefegt. „Warst du das?", fuhr er Voss an.

„Nur indirekt."

„Was soll das heißen? Warst du es oder nicht?"

„Natürlich nicht, du Idiot!"

„Du hast aber gesagt..."

„Ich weiß selber, was ich gesagt habe. Schalt deinen Grips ein, bevor du mich anmachst. Was sollte ich denn mit deinem Krempel, he?"

„Ich weiß nicht. Mir eins auswischen?"

„Bist du echt so dämlich? Das war deine Vermieterin. Ich habe ihr nur beim Tragen geholfen, weil ich ein netter Mensch bin."

„Das war Zouza? Wieso das denn?"

„Keine Ahnung. Hast du deine Miete nicht gezahlt?"

„Ich muss keine Miete bezahlen."

„War ja klar. Im Schnorren bist du echt Profi. Wenn ich daran denke, wie du mir den Wohnwagen und die Knete für das Zelt abgeluchst hast. Das war wirklich eine gelungene Performance. Unglaublich, dass ich darauf reingefallen bin. Wenn du das bei ihr genauso gemacht hast, dann wundert mich das hier gar nicht. Bestimmt hast du ihr auch das Blaue vom Himmel versprochen, so wie mir. Und was ist aus deinen Versprechungen geworden. Nichts!"

„Zouza und ich, wir hatten eine Abmachung. Ich wohne hier umsonst, kann ihre Sachen kostenfrei nutzen und dafür verkauft sie ihren Krims-Krams an meine Gäste. War eine Win-Win-Situation."

„Wenn du mich fragst, hatte sie eindeutig das kürzere Streichholz gezogen. Das ist ihr inzwischen wohl auch klar geworden."

„Sie war damit einverstanden gewesen. Da kann sie sich doch nicht alles einfach so wieder zurückholen."

„Wie es aussieht, kann sie es doch. Hat sie ja auch getan."

„Das ist..." Bonner fiel kein passendes Wort ein. Sein Besucher grinste. „Wolltest du gerade Diebstahl sagen?"

„Ach leck mich!" Das hätte er vielleicht besser nicht gesagt. Die Miene seines Gesprächspartners verfinsterte sich augenblicklich.

„Jetzt reg dich ab. Oder muss ich dich daran erinnern, dass du größere Probleme hast als den Knatsch mit dieser Suse?" Das half. Bonners Wut verschwand so schnell, wie sie gekommen war.

„Was soll ich denn jetzt machen? Morgen ist wieder ein Treffen geplant und da kommen ein paar wichtige Leute.

Denen muss ich was bieten, damit sie bei der Stange bleiben. Was übrigens auch ganz in deinem Interesse wäre. Das schaffe ich aber nicht, wenn es hier aussieht wie in einem Billigcampingzelt. Gott! Das ist eine Katastrophe!" In einer theatralischen Geste riss er die Arme nach oben. Für Voss war das ein bisschen zu viel des Guten. Solche übertrieben gekünstelten Ausbrüche waren ihm zutiefst zuwider. Am liebsten wäre er Bonner an die Gurgel gegangen. Er beschränkte sich jedoch darauf, die Augen zu verdrehen, während Bonner weiter lamentierte.

In einem Punkt hatte der Angeber allerdings Recht. Unter den Gästen, die erwartet wurden, waren wirklich ein paar interessante Leute, die ein gewisses Erfolgspotential mitbrachten. Das wusste er, weil er diesen Leuten Bonner empfohlen hatte. Doch sein Vertrauen in Bonners *Seher-Qualitäten* war in den letzten Tagen stark gesunken. Kein einziges Mal war es ihm gelungen, potentielle Partner zu überzeugen. Stattdessen hatte er bei den falschen Leuten übermäßige Aufmerksamkeit geweckt und für zusätzliche Probleme gesorgt, die er dann hatte bereinigen müssen. Je länger er darüber nachdachte, umso mehr wuchs in ihm die Erkenntnis, dass es Zeit wurde, sich von Bonner zu trennen. Er sollte seine Unternehmungen besser allein durchziehen und vielleicht an einem anderen Ort. Unnötiger Ballast musste abgeworfen werden. Den Anfang hatte er ja schon bei Krawczyk gemacht. Die würde ihm nicht mehr ins Handwerk pfuschen. Der nächste Schritt war die Trennung von Bonner. Ganz so einfach wie bei Krawczyk würde es mit ihm nicht gehen.

Bonner jammerte noch immer, was ihn immer mehr nervte. Er wollte ihm gerade zurufen, endlich die Klappe zu halten, als ihm eine Idee kam. Vielleicht war das die Gelegenheit, Madame Zouzas letzte Bitte zu erfüllen. Ohne es zu wissen, hatte sie ihm damit einen Gefallen getan. Sicher war das nicht ihre Absicht gewesen, aber egal. Ihm konnte es nur recht sein.

Nachdem er seine gereizte Stimmung unter Kontrolle gebracht hatte, begann Voss seinen Plan umzusetzen. Als erstes unterbrach er Bonners Gestöhne. „Wie wäre es, wenn du endlich aufhörst, zu jammern und wir uns darauf konzentrieren, eine Lösung für dein Problem zu finden?"

Im ersten Moment glaubte Bonner, sich verhört zu haben. Hatte der Kerl ihm wirklich gerade seine Hilfe angeboten? So ganz traute er dem Frieden nicht, wollte aber die Gelegenheit nicht abtun. „Ich überleg ja schon die ganze Zeit. Mir fällt aber nichts anderes ein, als die Sache abzublasen. Ich könnte ja sagen, dass ich krank geworden bin und das Treffen verschoben werden muss." Sein Gegenüber sah ihn nur mitleidig an und Bonner rechnete schon mit der nächsten Beleidigung. Als aber gar keine Reaktion erfolgte, wurde er unsicher. „Hast du eine bessere Idee?"

„Die habe ich tatsächlich. Sie ist so einfach wie genial und sie wird dir gefallen." Damit hatte er zumindest Bonners Neugier geweckt.

♦

Als der Perlenvorhang ein zweites Mal raschelte, geschah das nicht, weil Madame Zouza ihren Gast zum

Gehen auffordern wollte. Sie stellte ein Tablett mit zwei Teegläsern, einer Schale mit braunem Kandiszucker und zwei Löffeln auf den Tisch. „Ich finde, wir sollten unser Gespräch bei einem guten Kräutertee weiterführen." Sie verschwand erneut und kam mit einer bauchigen Kanne zurück, der ein überaus aromatischer Geruch entströmte. Trotz des verführerischen Duftes rümpfte Sandra die Nase. Seit ihrem letzten Ausflug mit der Bademantel-Gang ins buddhistische Meditationszentrum *Bodhi Vihara* hegte sie eine gewisse Abneigung gegenüber Tee, der ihr von Fremden kredenzt wurde. Das war möglicherweise etwas übertrieben, aber durchaus nachvollziehbar. Es geschah zwar eher selten, dass man zweimal hintereinander vergifteten Tee vorgesetzt bekam, etwas Vorsicht konnte aber sicher nicht schaden. „Was ist denn da alles drin?", fragte sie, als Madame Zouza einschenkte.

„Eine Spezialmischung von mir, bestehend aus Minze, Ringelblume, Zitronenmelisse und Eisenkraut. Den hat mein Untermieter in seinen Zeremonien auch verwendet." Das hätte sie vielleicht besser nicht erwähnen sollen. Es erinnerte Sandra sofort daran, dass man bei Marzena im Blut Drogen festgestellt hatte. Und sie war von einem Treffen des Esoterik-Zirkels gekommen, als sie überfallen wurde. Die Skepsis stand Sandra daher deutlich ins Gesicht geschrieben, als sie misstrauisch an ihrem Tee schnupperte und vor sich hinmurmelte: „Solange keine Pilze drin sind."

Madame Zouza musste lachen. „Pilze? Was denken Sie denn von mir? Ich bin eine seriöse Wahrsagerin und gehöre zur Zunft der grünen Hexen. Wir schaden den Menschen nicht."

„Dann ist es ja gut." Sandra hörte sich nicht sehr überzeugt an. Vielleicht versuchte es die Gastgeberin deshalb mit einem Scherz. Sie beugte sich zu Sandra über den Tisch und flüsterte: „Hasch ist auch keins drin. Das hab ich für die Kekse aufgebraucht und die sind leider schon alle." Um ihren Gast endgültig zu beruhigen, nahm Madame Zouza einen großen Schluck aus ihrem Glas. Der Geschmack schien sie nicht ganz zufriedenzustellen. Sie schnupperte dran und legte die Stirn in Falten, so als würde sie überlegen, welches Kräutlein sie vergessen haben könnte. Dann warf sie kurzerhand ein Stück Kandiszucker hinein, rührte um, trank erneut und ihre Miene hellte sich schlagartig auf. „Perfekt! Kosten Sie mal."

Bevor die Sache noch peinlicher wurde, trank Sandra nun auch beherzt von dem Gebräu. Was konnte schon passieren. Immerhin hatte die Frau ja auch von ihrem Tee getrunken. Er war wirklich köstlich, das musste Sandra zugeben und mit etwas Kandiszucker schmeckte er noch besser.

„Sie wollen mir also noch ein paar Fragen über ihre Freundin stellen?"

„Eigentlich möchte ich mit Ihnen über etwas anderes reden. Über das, was sich vor ein paar Wochen auf dem Parkplatz vor dem Hotel in Carolinensiel zugetragen hat."

„Ich habe keine Ahnung, wovon Sie da reden." Madame Zouzas Erwiderung klang durchaus glaubwürdig. Vielleicht war der Vorfall für sie nicht wichtig genug gewesen, um sich sofort daran zu erinnern. Sandra beschloss, etwas konkreter zu werden.

„Ich meine die Begegnung zwischen Herrn Bonner und einem Mann auf besagtem Parkplatz."

„Woher wissen Sie denn davon?"

„Ein Zeuge hat sich gemeldet und ausgesagt, dass die beiden Männer einen heftigen Streit führten."

„Ein Streit? Ich weiß nichts von einem Streit."

„Das ist merkwürdig, denn der Zeuge hat auch ausgesagt, dass Sie dazwischen gegangen sind."

„Die beiden hatten eine Meinungsverschiedenheit, mehr nicht. Sowas einen Streit zu nennen, ist eine maßlose Übertreibung." Genauso hatte Bonner es auch genannt, eine Meinungsverschiedenheit.

„Worum ging es denn bei der Meinungs-verschiedenheit?"

Madame Zouza schaute Sandra eindringlich an. „Ich wüsste nicht, was das mit dem Überfall auf Ihre Freundin zu tun hat."

„Das versuche ich ja gerade herauszufinden."

„Warum? Ich sehe da keinen Zusammenhang."

„Ich schon. Der Mann, mit dem sich Ihr Untermieter gestritten hat, war Gast auf einem seiner Treffen gewesen, genau wie meine Freundin. Der Mann ist tot, ertrunken im Watt. Und Marzena kämpft auf der Intensivstation immer noch um ihr Leben."

„Der Tote im Watt, das war er?" Madame Zouza hatte die Hände vors Gesicht geschlagen. Sie war ehrlich erschüttert.

„Das wussten Sie nicht? Darüber wurde doch bestimmt lang und breit berichtet."

„Ja schon, aber es wurde kein Name veröffentlicht. Da war immer nur von einem Urlauber die Rede."

So ganz konnte Sandra ihr die Unkenntnis noch nicht glauben. „Dass der Tote ein Niederländer war, wurde aber erwähnt. Hat Sie das nicht stutzig gemacht?" Das war ein Schuss ins Blaue. Sie hatte ein paar Berichte im Internet gelesen und wusste, dass die Herkunft des Toten nicht zurückgehalten worden war.

„Darauf habe ich nicht geachtet, Ehrlich! Ich beschäftige mich nicht mit unschönen Vorgängen. Es würde meine spirituellen Kräfte zu sehr belasten. Wissen Sie, wie anstrengend es ist, die negativen Schwingungen wieder loszuwerden? Ganz zu schweigen von der Zeit, die solche Reinigungszeremonien in Anspruch nehmen. Darum schaue ich keine Nachrichten und meide alles, was damit zusammenhängt."

Fürs Erste musste Sandra das aus Mangel an Gegenbeweisen so stehen lassen. Ihr Schweigen wurde von Madame Zouza jedoch als Misstrauen gedeutet. „Wenn Sie mir nicht glauben, fragen Sie doch Bonner. Der weiß, dass ich dem Mann nur das eine Mal begegnet bin. Und Bonner hat auch nie wieder mit mir über ihn geredet."

Sandra wusste nur zu gut, dass Bonner nichts dergleichen tun würde. Ihre einzige Quelle war und blieb die Wahrsagerin. „Das klingt, als hätte er zumindest einmal mit Ihnen über den Niederländer geredet."

„Ja, aber nur das eine Mal. Er hat versucht, eine Bagatelle daraus zu machen. Aber mir konnte er nichts vormachen. Der Streit hatte ihn zutiefst beunruhigt." Interessant. Auf einmal war es also doch ein Streit gewesen.

Der Tod des Niederländers musste für Madame Zouza ein Schock sein. Anders konnte Sandra sich ihre plötzliche Gesprächsbereitschaft nicht erklären. Das musste sie so gut wie möglich ausnutzen. Sie nahm die Teekanne und füllte die Teegläser auf. Nach einem kräftigen Schluck sagte sie: „Warum erzählen Sie mir nicht einfach, was damals auf dem Parkplatz abgelaufen ist."

◆

Bonner lauschte aufmerksam Voss' Vorschlag, der ihn aus seiner Misere retten sollte. „Okay. Also als erstes: Hier wird nichts abgeblasen oder verschoben. Sowas macht immer einen schlechten Eindruck und du weißt doch, wie wichtig es ist, einen guten und verlässlichen Eindruck zu machen. Zweitens: Natürlich kannst du das Treffen nicht in so einem Umfeld abhalten. Das heißt, entweder kriegst du dein Zeug zurück oder du brauchst eine andere Location."

Bis jetzt hatte Bonner nichts gehört, das wie ein Ausweg klang. „Das weiß ich alles selber. Zouza wird die Sachen aber garantiert nicht wieder rausrücken und was Vergleichbares kriege ich auf die Schnelle nicht, jedenfalls nicht ohne Kohle. Und mit einer anderen Location verhält es sich genauso. Das geht nicht von heute auf morgen und kostet. Ich habe aber weder Zeit noch Geld, wie du ja weißt."

Gut, dachte sein Gegenüber. Nun, da Bonner sich seiner vertrackten Situation bewusst war, sollte er offen für einen Vorschlag sein.

„Warum machst du deinen Ringelpiez nicht da, wo es nichts kostet? Ich meine am Strand. Näher an der Natur geht ja wohl nicht."

Bonners Begeisterung hielt sich in Grenzen, das war auch seiner Antwort zu entnehmen. „Eigentlich halte ich nichts von so exponierten Orten. Das lockt nur Schaulustige an, die dann am Rand stehen und sich lustig machen. Ich glaube nicht, dass das meinen Teilnehmern gefällt."

„Du darfst dich natürlich nicht mitten am Strand aufbauen. Ich dachte da eher an eine Stelle, die etwas abseits liegt."

„Und an was genau dachtest du."

Gott verdammt! Den Kerl muss man aber auch wirklich mit der Nase draufstoßen. „Wie wäre es bei den Salzwiesen? Da ist eine Beobachtungsplattform. Die kannst du gut nutzen."

Endlich ließ Bonner Interesse erkennen, indem er herumlief und laut nachdachte. „Ich brauche natürlich ein passendes Thema." Nach ein paar Runden durchs Zelt, hatte Bonner einen Plan. Er würde seinen Jüngern die Kraft des Wassers auf mentaler Ebene näherbringen. Wasser, eins der vier Elemente, die schon seit der Antike für spirituelle Handlungen genutzt wurden. Wasser war nicht nur fließend und weich. In der Esoterik symbolisierte es Intuition, Empathie und Gefühle. Bonner stolzierte durch das leere Zelt und warf sich immer wieder in Pose, während er seinen Gast mit seinen geistigen Ergüssen zutextete. „Das ist aber noch lange nicht alles, was man über das Wasser sagen kann. Ich werde seine besondere Kraft und Stärke anhand der Gezeiten darlegen. Wem es gelingt eine spirituelle

Verbindung zum Wasser aufzubauen, der wird sowohl Harmonie und Empathie für sich erlangen als auch Unnachgiebigkeit und Durchsetzungsvermögen. Oh, das ist gut! Nein, das ist sogar großartig. Damit kann ich mindestens drei Treffen füllen." Für seinen Besucher wurde diese Selbstbeweihräucherung langsam zur Qual. Er wollte endlich zur Sache kommen.

„Das kannst du dir alles noch ausdenken, wenn wir fertig sind. Jetzt müssen wir erst mal was anderes bereden."

♦

Im Sielkrug herrschte eine angenehm ruhige Atmosphäre. Billy und Grießler gefiel es dort auf den ersten Blick. Sie schauten umher und entdeckten Fiete in einer gemütlichen Sitzecke, aus welcher er ihnen fröhlich zuwinkte. Am Tisch saß noch eine weitere Person, eine Frau, doch es war nicht Svenja. Sandra leider auch nicht. Damit hatte sich die stille Hoffnung von Billy und Grießler nicht erfüllt. Fiete entschuldigte Svenja, die ein Anruf des Vaters ins Krankenhaus gerufen hatte. Das verstanden alle. Dann erfuhren sie von Fiete endlich, dass die junge Frau in seiner Begleitung Maaren hieß und nicht nur seine feste Freundin, sondern eben jene Maaren war, von der er ihnen auf der Wanderung durchs Watt erzählt hatte.

„Ich hoffe, es ist euch recht, dass ich Maaren mitgebracht habe. Sie wollte euch beide auch noch kennenlernen." Die Formulierung ließ Grießler aufhorchen, doch er kam nicht dazu, nachzufragen. Maaren kam ihm zuvor und ihre Frage schlug bei ihm ein wie eine Bombe.

„Wo ist denn Sandra? Sie wollte doch auch herkommen."

Billy hatte eins und eins noch nicht zusammengezählt, deshalb fragte sie: „Woher kennst du denn Sandra?" Maarens Antwort bestand nur aus einem irritierten Gesichtsausdruck und Grießler übernahm es, seine Frau aufzuklären. „Weil Sandra sich heute schon mit ihr getroffen hat, Schatz."

DREIßIG

Die Geschichte, die Madame Zouza zu erzählen hatte, entpuppte sich zunächst als eine herbe Enttäuschung. Sie und Bonner waren an besagtem Tag unterwegs gewesen, um Flyer auszulegen, unter anderem auch im Hotel. Da Bonner ja kein Auto besaß, hatte sie sich bereiterklärt, ihn zu fahren. Das Verteilen war sein Part, sie blieb im Auto sitzen.

„Bonner war gerade dabei, über den Parkplatz zu laufen, als er von einem Mann aufgehalten wurde. Im Nachhinein würde ich sagen, der Mann hat ihn angerempelt. Bonner muss ihn anfangs für einen seiner Anhänger gehalten haben, denn er hielt ihm mit seinem Chlorodont-Lächeln einen Flyer entgegen. Bis dahin machte das alles einen ziemlich entspannten Eindruck. Erst als ich sah, wie der Mann Bonner die Flyer aus der Hand riss, sie auf den Boden warf und anfing, ihn zu attackieren, da wurde mir klar, dass etwas gewaltig schieflief."

„Was meinen Sie mit attackieren? Hat er ihn geschlagen?"

„Das nun gerade nicht. Aber er schubste ihn von sich weg und das ziemlich unsanft. Einmal wäre Bonner fast auf dem Arsch gelandet."

„Und da sind Sie dazwischengegangen."

„Noch nicht. Ich bin aber ausgestiegen. Ich dachte, wenn der Mann sieht, dass er mit Bonner nicht allein ist, hört er vielleicht auf. Und ich wollte nicht, dass man im Hotel auf die Streithähne aufmerksam wird."

„Hat's geholfen?"

„Im Gegenteil. Bis dahin hatte Bonner sich eigentlich zurückgehalten und den Mann nur abgewehrt. Als ich ausgestiegen war, änderte sich das schlagartig. Fast so, als würde er nicht wollen, dass ich mitbekomme, worum es bei dem Streit geht." Sie schnaufte verächtlich. „Ph! Als ob mich das interessiert hätte. Außerdem redeten die beiden auf Niederländisch miteinander. Das klingt zwar ein bisschen wie Plattdeutsch, aber ich spreche weder das eine, noch das andere. Ich konnte also fast nichts verstehen."

„Fast nichts heißt aber nicht gar nichts."

„Um zu verstehen, dass der Mann Bonner beschimpfte, dafür musste ich kein Niederländisch sprechen können. Dafür reichte es, seine Mimik und Gestik zu sehen."

„Wissen Sie denn nun, worum es ging oder nicht?"

„Nicht genau. Der Mann sagte ein paar Mal das Wort *Bedrieger*. Klingt für mich wie *Betrüger*, oder?" Sandra nickte und ließ Madame Zouza weiterreden. „Außerdem hat er mehrmals Geld und *Politie* gesagt. Ziemlich eindeutig, wenn Sie mich fragen. Den Rest kann man sich denken."

So sehr Sandra es sich auch wünschte, das allein reichte nicht aus, um aus Vermutungen Beweise werden zu lassen. Zumal der Niederländer die Wahrheit über den Streit mit in sein nasses Grab genommen hatte. Ihn konnte sie nicht mehr danach fragen. Hoffentlich wusste Madame Zouza noch mehr.

„Haben Sie Bonner nach dem Streit denn nicht gefragt, was der Mann von ihm wollte?"

Madame Zouza winkte ab. „Der hat nur gemeint, es wäre eine Verwechslung gewesen."

„Haben Sie ihm das geglaubt?"

„Nicht eine Sekunde. Der wütende Mann hat genau gewusst, wen er da vor sich hatte. Wenn ich nicht dazwischengegangen wäre, dann hätte das böse enden können."

„Vielleicht ist es das ja auch?"

„Wie bitte?"

„Ich meine: Vielleicht endete es ja auch böse, für den Niederländer."

„Glauben Sie etwa, Bonner hat was mit dem Tod von dem Niederländer zu tun? Das ist doch Blödsinn! Er kann manchmal ein arrogantes Arschloch sein, aber ein Mörder? Auf keinen Fall."

„Sie glauben doch auch nicht, dass es nur eine Verwechselung war. Was, wenn der Niederländer etwas über Bonner wusste? Etwas, von dem er nicht wollte, dass es bekannt wird? Dann hätte er doch allen Grund gehabt, dem Niederländer was anzutun."

Was Sandra da aussprach, war so ungeheuerlich, dass Madame Zouza fast die Luft wegblieb. Sie versuchte den Gedanken mit allen Konsequenzen, die sich daraus ergaben, zu erfassen. Es gelang ihr nicht.

„Sie irren sich bestimmt. Ich weiß, dass der Mann kurz danach zu einem von Bonners Treffen kam. Weshalb sollte er das tun, wenn er Bonner für einen Betrüger hielt. Es wäre doch viel logischer, wenn er sofort zur Polizei gegangen wäre, um Bonner anzuzeigen. Hat er aber nicht gemacht. Stattdessen kam er hierher. Das ergibt doch keinen Sinn."

Das tat es wirklich nicht, musste Sandra enttäuscht zugeben. Was sie noch mehr wurmte, war, dass sie einfach keine Gegenargumente mehr fand. Sie hatte plötzlich das Gefühl, nicht mehr durchzublicken. Vielleicht fehlte ihr aber auch nur etwas frische Luft.

„Vielleicht kam er her, um den Streit fortzusetzen?"

„Ich glaube nicht. Das wäre ihm auch nicht gut bekommen. Bonner hat bei diesen Treffen immer seinen Anwaltsfreund dabei. Er hat mir mal gesagt, dadurch käme keiner auf die Idee, ihn zu verklagen." Madame Zouza kicherte leise vor sich hin, als würde sie die Vorstellung davon amüsieren.

„Das ist ja praktisch. Der Anwalt im Haus erspart ..." *Ja was eigentlich? Ging das nicht anders?* Sandra kam nicht weiter. Sie hing irgendwie fest, genau wie die Worte, die ihr nur mühsam über die Lippen kamen. Dafür spürte sie einen unstillbaren Drang, in das Kichern von Madame Zouza miteinzustimmen. Merkwürdige Gedanken purzelten durch ihren Kopf.

Ein Esoteriker, ein Anwalt und ein Niederländer treffen sich in einem Zelt.

Klang wie der Anfang eines Witzes. Nur die Pointe fehlte. Sandra schüttelte den Kopf. Es wollte ihr einfach keine Pointe einfallen. Das lag bestimmt an den vielen Räucherstäbchen. Davon war ihr Hals ganz trocken geworden. Etwas Tee wäre nicht schlecht. Sie trank das Glas aus, aber es half nicht. Sie brauchte wirklich dringend frische Luft. Vielleicht konnte Madame Zouza ein Fenster öffnen. Allein diese simple Bitte zu formulieren, fiel ihr unglaublich schwer. Die Worte wollten ihr einfach nicht über die Lippen kommen. Hatte sie überhaupt etwas gesagt oder glaubte sie nur, etwas gesagt zu haben? Madame Zouza machte jedenfalls keine Anstalten, Sandras Wunsch zu erfüllen. Sie starrte apathisch in ihr leeres Glas, murmelte unverständliches Zeug und schien mit ihren Gedanken meilenweit weg zu sein.

Was ist hier los? Sandra schaffte es gerade noch, die Antwort darauf in einen Gedanken zu packen.

Der Tee! Sie hat was in den Tee gemacht. Nicht schon wieder.

Wäre ihr Bewusstsein nicht schon so getrübt gewesen, sie hätte die Unsinnigkeit ihres Vorwurfs erkannt. Madame Zouza würde doch keinen Tee trinken, in den sie selber etwas mit derartiger Wirkung hineingetan hatte. Diese Erkenntnis erreichte Sandras Bewusstsein aber nicht mehr. Zuerst sank ihr Kopf auf die Brust, dann zog die Schwerkraft ihren ganzen Körper nach unten. Von keiner Armlehne gehalten, rutschte sie auf den Boden, wo sie auf der Seite zum Liegen kam. Von Madame Zouza war leider keine Hilfe zu erwarten. Die lag mit dem Oberkörper auf dem Tisch und schnarchte leise.

♠

Bonner wusste was jetzt kam und er hatte keinen Bock drauf. In letzter Zeit war es häufiger zum Streit zwischen ihm und Voss gekommen, als das bei einem streitsüchtigen Ehepaar der Fall war. Und immer ging's ums liebe Geld. Er hatte das so satt, sich ständig dieselben Vorhaltungen anhören zu müssen. Völlig zu Unrecht, wie er fand.

„Du machst dir Sorgen, das verstehe ich", versuchte er, den neuerlichen Vorwürfen aus dem Weg zu gehen. „Aber das musst du nicht. Ich krieg das hin." Er war absolut überzeugt von dem, was er sagte, Voss war es nicht.

„Dein Optimismus in allen Ehren, du vertröstest mich aber jetzt schon eine ganze Weile. So langsam verliere ich die Geduld."

„Ich brauch höchstens noch zwei oder drei Treffen, dann sind sie soweit."

Genau das hatte Voss befürchtet. Drei Treffen? Das hatte Bonner schon vor Wochen behauptet. Es stand also zu befürchten, dass dies wieder nur eine mehr als optimistische Schätzung war. Der Mistkerl hielt ihn hin und die Zeit wurde knapp. Lange konnte es nicht mehr dauern und die Polizei würde Bonner auf dem Schirm haben. Kein Wunder, die Spuren deuteten ja auch auf ihn. Früher oder später würden sie ihn einkassieren. Zu dem Zeitpunkt musste er längst weg sein. Das war zwar nicht der ursprüngliche Plan gewesen, doch nach allem was passiert war, blieb ihm keine andere Wahl mehr. Wenn sich die Sache wenigstens finanziell gelohnt hätte, doch der erhoffte Geldsegen war ausgeblieben. Letztendlich konnte er die Sache nur noch als Misserfolg verbuchen. Das alles schoss ihm durch den Kopf, während er Bonners Beteuerungen lauschte. Es wurde Zeit, die Zelte abzubrechen oder vielmehr das Zelt. Dann mal los!

„Da wäre noch was", setzte er an. „Ich soll dir von der Suse was ausrichten. Sie will, dass du von ihrem Grundstück verschwindest, samt deinem Vogel und wenn's geht vorgestern."

„Waaas? Spinnt die? Erst klaut sie meine Sachen und dann setzt sie mich vor die Tür?"

„Es sind ihre Sachen, also streng genommen hat sie nicht geklaut. Und es ist ihr Grundstück, was ihr das Recht gibt, dich rauszuschmeißen. Wenn du einen Untermietvertrag hättest und regelmäßig deine Miete bezahlen würdest, ginge das nicht so einfach. Aber so, ohne was Schriftliches? Da sind die Karten eindeutig gegen dich."

„Lass dein Juristen-Gelaber. Sag mir lieber, wo ich jetzt hinsoll. Ich werde auf keinen Fall mein Zelt und meinen Wohnwagen hierlassen."

„Du scheinst echt Probleme mit der Bedeutung von mein und dein zu haben. Der Wohnwagen gehört mir und das Zelt habe auch ich bezahlt. Schon vergessen?"

„Ist ja schon gut. Dann sag mir, wo ich deine Sachen aufstellen soll. Auf einem Campingplatz oder vor dem Supermarkt?"

Voss tat so, als würde er überlegen. In Wirklichkeit wusste er genau, was er sagen wollte. „Fürs Erste bringe ich alles in meiner Scheune unter und dann überlegen wir uns in aller Ruhe eine andere Lösung. Hauptsache, du kommst hier erst mal vom Grundstück, weg von dieser Gewitterziege. Du baust jetzt das Zelt ab und machst den Wohnwagen transportbereit. Dann fährst du alles zur Scheune. Ich lass dir meinen Wagen hier. Wenn du damit fertig bist, kannst du deine Anhänger über den neuen Treffpunkt bei den Salzwiesen informieren."

Bonner schaute ziemlich bedeppert aus der Wäsche. Hauptsächlich, weil er eine Menge Arbeit auf sich zukommen sah. Arbeit war etwas, womit er sich nur schwer anfreunden konnte. „Soll ich das etwa alles allein machen?"

„Ist deine Party, nicht meine. Offiziell bin ich nur ein Anhänger des Esoterik-Zirkels von *Videntis, dem Seher.* Dabei wollen wir es auch belassen."

„Und was machst du?"

„So wie sich die Dinge entwickelt haben, muss ich einiges umdisponieren. Und jetzt fang endlich an, damit du heute noch fertig wirst. Es wird schon dunkel und ich weiß doch, wie ungern du nachts fährst. Sei bloß vorsichtig mit dem Wagen. Den brauche ich noch." Ohne auf Bonners Zustimmung zu warten, verließ Voss das Zelt. Auf dem Weg zur Straße schnappte er sich noch schnell Bonners Fahrrad. Der würde es ja nicht mehr brauchen. Sein Blick ging zum Haus der Wahrsagerin. Aus keinem der Fenster drang Licht nach draußen. Jedem anderen Beobachter wäre dies vielleicht seltsam vorgekommen, ihm nicht.

Bei einem der wenigen Treffen, bei dem sie dabei gewesen war, hatte sie einer Frau von ihrem abendlichen Ritual erzählt, das ihr beim Einschlafen helfen würde, eine große Tasse Kräutertee. Diesem Ritual war Madame Zouza heute Abend treu geblieben und prompt von einer unwiderstehlichen Müdigkeit übermannt worden. Wie schön.

Voss lächelte. Er war froh, dass seine kleine Manipulation so schnell Wirkung gezeigt hatte. Nun war nicht zu befürchten, dass Madame Zouza zufällig Zeugin von Bonners Abreise wurde. Möglicherweise ließ sich aus dieser Aktion noch zusätzlich Kapital schlagen. Darüber sollte er noch mal in Ruhe nachdenken. Fürs erste aber musste er die Sache mit Bonner erledigen. Er stieg aufs Rad und fuhr los. Eile war nicht geboten. Bonner würde bestimmt mehr als eine Stunde brauchen, ehe er an der Scheune ankam. Und dort würde er auf ihn warten.

♠

Die Stimmung im *Sielkrug* konnte man gut als ausgelassen bezeichnen, mit einer Ausnahme. Am Tisch, vor dem Grießler stand, herrschte betretenes Schweigen. Er war nicht wütend auf Sandra, ja nicht mal verärgert. Über dieses Stadium war er längst hinaus. Sie war erwachsen und somit für ihr Handeln selber verantwortlich. Er war also nicht für sie verantwortlich. Allerdings musste er zugeben, dass es ihm immer schwerer fiel, seine Enttäuschung nicht zu zeigen. Er war nicht enttäuscht darüber, dass sie wieder eigenmächtig losgezogen war. Das war keine spontane Aktion gewesen. Sie musste es schon während der Wattwanderung geplant haben und er hatte es nicht gemerkt. Auch das war nicht der Grund für seine Unzufriedenheit, sondern, dass sie es nicht mal mehr für nötig hielt, sich zu melden. Entweder hatte sie ihm inzwischen die Freundschaft gekündigt oder sie glaubte, er hätte es getan. Letzteres würde ihn nicht wundern. Er war wirklich ziemlich barsch zu ihr gewesen. Die andere Variante dagegen hielt er für ausgeschlossen. So nachtragend war Sandra nicht. Und sie war auch nicht so dämlich, zu glauben, er wäre so dämlich, sie nicht zu durchschauen. Mit einem schweren Seufzer ließ er sich in die Sitzecke fallen.

Auf den Gesichtern der anderen spiegelten sich die unterschiedlichsten Empfindungen wider. Billy sah aus, als wollte sie ihren Mann jeden Augenblick tröstend in den Arm nehmen. Fiete, der sich bewusst war, Sandras neueste Kapriole noch angefeuert zu haben, versuchte den Inhalt seines Glases zu hypnotisieren. Und Maaren? Sie war ehrlich erschrocken, als sie begriff, was sie gerade angerichtet hatte. „Das hätte ich wohl besser nicht sagen sollen", gab sie kleinlaut von sich.

„Ist schon gut", beruhigte Grießler sie. „Ich hab mir schon gedacht, dass Sandra keine Ruhe gibt. Nicht, solange wir hier sind. So ist sie nun mal." Dieser Satz bot Billy die Gelegenheit, ihre mütterliche Seite doch noch hervorzuholen.

„Und deshalb hätte auch keiner von uns sie daran hindern können. Sie ist ganz allein dafür verantwortlich, was mit ihr nun passiert."

Du meinst, wenn Kommissar Petersen das rauskriegt?" Die Frage kam von Fiete. Offensichtlich hatte sich die angespannte Beziehung zwischen Sandra und der örtlichen Polizei bis zu ihm schon rumgesprochen. Bestimmt kam diese Info auch aus einer seiner vielen Quellen.

„Entweder das", entgegnete Grießler, „oder was anderes. Irgendein Fettnäpfchen wird sie schon treffen. Da bin ich ganz sicher. Über eines muss man sich bei Sandra keine Sorgen machen, dass sie sich mal nicht in Schwierigkeiten bringt."

„Und was machen wir jetzt?" Fiete schaute Grießler besorgt an. „Wollen wir sie suchen gehen?"

„Nicht mit hungrigem Magen", knurrte Grießler. „Lasst uns endlich bestellen. Wenn ich was gegessen habe, können wir gern noch mal darüber reden."

EINUNDDREISSIG

Voss war auf dem Weg zur Scheune. Das Gestrampel an der frischen Luft tat ihm erstaunlich gut. Sein Kopf wurde klar und ein Plan nahm Gestalt an. Er musste die geschäftliche Beziehung zu Bonner beenden und zwar schnellstens. Aus der Quelle würde kein Geld fließen. Die Zahlen, mit denen Bonner ihn geködert hatte, waren seiner Phantasie entsprungen, wie er inzwischen wusste. Daran würden auch zehn weitere Treffen nichts ändern. Außerdem stand zu befürchten, dass die Polizei Bonner schon bald in die Mangel nahm. Genau dazu durfte es aber nicht kommen und das hieß: Schadensbegrenzung war dringend angesagt.

Als erstes musste Bonner verschwinden. Der würde im Moment sicher nichts lieber tun, als genau das, doch seine Vorstellung davon entsprach gewiss nicht der von ihm. Sein Problem war: Wie konnte er Bonner verschwinden lassen, ohne dass man ihn damit in Verbindung brachte? Seine erste Idee war, es so aussehen zu lassen, als ob Bonner abgehauen war, ohne zu sagen wohin. Er wusste von wenigstens zwei Gelegenheiten, bei denen Bonner genau das gemacht hatte. Niemand würde sich also darüber wundern, wenn er es wieder tat. Es danach aussehen zu lassen, war einfach. Den Anfang hatte er schon mal gemacht, indem er Bonner mit dem Wohnwagen und dem Zelt in die Scheune gelockt hatte. So konnte er jederzeit behaupten, Bonner hätte ihm die Sachen zurückgebracht. Den Rest würden ein paar gezielt gestreute Gerüchte erledigen. Natürlich durfte Bonner anschließend, egal in welcher Verfassung, nie wieder auftauchen. Das zu arrangieren war tendenziell schon etwas problematischer. Seine berufliche Erfahrung als Anwalt hatte ihn eins gelehrt, nämlich, dass alles irgendwann rauskam. Viele seiner früheren Klienten könnten ein Lied davon singen. Sie alle waren irgendwann dem Irrtum erlegen, nicht erwischt zu werden. Doch sie wurden einfach immer erwischt und am Ende war es an ihm gewesen, die Karre wieder aus dem Dreck ziehen. Wieder und wieder und wieder. Das war so frustrierend. Und was hatte es ihm gebracht? Eine 60-Stunden-Woche und Herzprobleme. Nach dem zweiten Herzinfarkt hatte er die Nase gestrichen voll gehabt und sich aus der Strafverteidigung zurückgezogen.

Nach ein paar gescheiterten Versuchen, auf andere Art Geld zu verdienen, war ihm dann Bonner über den Weg gelaufen. Was er vorschlug, hörte sich vielversprechend an und so war Voss mit einer Investition ins Esoterik-Geschäft miteingestiegen. Moralische Skrupel empfand er nicht, wenn es darum ging, leichtgläubige Dummköpfe abzuzocken. Seiner Meinung nach hatte jeder Mensch das Recht, so dämlich zu sein, wie er wollte. Und das gab Menschen wie ihm wiederum das Recht, ihre Dämlichkeit auszunutzen. Leider hatte sich nun gezeigt, dass Bonner genau das mit ihm auch getan hatte und das ging gar nicht. Wenn er daran dachte, wie weit er sich für dieses Arschloch aus dem Fenster gelehnt hatte. Unglaublich, dass er selber so blöd gewesen war. Der Mistkerl hatte ihm nicht nur Geld aus dem Kreuz geleiert. Er hatte ihn so eingelullt, dass er sogar bereit gewesen war, seine Probleme aus der Welt zu schaffen. Doch damit war Schluss. Bonner hatte sich den Falschen ausgesucht. Dafür würde er büßen.

Wie geplant, kam er lange vor Bonner an der Scheune an. Sie lag weit ab vom Schuss. Kilometerweit gab es weder Häuser noch Straßen. Dorthin kam man nur über einen breiten Feldweg, der zum Glück gerade nicht aufgeweicht war. Durch die Nähe zum Wasser, kam das leider häufiger vor.

In der Scheune gab es für ihn nicht viel zu tun. Nach ein paar Minuten war er mit den Vorbereitungen zu Bonners Empfang fertig. Die letzten Handgriffe würde er erledigen, sobald Bonner in der Scheune eingetroffen war. Jetzt musste er nur noch das große Tor öffnen. Dann hieß es warten.

♣

Das Scheunentor stand weit offen, als Bonner sich näherte. Hier hatte der Wohnwagen gestanden, bevor er ihn abgeholt hatte. Platz genug war also für das Gefährt. Er musste die Karre nur noch hineinbugsieren. Ohne Hilfe war das nicht ganz einfach. Inzwischen war es stockdunkel. Zwei Lampen erleuchteten die Scheune nur spärlich. Eine hing außen über dem Tor und eine im Inneren. Von seinem Anwaltsfreund war jedoch weit und breit nichts zu sehen. Obwohl, ihn so zu nennen, war maßlos übertrieben. Peter Voss war kein Freund, er war auch nicht sein Anwalt. Von Anfang an hatte er es ausgeschlossen, für ihn jemals juristisch tätig zu sein. Das würde einen Gewissenskonflikt darstellen, da sie ja Geschäftspartner waren. Bullshit! Voss war in Wirklichkeit nur darauf aus, seine eigenen Interessen zu vertreten. Bonner wusste das. Er hatte ihn lediglich in dem Glauben gelassen, ihn nicht durchschaut zu haben. Damit musste Schluss sein, ein für alle Mal. Er musste sich darauf konzentrieren, einen Weg aus dem Schlamassel zu finden, möglichst unbeschadet. Keine einfache Sache. Dafür brauchte er Zeit und die hatte er nicht. So wie Voss sich ihm gegenüber gebärdet hatte, sollte er lieber heute als morgen verschwinden.

Ohne einen Einweiser musste Bonner immer wieder vor- und zurücksetzen, ehe er den Wohnwagen endlich dort hatte, wo er ihn haben wollte. Das Auto parkte er vor der Scheune ab. Er brauchte den Wohnwagen nicht mehr und das war gut so. Mit der Zeit war er ihm immer mehr wie ein Klotz am Bein vorgekommen. Jetzt, als er den Wagen abhängte, fühlte er, wie eine Last von ihm abfiel. Er war frei. Konnte gehen, wohin er wollte. Genau. Wenn er jetzt ging, wer sollte ihn aufhalten? Voss würde es vermutlich schaffen, aber er war ja nicht da.

Um seine Anhänger machte er sich die geringsten Sorgen. Was die von seiner überstürzten Abreise hielten, war ihm völlig egal. Okay, ihre Spenden würden ihm fehlen. Aber er hatte er sich in den letzten Monaten schon ein schönes finanzielles Polster zugelegt. Sehr hilfreich für einen Neuanfang. Er musste es nur aus dem Versteck holen. Das war schnell erledigt. Das Geld und seine wichtigsten Papiere lagen in einem Hohlraum unter der Nasszelle, zwischen den Leitungen. Beim Leeren des Verstecks gab er sich nicht so viel Mühe, wie beim Anlegen. Wenn Voss die Spuren der Zerstörung entdeckte, würde er schon weit weg sein. Vorausgesetzt, er machte sich schnellstens vom Acker. Er wusste, die Zeit saß ihm im Nacken. Trotzdem gestattete er sich, einen kurzen Blick auf sein *Erspartes* zu werfen. Er konnte einfach nicht anders. Es juckte ihn in den Fingern, die Bündel aufzureißen und das Geld zu zählen. Doch dann siegte die Vernunft und er verschob den Kassensturz auf später. Schnell schob er die Papiere und das Geld in seinen Rucksack und packte die wenigen persönlichen Dinge, an denen ihm etwas lag, obenauf. Toilettenartikel und seine Klamotten kamen in eine zweite Tasche. Fertig. Erschreckend wenig, was man so mit sich nahm, wenn es schnell gehen musste. Was er sonst noch brauchte, würde er sich kaufen, dort, wo immer ihn sein Weg hinführte. In dem Punkt hatte er sich noch keine Gedanken gemacht.

Ohne das geringste Bedauern zu spüren, verließ er den Wohnwagen. Einen Moment hatte er erwogen, Voss eine Nachricht zu hinterlassen, ihm die Abreise zu erklären. Er tat es nicht. Wozu auch? Der würde es ja doch nicht verstehen. Und er wollte keine Sekunde mehr als nötig hier bleiben. Seine ganze Kraft galt jetzt dem Neuanfang. Dass er es schaffen würde, stand außer Zweifel. Nicht zum ersten Mal brach er alle Brücken hinter sich ab. Er kriegte es auch dieses Mal hin.

♣

Hinter einem Stapel alter Bretter versteckt, beobachtete Voss, wie Bonner den Wohnwagen in die Scheune bugsierte. Sogar dazu war er zu dämlich. Seine Wut auf den Kerl wuchs mit jeder Sekunde. Bonner fuhr das Auto wieder nach draußen und lief sofort wieder in die Scheune. Nach ein paar Minuten hatte Voss genug von der Warterei. Wozu das Ganze noch künstlich hinauszögern. Wahrscheinlich saß Bonner gemütlich im Wohnwagen und wartete auf ihn. Missmutig stieß Voss sich von der Bretterwand ab und schlenderte zum Tor. Er war nur noch wenige Meter vom Wohnwagen entfernt, als er es scheppern hörte. Was machte der Kerl mit seinem Wohnwagen? Wehe, wenn er den demolierte. Eine plötzliche Eingebung ließ ihn durch ein Fenster ins Innere sehen. Bonner kniete halb in der Nasszelle und hantierte mit Werkzeug. Was hatte das zu bedeuten? Ganz sicher nicht, dass er etwas reparierte.

Als Bonner sich erhob, gab er gleichzeitig den Blick frei auf die Bescherung, die er angerichtet hatte. Voss konnte es nicht fassen. Der Drecksack hatte doch tatsächlich den Boden der Nasszelle aufgerissen. Wutentbrannt wollte er zur Tür stürzen und Bonner zur Rede stellen, als er in dessen Hand etwas entdeckte, dass sein Interesse weckte. Ein rechteckiges Bündel, von der Größe eines Schuhkartons, verpackt in eine Einkaufstüte und mit Klebeband umwickelt. Der verstohlene Blick, mit dem Bonner sich umsah, verriet ihn. Es war offensichtlich, dass er das Bündel versteckt hatte. Vor wem, war Voss sofort klar. Vor ihm. Die Frage war, was befand sich in dem Bündel. Er hätte raten können, musste es aber nicht, denn Bonner riss die Tüte auf. Zum Vorschein kamen mehrere Geldbündel, fein säuberlich in Frischhaltefolie gewickelt. Der Farbe des Geldes nach zu urteilen, waren es hauptsächlich Hunderter und Zweihunderter. Voss schätzte, dass da mindestens ein fünf- wenn nicht sogar ein sechsstelliger Betrag vor Bonner auf dem Tisch lag. So ein Mistkerl! Aber was hatte er denn erwartet? Einmal Betrüger, immer Betrüger.

Inzwischen war Voss klar geworden, was da gerade ablief. Bonner hatte ihm nicht nur das Geld unterschlagen, er wollte auch noch damit abhauen. Da hatte er sich aber geschnitten. Sein Plan war nicht Voss' Plan. Bonner wusste es noch nicht, doch Voss würde ihm eine Lektion erteilen, seine letzte. Und sie lautete: Jens Voss betrog man nicht. Leise zog Voss sich vom Fenster zurück. Wenn Bonner herauskam, erwartete ihn eine kleine Überraschung. Es dauerte nur eine Minute und alles war bereit. Nichts konnte schiefgehen. Hier war er auf seinem Terrain. Bonner würde diese Scheune nicht mehr verlassen.

♣

Ein letztes Mal schloss Bonner die Tür des Wohnwagens hinter sich, drehte sich um und stockte. Er war sich sicher, dass er das Scheunentor offengelassen hatte. Jetzt war es zu. Vielleicht war es vom Wind zugedrückt worden. Das machte aber nichts. Ihm reichte ein kleiner Spalt, um hinauszukommen. Er wollte einen Flügel nach außen schieben, doch der bewegte sich nicht. Wider besseren Wissens versuchte er es mit dem anderen Flügel, das Ergebnis war das Gleiche. Das Tor war eindeutig geschlossen worden. Der Wind hatte den Riegel bestimmt nicht vorgeschoben und der hatte ganz sicher auch kein Vorhängeschloss angebracht. All das konnte nur eins bedeuten: Es war noch jemand in der Scheune. Bonner wusste auch wer, Voss.

Verdammtes Arschloch! Jetzt hieß es Ruhe bewahren. Er stellte Tasche und Rucksack ab und drehte sich um. Die Lampe an der Decke erleuchtete gerade mal die Mitte des Raumes. Alles, was sich im Bereich der Bretterwände befand, lag im Dunkeln. Irgendwo dort musste Voss stehen und ihn beobachten.

„Voss! Was soll das? Das ist nicht witzig." Bonner lauschte angespannt in die Dunkelheit. Nicht das kleinste Geräusch war zu hören, nur Stille ringsum. Er ging zurück, ins Licht, in der Hoffnung, Voss würde sein dummes Katz-und-Maus-Spiel aufgeben. Als plötzlich das Licht ausging, wurde es Bonner zu albern.

„Bist du für solche Scherze nicht ein bisschen zu alt?" Keine Antwort. Dann eben nicht. „Jetzt hab ich aber genug von dem Mist. Dann breche ich die scheiß Tür eben auf. Heul aber nachher nicht rum, weil sie kaputt ist."

Bonner wollte zum Wohnwagen. Da drin würde er eine Taschenlampe und eine Werkzeugkiste finden. Mehr brauchte er nicht. Die Arme nach vorn ausgestreckt tastete er sich langsam durch die Dunkelheit. Nach nur wenigen Metern spürte er einen leichten Hauch in seinem Nacken, so als wäre etwas an ihm vorbeigeflogen. Gab es hier Fledermäuse? Ganz langsam drehte er sich um und plötzlich streifte etwas sein Gesicht. Es fühlte sich rau an, kratzig. Was war das? Mit den Händen versuchte er danach zu greifen und da war etwas. Ein Seil. Das war vorhin noch nicht da. Und schon war es wieder weg. Das fühlte sich nicht mehr wie ein Scherz an.

Bonner war kein Held. Er bekam es schon in weit weniger bedrohlichen Situationen mit der Angst zu tun. Was jetzt in ihm aufstieg, war Panik. Nichts wie raus hier! Weg von dem Irren! Denn genau das schien Voss zu sein.

Bonner stürmte los, zurück zum Tor und direkt in sein Verderben hinein. Ein Kratzen an der Wange, ein leichter Ruck und er verlor den Boden unter den Füßen. Ein Seil hatte sich eng um seinen Hals gelegt. Es schnürte ihm die Luft ab und was als Schrei geplant war, wurde zu einem erbärmlichen Krächzen. Vergeblich versuchte er mit seinen Fingern die Schlinge um seinen Hals zu lockern. Er strampelte, doch die Füße traten nichts als Luft. Das aber brachte seinen Körper ins Schaukeln, wodurch sich die Schlinge noch fester zusammenzog. Aus dem Krächzen wurde ein Gurgeln. Bonner kämpfte verzweifelt gegen die Atemnot und die drohende Bewusstlosigkeit an. Doch vergebens. Seine Kraft hätte wahrscheinlich gereicht, um den Todeskampf noch einige Minuten dauern zu lassen. Dieses grausame Schicksal blieb ihm jedoch erspart. Zwei Arme schlangen sich um Bonners zappelnde Füße und zogen den Körper mit ganzer Kraft nach unten. Dem Gewicht von zwei Körpern konnte das Genick nicht standhalten. Mit einem grässlichen Knacken brach es und alles war vorbei.

♣

Voss hatte es sichtlich genossen, Bonner zu beobachten. Sein vergeblicher Versuch, aus der Scheune zu kommen, sein ängstlicher Blick, die Panik in seiner Stimme, all das hatte ihn regelrecht in Hochstimmung versetzt. Die letzten Momente hatte er zwar nur noch schemenhaft wahrnehmen können, weil er das Licht gelöscht hatte, aber es reichte, um Bonner die Schlinge über den Kopf zu werfen und ihn in die Höhe zu ziehen. Wer hätte gedacht, dass der alte Flaschenzug noch mal nützlich sein würde.

Voss schaltete die Deckenlampe wieder ein. Vor ihm schaukelte der tote Körper von Bonner hin und her.

„Das hast du wohl nicht vorhergesehen, was?" Kopfschüttelnd wandte er sich ab. Für solche Späßchen blieb keine Zeit. Ein paar Sachen musste er noch arrangieren, damit sein Plan aufging. Dazu gehörte die Leiter, die er unter die baumelnde Leiche legte. Sie reichte bis zum Deckenbalken, an dem der Flaschenzug angebracht war. Es sollte so aussehen, als ob Bonner sich selber erhängt hatte.

Bonners Sachen brachte er wieder in den Wohnwagen, damit nichts auf die beabsichtigte Flucht hinwies. Den Rucksack würde er mitnehmen. Um die Polizei nicht noch auf dumme Gedanken zu bringen, beseitigte er den Schaden, den Bonner in der Nasszelle angerichtet hatte, so gut es ging. Er würde eine Gummimatte darüberlegen.

Sowas hatte er zuhause. Dazu blieb morgen noch Zeit, wenn er herkam und den schrecklichen Fund machen würde.

Etwas blieb noch zu tun. Zu einem ordentlichen Suizid gehörte auch ein Abschiedsbrief. Er war kein Fälscher. Seine einzige Erfahrung im Kopieren von Handschriften bestand darin, einmal die Unterschrift seines Vaters unter eine verhauene Mathearbeit gesetzt zu haben. Ein Versuch, der kläglich gescheitert war und dessen Ahndung ihn von weiteren Versuchen abgehalten hatte. Zum Glück standen ihm heute andere Mittel zur Verfügung. Inzwischen konnten solche Schriftstücke elektronisch verfasst werden. Bonner besaß seines Wissens zwar keinen Laptop, aber ein Smartphone. Es war nicht passwortgesichert und so konnte er schnell eine kurze Nachricht in dessen WhatsApp-Status eingeben, die er aber nicht abschickte. Wenn die Kripo es in die Hände bekam, würden sie darauf lesen können:

Es ist alles meine Schuld. Ich habe sie getötet. Ich wollte das nicht. Mit dieser Schuld kann ich nicht leben.

So viel wie nötig und so wenig wie möglich. Auch bei Abschiedsbriefen galt: Weniger ist mehr. Dass man seine Spuren am Handy fand, würde sich leicht erklären lassen. Er konnte sagen, dass er es gefunden und vor Schreck in die Hand genommen hatte. Kein Problem.

Dass der Brief offenließ, wen Bonner getötet haben wollte, war ebenfalls Absicht. Sollte die Kripo ruhig ihre eigenen Schlüsse ziehen.

Er war fast fertig. Es gab nur noch eine Sache zu erledigen, ein letzter Todesfall. Tragisch und so sinnlos würde man sagen. Er sollte das Bild von Bonner, dem Mörder, komplett machen. Damit das gelang, musste er sich

346

sputen. Zeit war ein wichtiger Faktor. Todeszeitpunkte konnten zwar selten minutiös festgestellt werden, vor allem, wenn die Leiche nicht gleich gefunden wurde, doch er wollte es nicht drauf ankommen lassen. Leider war ihm dieser letzte Todesfall erst auf dem Weg hierher in den Sinn gekommen. Wäre er eher darauf gekommen, wäre ihm einiges erspart geblieben. Daran ließ sich nun nichts mehr ändern. Für die Manipulationen des Tatorts in der Scheune hatte er nur wenige Minuten gebraucht. Wenn er jetzt sofort losfuhr, konnte er es schaffen.

ZWEIUNDDREISSIG

Wenn es etwas Gutes an diesem Abend im Sielkrug gab, dann das Essen. Das war wirklich vorzüglich. Leider war dies nicht der Grund für die Schweigsamkeit am Tisch. Trotz der leckeren Fischplatte und einem traumhaften Dessert blieb die Stimmung die ganze Zeit über gedrückt. Obwohl Grießler den Blick stur auf seinen Teller richtete, entging ihm nicht, dass Billy ständig auf ihr Handy schaute und Maaren zur Tür. So, als würden sie glauben, Sandra herbeiwünschen zu können.

Die Teller waren kaum abgeräumt worden, als es Billy nicht mehr aushielt. „Langsam fange ich aber an, mir Sorgen zu machen." Sie warf ihrem Mann einen auffordernden Blick zu. „Du etwa nicht?"

Was sollte er darauf antworten? Die Wahrheit, dass er sich natürlich auch fragte, in welchen Schwierigkeiten

347

Sandra wieder steckte? Damit würde er nur etwas anstoßen, das den Abend möglicherweise ruinierte. Billy könnte am Ende auf die Idee kommen, doch noch auf die Suche nach der Verschollenen zu gehen. Das wollte er auf keinen Fall riskieren. Zumal es völlig sinnlos war, da sie nicht wussten, wohin Sandra nach dem Gespräch mit Maaren als nächstes gefahren war. Nicht auf Billys Frage zu reagieren, ging aber auch nicht. Also versuchte er es mit einem Kompromiss. „Ruf sie an! Frag sie, wo sie steckt und ob sie noch vorhat, herzukommen."

Billys erste Reaktion war ein gekränkter Blick. Dann erwiderte sie geknickt: „Das hab ich schon versucht. Sie geht nicht ran." Deshalb hatte Billy ihr Handy kaum aus der Hand gelegt.

„Dann weiß ich auch nicht", meinte er schulterzuckend. Natürlich war ihm klar, dass Billy sich damit nicht zufriedengeben würde. Also fasste er einen Entschluss. Wo der hinführen würde, war unklar. Vielleicht ins Leere, aber besser das, als weiter stumm rumsitzen und Trübsal zu blasen. Mit einem entschlossenen „Okay!", wandte er sich Maaren zu „Dann erzähl doch mal, worüber Sandra mit dir geredet hat. Was wollte sie von dir wissen?" Das allgemeine Aufatmen am Tisch zeigte Grießler, wie froh alle über seinen Vorstoß waren.

Genau wie zuvor Sandra interessierte auch er sich für alles, was Maaren über den Niederländer wusste, vor allem, was er unternommen hatte. Seine Fahrten auf die Inseln, seine Gespräche im Hotel und mit welchen Leuten er sich im Hotel getroffen hatte. Maaren ließ nichts aus und beantwortete auch Grießlers Nachfragen geduldig. So erfuhr Grießler alles, was Sandra auch wusste. Bis auf eine Kleinigkeit, die Maaren Sandra nicht erzählt hatte.

„Ich habe vorhin noch mal in der Anmeldung von Herrn de Jonge nachgesehen. Beim ersten Mal hat er seinen Beruf angegeben. Er war Immobilienmakler. Könnte das etwas mit dem Fall zu tun haben?"

Fiete mischte sich ein. „Vielleicht ist er deshalb auf die Inseln gefahren. Da stehen immer mal wieder ein paar Grundstücke zum Verkauf. Er könnte sich dafür interessiert haben."

Grießler nickte bedächtig. Es war zumindest ein Anhaltspunkt. Da der Tod des Niederländers aber inzwischen als Unfall eingestuft worden war, blieb es fraglich, ob sich Petersen für diese Info interessieren würde. Grießler tat es jedenfalls nicht. Er wollte ja klären, wo Sandra abgeblieben war und dass sie auf eine der Inseln gefahren war hielt er für ausgeschlossen. Seine Befürchtung, Maarens Bericht würde ihn nicht weiterbringen, schien sich zu bewahrheiten. Das galt sicher auch für die Geschichte über einen Streit auf dem Parkplatz, den sie beobachtet hatte. Auch wieder etwas, das nur den Niederländer betraf. Aus welchem Grund Sandra alles darüber hatte wissen wollen, erschloss sich Grießler nicht. Er bezweifelte nach wie vor, dass das etwas mit ihrem merkwürdigen Ausbleiben zu tun hatte. Er wollte schon das Gespräch beenden, als Maaren etwas erzählte, das ihn hellhörig machte.

Bei dem Streit hatte es offenbar noch einen Augenzeugen gegeben, der möglicherweise sogar ein Ohrenzeuge war, einen Gärtner. Nach dessen

Wohnanschrift hatte Sandra sich erkundigt. Grießler hoffte, endlich einen Anhaltspunkt bekommen zu haben, wohin Sandra nach dem Gespräch gefahren sein könnte. Maarens nächste Bemerkung ließ diese Hoffnung platzen.

„Ja, sie wollte mit ihm reden. Ich musste ihr aber leider sagen, dass der Mann letzte Woche gestorben ist. Ein Herzinfarkt." Damit war seine letzte Hoffnung geplatzt.

♥

Im Haus von Madame Zouza war es dunkel und totenstill. Noch immer lagen die Frauen in einer tiefen Bewusstlosigkeit und nichts deutete darauf hin, dass sich daran in nächster Zeit etwas ändern würde. Die ganze Szenerie war noch dieselbe. Bis auf die Räucherstäbchen, die inzwischen heruntergebrannt waren. Der schwere Duft hielt sich jedoch hartnäckig in der Luft. Nur ein sehr aufmerksamer Beobachter hätte bemerkt, dass sich Sandras Atemrhythmus zu verändern begann. So einen Beobachter gab es aber nicht, jedenfalls nicht im Moment.

Da war allerdings eine Gestalt, die draußen ums Haus schlich und einen nicht besonders vertrauenswürdigen Eindruck machte. Es war Voss. Er hatte den Wagen bis hinter das Haus gefahren. Dort war ja jetzt genug Platz. Niemand schien ihn bemerkt zu haben. Selbst wenn, machte er sich darüber keine Sorgen. Man würde ihn höchstens für Bonner halten und das käme ihm sehr entgegen. Trotzdem wollte er es nicht darauf ankommen lassen und bemühte sich, keine Geräusche zu machen.

Bevor er zur Hintertür ging, ließ er den Blick über die nun kahlen Stellen, wo kurz zuvor noch der Wohnwagen und das Zelt gestanden hatten. Jetzt war da nur noch plattgedrücktes Gras. Besonders gründlich war Bonner beim Aufräumen nicht gewesen, stellte Voss fest. Seinen Müll und allerlei Gerümpel hatte er einfach liegenlassen. Irgendwie passte diese Art, Adieu zu sagen, zu ihm.

Vorsichtig öffnete Voss die Hintertür einen Spalt breit. Wie erwartet, war sie genau wie die Vordertür nicht abgeschlossen. An diesem Abend hatte die Hausherrin keine Gelegenheit mehr gehabt, abzuschließen. Als Voss die Tür weiter öffnete, wurde die nächtliche Stille plötzlich durch ein Geräusch gestört. Es kam von einem Windspiel über der Tür. Sechs Glöckchen, an Schnüren hängend, waren so angebracht worden, dass sie jedes Öffnen der Tür mit metallischem Gebimmel anzeigten. Voss hielt den Atem an und erstarrte. Sollte wider Erwarten doch noch jemand im Haus wach sein, dann war es sicher nicht ungehört geblieben. Er würde vorsichtshalber ein paar Minuten abwarten, ehe er hineinging.

♥

„Dann ist der Gärtner also auch eine Sackgasse", sagte Grießler enttäuscht. Seine Resignation übertrug sich auf alle anderen, bis auf Maaren. Die sah das anscheinend anders.

„Das dachte ich auch erst, aber da könnte ich mich möglicherweise auch geirrt haben." Maaren sah verlegen in die Runde. „Es tut mir leid, dass ich nicht gleich daran gedacht habe. Es könnte sein, dass Sandra trotzdem zu der Adresse gefahren ist."

„Weshalb denn, wenn sie nicht mehr mit dem Gärtner reden konnte?"

„Weil ich ihr erzählt habe, dass der Gärtner die Frau, die sich bei dem Streit eingemischt hat, kannte. Sie wohnt wohl in derselben Straße wie er. Das hatte er mir erzählt und auch, dass der Mann, mit dem sie zusammen auf dem Parkplatz war, ihr Untermieter sein soll. Ich hab das natürlich auch eurer Freundin erzählt. Möglicherweise hat sie meine Meinung, dass in einer kleinen Straße nicht viele Frauen mit Untermieter wohnen können, geteilt und ist hingefahren, um die Frau zu suchen."

Da konnte wirklich was dran sein. Jetzt blieben noch zwei Fragen übrig. „Wie heißt denn die Straße?" Die Antwort darauf blieb Maaren zunächst schuldig, denn ihr Handy klingelte.

♥

Ein leises und unaufdringliches Klingeln tönte durch Sandras Traum. Sie flog mit ausgebreiteten Armen durch die Nacht, einfach so. Schwebte hoch über den Häusern und Straßen. Was für ein schönes Gefühl das war, so durch die Luft zu gleiten. Nur vor den kreuz und quer gespannten Kabeln musste sie sich in Acht nehmen. Sie flog entweder drüber weg oder untendrunter durch. Als sie doch eins der Kabel mit der Hand berührte, gab es dieses Klingeln von sich. Und plötzlich war ihr Flug zu Ende, genau wie ihr Traum. Sie wollte nicht aufwachen, wollte weiterfliegen, aber es ging nicht. Die Realität umklammerte sie und holte sie unaufhaltsam zurück. Und da war wieder das Klingeln. Aber sie hatte doch keins der Kabel berührt. Trotzdem hörte sie es und es wurde lauter. Sie erwachte und erste Gedanken nahmen Formen an.

Wo bin ich? Wer bin ich? Schmerzen? Nein. Atmen? Ja.
Sie genoss die Atemzüge und die Erkenntnis, am Leben zu sein. Instinktiv gab sie sich Befehle.

Los, aufwachen! Augen auf! Beweg dich! Das klappte nicht so gut wie das Atmen. Es ging besser, als sie sich auf einzelne Teile ihres Körpers konzentrierte. Erst ein Finger, dann eine Hand, ein Fuß, das Bein. Durch die zaghaften Bewegungen wurde ihr bewusst, dass sie auf einem harten Untergrund lag.

Keine Erde, kein Beton, kein Holz.
Wieso lag sie? Wieso konnte sie sich nicht richtig bewegen?

Oh mein Gott! Ein Schlaganfall! Ich brauche Hilfe!
Sie musste an ihr Handy rankommen, einen Notruf absetzen. Wenigstens konnte sie inzwischen wieder halbwegs klar denken.

Hilfe rufen! Schnell!
Das war einfacher gedacht als getan. Immer wieder drohte sie, wegzudriften. Jegliches Zeitgefühl war ihr abhandengekommen und so konnte sie nicht sagen, ob es Minuten oder Stunden gedauert hatte, bis sie ihr Telefon endlich in der Hand hielt. Sie spürte es zwischen ihren zittrigen Fingern. Und was nun? Sie konnte nichts sehen, weil sie die Augenlider nicht aufbekam. Und Tasten hatten die verdammten Smartphones auch nicht mehr. Alles was sie fand, war die Taste an der Seite, anschalten ging also. Einmal wischen und das Handy war betriebsbereit. Das war's aber auch. Stöhnend warf sie den Kopf hin und her. Es half nichts. Die Augen waren wie zugeklebt. Da war ein Stöhnen. Das kam nicht von ihr. War da noch jemand?

„Hallo" kam es krächzend über ihre Lippen. Ihr Mund war staubtrocken. Sandra spürte unbändigen Durst. Es war dieses Gefühl, das die Erinnerung plötzlich zurückbrachte.

Der Tee! Da war was im Tee.

Schon wieder vergifteter Tee. Kein Mensch würde ihr das glauben. Obwohl, vergiftet war er wohl nicht gewesen, sonst wäre sie sicher nicht wieder aufgewacht. Viel wahrscheinlicher war, dass man sie betäubt hatte. Aber wer? Madame Zouza nicht. Sie hatte doch selber davon getrunken und sie war es sicher auch gewesen, die gerade gestöhnt hatte. Sandra schob die Frage nach dem Verursacher beiseite. Im Moment war sie nur froh darüber, doch keinen Schlaganfall erlitten zu haben. Sie musste also keinen Notarzt rufen, sondern die Polizei. Oder doch lieber Grießler? Beides erschien ihr nicht sonderlich erfreulich, aber für eins musste sie sich entscheiden.

Im nächsten Augenblick begriff sie, dass sie schnell handeln musste. Da waren Schritte zu hören und sie näherten sich. Jemand lief durchs Haus. Sandra wusste instinktiv, dass dieser Jemand nicht in freundlicher Absicht kam. Ein Helfer hätte sich bemerkbar gemacht, durch Rufen oder indem er das Licht anmachte. Es gelang ihr, das rechte Auge ein wenig zu öffnen. Es war immer noch dunkel und gerufen hatte auch niemand. Wer immer sich noch im Haus befand, er führte gewiss nichts Gutes im Schilde. Im besten Fall war es nur ein Dieb, im schlimmsten Fall... Daran wollte sie nicht mal denken.

Sie hörte, dass der Eindringling inzwischen den Nebenraum betreten hatte. Gleich würde er hereinkommen. Mit aller Verzweiflung versuchte sie den Hilferuf abzusetzen. Es gelang ihr das Telefonsymbol zu erkennen und drückte darauf. Wo waren die verdammten Zahlen? Wieder Schritte. Sie kamen immer näher. Sandra wischte und drückte, als sie endlich Zahlen erkannte.

1-1-0. Im selben Augenblick hörte sie das Rascheln des Perlenvorhangs. Das war ihre letzte Gelegenheit. Sie legte ihren Finger dorthin, wo sie den grünen Hörer vermutete. Dann drehte sie das Handy schnell um, damit das helle Display sie nicht an die hereinkommende Person verriet. Und wenn es doch ein Helfer war? Für eine Sekunde spürte sie den unwiderstehlichen Drang, sich bemerkbar zu machen. Sie widerstand und das war gut so, wie sie gleich darauf feststellte. Die Stimme eines Mannes wurde plötzlich hörbar und was er leise flüsterte, machte alle Hoffnung auf Hilfe zunichte.

„Na was haben wir denn da? Zwei zum Preis für eine."

DREIUNDDREISSIG

Im Sielkrug machte Maaren ein ärgerliches Gesicht, als sie das Telefon wieder einsteckte. Der Anruf war kurz und unerfreulich gewesen. Fiete befürchtete ein abruptes Ende des gemeinsamen Abends. „Musst du arbeiten?", fragte er besorgt. Seiner Erfahrung nach bedeutete ein so später Anruf vom Hotel, dass Maaren in der Nachtschicht einspringen sollten.

„Nein, das nicht."

Damit war Fiete zufrieden. Er lächelte und drückte seiner Freundin einen Kuss auf die Wangen. „Na ein Glück auch."

Maaren sah nicht so glücklich aus. „Das war meine Kollegin. Heute Abend war ein Motto-Abend geplant. *1001 friesische Nacht* mit marokkanischem Buffet und Belly-Dance-Act. Chamandra ist aber nicht gekommen. Jetzt sind die Gäste natürlich enttäuscht."

„Warum ruft sie dich denn deswegen an? Das ist doch nicht deine Schuld."

„Die Idee mit dem Motto-Abend war von mir und ich habe Chamandra empfohlen. Hätte nie gedacht, dass sie mich so hängen lässt."

„Vielleicht ist sie krank geworden", gab Billy zu bedenken.

„Dann hätte sie wenigstens absagen können. Aber einfach nicht kommen, geht gar nicht. Da werde ich mir morgen ganz schön was anhören können. Netti wollte mich nur vorwarnen."

Grießler sah irgendwie verwirrt aus. „Was ist denn ein Belly-Dance-Act?"

„Bauchtanz, Schatz", klärte Billy ihn auf. „Hab ich auch mal gemacht, weißt du noch?"

„Das ist aber schon lange her. Bitte komm jetzt nicht auf die Idee, dich als Ersatz anzubieten, ja?" Etwas beleidigt darüber, wie wenig Vertrauen ihr Mann in ihre künstlerischen Fähigkeiten hatte, verzog Billy ihre Lippen zu einem Schmollmund. „Bist du aber liebenswürdig heute."

„Das habe ich doch nicht so gemeint. Ich dachte nur, weil wir doch eigentlich Sandra finden wollen."

„Ja, natürlich", stimmte Maaren ihm zu. „Die Sache mit Lena Krawczyk kläre ich allein. Sie ist ja nicht verschwunden." Damit wollte sie einen drohenden Streit der Grießlers abwenden. Das war aber nicht nötig, denn Billy war die kleinen Sticheleien ihres Mannes gewohnt und nahm sie ihm nicht übel. Außerdem war sie mit ihren Gedanken ganz woanders. „Sag mal, vermietet diese Lena Krawczyk auch Ferienwohnungen?"

„Ja, wieso fragst du?"

„Der Name steht auf dem Klingelschild an unserem Haus. Als wir von der Wattwanderung zurückkamen, standen da Urlauber vor dem Haus, die auf diese Lena gewartet haben."

Maaren und Fiete schauten sich etwas irritiert an. Es war ja nicht ungewöhnlich, dass Urlauber vor dem Quartier darauf warteten, dass der Vermieter den Schlüssel brachte. Als Billy die ganze Geschichte erzählt hatte, wurde aus Verwirrung allerdings Besorgnis.

Maaren schaute Fiete an und sagte: „Das ist echt nicht typisch für sie. Wenn sie das auch schon verpasst hat, dann muss sie aber ernsthaft krank sein. Ich werde sie mal anrufen." Sie stand auf und ging nach draußen.

♦

Der Eindringling beugte sich zu Sandra hinunter. „Das muss ja eine tolle Séance gewesen sein", murmelte er höhnisch feixend und stieß ihr seinen Finger unsanft in die Seite. Nur mit Mühe gelang es ihr, ein Stöhnen zu unterdrücken. Ihre innere Stimme riet ihr, den Mann in dem Glauben zu lassen, sie sei noch bewusstlos. Ganz überzeugt schien er davon noch nicht zu sein. Er leuchtete ihr mit seiner Handytaschenlampe ins Gesicht und hob einen ihrer Arme an, um ihn dann fallen zu lassen. Erst nach diesen Tests war er zufrieden und wandte sich ab. Wenigstens hatte sie sich nicht totstellen müssen. Ruhig zu bleiben war schon schwierig genug. Sie hätte es aber nie geschafft, die ganze Zeit auch den Atem anzuhalten.

Der Mann war zurück in den Nebenraum gegangen. Jetzt müsste sie eigentlich versuchen abzuhauen. Wäre sie schon im Vollbesitz ihrer geistigen und körperlichen Kräfte gewesen, sie hätte es getan. Selbst wenn das bedeutet hätte, die hilflose Madame Zouza zurückzulassen, Doch, was immer in dem Tee gewesen war, in ihrem Körper befand sich noch zu viel davon. Sie konnte kaum die Augen öffnen, geschweige denn, aufstehen und weglaufen. Das Einzige, was halbwegs funktionierte, war ihr Gehör. Zu hören war aber nicht viel. Es klang, als würde der Mann den Nebenraum durchsuchen. Sandra spürte Erleichterung. Er war vielleicht doch nur ein Dieb und das hieß, er würde wieder verschwinden, sobald er lohnende Beute gefunden hatte.

Doch er kam zurück. Sandra hörte es am Geräusch des Perlenvorhangs. Und da war noch etwas, ein feines Rascheln und wieder leises Stöhnen. Vielleicht ließ die Betäubung bei Madame Zouza auch langsam nach. Das wäre gut. Zu zweit hatten sie bestimmt eine größere Chance, den Einbrecher zu verscheuchen.

Sandra wusste es noch nicht, doch die nächsten Minuten würden die längsten in ihrem Leben werden und die schlimmsten noch dazu. Anfangs begriff sie nicht, was sich da nur zwei Meter entfernt von ihr abspielte. Es raschelte erneut, Füße scharrten auf dem Boden, ein Stuhl wurde verschoben, wieder Scharren und dann Kratzen. All diese Geräusche verhießen nichts Gutes, doch das Schlimmste kam noch. Sandra vernahm etwas, dass eindeutig war: unterdrücktes Schreien, Keuchen und heftiges Umsichschlagen. Da kämpfte jemand um sein Leben und das war sicher nicht der Einbrecher. Es waren die schrecklichsten Geräusche, die Sandra je gehört hatte. Entgegen jeder Vernunft, versuchte sie, all ihre Kraftreserven zu mobilisieren und sich aufzurichten. Zum Glück wurden die Geräusche, die sie dabei verursachte, durch den Lärm des Kampfes übertönt. Es gelang ihr, sich mit den Händen am Tisch hochzuziehen. Kaum hatte ihr Kopf sich über die Tischplatte geschoben, wünschte sie, sie hätte es nicht getan.

Der Anblick war zu furchtbar. Sie sah in die angstgeweiteten Augen der Wahrsagerin. Ihr Mund stand weit offen, nicht um zu schreien, sondern im Ringen nach Luft. Der Mann hatte ihren Kopf fest mit Folie umwickelt, wahrscheinlich mehrmals, denn obwohl ihre Finger sich mit aller Macht in die Folie krallten, gelang es ihr nicht, sie zu zerreißen. Sie war dabei zu ersticken.

Sandra hing wie gelähmt an der Tischkante. Sie war nicht mal in der Lage, zu schreien. Nichts als Krächzen kam aus ihrem Mund. Sie musste hilflos zusehen, wie das Leben aus Madame Zouza entwich. Ganz plötzlich erschlaffte sie und alles war vorbei.

„Zähes Luder!", hörte sie den Mann sagen. Im nächsten Moment kreuzten sich zum ersten Mal ihre Blicke. Sandra musste keine Hellseherin sein, um zu wissen, dass sie nun an die Reihe kommen würde. Es gab nichts, was sie dagegen tun konnte. Sie wollte nicht sterben. Nicht so! Nicht hier! Fliehen konnte sie nicht, aber sie konnte sich immer noch zur Wehr setzen. Genau dafür hatte sie ein spezielles Training absolviert, in dem ihr eine taffe Frau gezeigt hatte, wie sie einen Angreifer auch ohne Waffen abwehren konnte. Allerdings war sie sich nicht sicher, ob nur abzuwehren in diesem Fall reichen würde. Ihr blieb keine Zeit, darüber nachzudenken. Während sie noch versuchte, auf die Beine zu kommen, war der Mann schon um den Tisch gelaufen. Er packte sie derb an den Haaren und riss ihren Kopf nach hinten. „Du hättest besser nicht aufwachen sollen, Prinzessin." Seine Stimme war dicht neben ihrem Ohr. Das war ihre Chance, vielleicht die einzige.

Bloß nicht zimperlich sein, Sandra, hörte sie die Stimme ihrer Trainerin. *Wenn du versagst, wirst du verlieren.*

Mit ganzer Kraft stieß sie zwei ausgestreckte Finger dorthin, wo sie seine Augen vermutete. Die Reaktion kam prompt und war heftig. Er schrie, doch nicht vor Schmerz, sondern vor Wut. Ihr Stoß hatte seine Augen knapp verfehlt. Doch mit ihrer überraschend hinterhältigen Gegenwehr hatte sie ihm verraten, dass sie nicht halb so hilflos war wie er vermutete. Er beschloss kein Risiko mehr einzugehen und schlug ihren Kopf auf die Tischplatte. Sandra war ausgeknockt, sackte zusammen und hörte nicht einmal mehr, wie der Mann ihr zuflüsterte: „Schlaf weiter, Dornröschen."

♦

Voss hatte nicht damit gerechnet, zwei Frauen in dem Haus vorzufinden. Glücklicherweise erwies sich das nicht als Problem, da beide bewusstlos waren. Er würde nicht mal umdisponieren müssen. Ob die Polizei eine oder zwei tote Frauen finden würde, machte für ihn keinen Unterschied. Für Bonner auch nicht, da er ja auch schon tot war. Man würde ihn sowieso für einen Mehrfachmörder halten, da kam es auf eine Leiche mehr oder weniger nicht mehr an.

„Schlaf weiter, Dornröschen", murmelte Voss, während sich sein Mund zu einem hässlichen Grinsen verzog. Gerade war die Erinnerung an einen ähnlichen Vorfall vor ein paar Wochen in ihm aufgestiegen. Den Niederländer hatte er auch erst betäuben müssen, ehe er ihn gefahrlos ins Watt schaffen konnte. War er da gerade auf die Lösung für das unerwartete Problem vor seinen Füßen gestoßen?

Seine Gedanken wurden plötzlich von einem leisen Brummen unterbrochen. Es kam von einem Gegenstand, der neben der bewusstlosen Frau lag. Es war ihr Handy, das heftig vibrierte und einen eingehenden Anruf anzeigte. Voss schaute auf das Display und runzelte die Stirn. „Das ist für dich, eine Gerti. Willst du rangehen?" Er tat, als würde er eine Antwort erwarten, dann nickte er und meinte: „Du hast Recht. Es passt gerade nicht. Sie kann ja später noch mal anrufen."

◆

Grießler sah sich plötzlich einer beunruhigenden Situation gegenüber. Zwei Frauen, die zur selben Zeit nicht dort waren, wo sie eigentlich sein sollten. Selbst er konnte das nicht einfach als Zufall abtun. Noch widerstand er dem Impuls, Petersen anzurufen und ihm seine Bedenken kundzutun. Dafür war es vielleicht etwas zu früh. Bis jetzt konnten sich die Befürchtungen immer noch als harmlos erweisen. Krawczyk hatte möglicherweise nur eine Grippe und Sandra, die garantiert wieder auf einer ihrer eigenmächtigen Touren war, hatte nur keine Lust, an ihr Telefon zu gehen. Er versuchte also das Gespräch wieder in die ursprüngliche Richtung zu lenken, in dem er Fiete fragte, ob er die Adresse des verstorbenen Gärtners kannte. Dem war leider nicht so. Sie mussten also warten, bis Maaren wieder zurück war. Billy verschwand derweil auf die Toilette. Grießler und Fiete führten ein Männergespräch. Sie schwiegen sich an.

In die Stille hinein begann plötzlich Billys Telefon zu vibrieren. Da Grießler grundsätzlich nicht an ihr Handy ging, summte es noch eine Weile vor sich hin, bevor der Anrufer aufgab.

◆

Maaren kam mit einer schlechten Nachricht an den Tisch zurück. Es war ihr nicht gelungen, Lena Krawczyk zu erreichen. Sie hatte es noch bei einer Freundin der Bauchtänzerin versucht, doch die war ebenfalls nicht rangegangen. Grießler rümpfte die Nase. „Drei Frauen und keine geht ans Telefon? Ruft die Presse an! Wir haben eine

Epidemie." Trotz des flapsigen Tonfalls konnte Grießler keinen am Tisch täuschen. Er war besorgt.

Maaren und Fiete ging es ebenso. In die Sorge mischte sich bei ihnen auch noch die Enttäuschung darüber, dass das vergnügliche Abendessen auf einen unschönen Ausgang hinsteuerte. Vielleicht war es das Beste, den Abend zu beenden. Die Stimmung war eh im Keller und daran würde sich nichts mehr ändern.

Maaren sah Fiete an und sagte: „Ich würde gern bei Lena vorbeifahren. Nur um sicher zu gehen, dass nichts Schlimmes passiert ist." Als ihr Freund nickte, wandte sie sich Grießler zu. „Wäre das in Ordnung für euch?" Man sah ihr an, wie leid es ihr tat, der Spielverderber zu sein.

„Das ist voll in Ordnung. Macht euch keine Gedanken wegen Billy und mir. Ich wette, meine Frau hat schon ähnliche Pläne, was Sandra betrifft."

„Danke", murmelte Maaren entschuldigend. „Wir werden schnell bezahlen und dann abdüsen."

„Kommt nicht in Frage. Es war ausgemacht, dass wir euch einladen."

„Dann auch dafür danke. Wir rufen euch an, wenn wir wissen, was los ist."

„Es wird schon alles in Ordnung sein." Grießler winkte ab. „Lasst uns morgen telefonieren und darüber lachen." Das war mehr ein Wunsch von ihm, als eine Überzeugung.

Billy kam gerade noch rechtzeitig zur Verabschiedung. Traurig sah sie den beiden hinterher, während Grießler die Rechnung bezahlte. Am liebsten wäre sie auch sofort aufgebrochen, doch ihr Mann bestand darauf, wenigstens sein alkoholfreies Hefeweizen noch auszutrinken. Seine bessere Hälfte stimmte zu, rutschte aber hibbelig auf der Bank hin und her. Zum Glück fiel ihm etwas ein, womit er sie ablenken konnte.

„Dein Handy hat genervt."

„Wieso hat es genervt?" Seine Holde konnte manchmal echt schwer von Kapee sein.

„Es hat vibriert. Oder war das dein Vibrator?"

„Sören! Du bist wirklich unmöglich!"

„Ich weiß. Vielleicht schaust du trotzdem mal nach. Es könnte ja Sandra gewesen sein."

„Wieso bist du denn nicht selber rangegangen? Was, wenn sie in Schwierigkeiten ist?"

Er hätte antworten können, dass er doch nie an ihr Handy ging oder, dass die Polizei ihn angerufen hätte, wenn Sandra in Schwierigkeiten wäre. Aber eigentlich lag es daran, dass ihm der Gedanke gerade erst gekommen war. Eine Antwort blieb ihm jedoch erspart. Billy warf nur einen kurzen Blick aufs Display. Dann sah sie Grießler mit großen Augen an und sagte: „Das war Gerti!"

VIERUNDDREIßIG

Über den Anruf von Gerti wunderte Grießler sich weniger als seine Frau. „Sie will bestimmt nur wissen, wie es Marzena geht. Bestimmt hat sie es bei Sandra auch schon versucht und weil die gerade nicht rangeht, ruft sie nun bei dir an." Grießler hatte genug von den düsteren

Vermutungen. Sein Rat an Billy lautete deshalb: „Ruf sie zurück und du wirst sehen, dass ich Recht habe."

„Hm. Aber beschwer dich nicht, wenn der Grund ein ganz anderer ist." Grießler fragte lieber nicht nach, was das sein könnte. Er wollte die Hoffnung auf ein weiteres Getränk noch nicht ganz aufgeben. Solange die beiden Frauen telefonierten, konnte er sich auch noch ein Hefeweizen bestellen.

„Gerti!", hörte er Billy sagen. „Ich konnte nicht rangehen, weil ich auf dem Klo war und mein Gatterich weigert sich standhaft, an mein Handy zu gehen. Na du weißt ja. Er befürchtet wahrscheinlich, meinen Liebhaber an der Strippe zu haben. Dabei habe ich ihm schon so oft gesagt, dass ich mit dem nur über ein zweites Handy telefoniere." Sie lachte, als sie Grießlers säuerliche Miene sah.

„Sprich ruhig etwas lauter. Ich glaube, die Gäste da hinten haben dich nicht richtig verstanden."

Billy winkte ab und fragte ins Telefon: „Wie geht es dir, Gerti?" Was die Freundin antwortete, konnte Grießler nicht verstehen. Aber die Auswirkungen dessen bekam er augenblicklich zu spüren und schon war es mit seiner Ruhe vorbei.

„Ich soll auf Lautsprecher stellen, damit du mithören kannst."

„Will ich das überhaupt?" Billy war Gertis Bitte offenbar schon nachgekommen. Sie hatte Grießlers Worte also gehört.

„Und ob du das willst, Sören!" tönte es aus dem Gerät. Gertis Stimme überschlug sich fast und wie immer, wenn sie aufgeregt war, kam ihr sächsischer Dialekt durch. „Wenn du wüsstest, was isch de ganze Zeit hier dorchgemacht hab, weil keener von euch an sein beschissenes Telefon geht. Was issn bei euch los, verdammt nochema!"

„Reg dich nicht so auf, Gerti. Denk an deinen Blutdruck." Grießlers Ermahnung bewirkte das genaue Gegenteil."

„Hör misch uff! Forgaggeiorn kann ich mich alleene."

Billy hielt es für angebracht, die Gesprächsführung wieder an sich zu reißen. Das tat sie, nachdem sie ihrem Mann einen bitterbösen Blick zugeworfen und die Messer-an-der-Kehle-Geste gemacht hatte.

„Kein Mensch will dich verkackeiern, Gerti. Hol tief Luft und erzähl uns, worüber du dich so aufgeregt hast." Am anderen Ende hörten sie Gerti ein paar Mal schnaufen. Das half, denn nun sprach sie wieder normal und ohne Dialekt.

„Ich rufe an, weil ich wissen will, was mit Sandra los ist. Ist sie bei euch?" Das fing ja gut an. Grießler verdrehte die Augen. Hoffentlich fiel Billy jetzt nicht gleich mit der Tür ins Haus. Er wollte schon etwas erwidern, doch Billy schnitt ihm mit einer beschwichtigenden Geste das Wort ab.

„Nein, sie ist nicht hier. Sören und ich sind allein was essen gegangen."

„Und wo ist sie?"

„Wieso fragst du? Ist was nicht in Ordnung?"

Gerti antwortete nicht sofort. Erst nach einer kleinen Pause und einem tiefen Atemzug, ging's weiter „Na das habsch mir doch glei gedacht. Sandra steckt wieder in

Schwierigkeiten." Sie klang, als würde sie mit sich selber reden.

„Lass mich raten", mischte Grießler sich wieder ein. „Du hast sie angerufen und sie ging nicht ran? Deshalb musst du dich nicht so aufregen. Das geht uns ständig so. Keine Sorge. Sie sitzt bestimmt gerade auf dem Deich und hat das Telefon auf lautlos gestellt, weil sie ihre Ruhe haben will." Er wusste selber, wie schwach seine Erklärung war. Deshalb war es kein Wunder, dass er damit bei Gerti nicht die gewünschte Wirkung erzielte.

„Ihr habt keine Ahnung wo sie steckt, habsch Recht? Oh Mann, das ist übel." Gerti und ihre Unkenrufe. Nicht das noch, dachte Grießler und steuerte hart dagegen.

„Nun mach mal einen Punkt. Wir müssen doch nicht ständig wissen, was Sandra macht. Sie ist schließlich erwachsen und uns gegenüber keinerlei Rechenschaft schuldig."

„Ich sage euch, sie ist in Schwierigkeiten! Wieso glaubt ihr mir das denn nicht?"

„In welchen Schwierigkeiten denn? Nur weil sie mal nicht rangeht, muss sie doch nicht gleich in Schwierigkeiten stecken. Nicht einmal Sandra."

„Vor allem Sandra! Ich habe vorhin eine Nachricht von ihr bekommen, eine WhatsApp. Ich dachte erst, sie ist betrunken oder es ist einer ihrer Scherze. Es war aber so merkwürdig, dass ich sie zurückgerufen habe. Sie ist aber nicht rangegangen."

„Was hat sie dir denn geschrieben?"

„Das war ja das Merkwürdige. Sie hat nichts geschrieben. Da standen nur drei Zahlen. Erst konnte ich mir keinen Reim drauf machen, aber dann." Weiter kam nichts. Vielleicht wollte Gerti es spannend machen. Grießler war aber nicht nach Rätselraten zumute.

„W a s f ü r Z a h l e n?"

„Zweimal die Eins und einmal die Null, mehr nicht."

Billy runzelte die Stirn und sprach aus, was Grießler dachte. „1-1-0? Das ist der Polizeinotruf."

„Genau! Aber wieso schickt sie mir die Nummer vom Polizeinotruf?"

Während Grießler nachdachte, sprudelte es aus Billy heraus. „Vielleicht braucht sie Hilfe!"

Darauf sprang Gerti natürlich sofort an. „Das sag ich doch! Sie steckt in Schwierigkeiten. Oder es bedeutet, dass ich Sören anrufen sollte, weil er bei der Polizei ist. Hach! Da hätte ich auch gleich draufkommen können. Stattdessen habe ich immer wieder versucht, Sandra zu erreichen. Isch bin aber och bleede!"

Billy kam noch eine andere Erklärung in den Sinn. „Vielleicht wollte sie, dass du den Notruf wählst."

„Nee, das glob'sch nisch. Was hätte ich denn sagen sollen? Meine Freundin ist in Gefahr, ich weiß aber nicht, wo sie ist und in welchem Schlamassel sie steckt, och nich? Dafür würde ich doch in die Klapse gekommen." Die Vermutungen flogen nun hin und her und eine war haarsträubender als die andere. Von verlaufen bis entführt war alles dabei. Billy setzte dem Ganzen dann noch mit einer Theorie die Krone auf.

„Sie könnte auch einen Unfall mit dem Auto gehabt haben und liegt nun irgendwo bewegungsunfähig. Sie hat gerade noch die Zahlen eintippen und an dich schicken können." Das war sicher etwas, das in einem Psychothriller gut funktioniert hätte. Die Realität sah anders aus und deshalb wurde Billys Theorie von Gerti entkräftet.

„Wenn sie die Zahlen eingeben konnte, hätte sie nur noch auf den Hörer tippen müssen, um einen Anruf zu machen. Eine WhatsApp ist viel komplizierter. Man muss tippen, wischen und wieder tippen. Ne, ne, ne, ich bleib dabei. Ich sollte euch anrufen, was ich auch gemacht habe. Jetzt seid ihr dran."

„Womit denn?"

„Ihr müsst sie suchen! Was denn sonst?"

„Du hast gut reden."

Grießler merkte seiner Frau an, dass sie nun auch langsam an ihre Grenzen kam. Er musste eingreifen, bevor sie sich noch verplapperte und Dinge erzählte, die Gertis Blutdruck nicht zuträglich waren. Im Moment hielt er es für besser, wenn sie noch nicht die ganze Wahrheit erfuhr.

„Alles klar, Gerti. Danke, dass du dich gemeldet hast. Ich rufe gleich mal die Kollegen vor Ort an und frage, ob es in den letzten Stunden hier einen Unfall gegeben hat. Wenn nicht, können wir das schon mal ausschließen. Dann fahren Billy und ich in die Ferienwohnung. Entweder ist Sandra dort oder sie hat eine Nachricht hinterlassen, wo sie hinwollte."

„Okay, aber gebt mir ja Bescheid. Isch mach doch sonst keen Oge zu." Gertis Wunsch war verständlich, ging aber über das hinaus, was Grießler ihr im Moment hätte zusichern können. Also versuchte er es mit einem guten Rat.

„Nimm eine Blutdrucktablette und geh ins Bett, Gerti. Wir melden uns morgen bei dir." Ohne auf Antwort zu warten, unterbrach er die Verbindung.

„Willst du das wirklich tun?", hört er Billy fragen.

„Was denn?"

„Petersen anrufen und dich nach Unfällen erkundigen?"

„Natürlich nicht. Ich wollte Gerti nur beruhigen."

„Aber wir werden doch was unternehmen, oder? Die Sache mit dem Anruf ist nicht normal. Das glaubst du doch auch. Also, wo fangen wir an?"

Das war leider genau das, was Grießler selber noch nicht wusste. Nur eins war gewiss: Er würde heute Abend kein weiteres Hefeweizen mehr bekommen.

♠

Voss sah sich um und nickte zufrieden. Es müsste schon mit dem Teufel zugehen, wenn die Bullen nicht Bonner verdächtigen würden, der Mörder von Madame Zouza zu sein. Spuren von dem Kerl gab es im Haus mehr als genug. Man würde zwar an der Folie keine Fingerabdrücke von Bonner finden, aber das machte nichts. Er selber hatte Handschuhe getragen, was man Bonner sicher auch zutrauen würde. Morgen, wenn er den Fund von Bonners Leiche gemeldet hatte, würde man ihn sicher ausführlich befragen. Dann konnte er von dem Streit zwischen Zouza und Bonner berichten. Dass sie ihn sozusagen vom Grundstück geworfen und seine Sachen einbehalten hatte. Alles in allem ergab das ein schönes Motiv. Der anschließende Selbstmord und der Abschiedsbrief wirkten wie ein Geständnis.

Jetzt musste er nur noch den Beutel mit Udos Leckerlis wieder im Wohnwagen platzieren. Darin würde die Kripo den Tee finden, der mit genau dem Betäubungsmittel versetzt war, das die Tote auch in ihrem Blut hatte. Zur Absicherung streute er noch ein paar Teekrümel neben den Wasserkocher. So, als wäre beim Befüllen der Teekanne etwas danebengefallen. Besonders stolz war er auf seine Idee, eins von Udos Leckerlis auf den Boden zu werfen. Ein letztes kleines Detail. Nun war er fertig. Noch mehr Hinweise hielt er für überflüssig. Die Leute von der Kripo waren schließlich nicht dumm und zu viele Beweise konnten sie stutzig machen. Vor allem, wenn sie wie auf dem Präsentierteller lagen.

Eine Sache gab es allerdings noch, um die er sich kümmern musste, die zweite Frau. Wieso sie nach dem Gespräch mit Bonner noch zu Zouza gegangen war, konnte er sich nicht erklären. Eigentlich war das auch egal. Ihr Schicksal war ohnehin besiegelt. Das Einzige, was er noch nicht entschieden hatte, war, ob er sie mitnehmen oder hierlassen würde.

Nach reiflicher Überlegung entschied Voss sich dafür, keine zweite Leiche in Madame Zouzas Haus zurückzulassen. Eine Frau konnte von Bonner mit Leichtigkeit überwältigt werden. Zwei tote Frauen konnten jedoch den Verdacht nach einem Komplizen aufkommen lassen. Das wollte er nicht riskieren. In dem Fall bestand die Gefahr, dass er doch noch in den Fokus der Ermittlungen geriet. Es gab schon genug zu erklären, wenn es um seine Beziehung zu Bonner ging. Er war ein paar Mal bei den Treffen gewesen und er hatte Bonner den Wohnwagen und das Auto geliehen. Das war aber noch nicht alles. Er war auch derjenige, der ihn morgen finden würde, mausetot, erhängt in seiner alten Scheune. Das waren genug Verbindungen zu ihm, auch wenn sie alle sich erklären ließen. Weitere Komplikationen konnte er nicht gebrauchen.

♠

Auch Grießler stand nun vor einer wichtigen Entscheidung. Wo sollten sie mit der Suche nach Sandra anfangen. Das Naheliegendste war, erst mal in der Ferienwohnung nachzusehen, ob Sandra sich nicht doch dort aufhielt. Er hoffte immer noch auf so eine harmlose Erklärung. Auch für die merkwürdige WhatsApp an Gerti und das nicht rangehen. Billy war mit allem einverstanden, Hauptsache es passierte überhaupt etwas.

„Sie ist bestimmt schon in der Wohnung. Wahrscheinlich hatte sie einfach keine Lust mehr, nach Carolinensiel zu kommen." Mit diesen Worten wollte Grießler seine Frau eigentlich beruhigen. Stattdessen weckte er ihren Unmut.

„Wenn das der Fall ist, dann kann sie was erleben. Und versuch ja nicht, mich zurückzuhalten. Gerti solche Angst zu machen, das geht wirklich zu weit."

„Jetzt warte doch erst mal ab, was sie sagt. Ich für meinen Teil wäre jedenfalls froh, wenn sich die Sache so aufklärt. Ich bin nämlich nicht scharf darauf, dass eine deiner wilden Vermutungen dahintersteckt."

„Ich doch auch nicht", gab Billy kleinlaut zurück. Was nicht bedeutete, dass sie Sandra nicht doch die Leviten lesen würde.

♠

Es war entschieden. Er würde die zweite Frau mitnehmen und anderweitig verschwinden lassen. Wo wusste er auch schon. Da wo er schon den Niederländer abgeladen hatte, im Wattenmeer. Es hatte einmal geklappt, wieso nicht auch ein zweites Mal.

Sie war noch immer weggetreten. Trotzdem wollte er kein Risiko eingehen und fesselte sie, die Füße über Kreuz und die Hände auf dem Rücken. Vorsichtshalber verpasste er ihr auch noch einen Knebel. Bloß gut, dass er das Auto hinter dem Haus abgestellt hatte. So konnte er von keinem dabei beobachtet werden, wie er einen leblosen Körper einlud. Sie war auch nicht sehr groß und nicht schwer, was es ihm leicht machte, sie zu tragen. Mit Wuchtbrumme Zouza hätte er ein Problem gehabt. Völlig problemlos gestaltete sich der Abtransport dann aber doch nicht. In den Kofferraum konnte er sie nicht legen. Der war noch vollgestopft mit Teilen des Zeltes. Für einen Körper, egal wie groß, war da kein Platz mehr.

Als einzige Alternative bot sich der Fußraum hinter den Vordersitzen an. Nachdem er noch eins von Zouzas großen bunten Tüchern darüber geworfen hatte, nickte er zufrieden. Für die kurze Strecke bis zur Scheune würde es reichen.

Er fuhr los. Schaute nicht mehr zurück. Wieso auch? Er war sich sicher, an alles gedacht zu haben. Jetzt musste er nur noch die Zeit im Auge behalten. Er wusste, dass die

Kripo auf solche Details achtete. Trotzdem fuhr er nicht schneller als erlaubt. Das fehlte noch, dass er gerade jetzt wegen zu schnellen Fahrens angehalten wurde, mit einer gefesselten und betäubten Frau im Auto. Ganz sicher nicht. Auch er achtete auf Details.

FÜNFUNDDREIßIG

Schon von der Straße aus konnten Grießlers sehen, dass in ihrer Ferienwohnung kein Licht brannte. Sandras Auto war auch nirgends geparkt. Das ließ nichts Gutes erahnen. So kam es auch. Kurze Zeit später hatten sie Gewissheit. Sandra war nicht da und sie hatte auch keine Nachricht hinterlassen. Die Schlussfolgerungen daraus waren schnell gezogen. Sandra war seit ihrer Abfahrt aus Esens noch nicht wieder hier gewesen und das bedeutete, dass sie seit dem Nachmittag unterwegs war. Als Erste brach Billy das Schweigen. „Ich verstehe nicht, wieso sie sich nicht bei uns gemeldet hat, als ihr klar war, dass sie nicht in den Sielkrug kommen würde."

„Weil sie genau wusste, wie begeistert wir sein würden?"

„Ach Quatsch, Sören! Sie kann sich doch denken, dass wir uns Sorgen machen, wenn sie nicht auftaucht. Jedenfalls was mich betrifft. Das würde sie mir nicht antun. So ist sie nicht. Glaub mir, da stimmt was nicht."

Grießler wusste, dass Billy Recht hatte. Bis eben hatte er es nur nicht zugeben wollen. In Gedanken wiederholte er Billys Worte: *Da stimmt was nicht.*

„Was machen wir denn jetzt?" Billy klang nicht nur besorgt. Sie war es auch. „Meinst du nicht, es wäre besser, wenn wir jetzt Kommissar Petersen anrufen?" Auch wenn er die Situation nicht auf die leichte Schulter nehmen wollte, damit tat sich Grießler schwer. Er warf einen verstohlenen Blick auf die Uhr. Den Kollegen in seinem wohlverdienten Feierabend zu stören, hätte er ja noch hingenommen. Jetzt, mitten in der Nacht, stand aber zu befürchten, dass er ihn aus dem Bett holte. Andererseits sollte aber auch Sandra um diese Zeit längst wieder zurück sein. Es war kaum anzunehmen, dass sie jetzt noch Leute befragte.

„Na los, Sören! Ruf ihn an! Wenn es sich als falscher Alarm rausstellt, können wir uns immer noch entschuldigen." Billys Apell gab den letzten Anstoß. Grießler zog Petersens Visitenkarte hervor und tippte die Nummer ein. Nach dem dritten Klingeln ging Petersen ran und er war, wie zu erwarten, nicht erfreut.

„Kollege hin oder her, wenn das kein Notfall ist, verhafte ich dich wegen Belästigung." Grießler korrigierte seine Einschätzung. Petersen war stinksauer. Erst jetzt wurde Grießler bewusst, dass er sich vorher hätte überlegen sollen, was er Petersen sagen wollte. Jetzt damit anzufangen, war ein bisschen spät und die Pause wurde immer länger.

„Bist du noch dran?", fragte Petersen in die Stille.

„Ja. Es ist nur...", gab Grießler zögernd zurück.

„Also entweder du erzählst es mir jetzt oder ich leg wieder auf. Raten werde ich nicht."

„Also ich rufe wegen Sandra...", weiter kam er nicht.

„Was hat Frau Büchner jetzt schon wieder angestellt?"

„Das wissen wir eben nicht." Pause. Petersen schien ernsthaft in Erwägung zu ziehen, Grießler für übergeschnappt zu halten, entschied sich dann aber für etwas Naheliegenderes.

„Bist du betrunken?"

„Was? Nein!"

„Dann rede endlich Klartext!"

„Könnte etwas dauern und gefallen wird es dir auch nicht."

„Das ist mir schon klar. Aber egal. Ich bin wach und rechne mit dem Schlimmsten."

♣

Die Fahrt zur Scheune verlief reibungslos. Wenn man davon absah, dass Voss die ganze Zeit gedankliche Selbstgespräche führte. Er tat das hauptsächlich, um sich zu beruhigen und seine Taten vor sich selber zu rechtfertigen. Nachdem die Ereignisse sich am heutigen Tage dermaßen überschlagen hatten, wurde letzteres immer mehr zum Problem. Er wusste, dass er die Grenzen des Vertretbaren weit überschritten hatte. Die Begründung, dies nur getan zu haben, um alles wieder ins Lot zu bringen, klang inzwischen sogar in seinen Ohren wie eine hohle Phrase. Anstatt sich heraus zu lavieren, hatte er sich immer weiter in die Scheiße geritten. Damit musste endlich Schluss sein.

„Das ist das letzte Mal!" Erschrocken darüber, seine Gedanken ausgesprochen zu haben, schaute er kurz hinter sich. Er sah, wie sich das Tuch im Rhythmus ihres Atems hob und senkte. Vielleicht war sie wach, vielleicht auch nicht. Inzwischen war ihm das egal. Sollte sie ruhig hören, was er zu sagen hatte. Sie würde ohnehin keine Gelegenheit mehr bekommen, jemandem davon zu berichten. „Du bist die Letzte, das schwöre ich. Es ist nichts Persönliches, wirklich. Woher sollte ich denn wissen, dass du dir noch die Karten legen lassen willst. Ist doch sowieso Humbug. Du bist das beste Beispiel. Wenn die Karten wirklich die Zukunft zeigen könnten, dann hättest du gewusst, was passiert." Ein Moment der Stille entstand, als er von der Landstraße abbog und sich auf den holprigen Feldweg konzentrieren musste. Jetzt war es nicht mehr weit.

♣

Sandra war längst wieder wach. Trotz der rasenden Kopfschmerzen, begriff sie schnell, wo sie sich befand. Das Motorengeräusch und das Schaukeln verrieten ihr, dass sie in einem Auto lag. Sie lag im Fußraum und der Kardantunnel drückte sich bei jeder Bodenerhebung schmerzhaft in ihre Seite. So unangenehm die Fahrt auch war, der Gedanke, noch nicht tot zu sein, tröstete sie ein wenig. Es hätte ihr durchaus so ergehen können wie Madame Zouza. Vielleicht würde es ihr auch noch so ergehen. Es gab sicher keinen Grund für den Mann, sie nach allem, was gewesen war, am Leben zu lassen. Sie würde sterben. Wo und wie würde sie schon bald erfahren. Noch fuhren sie durch die Nacht.

„Das ist das letzte Mal!", hörte sie ihn plötzlich sagen. Fast wäre sie zusammengezuckt. Sie konnte nichts sehen. Etwas lag über ihrem Gesicht. Ein Tuch. Ihre innere Stimme riet ihr, sich besser nicht zu rühren. Es war nicht nötig, ihn wissen zu lassen, dass sie wach war und ihn hören konnte. Wie egal ihm das letzten Endes war, erkannte sie, als er weitersprach. Seine Worte galten eindeutig ihr, auch wenn das, was er sagte, irgendwie sinnloses Zeug war.

-*Du bist die Letzte*-

Hieß das, dass er außer Madame Zouza noch andere Frauen ermordet hatte? War sie in die Fänge eines Serienmörders geraten?

-*nichts Persönliches*-

Von wegen, nichts Persönliches. Er plante, sie zu töten. Das war sehr persönlich.

-*Karten legen lassen*-

Wer wollte sich die Karten legen lassen? Dachte er, dass sie deshalb bei Madame Zouza gewesen war? So ein Blödsinn. Entweder war ihr Entführer nicht ganz richtig im Kopf oder er drehte langsam durch. Nichts davon erschien ihr auf irgendeine Weise ermutigend.

♣

Petersen hatte wirklich gedacht, auf alles gefasst zu sein. Anfangs hörte sich das, was Grießler erzählte, nicht erfreulich, aber trotzdem noch harmlos an. Sandra Büchner hatte sich wieder davongeschlichen und doch weiter rumgeschnüffelt. Wirklich überrascht war Petersen darüber nicht und das rechtfertigte auch in keiner Weise den nächtlichen Weckruf. Als Grießler dann zum zweiten Teil kam, war es mit dem sachlichen Bericht vorbei. Vor allem weil Billy, Grießlers Frau, ständig dazwischenrief und ihre Befürchtungen lautstark zum Ausdruck brachte. Das meiste konnte Petersen nicht verstehen und mit dem Rest nichts anfangen. Was wollte Sandra von einem Gärtner und wer war Gerti? Er entschied, bei Bedarf später nachzufragen. Im Moment konzentrierte er sich lieber auf das, was Grießler berichtete. Das allein hörte sich schon merkwürdig genug an.

Niemand schien zu wissen, wo Sandra abgeblieben war. Sie war seit Stunden nicht mehr gesehen worden, hatte das gemeinsame Abendessen ohne Entschuldigung versäumt und war noch nicht wieder in die Ferienwohnung zurückgekommen. Das mochte ärgerlich sein, doch noch lange kein Grund, sich Sorgen zu machen und die Polizei zu alarmieren. Sandra Büchner war schließlich eine erwachsene Frau.

Bedenklich war schon eher die Tatsache, dass sie nicht ans Telefon ging und auch nicht zurückrief. Beide Grießlers betonten immer wieder, so etwas sei nicht typisch für ihre Freundin. Das glaubte Petersen ihnen aufs Wort. Er war sich nur nicht sicher, was die beiden von ihm erwarteten. Da Grießler ein Kollege war, beschloss er Klartext zu reden.

„Hör mal, Grießler. Abgesehen davon, dass es mitten in der Nacht und Frau Büchner kein verschwundenes Kind ist, kommt noch hinzu, dass ich gar nicht wüsste, wo ich mit einer Suche beginnen sollte. Dazu müsste mindestens der Verdacht auf eine Straftat vorliegen und das ist nicht der Fall." Petersen wartete einen Moment, bevor er weitersprach. „Oder hast du Hinweise darauf, dass sie in Gefahr sein könnte?"

Das hatte Grießler natürlich nicht. „Nein. Es ist nur so, dass es wirklich absolut untypisch für Sandra ist, nicht zu einer Verabredung zu kommen. Sie hätte sich wenigstens gemeldet, wenn sie verhindert gewesen wäre. Und da ist noch die merkwürdige Nachricht an ihre Freundin Gerti."

„Die ominösen Zahlen 1-1-0? Zugegeben, damit könnte die Notrufnummer gemeint sein. Es könnte aber auch eine ganz andere, harmlose Erklärung dafür geben. Mit einer so unklaren Ausgangslage kann ich keine großangelegte Suche rechtfertigen. Das weißt du doch selber."

„Natürlich weiß ich das. Ich wollte einfach nichts unversucht lassen. Trotzdem danke und sorry wegen der Störung. Wir werden eben erst mal allein nach ihr suchen."

Petersen bedauerte, dass das Gespräch eine solche Wendung genommen hatte. Sein Kollege schien nicht der Typ zu sein, der aus einer Mücke eine Seekuh machte. Er wünschte wirklich, die Situation wäre eine andere. Eine Möglichkeit gab es vielleicht noch. Er könnte die Hilfe auf den Einsatz seiner Person beschränken. Das ginge. Was er in seiner Freizeit machte, war schließlich seine Angelegenheit. Vielleicht ließ Jansen sich sogar überreden, mitzumachen. Allerdings wäre ihm wohler, wenn er wüsste, wo sie mit der Suche beginnen sollten. Fragen kostete ja nichts.

„Wo willst du denn nach ihr suchen? Ich dachte, ihr wisst nicht, wo sie hinwollte."

„Ich vermute, sie wollte dorthin, wo der Gärtner gewohnt hat."

„Der Gärtner, der einen Streit beobachtet hat?"

„Richtig."

„Den Streit, den der tote Niederländer mit einem unbekannten Pärchen hatte?

„Genau."

„Der Gärtner, der letzte Woche gestorben ist?"

„Stimmt." Mit jeder Antwort sank Grießlers Stimmung ein Stück weiter dem Nullpunkt entgegen. Er wusste selber, wie sehr das nach an den Haaren herbeigezogen klang.

„Ich weiß, was du denkst, Lasse."

„Was denke ich denn?"

„Das sich das ziemlich mau anhört."

„Das wäre noch geprahlt. Weißt du denn, wo der Mann gewohnt hat?"

„Nein. Ich habe vergessen, Maaren zu fragen."

„Ich werde jetzt mal so tun, als wüsste ich nicht, dass du bei der Kripo bist. Na gut. Ich werde die Adresse sicher irgendwie rauskriegen. Vorzugsweise, ohne die ganze Polizeistation zu alarmieren. Bist du wirklich sicher, dass es sich lohnt, dort nach Frau Büchner zu suchen?"

„Ob es sich lohnt, weiß ich nicht, aber es ist die einzige Spur, die wir haben. Ich würde jedenfalls dort anfangen."

„Na gut. Dann schicke ich dir gleich die Adresse und wir treffen uns dort in, sagen wir, 20 Minuten. Mal sehen, ob ich Jansen noch wachbekomme. Wenn ich keinen Schönheitsschlaf kriege, braucht er auch keinen."

♣

Langsam zuckelte Voss' Auto über den Feldweg.

„So war das alles nicht geplant", schimpfte er weiter vor sich hin, laut und deutlich. „Wenn Bonner nicht so ein Angeber gewesen wäre, dann wäre nichts von alledem passiert. Okay, bis auf die Sache mit dem Niederländer. Aber das war auch Bonners Schuld. Wie sich rausstellte, hat er diesen de Jonge nämlich auch übers Ohr gehauen. Das war allerdings, bevor er hierherkam, als er noch in Holland lebte. Ich weiß nicht genau, was er dort abgezogen hat. So, wie ich Bonner kenne, wird es was Ähnliches gewesen sein wie bei mir. Wahrscheinlich hat er den Niederländer auch mit der Aussicht auf viel Geld in seine Falle gelockt. Er müsste nur in sein Unternehmen investieren und schon würde der Rubel rollen." Voss gab ein abfälliges Lachen von sich. „Unternehmen! So hat er seinen Zirkus tatsächlich genannt. Ist das zu fassen? Mir hat er erzählt, dass er Unmengen an Spenden von seinen Anhängern bekommen würde. Und wenn ich ihn unterstütze, würde er die Einnahmen mit mir teilen. Ich könnte mich heute noch vor Wut in den Arsch beißen, wenn ich daran denke, dass ich ihm vertraut habe. Diesem aufgeblasenen Möchte-gern-Guru!

Er hatte nichts, als er hier ankam. Hat auf einem Parkplatz an einem Campingtisch gesessen und Urlauber angequatscht. Ohne mich hätte er kein Land gesehen. Ich habe ihm den Wohnwagen überlassen, das Zelt gekauft, seine Werbung finanziert und ihm potentielle Kunden zugeführt. Und was habe ich gekriegt? Nichts! Weder Geld, noch Investoren für meinen Wellness Park. Dafür gabs heiße, esoterische Luft und jede Menge Probleme, die ich klären musste. De Jonge, die Polin, Krawczyk und Zouza Aber das sage ich dir. Dafür werde ich nicht den Kopf hinhalten. Das wird die Polizei alles Bonner anlasten. Darum habe ich mich gekümmert. Jetzt habe ich nur noch einen Punkt auf meiner To do Liste: dich."

Im nächsten Moment trat er hart auf die Bremse. Die Fahrt war zu Ende.

♣

Die letzten Minuten der Fahrt musste das Auto über einen unbefestigten Weg, vielleicht einen Feldweg, gefahren sein. Eine besonders schmerzhafte Erfahrung für Sandra. Trotzdem verkniff sie sich jedes Aufstöhnen oder Jammern. Sie wollte unbedingt verstehen, was ihr Entführer von sich gab. Einmal in Schwung, redete er unaufhörlich und Sandra erfuhr Dinge, die ihr den Atem verschlugen. Sie hatte von Anfang an Recht gehabt. Die Attacke auf Marzena war kein missglückter Raubüberfall gewesen, der Niederländer war nicht durch einen Unfall ums Leben gekommen und dass Madame Zouza von ihm ermordet worden war, hatte sie sogar selber miterlebt. Und das war noch nicht alles. Es hatte sich so angehört, als ob Krawczyk auch zu seinen Opfern gehörte. Das war wirklich unglaublich. Sie war gerade Zeugin eines Geständnisses geworden. Ihr Entführer hatte eiskalt gestanden, mindestens zwei, mit hoher Wahrscheinlichkeit sogar drei Morde und einen Mordversuch begangen zu haben. Und das alles wollte er Bonner in die Schuhe schieben. Wenn Petersen das nur wüsste. Leider würde sie keine Gelegenheit mehr bekommen, ihm davon zu erzählen, weil sie gleich sterben würde. Einen Ausweg zu suchen, dafür blieb ihr keine Zeit mehr. Der Wagen stoppte. Endstation.

SECHSUNDDREIßIG

In der Ferienwohnung bereiteten Billy und Grießler ihre nächtliche Suchaktion, so gut es ging, vor. Grießler schrieb ein paar Zeilen für Sandra, für den Fall, dass sie doch noch auftauchen sollte. Billy kochte Kaffee, den sie in eine Thermoskanne füllte und sie ließ es sich nicht nehmen, Stullen zu schmieren. Als ihr Mann das sah, runzelte er die Stirn. „Das wird kein Picknick, Billy."

Diesen Einwand schmetterte sie mit einer für sie typischen Bemerkung ab. „Wer weiß, wie lange wir unterwegs sind. Ihr werdet mir noch danken, wenn euch der Magen in den Kniekehlen hängt." Grießler wollte einwenden, dass seit ihrem sehr üppigen Abendessen gerade mal eine Stunde vergangen war. Billys Meinung hätte sich dadurch jedoch nicht geändert, also verzichtete er.

Sie waren schon fast aus der Tür, als Billy noch einmal zurücklief und mit ein paar Flyern zurückkam. Grießler, der langsam ungeduldig wurde, reagierte leicht genervt.

„Willst du die verteilen? Es ist dunkel, Billy. Wir brauchen keine Tarnung, um die Gegend abzusuchen" Jetzt war sie es, die ihre Stirn in Falten legte.

„Manchmal frage ich mich wirklich, wer von uns beiden bei der Kripo ist."

„Dann erklär's mir doch."

„Wir haben vielleicht keine Ahnung, wo Sandra hinwollte, aber wo sie am Donnerstag war, das wissen wir. Wenn unsere erste Spur also nichts bringt, dann rollen wir das Ganze eben von hinten auf." Sie wedelte mit den Flyern durch die Luft. Grießler konnte zwar immer noch keinen Zusammenhang zu den Dingern erkennen, verzichtete aber auf weitere Nachfragen. Stattdessen sagte er: „Wir suchen da, wo sie mit Sicherheit gewesen ist. Für den Fall, dass sie dort noch mal nachhaken wollte."

„Genau das meine ich. Ist das nicht das, wozu dir dein Kollege Winkler immer geraten hat? *Wenn du nicht weiterkommst, geh zurück zum Anfang und fang von vorne an.*"

Grießler konnte nicht anders, er musste schmunzeln. Wieso war er nicht auf diese Idee gekommen? Billy hatte sich wieder mal als äußerst scharfsinnig gezeigt. Er konnte es nicht leugnen, ihre kombinatorischen Fähigkeiten waren manchmal wirklich besser als seine.

„Kommst du endlich, Sören", rief sie ihm zu und war schon eine Treppe tiefer. „Du willst doch sicher nicht, dass Petersen auf uns warten muss." Das wollte er bestimmt nicht. Er wusste nicht, wo Petersen wohnte und wie weit sein Anfahrtsweg war. Man konnte aber davon ausgehen, dass er alle Schleichwege kannte und deshalb auch weniger Zeit brauchte. Grießler musste erst mal die Adresse, die der Kommissar ihm geschickt hatte, ins Navi geben und sich darauf verlassen, dass diese Frauenstimme ihn auf direktem Weg dorthin leitete. Ihm fiel auf, dass er von lauter Frauen umgeben war, die ihm ständig reinreden wollten. Vom Beifahrersitz aus sah Billy ihm genau auf die Finger und nicht zu vergessen Gerti, die mit ihrem Anruf den ganzen Schlamassel heraufbeschworen hatte. Nein, damit tat er ihr Unrecht, korrigierte er sich sofort. Schuld an dem Schlamassel war Sandra.

„Weiber", murmelte er leise vor sich her. Nicht leise genug, wie sich gleich darauf zeigte.

„Wie bitte?" Der drohende Unterton bewies, dass Billy ihn genau verstanden hatte.

„Nichts", gab Grießler schnell zurück und fuhr los.

„Ist das die Straße, in der der Gärtner gewohnt hat?" Billy deutete mit dem Finger auf das Navi.

„Ja, wieso?" Seine Gegenfrage wurde erst beantwortet, nachdem seine Frau einen Flyer aus dem Stapel herausgefischt hatte.

„Ich wusste doch, dass ich die Adresse kenne!", rief sie triumphierend aus. „In der Straße wohnt auch dieser Bonner. Den hat Sandra gestern schon aufgesucht."

„Wer?" Grießler sagte der Name nichts.

„Bonner, der Seher."

Grießler war sich sicher, von Sandra einen anderen Namen gehört zu haben. „Ich dachte, der heißt Viventis."

„Videntis, Sören. Bonner ist sein bürgerlicher Name."

„Wohnt der nicht in einem Zelt, auf dem Grundstück einer Frau?"

„In einem Wohnwagen, um genau zu sein. Und die Frau ist Madame Zouza, eine Wahrsagerin." Billy hielt erschrocken inne. „Sie legt auch Karten, Sören."

Beinahe wäre Grießler auf die Bremse getreten. Wenn sich herausstellte, dass der Seher und die Wahrsagerin diejenigen waren, mit denen sich der Niederländer gestritten hatte, dann musste auch Petersen endlich einsehen, dass mehr hinter dem Überfall auf Marzena und dem Toten aus dem Watt steckte. Wenn nicht, dann war ihm nicht zu helfen. Fakt war, er würde sich jedenfalls gern mal mit dem Seher und der Wahrsagerin unterhalten. Egal, wie spät oder wie früh es inzwischen war, die beiden würden ihn heute noch kennenlernen. Um das zu wissen, brauchte er nicht mal eine Kristallkugel.

♥

Die Seitentür wurde aufgerissen und Sandra ziemlich unsanft aus dem Auto gezerrt. Eine alte Scheune war alles, was sich hier draußen düster von der Landschaft abhob. Sonst war weit und breit nichts zu sehen. Soweit Sandra es erkennen konnte, hatte der Mann irgendwo im Nirgendwo angehalten. Kalter Wind fegte über das platte Land und peitschte ihr das Gesicht. Ihre Aussichten, heil aus der Sache herauszukommen, waren schlecht. Selbst wenn es ihr gelang, die Fesseln zu lösen und wegzulaufen, wohin sollte sie laufen? Hier gab es nichts, wo sie hinlaufen und keine Menschenseele, die sie um Hilfe bitten konnte. Sie war auf sich allein gestellt und das war nicht annähernd genug.

Billy und Grießler, schoss es ihr durch den Kopf. Ob die sie schon vermissten? Mit Sicherheit. Machte Grießler sich inzwischen Sorgen oder war er zu verärgert über ihren erneuten Alleingang? Sandra tendierte zu letzterem. Mit ihrer heutigen Aktion hatte sie den Bogen überspannt und das nahm er ihr ganz sicher übel. Selbst wenn sich Billy und er Sorgen wegen ihres Ausbleibens machten, sie konnten ihr doch nicht helfen, weil niemand wusste, wo sie abgeblieben war. Es sah wirklich schlecht aus.

Unsanft wurde Sandra aus ihren Gedanken gerissen, als der Mann sie vom Auto wegzog. Ihre Füße waren immer noch gefesselt und das zwang sie, zu hüpfen. Sie stürzte und kam nicht wieder hoch. Ihrem Entführer schien es egal zu sein, ob sie sich dabei verletzte. Ihn ärgerte die Verzögerung und das ließ er sie spüren. Er packte sie mit festem Griff und schleifte sie die letzten Meter bis in die Scheune hinein. Achtlos ließ er sie fallen, wie einen alten Lumpen. Eine Weile stand er einfach da und murmelte unverständliches Zeug. Sandra lief ein Schauer über den Rücken. Wollte er sie jetzt umbringen? Würde sie auf die gleiche Art wie Madame Zouza sterben?

Sie lauschte, wartete auf das Rascheln von Folie. Alles blieb ruhig. Auf dem Boden liegend, mit dem Gesicht nach unten, konnte sie außer seinen Schuhen nichts erkennen. Plötzlich verschwanden die aus ihrem Blickfeld. Zwei Sekunden später wurde es hell. Er musste eine Lampe angeschaltet haben. Jetzt konnte sie etwas mehr erkennen. Erde, Stroh und Reifen. Mit viel Mühe gelang es ihr, den Kopf etwas anzuheben. Ein paar Meter entfernt stand Bonners Wohnwagen. Wie kam der denn hierher? Und wo war Bonner? Wenn sein Wohnwagen hier stand, dann konnte er auch nicht weit weg sein. Vielleicht lag er im Wohnwagen, schlafend und ahnungslos, was hier gerade abging. Mit Sicherheit wusste er nichts davon, dass ihr Entführer ihn zum Sündenbock für seine Morde machen wollte. Wenn sie eine Möglichkeit fand, mit ihm zu reden, gab es vielleicht noch eine Chance für sie.

Ein lautes Krachen ließ sie zusammenfahren. Es kam von der Scheunentür, die zugefallen war. Der Mann war rausgegangen. Das war vielleicht die einzige Chance, die sie bekommen würde. Sandra lag auf dem Bauch, die Arme auf dem Rücken. So kam sie nicht hoch. Aber sie konnte sich auf die Seite drehen. Als nächstes winkelte sie ihre Beine an. Einen Ellenbogen auf den Boden gestemmt, begann sie, ihren Oberkörper vom Boden zu lösen. Dadurch gewann sie aber nur ein paar Zentimeter. Vielleicht klappte es, wenn sie genügend Schwung holte. Nach einigen tiefen Atemzügen durch die Nase war sie soweit. Sie stieß sich mit dem Ellenbogen ab und zog gleichzeitig die Beine nach vorn. Der erste und der zweite Versuch gingen schief, beim dritten Anlauf gelang das Wunder und sie schaffte es, eine kniende Haltung einzunehmen. Weiter aufwärts ging es aber nicht. Mit über Kreuz gefesselten Füßen konnte sie nicht aufstehen. Lediglich kleine Rutschbewegungen waren möglich. Ob sie so bis zum Wohnwagen gelangte, hing davon ab, wie viel Zeit ihr blieb, bis ihr Entführer zurückkam. Sie musste es dennoch versuchen. Während sie sich erschreckend langsam vorwärtsbewegte, schoss ihr ein bestürzender Gedanke durch den Kopf. Was, wenn sich ihr Versuch als völlig sinnlos erwies, weil Bonner gar nicht hier war? Nein, daran durfte sie nicht einmal denken.

Ein stechender Schmerz durchzuckte ihren Körper. Sie schaute nach unten und entdeckte eine Leiter auf dem Boden liegen, genau zwischen Wohnwagen und Scheunentor. Eins ihrer Knie war dagegen gestoßen und zwar so unglücklich, dass es höllisch weh tat. Egal. Nutzen konnte ihr das Ding nicht. Im selben Moment fiel ihr Blick auf etwas, das neben der Leiter lag. Das war doch ein Schuh, ein Männerschuh. Wo kam denn hier ein einzelner Schuh her? Als sie sich kerzengerade aufrichtete, um sich besser orientieren zu können, spürte sie plötzlich etwas an ihrem Kopf.

Sandra erstarrte. Hinter ihr stand jemand. War ihr Entführer unbemerkt wieder hereingekommen? Wieder ein Stoß! Was zum Teufel war das? Vorsichtig drehte sie ihren Kopf und schaute über ihre Schulter. Da war niemand. Wie konnte das sein? Sie hatte es doch ganz deutlich gespürt. Und schon wieder!

Verdammt! Was ist das?

Eine flüchtige Bewegung, die sie nur aus den Augenwinkeln wahrnahm, lenkte ihren Blick zur Decke. Im selben Moment wusste sie, Bonner würde ihr nicht helfen. Er lag auch nicht schlafend im Wohnwagen. Er hing an einem Seil von der Decke herab, den Kopf in einer Schlinge, tot.

♥

Grießler ließ sich von seinem Navi bis in eine kleine Straße von Carolinensiel führen. Eine recht beschauliche Gegend. Normalerweise herrschte dort zu dieser nachschlafenden Zeit Totenstille. Diese Nacht war aber nicht normal und von Stille konnte auch keine Rede sein. Mehrere Autos standen mit eingeschalteten Scheinwerfern mitten auf der Straße. Im Licht der Scheinwerfer sah er Menschen hin- und herlaufen, einige in Zivil und andere in Uniform. Ein Mann von beträchtlicher Größe stand direkt vor der Einfahrt zu einem Grundstück und dirigierte das Gewusel mit Gesten. Grießler wusste sofort, dass das nur Petersen sein konnte.

Er war es und kaum waren Billy und Grießler ausgestiegen, kam er mit langen Schritten auf sie zu. Sein volltönender Bass dröhnte ihnen entgegen. „Ich wollte dich gerade anrufen."

„Was ist denn hier los?", fragte Grießler überflüssigerweise. Ihm war natürlich klar, dass es für einen solchen Aufmarsch nur einen Grund gab. Ein Verbrechen war geschehen. Seine Einschätzung wurde von Petersen auch sofort bestätigt.

„Das ist ein Tatort." Er zeigte zum Haus. Kriminaltechniker waren gerade damit beschäftigt, Lampen aufzustellen. Bald würde alles innen und außen in gleißendes Licht getaucht sein.

„Kannst du mir sagen was passiert ist?" Eigentlich hatte Grießler fragen wollen, ob Sandra gefunden worden war. Mit Rücksicht auf seine Frau hatte er jedoch eine unverfängliche Formulierung gewählt. Diese Mühe hätte er sich sparen können. Petersens war gedanklich zu abgelenkt, um auf solche Feinheiten zu achten.

„Es wurde eine weibliche Leiche gefunden", fiel er mit der Tür ins Haus. Billy schlug sich mit der Hand auf den Mund und stöhnte auf. „Oh Gott, Sandra", hauchte sie und schon kullerten die ersten Tränen. Das war der Moment, in dem Petersen klar wurde, was er da gerade angerichtet hatte. Er legte beruhigend seine Hand auf Billys Schulter und sagte: „Es ist nicht Frau Büchner. Aber so wie es aussieht, müssen wir die Suche nach ihr vorläufig hintenanstellen."

Billy brauchte einen Augenblick, um die Bedeutung seiner Worte zu erfassen. Dann brach es aus ihr heraus. „Ich bin nur froh, dass es nicht Sandra ist!" Mehr konnte sie wegen des Tränenstroms nicht sagen. Jetzt weinte sie allerdings vor Erleichterung. Grießler nahm seine Frau in den Arm und führte sie zum Auto. „Was hältst du davon, wenn du im Auto wartest, während ich Petersen noch ein paar Details aus der Nase ziehe." Er sah in ihren Augen, wie sehr es ihr widerstrebte, außen vor zu bleiben. „Er wird mir nichts erzählen, wenn du dabei bist." Das akzeptierte sie. Und sie bewies erneut, dass sie einen scharfen Verstand besaß.

„Weißt du, Sören! Keiner von uns hat bisher daran gedacht, Svenja anzurufen. Es wäre doch möglich, dass Sandra in die Klinik gefahren ist, um bei ihr und Marzena zu sein."

„Du hast Recht. In dem Fall würde sie natürlich nicht ans Telefon gehen"

„Weil die Benutzung von Handys nicht gestattet ist."

„Das bedeutet, dass wir Svenja auch nicht erreichen."

Billy zog ihr Handy aus der Tasche und lächelte. „Ich werde auf der Station anrufen. Die Schwestern wissen bestimmt, wer bei Marzena ist. Und wenn nicht, bitte ich sie, nachzuschauen."

„Gute Idee, Schatz! Ruf an und ich rede mit Petersen."

♥

Von der Scheune war es nicht weit bis zum Watt, höchstens zehn Minuten zu Fuß. Das galt aber nicht heute. Die Frau würde sicher nicht freiwillig mitkommen, selbst wenn er ihr die Fußfesseln lösen würde. Was natürlich nicht in Frage kam. Um sie ins Watt zu schaffen, musste ihm was einfallen und zwar schnell. Hinter der Scheune stand der alte Bollerwagen. Damit würde es gehen. Den Niederländer hatte er auch damit transportiert. Allerdings war der betäubt gewesen und hatte sich nicht wehren können. Die Frau war inzwischen wach. Er könnte ihr noch was von dem Zeug einflößen. Nach kurzer Überlegung entschied er sich dagegen. Zu umständlich und es würde länger dauern als gut war. Er durfte die Zeit nicht aus den Augen verlieren. Bald würde die Flut einsetzen. Das hieß, er musste jetzt aufbrechen.

Voss fuhr den klapprigen Bollerwagen vor die Scheune. Als er das Tor öffnete, konnte er kaum glauben, was er da sah. Die Frau hatte es doch tatsächlich geschafft, sich aufzusetzen. Sie hatte ihn noch nicht bemerkt, was nicht so sehr daran lag, dass sie mit dem Rücken zu ihm saß. Der Grund war der, dass sie gerade bemerkt hatte, was da über ihrem Kopf baumelte.

Ihre Augen starrten die Leiche angsterfüllt an. Wäre der Knebel nicht gewesen, sie hätte bestimmt geschrien. Was für ein Anblick! Es fiel ihm nicht leicht, sich davon loszureißen, doch die Zeit saß ihm im Nacken. Während die Frau immer noch dabei war, den Anblick des toten Bonner zu verarbeiten, hatte er sich wieder im Griff. Unbemerkt trat er an sie heran.

„Na, habt ihr euch gut unterhalten, während ich fort war?"

SIEBENUNDDREIßIG

Die Polizeiabsperrung begann schon auf dem Gehweg vor dem Grundstück. Petersen stand hinter dem Flatterband, auf Grießler wartend. „Er kann durch. Ist ein Kollege", lautete seine knappe Anweisung an den uniformierten Beamten, der daraufhin das rotweiße Band soweit anhob, dass Grießler durchschlüpfen konnte. Näher ran oder ins Haus durften sie erst, wenn die Spurensicherung ihre Arbeit abgeschlossen hatte. Danach sah es aber vorläufig noch nicht aus.

Petersen zeigte sich zum Glück gesprächig. Ohne auf Grießlers Fragen zu warten, teilte er ihm mit, was er schon wusste.

„Die Tote heißt Siegrid Postin. Vorläufige Todesursache ist Ersticken. Sie wurde mit mehreren Lagen Folie um den Kopf aufgefunden. Das macht einen Unfall höchst unwahrscheinlich.

Postin gehören das Haus, der Kramladen und das Grundstück. Hier in der Gegend wird sie von allen nur Madame Zouza genannt. Ist so eine Art Künstlername, unter dem sie als Wahrsagerin und Kartenlegerin tätig war. Im Sommer konnte man sie auch auf Jahrmärkten, Wikingerfesten und Mittelalterspektakeln finden. Polizeilich war sie unauffällig. Keine Anzeigen, keine Vorstrafen, nichts."

Das alles interessierte Grießler nicht besonders. Im Gegensatz zu Petersen war sein Augenmerk nur auf mögliche Verbindungen zu Sandra gerichtet. Vorsichtig versuchte er, Petersen in diese Richtung zu lenken. „Meine Frau hat mir erzählt, dass Sandra vorgestern bei ihr war. Es ging um einen Esoterik-Zirkel, dem Marzena auch angehörte."

„Ja, ich weiß. Ich war auch hier und bei der Gelegenheit sind wir uns über den Weg gelaufen. Dieser Esoterik-Zirkel wurde aber nicht von Postin betrieben. Das war Hannes Bonner. Er ist auch ihr Untermieter gewesen."

„Videntis, der Seher." Grießler sprach es aus, als würde er über eine anrüchige Sache reden. Damit entlockte er Petersen sogar ein Lachen.

„Ich sehe, du bist gut informiert."

„Dafür hat Sandra schon gesorgt. Sie hat nichts unversucht gelassen, mich für den Fall zu erwärmen, nachdem sie bei dir abgeblitzt ist."

Petersen rieb sich nachdenklich das Kinn. „Vielleicht hätte ich ihre Theorien nicht so abtun sollen. Jetzt wird sie vermisst und Postin ist tot."

„Was sagt denn ihr Untermieter. Hat der sie gefunden?" Statt Grießler zu antworten, bedeutete Petersen mit einem Handzeichen, ihm zu folgen. Er schlug einen möglichst großen Bogen ums Haus und steuerte den hinteren Teil des Grundstücks an. Dort hätte es viel Platz für einen schönen Garten gegeben. Doch außer plattgedrücktem Gras, Trampelpfaden und zwei großen kahlen Stellen auf dem Boden konnte Grießler nichts entdecken, was es wert gewesen wäre, sich anzuschauen. Warum hatte Petersen ihn hierhergeschleppt? Er musste nicht lange auf die Erklärung warten.

„Siehst du das?", fragte Petersen

„Was denn?"

„Hier hat Bonner gewohnt." Der Kommissar zeigte auf die kahlen Stellen. „Da hat sein Wohnwagen gestanden und dort das Zelt, in dem er seine Treffen abhielt."

„Und wo ist das Zeug?"

„Weg. Am Donnerstag stand alles noch an seinem Platz und heute? Nichts mehr da."

„Dann ist er vielleicht weitergezogen?" Grießler bereute seine Antwort in dem Moment, in dem er sie aussprach. Mit Recht, denn Petersens Reaktion fiel entsprechend sarkastisch aus.

„Echt jetzt? Und Postin hat sich vor lauter Abschiedsschmerz die Folie um den Kopf gewickelt?"

Grießler war nicht müde genug, um nur einzustecken. Sarkastisch konnte er auch. „Vielleicht hat er das alles kommen sehen, so als Seher. Da ist er lieber abgehauen."

Der Blick aus Petersens Augen verhieß nichts Gutes. Wortlos drehte er sich um und lief wieder zur Straße. Grießler folgte ihm, sich dessen bewusst, dass er ihn verärgert hatte. Das war nicht seine Absicht gewesen und da das hier Petersens Baustelle war, lenkte er ein. „Schätze, wir könnten noch eine Weile so weitermachen. Bringt uns aber nicht vorwärts. Bonner ist also weg, mit seinem ganzen Zeug und momentan unbekanntem Ziel. Wenn er also die Tote nicht gefunden hat, wer war es dann?"

„Ein Pärchen. Eine Kollegin nimmt gerade ihre Aussage auf." Nachtragend war der Friese jedenfalls nicht.

„Denen würde ich gern ein paar Fragen stellen."

„Das dachte ich mir schon." Er führte Grießler zu einem Einsatzfahrzeug. „Ich hatte gerade das Gleiche vor. Du kannst mitkommen. Vergiss aber nicht, das ist meine Ermittlung, also stelle ich die Fragen." Grießler nickte, was Petersen nicht zu reichen schien. „Ist das klar?"

„Glasklar."

Petersen zog die Tür des Fahrzeugs auf und da saßen sie: Maaren und Fiete.

♦

Voss beugte sich zu Sandra hinunter und flüsterte ihr ins Ohr: „Tut mir sehr leid, dass ich eure Wiedersehensfreude so rüde unterbrechen muss. Wir sind ein bisschen knapp in der Zeit und haben noch Einiges zu erledigen. Nur wir beide, Teuerste. Bonner lassen wir hier. Der hat sich in letzter Zeit einfach zu sehr hängen lassen." Ein entsetzliches Wortspiel über das nur Voss lachen konnte. „Dann wollen wir mal!" Mit übertriebener Heiterkeit spuckte er in die Hände und packte sie bei den Füßen. „So geht's leichter", rief er ihr zu. Dann hob er Sandras Füße in die Höhe, wodurch sie nach hinten fiel und mit dem Kopf auf den Boden knallte. Ihr Stöhnen wurde von ihm mit den Worten: „Keine Bange, es dauert nicht lange", kommentiert. Der unbeabsichtigte Reim gefiel ihm so gut, dass er Sandra unter anhaltendem Gelächter nach draußen zog.

Bonners Leichnam geriet langsam aus ihrem Blickfeld. Auch wenn Sandra dankbar dafür war, dass sie nicht neben ihm hängen sollte, sie war sich sicher, angenehm würde das was jetzt kam nicht werden. Und leider würde sie schon bald erfahren, was Ihr Entführer mit ihr vorhatte.

♦

„Was macht ihr denn hier? Wolltet ihr nicht nach Krawczyk sehen?" Grießler hatte beim Anblick der jungen Leute nicht an sich halten können. Die Antwort mussten die beiden ihm schuldig bleiben, denn mit einem ärgerlichen Brummen mischte Petersen sich ein.

„So viel also zu: Das ist meine Ermittlung?"

„Sorry, aber vor zwei Stunden saßen wir noch zusammen im *Sielkrug*. Als wir uns trennten, wollten sie nach ihrer Freundin sehen. Wohnt die etwa auch in dieser Straße?" Schon wieder hatte Grießler eine Frage gestellt.

„Wieso habe ich gerade das Gefühl, mit Sandra Büchner zu reden? Jetzt fällt's mir ein. Du benimmst dich genau wie sie. Seid ihr Geschwister?"

„Sorry, Lasse. Ist mir nur so rausgeplatzt."

„Hör auf, dich zu entschuldigen. Von mir aus stell deine Fragen. Du scheinst ja sowieso mehr zu wissen, als ich." Nachdem er diese Entscheidung getroffen hatte, lehnte Petersen sich entspannt an den Wagen und lauschte dem Gespräch zwischen Grießler und den jungen Leuten.

„Dann erzählt mal, wieso ihr hierhergekommen seid."

Da Maaren noch immer unter Schock stand, übernahm Fiete das Reden. „Wir sind zuerst ins Hotel gefahren, um zu fragen, ob sich Lena inzwischen gemeldet hatte. Das war aber nicht der Fall, also fuhren wir zu ihr. Ihr Auto stand nicht vor der Tür. Wir haben geklingelt, aber sie hat nicht aufgemacht." Sein Blick ging zu Maaren, die ihm mit einem Nicken zustimmte. Fiete holte tief Luft, bevor er weitersprach. „Maaren hatte die Idee, zu Zouza zu fahren. Lena und sie sind befreundet. Manchmal tingeln sie auch zusammen. Unsere Hoffnung war, dass Lena vielleicht bei ihr war oder, dass Zouza wusste, wo sie abgeblieben ist."

Wieder verstummte Fiete. Nun, da der erste Schreck sich gelegt hatte, holte ihn das ganze furchtbare Ausmaß des

Erlebten mit voller Wucht ein. Wäre nicht die verschwundene Sandra gewesen, Grießler hätte ihm gern mehr Zeit gegeben. Unter den gegebenen Umständen war das leider nicht möglich. Er musste Druck machen.

„Ihr seid also hierhergefahren. Was passierte dann, Fiete?"

„Wir haben geklingelt, aber Zouza hat nicht aufgemacht. Dann sind wir ums Haus herum, um bei Videntis zu klopfen. Da haben wir gesehen, dass alles weg war. Der Wohnwagen, das Zelt, alles war verschwunden. Maaren meinte, das sei komisch, weil für Samstag, also heute, ein Treffen angekündigt ist. Sie weiß das, weil im Hotel ein Plakat mit den Terminen aushängt."

„Okay. Was habt ihr dann gemacht?"

Plötzlich meldete Maaren sich zu Wort. „Es war meine Idee, drinnen nachzusehen. Ich weiß nicht wieso, aber ich hatte auf einmal ein ganz mieses Gefühl. Zuerst konnten wir Lena und Sandra nicht erreichen, dann verschwand Videntis und nun reagierte Zouza nicht auf unser Klingeln." So wie sie Fiete ansah, wirkte sie ein wenig schuldbewusst. Grießler entging das nicht und er reagierte sofort.

„Was ist, Maaren. Wenn du irgendwas weißt, egal was, dann sag es bitte."

Nach einigem Zögern nickte sie. „Na gut. Ich weiß aber nicht, ob es überhaupt was mit all dem zu tun hat. Ich erzähle es auch nur, weil es Zouza ja nicht mehr schaden kann. Sie hat manchmal Gras geraucht und immer welches im Haus."

„Das ist jetzt legal", beruhigte Grießler sie. „Es würde ihr so oder so nicht schaden, dass du es erzählst."

„Ich erzähle es ja auch nur, weil das der Grund war, weshalb ich Fiete überredet habe, ins Haus zu gehen. Das und weil die Vordertür nicht abgeschlossen war. Tagsüber war das normal, wegen dem Laden. Aber nachts?

Wir sind also rein. Es war stockfinster. Licht anzumachen, haben wir uns nicht getraut. Vom Flur aus habe ich ein paar Mal Zouzas Namen gerufen. Als sich nichts tat, haben wir die Taschenlampen am Handy angemacht und sind weiter reingegangen." Sie holte tief Luft. „Ich werde nie vergessen, wie ich sie an dem Tisch hab sitzen sehen, mit der Folie um den Kopf. Mund und Augen standen weit offen. Es sah aus, als würde sie uns anstarren. Aber sie war ja schon tot. Es war so schrecklich."

Maarens Stimme versagte. Sie schluchzte und ließ sich widerstandslos von Fiete in den Arm nehmen. Ihr Gemütszustand machte eine weitere Befragung unmöglich. Deshalb wandte Grießler sich wieder an den jungen Mann.

„Ist euch sonst noch irgendwas Ungewöhnliches aufgefallen?"

Fiete hatte alle Hände voll damit zu tun, Maaren zu beruhigen. Grießlers Frage beantwortete er trotzdem. „Als ich durch den Flur ging, bin ich mit dem Fuß gegen etwas gestoßen. Ich wäre beinahe hingeknallt." So etwas hatte Grießler nicht gemeint. Trotzdem fragte er besorgt: „Hast du dich verletzt? Wir können einen Krankenwagen rufen."

„Nein, bloß nicht. Ich habe mir nur den Zeh an einem Karton gestoßen. Du wolltest doch wissen, ob wir etwas Ungewöhnliches bemerkt hätten."

„Mit ungewöhnlich meinte ich eigentlich etwas, dass nicht ins Haus gehört."

„Der Karton gehörte definitiv nicht ins Haus."

„Und das weißt du, weil du dich so gut in dem Haus auskennst?"

„Im Karton waren alles Sachen aus Videntis Zelt und es war nicht der einzige. Der ganze Flur war vollgestellt mit Kartons und Tüten."

„Es könnte sich doch um eine Lieferung für den Kramladen handeln."

„Ganz sicher nicht. In dem Fall wäre es doch ordentlich verpackt und nicht lose in offene Kartons gestopft gewesen. Du kannst mir glauben, das waren alles Sachen aus dem Zelt. Maaren und ich sind nämlich auch mal bei einem seiner Meetings gewesen. Naja, ich bin eigentlich nur Maaren zuliebe mitgegangen."

Grießler glaubte ihm. Ungewöhnlich war es trotzdem nicht, wenn man bedachte, dass der Wohnwagen, das Zelt und auch der Seher weg waren. Fiete hatte indessen eine Eingebung. „Habt ihr eigentlich schon mit Videntis geredet? Er könnte doch was bemerkt haben."

Petersen, der bisher geschwiegen hatte, meldete sich nun zu Wort. „Wir werden ihn definitiv befragen, wenn wir rausgefunden haben, wo er abgeblieben ist. Er ist nämlich auch verschwunden."

„Verschwunden?", kam es unisono von Maaren und Fiete. Sie hatten das Fehlen seiner Sachen zwar bemerkt, sich aber nichts dabei gedacht. „Er kann nicht weg sein", meinte Maaren kopfschüttelnd. „Heute ist doch ein Treffen."

Petersen reagierte sofort und ziemlich barsch. „Bonner ist weg. Das ist mal Fakt. Und da er seine Sachen Frau

Postin überlassen und nur seinen Wohnwagen und sein Zelt mitgenommen hat, gehe ich mal davon aus, dass er abgereist ist. Da wird das Treffen wohl ausfallen"

„Das glaube ich nicht." Fiete sah irritiert von einem Kommissar zum anderen.

Petersen zeigte sich amüsiert über Fietes Behauptung. „Glauben Sie es ruhig. Es steht nichts mehr hinter dem Haus. Er muss heute im Laufe des Tages alles abgebaut haben. Wir wissen bis jetzt nicht, wohin er unterwegs ist, aber wir werden ihn schon finden. Mit so einem Wohnwagen kommt er nur langsam voran." Was Petersen nicht wusste, Grießler aber schon, Fiete verfügte über ein ausgesprochen gutes Netzwerk an Informanten. Daher kannte er ein Detail, dass Petersen noch unbekannt war.

„Er kann den Wohnwagen nicht mitgenommen haben und das Zelt auch nicht. Beides gehört ihm nämlich nicht."

„Und wem gehört das alles?"

„Seinem Kumpel, Peter Voss."

Der Name war Petersen nicht unbekannt. „Den kenne ich. Voss war Anwalt", klärte er Grießler auf.

„War? Ist er keiner mehr?"

„Vor zwei Jahren hat er alles hingeschmissen. Ist ihm zu stressig geworden. Er hat einem Kollegen mal erzählt, dass er sein Geld zukünftig auf leichtere Weise verdienen wollte. Womit weiß ich allerdings nicht."

Fiete wusste es natürlich. „Immobilien", mischte er sich ein. „Er hat schon verschiedene Sachen ausprobiert: Ferienwohnungen, Häuser, Grundstücke. Hat alles nicht geklappt. Sein neustes Projekt sollte ein Wellnesspark sein. Das Grundstück, das er dafür erworben hat, ist aber kein

Bauland. Sein ganzes Geld ist dafür draufgegangen. Er ist daraufhin zu einer Baufirma gegangen, die dem Vater eines Freundes von mir gehört. Den wollte er überzeugen, in das Projekt Wellnesspark einzusteigen. Zum Glück hat der Vater sich nicht darauf eingelassen."

„Hört sich für mich nicht so an, als ob Voss Bonner mit seinem Wohnwagen und dem Zelt einfach von dannen ziehen lassen würde", meinte Grießler lakonisch. „Sie sollten mal mit ihm reden. Vielleicht weiß er ja, wo Bonner abgeblieben ist."

Dieser Gedanken war Petersen auch gerade gekommen. Er zog Grießler beiseite. Fiete musste nicht alles mitkriegen. Der war für seinen Geschmack schon mehr als bestens informiert.

„Voss ist schon als Anwalt ein Windhund gewesen. Ich hätte aber nie gedacht, dass der sich mit einem Esoteriker zusammentun würde. Ich erinnere mich auch nicht, seinen Namen auf Bonners Liste gelesen zu haben. Wenn die beiden gemeinsame Sache gemacht haben, dann haben sie das aber schön unter der Decke gehalten. Wer weiß, was noch dahintersteckt. Der Niederländer war doch auch im Immobiliengeschäft. Es könnte da tatsächlich einen Zusammenhang geben." Er hielt inne und musterte Grießler besorgt. „Tut mir leid, dass dich das kein Stück bei deiner Suche nach Sandra Büchner weitergebracht hat. Dir ist doch klar, dass du nun auf meine Hilfe verzichten musst. Für mich stehen jetzt Bonner und Voss ganz oben auf der Liste. Ich nehme an, du hast kein Interesse daran, mich zu begleiten."

Interesse hatte Grießler schon, allerdings war da noch Billy und deren Interesse galt nur Sandra. Es würde schon schwer genug werden, ihr zu erklären, wieso er so viel Zeit darauf verschwendet hatte, Petersen an seinem Tatort zu unterstützen, ohne dass dabei was Neues über Sandra rausgekommen war. Länger hierzubleiben machte keinen Sinn. „Ich muss wieder zu Billy", sagte er und klang resigniert. Wenn Petersen ihm wenigstens jemanden zur Seite stellen würde, aber das konnte er nicht. Grießler wusste das nur zu gut.

Petersen ahnte natürlich, was in ihm vorging. „Du verstehst doch, dass ich euch nicht helfen kann. Ich würde ja gern, aber ich brauche alle Leute, hier am Tatort und für die Suche nach Bonner und Voss."

„Schon gut. Ich weiß das. Ich hatte nur gehofft, hier einen Hinweis auf Sandra zu finden. Inzwischen glaube ich aber, dass sie nicht hier war. "

„Vielleicht solltest du froh darüber sein. Andernfalls hätten wir jetzt vielleicht zwei Frauenleichen." Die Idee war Grießler auch schon gekommen. Für ihn gab es hier nichts mehr zu tun, also verabschiedete er sich von Petersen. Maaren und Fiete schlossen sich ihm an, froh darüber, den schrecklichen Ort endlich verlassen zu dürfen.

Auf dem Weg zu ihren Autos kam ihnen Jansen entgegen. Er hatte es sehr eilig und warf der Gruppe nur ein kurzes Nicken zu. Grießler kümmerte das nicht. Was immer Jansen auch von Petersen wollte, ihn ging das nichts mehr an. Als er Billy ungeduldig neben dem Wagen auf und ab gehen sah, seufzte er leise. Das würde nicht einfach werden.

Maaren und Fiete bedachte sie mit einem kurzen irritierten Blick, stürzte sich dann jedoch sofort auf ihren Mann.

„Und? Hast du was gefunden? War sie hier?" Grießler öffnete den Mund, doch zu hören war Petersens Bass, der durch die nächtliche Stille herüberschallte. „Grießler! Wir haben was! Das musst du dir ansehen."

Grießler brauchte keine zweite Aufforderung. Alles, was er in diesem Augenblick dachte, war: *Hoffentlich ist das endlich eine Spur von Sandra.* Aber, wie sagte der Volksmund immer? Man soll mit seinen Wünschen vorsichtig sein. Das sollte Grießler nun erfahren. Kaum bei den Kommissaren angekommen, hielt Jansen ihm einen Asservatenbeutel entgegen.

„Das lag in der Küche auf dem Boden. Kommt es dir bekannt vor?" Der Anblick eines Handys in lila Schutzhülle ließ Grießlers Puls augenblicklich in die Höhe schießen. Es sah genauso aus wie das Handy von Sandra. Das konnte kein Zufall sein. Damit stand fest, er würde Petersen nun doch begleiten.

ACHTUNDDREISSIG

Ein paar Versuche brauchte Voss, ehe er die Frau in den Bollerwagen gehievt hatte. Sie machte sich natürlich absichtlich steif und schwer. Als sie schließlich zusammengekrümmt in der Wanne lag, warf er noch eine alte Decke über ihren Körper. Nicht, um sie vor dem kalten Wind oder vor neugierigen Blicken zu schützen. Um diese

Zeit war noch nicht mit irgendwelchen Frühaufstehern zu rechnen und ob sie fror, war ihm herzlich egal. Die Decke sollte es ihr zusätzlich erschweren, einen Fluchtversuch zu starten.

Die gefesselte Frau mit dem klapprigen Bollerwagen zu transportieren, hatte sich anfangs wie eine gute Idee angefühlt. Das letzte Stück, raus ins Watt, erwies sich dann doch als recht schwierig. Dafür wäre der Transportschlitten besser geeignet gewesen. Der stand aber wieder bei seinem Nachbarn in der Garage und es hätte zu lange gedauert, ihn zu holen. Außerdem war es tendenziell problematisch, sich den Schlitten ein zweites Mal *auszuborgen*. Er wäre schon beim ersten Mal beinahe erwischt worden. Damit war ihm heute nur der Bollerwagen geblieben und dessen Gummireifen drückten sich durch das Gewicht tief in den Matsch. Zum Glück musste er heute nicht ganz so weit raus wie beim letzten Mal. Nur bis zum ersten größeren Priel, der genug Wasser führte. Das musste nicht mal besonders tief sein. Ertrinken konnte man auch in 20 Zentimeter tiefem Wasser, wenn man unglücklich aufs Gesicht fiel oder wie in ihrem Fall, nach unten gedrückt wurde. Über irgendwelche Spuren musste er sich keine Sorgen machen. Die Flut war schon im Anmarsch und das Wasser würde seine Spuren von ihrem Körper waschen oder zerstören. Abgesehen von den Fesselspuren. Doch selbst wenn die Polizei von einer Straftat ausging, alles würde auf Bonner als Täter hindeuten.

Trotz Wind und niedriger Temperaturen kam Voss immer mehr ins Schwitzen. Mehrmals hielt er an, um zu verschnaufen. Er war nicht mehr der Jüngste und seine

Fitness hatte ihm noch nie besonders am Herzen gelegen. Das rächte sich heute. Mit dem Niederländer hatte er nicht solche Schwierigkeiten gehabt. Er begann zu fluchen.

„Du blödes Miststück! Wenn ich gewusst hätte, dass du es mir so schwer machst, hätte ich dich lieber neben Bonner aufgeknüpft. Und ich darf den ganzen Weg auch noch zurücklaufen, mit dem Karren. Scheiße, verdammt!" Wütend schmiss er die Deichsel in den Dreck. Jetzt war Schluss mit der Plackerei. Den Rest des Weges würde sie laufen, ob sie wollte oder nicht. Er würde sie schon dazu kriegen.

♠

Sandra fror erbärmlich, trotz Decke. Es war nicht nur absolut finster darunter, es roch nach Moder und Schimmel. Ein paar Mal wollte sie die Decke anheben, um etwas von der kühlen Nachtluft zu erhaschen. Ihre Lungen gierten nach Sauerstoff. Mit auf dem Rücken gefesselten Händen war das nicht möglich und nach einigen vergeblichen Versuchen gab sie auf.

Anfangs rumpelte das Gefährt über Bodenwellen und Steine. Einmal ging es aufwärts und sofort wieder abwärts. Das musste ein Deich gewesen sein. Von da an wurde die Fahrt etwas ruhiger. Erst vernahm Sandra das Knirschen von Rädern, die durch Sand fuhren. Das änderte sich jedoch schnell. Sie hörte Wasser, Schuhe, die sich schmatzend von nassem Untergrund lösten und den allgegenwärtigen Wind.

Natürlich, durchzuckte es sie. Er brachte sie ins Watt. Es würde ihr genauso ergehen wie dem Niederländer. Trotz der

Kälte fühlte sie, wie ihr der Angstschweiß aus allen Poren drang.

Mehrmals hielt er an. Vielleicht, um zu prüfen, ob die Stelle günstig war. Jeder dieser Stopps konnte der Letzte sein. Sie musste etwas unternehmen und zwar schnell. Sie durfte nicht aufgeben. Sie musste kämpfen, bis zum letzten Moment. Ihr blieb gar keine Wahl. Hier draußen konnte sie nicht auf Hilfe hoffen.

Unter seinem heftigen Fluchen stoppte die Fahrt erneut. Die Decke dämpfte seine Stimme und Sandra hörte nur dumpfes Gemurmel. Sie war froh, dass sie nicht verstand, was er von sich gab. Sie hatte schon zu viel gehört. Im nächsten Augenblick wurde die Decke weggezogen. Endstation.

Bösartige Augen schauten auf sie herab. Ohne auch nur ein Wort zu sagen, griff er nach ihren Füßen. Sandra spannte ihre Muskeln an. Leicht würde sie es ihm jedenfalls nicht machen. Sie hörte sein Keuchen, als er sie aus der Wanne wuchtete. Gut so. Sollte er sich ruhig verausgaben. Das konnte ihr nur nützen.

„Das letzte Stück läufst du. Verstanden?" Er wartete nicht auf eine Zustimmung. Trotzdem nickte sie. Für seine nächsten Worte kam er ganz nahe an ihr Ohr heran. „Ich mach dir die Fesseln von den Füßen ab, damit du laufen kannst. Wenn du irgendwas versuchst, werde ich dich gleich hier erledigen. Mir ist egal, ob du ertrinkst oder im Schlamm erstickst. Du hast die Wahl." Mit ausdruckslosem Gesicht beobachtete er sie, während er den Strick löste. Dann trat er einen Schritt zurück und befahl ihr aufzustehen.

Wenig später stand Sandra mit zitternden Knien neben dem Bollerwagen.

Er war vorsichtig, hielt sich außerhalb ihrer Reichweite. Sandra spürte die Kraft langsam in ihre Beine zurückkehren. Das brauchte er aber nicht zu wissen. Wenn er glaubte, dass sie zu schwach war, um richtig laufen zu können, ließ seine Aufmerksamkeit vielleicht etwas nach. Sie spielte auf Zeit, etwas anderes blieb ihr gar nicht übrig. Leicht nach vorn gebeugt, lehnte sie sich gegen die Wanne und tat, als ob ihr schwindlig wäre. Wenn er sie noch ein paar Minuten in Ruhe ließ, war das vielleicht genau die Zeit, die sie brauchte, um einen Fluchtversuch wagen zu können. Das war ihr Plan, ihr einziger Plan. Einen Plan B gab es nicht. Der könnte auch nur lauten: ihn zu überwältigen. Daran brauchte sie nicht mal zu denken. Er war viel größer und schwerer als sie. Auch wenn er im Moment wie ein Walross schnaufte, allein seine Masse machte es unmöglich, ihn zu bezwingen. Und ihre Hände waren immer noch gefesselt.

Bei näherer Betrachtung hatte ihr Plan ein paar kleine Schönheitsfehler. Erstens, sie wusste nicht, wohin sie laufen musste, um aus dem Watt zu kommen. Zweitens, mit ihren Schuhen würde sie nicht besonders schnell laufen können. Und drittens, je länger sie wartete, umso mehr erholte er sich auch. Jetzt oder nie! Sie durfte keine Sekunde länger warten.

♠

Es war nicht einfach für Grießler, Billy davon zu überzeugen, bei Maaren und Fiete zu bleiben. Letzten

Endes musste sie aber einsehen, dass alles andere nicht ging. Sie wollte, dass ihr Mann weiter nach Sandra suchte und dafür musste er sich mit Petersen und Jansen zusammentun. An der Stelle war für sie die Suche zu Ende. Wenigstens würden ihr die jungen Leute für den Rest der Nacht in der Ferienwohnung Gesellschaft leisten. Das hatten sie Grießler hoch und heilig versprochen.

Nachdem das geklärt war, teilten die drei Kommissare sich auf. Jansen übernahm mit einem Kollegen die Suche nach Krawczyk. Petersen würde gemeinsam mit Grießler eine andere Spur verfolgen. Eine, die Voss und Bonner miteinbezog und die ihnen hoffentlich Informationen zu Sandra bringen würde.

Jetzt saßen sie in Petersens Auto und fuhren schweigend über das platte Land. Keinem von beiden war nach Reden zumute, denn jeder hing seinen eigenen düsteren Gedanken nach.

Grießler dachte darüber nach, was der Fund des Handys an einem Tatort für Sandra bedeutete. Inzwischen stand es fest, dass es ihr Handy war, also musste sie dort gewesen sein. Grießler hielt es durchaus für möglich, dass Sandra ihr Handy absichtlich dort gelassen hatte, als eine Art Brotkrümel. Es konnte ihr aber auch einfach aus der Tasche gerutscht sein. Überzeugt war er inzwischen aber davon, dass die WhatsApp an Gerti ein fehlgeleiteter Notruf gewesen war. Danach hatte es keine weiteren Aktivitäten mehr über das Handy gegeben. Wenigstens gab ihnen das einen ziemlich genauen Zeitpunkt für ihr Verschwinden. Sie konnten wohl auch davon ausgehen, dass Madame Zouzas Ermordung auch um diese Zeit erfolgte. Was immer mit den beiden Frauen passiert war, es musste gegen 21:30 Uhr geschehen sein, also vor mehr als vier Stunden.

Bei dem Gedanken lief Grießler unwillkürlich ein Schauer über den Rücken. Obwohl er wusste, wonach das für Sandra aussah, scheute er sich noch immer, es eine Entführung zu nennen. Doch es war eine und das bedeutete, dass es auf jede Minute ankam. Sein Blick ging zu Petersen, der stoisch nach vorn schaute. Grießler wusste genau, dass der Kollege sich gerade übelste Vorwürfe machte. Im Augenblick konnte er nichts tun, um ihm seine Selbstvorwürfe zu nehmen. Nicht, solange Sandra noch nicht gefunden worden war.

Ja, Petersen machte sich wirklich Vorwürfe und das nicht zu knapp. Er hatte Zusammenhänge nicht erkannt, Verbindungen nicht aufgedeckt, weil er sich mit den ersten Erklärungen, die passten, zufriedengegeben hatte. Nämlich, dass der Tod des Niederländers ein Unfall gewesen und Marzena Kloss Opfer eines Raubüberfalls war. Für ihn hatte das stimmig genug geklungen, um die Fälle als aufgeklärt anzusehen. Andere Hinweise hatte er abgetan, war ihnen nicht mal ansatzweise nachgegangen, was absolut unprofessionell war. Dazu war dann auch noch die Abneigung gegen Sandra Büchners Privatermittlungen und ihre ständigen, zugegeben nervigen, Einmischungen gekommen. Er hielt sich eigentlich für einen guten Ermittler, der unvoreingenommen und aufgeschlossen an seine Fälle heranging. Nach dem heutigen Tag sollte er diese Selbsteinschätzung wohl noch mal überdenken. Würde man ihn jetzt um eine schonungslose Analyse seines Vorgehens bitten, das Ergebnis wäre wenig schmeichelhaft.

Aber für sowas war jetzt nicht die Zeit. Erst mal galt es, Bonner und Voss zu finden und den Verbleib von zwei vermissten Frauen zu klären. Und während Jansen mit der Suche nach Lena Krawczyk beschäftigt war, suchten Grießler und er nach Sandra Büchner und den Männern. Am erfolgversprechendsten erschien es ihm, bei Voss mit der Suche anzufangen. Von ihm kannten sie wenigstens die Wohnadresse und da ging es jetzt hin. Nach allem, was Fiete ihnen erzählt hatte, könnte Voss möglicherweise etwas über Bonners Verbleib wissen. Petersen hatte die starke Vermutung, dass Bonner ihnen sagen konnte, was im Haus von Madame Zouza geschehen und wo Sandra abgeblieben war. Seine Hoffnung die quirlige Privatdetektivin noch lebend zu finden, sank allerdings mit jeder Minute. Das würde er Grießler aber nicht sagen. Wahrscheinlich war das auch gar nicht nötig. Als Ermittler wusste er genau, dass Entführungen meist kein gutes Ende nahmen.

Auch wenn die Chancen schlecht standen, davon ließ Petersen sich nicht runterziehen. Im Gegenteil, es spornte ihn an. Er würde sich erst Voss vornehmen und dann Bonner. Wer immer mit Zouzas Tod und dem Verschwinden der beiden Frauen zu tun hatte, der konnte sich auf was gefasst machen, wenn er ihn in die Hände bekam. Er schaute zu Grießler hinüber. So grimmig wie der gerade guckte, war er nicht der Einzige mit solchen Gedanken.

♠

Der Augenblick war gekommen. Sandra wirbelte herum und stürzte sich auf ihren Entführer. Ihr Plan war es, ihn zu

Fall zu bringen und dadurch einen kleinen Vorsprung zu gewinnen. Der erste Teil klappte, der zweite nicht. Voss landete mit dem Rücken im Matsch, doch sie verlor dabei auch das Gleichgewicht und rutschte aus. Einen totalen Sturz konnte sie zwar vermeiden, aber sie fiel auf ihren Hintern. Die wertvollen Sekunden, die sie gerade erst erbeutet hatte, verlor sie sofort, weil sie Mühe hatte, sich aufzurichten. Inzwischen hatte er es geschafft, sich auf die Seite zu drehen. In dem Moment, als sie loslaufen wollte, gelang es ihm, ihren Fuß zu packen. So sehr sie sich auch wehrte, er ließ nicht los. Im Gegenteil. Er begann mit aller Macht an ihrem Fuß zu ziehen, mit dem Ergebnis, dass sie nicht aufstehen konnte.

Sandra wusste, wenn es ihm gelang, auch noch den anderen Fuß zu packen, war sie erledigt. Dazu durfte es nicht kommen. Sie spürte Todesangst in sich aufsteigen. Ein Gefühl, das ihre Gedanken zwar lähmte, dafür aber ihren Überlebensinstinkt weckte. Wie eine Schlange wand sie sich, warf sich hin und her, um dem Griff zu entgehen. In einem verzweifelten Versuch zog sie das noch freie Bein an. Das verschaffte ihr lediglich eine Sekunde, vielleicht zwei, bevor er sie endgültig zu fassen bekam. Sie wusste, was dann kam. Er würde ihr Gesicht in den Schlamm drücken, bis sie erstickt war.

Sie reagierte instinktiv und trat zu. Es war Zufall, dass er gerade in diesem Augenblick sein Gesicht in ihre Richtung gedreht hatte. Der Tritt war heftig. Er traf seine Nase und Voss jaulte auf. Der Schrei überraschte Sandra. Wie gern hätte sie den Moment genossen, doch um sich zu freuen, war es noch zu früh. Sie musste handeln und zwar sofort.

Ihr Fuß war frei und damit auch sie. Irgendwie schaffte sie es, wieder auf die Beine zu kommen. Ohne zu wissen, wohin, lief sie einfach los, hinein in die Dunkelheit. Den Luxus, erst noch darüber nachzudenken, konnte sie sich nicht leisten. Genauso wenig, wie anzuhalten und sich umzuschauen. Sandra rannte. Rannte um ihr Leben.

NEUNUNDDREISSIG

Besonders erfolgreich verlief die Suche nach Voss nicht. Nach einer halben Stunde wussten Petersen und Grießler lediglich, dass er nicht zuhause war. Petersen fand heraus, dass es eine Exfrau gab und rief sie an. Sie war so schon nicht gut auf ihren Exmann zu sprechen. Dass die Polizei sie seinetwegen zu nachtschlafender Zeit anklingelte, machte sie auch nicht mitteilungsfreudiger. Erst bei dem dezenten Hinweis, dass ihr Ex als Zeuge zu einigen schweren Verbrechen befragt werden sollte, wurde sie gesprächig.

„Warum sagen Sie das denn nicht gleich? Ich dachte, Sie wären..." Sie ließ offen, was sie dachte. „So gern ich es erleben würde, dass er mal eins vor den Bug bekommt, ich kann Ihnen leider nicht helfen. Bei mir hat er sich schon seit Monaten nicht mehr blicken lassen. Er schuldet mir den Unterhalt, wissen Sie. Er geht nicht ans Telefon, wenn er sieht, dass ich es bin, ruft nicht zurück und hält sich auch kaum in seiner Wohnung auf. Ich weiß nicht wo er ist. Sorry."

So schnell gab Petersen nicht auf. „Gibt es vielleicht noch eine andere Wohnung oder könnte er bei einer Freundin sein?" Abfälliges Lachen drang aus dem Telefon.

„Der hat keine Freundin. Dafür hat er kein Geld. Eine zweite Wohnung hat er auch nicht. Es gibt nur noch dieses wertlose Grundstück in der Nähe von Harlesiel. Soweit ich weiß, steht da nur eine alte Scheune drauf. Eine Zeit lang hat er seinen Wohnwagen dort untergestellt. Er hat das Teil aber verborgt, an einen Wahrsager oder sowas. Vielleicht versuchen Sie es mal bei dem? Ich glaub der wohnt in Carolinensiel."

Das alles wussten sie schon. Wenn die Exfrau keine weiteren Infos hatte, steckten sie in einer Sackgasse. Ganz fertig war die Frau dann doch noch nicht.

„Wenn Sie das Arschloch finden, dann richten Sie ihm bitte aus, dass ich meine Anwältin eingeschaltet habe. Egal, wo er sich versteckt, wir finden ihn und dann reißen wir ihm den Arsch sowas von auf..." Petersen reichte es. Er legte auf.

Grießler sah ihn auffordernd an, was so viel wie *Und was nun?* heißen sollte. Im Grunde dachten beide das Gleiche. Die Scheune war im Moment ihre beste Chance. Sie war ja auch der einzige Hinweis, den sie bekommen hatten.

Petersen öffnete auf seinem Tablet eine Karte, auf die nur die Polizei Zugriff hatte. Sie generierte sich aus den Datenbanken des Katasteramtes, des Finanzamtes und noch einigen anderen. All diese Infos zusammengeführt, ergab sich ein ziemlich genaues Bild von der Gegend. Petersen fand Voss' Grundstück schnell und eine Minute später waren sie schon auf dem Weg dorthin.

♣

Sandra rannte erst seit wenigen Minuten, doch schon begannen ihre Kräfte sie zu verlassen. Rennen war eigentlich nicht der richtige Ausdruck, so langsam wie sie vorankam. Es war unglaublich schwierig, in dem schlammigen Untergrund vorwärts zu kommen. Der Boden war zu weich. Immer wieder versank sie bis zu den Knöcheln, steckte fest und konnte sich nur mit Mühe wieder aus der Umklammerung des eiskalten Schlamms befreien. Ihre Sneaker eigneten sich eindeutig nicht für eine Flucht durchs Watt. Schon nach wenigen Schritten hatte sie einen ihrer Schuhe, beim Versuch den Fuß aus dem Matsch herauszuziehen, verloren. Er steckte nun irgendwo hinter ihr im Watt. Sie schaffte keine zehn Meter, als sie wieder stecken blieb. So abrupt in der Vorwärtsbewegung gestoppt zu werden, hatte zur Folge, dass sie der Länge nach hinschlug. Auf dem weichen Untergrund tat das nicht weh, aber sie verlor dadurch kostbare Zeit und den zweiten Schuh. Jetzt kam sie zwar etwas schneller voran, doch nicht lange. Sie war schon bis auf die Haut durchnässt und in ihren Füßen begann sich bereits ein Taubheitsgefühl auszubreiten. Darüber hinaus fegte ein eisiger Wind über die Landschaft, dem sie schutzlos ausgeliefert war. Ihr Körper würde schneller auskühlen, als sie laufen konnte. Wenn sie doch nur endlich das Ufer erreichen würde. Aber sie wusste ja nicht mal, ob sie in die richtige Richtung lief. Das ansteigende Wasser schien aus allen Richtungen zu kommen.

Was hatte Fiete ihnen erzählt? *Landratten stellen sich die Flut oft so vor, dass das Wasser aus Richtung des*

Meeres heranrollt, aber das stimmt nicht. Es kommt von allen Seiten und es sieht so aus, als würde es auch aus dem Boden kommen. Genau so war es. Sie würde es jedem bestätigen, falls sie lebend aus der Sache rauskam.

Im nächsten Moment spürte sie einen heftigen Schmerz in einem Fuß. „Au, verdammt!", schrie sie unwillkürlich auf. Sie war auf etwas Hartes, Scharfkantiges getreten. Auch davor hatte Fiete sie gewarnt. Bei einer Wattwanderung hatte man nicht nur den weichen Matsch unter seinen Sohlen, sondern auch die unterschiedlichsten Wattbewohner. Muschelschalen zum Beispiel. Sie musste auf eine solche Muschelschale getreten sein. Ein Brennen unter dem Fuß verriet ihr, dass sie sich geschnitten hatte. Auch das noch. Über irgendwelche Keime oder Bakterien, die in die Wunde eindringen konnten, machte sie sich die wenigsten Sorgen. Ihr Problem war, dass der Schmerz ihr auch noch zusetzen und ihr Tempo weiter verringern würde. Der nächste Schritt zeigte ihr deutlich, wie sehr ihre Befürchtung zutraf. Jedes Auftreten, jeder Kontakt mit dem salzigen Wasser wurde zur Qual und trieb ihr die Tränen in die Augen.

Für einen kurzen Augenblick hielt sie inne, um sich zu orientieren. Dadurch verlor sie wertvolle Zeit, sie wollte aber auch nicht in die Irre laufen. Was blieb ihr also übrig? Laufen, gegen den Schmerz und die Kälte ankämpfen und nach Lichtern Ausschau halten, das war in ihrem Zustand zu viel Multitasking. Das schaffte sie einfach nicht mehr. Leider erwies sich die kurze Pause nicht nur als nutzlos, da Sandra keine Lichter entdeckte, sondern auch noch als verhängnisvoll. Ihr eigenes Keuchen hatte sie alle anderen

Geräusche überhören lassen. Nun, da sie für ein paar Sekunden ruhig dastand, konnte sie deutlich die schmatzenden Laute von Schritten durch den Schlamm wahrnehmen und sie kamen unaufhaltsam näher. Sie musste schleunigst weiter, weg von den Schritten, egal wohin sie das führte. Ihre einzige Chance, wenn sie das Ufer schon nicht erreichen konnte, war, lange genug durchzuhalten, bis er vielleicht aufgab. Oh Gott, sie wusste selber wie unwahrscheinlich das war. Er würde nicht aufgeben und sie nicht mehr lange durchhalten.

♣

Nur über einen holprigen Feldweg kam man auf das Grundstück von Voss und mit jedem Meter, den Grießler und Petersen sich dem vermeintlichen Ziel näherten, wurde ihre Hoffnung, Voss dort anzutreffen, geringer. Endlich fiel das Licht der Scheinwerfer auf ein großes Etwas. Das musste die Scheune sein, von der Voss' Exfrau gesprochen hatte. Dunkel und wenig einladend ragte sie vor ihnen auf.

„Hier ist doch keiner", äußerte Petersen enttäuscht, kaum dass er das Auto gestoppt hatte. Auch wenn Grießler geneigt war, ihm zuzustimmen, er wollte den Weg nicht völlig umsonst gemacht haben. Also stieg er aus.

„Lass uns wenigstens kurz nachsehen", schlug er vor. Wenig begeistert folgte Petersen ihm schließlich. Da die Scheinwerfer nur einen geringen Teil der Umgebung erhellten, bewaffneten sich die Männer mit Taschenlampen. Petersen begann die Scheune von außen abzuleuchten.

„Hier gibt es eine Menge Reifenspuren. Auf den ersten Blick kann man erkennen, dass sie von verschiedenen

Fahrzeugen stammen. Für eine so gottverlassene Gegend ist hier ziemlich viel los."

Grießler interessierte sich nicht für die Reifenspuren. Er ging entschlossen auf das Tor zu. Es war nur angelehnt. *Gut*, konstatierte er. War etwas frei zugänglich, durften sie es auch in Augenschein nehmen.

„Ich geh rein", rief er Petersen zu.

„Warte! Wir sollten das besser zu zweit machen."

Grießler ging nicht davon aus, dass ihnen dort drinnen jemand auflauerte. Aus eigener Erfahrung wusste er aber, dass man sich nie ohne Rückendeckung in eine unübersichtliche Situation begeben sollte. Er selber war vor einigen Jahren so unvorsichtig gewesen, sich nicht daran zu halten und es hätte ihn beinahe das Leben gekostet. Seit jenem Vorfall in der Magdeburger Johanniskirche war er nie wieder so leichtsinnig gewesen. Und daran würde sich heute nichts ändern. Deshalb wartete er geduldig, bis Petersen bei ihm war. Der brummte unwirsch: „Ich wäre lieber erst einmal außen rum gegangen."

„Das können wir immer noch machen, wenn wir drinnen nichts finden."

Ihre Taschenlampen im Anschlag standen sie nebeneinander. Entschlossen packte Grießler das Tor und zog es mit einem Ruck auf. Petersen machte einen großen Schritt nach vorn und brüllte: „Polizei! Kommen Sie..." Der Rest seiner Ansprache blieb ihm im Halse stecken. Im Schein der Taschenlampen starrten die beiden Männer sprachlos auf das Bild, das sich ihnen bot. Da stand der Wohnwagen und da war auch Bonner. Mit einem Strick um den Hals hing er baumelnd von der Decke. Der würde keine Fragen mehr beantworten.

♣

Der Schnitt unter dem Fuß machte Sandra furchtbar zu schaffen. Jedes Mal, wenn die Wunde mit dem salzigen Wasser in Berührung kam, brannte es wie Feuer. Sandra versuchte den verletzten Fuß so wenig wie möglich zu belasten. Aus dem anfänglichen Laufen war ein mühseliges Humpeln geworden. Dennoch kämpfte sie verbissen um jeden Meter. Spürte sie doch, dass sie sich unaufhaltsam dem Punkt näherte, an dem sie nicht mehr konnte. Alle Schwierigkeiten, in die sie sich schon gebracht hatte, waren nichts im Vergleich zu dem, was ihr gerade passierte.

Sandra schaffte noch ein paar Meter, dann zwang der Schmerz sie erneut in die Knie. Und dieses Mal fühlte es sich endgültig an. In ihrer Verzweiflung suchte sie mit den Augen nach etwas, womit sie sich verteidigen konnte. Natürlich vergebens. Selbst wenn da etwas gewesen wäre, sie konnte mit ihren auf dem Rücken gefesselten Händen ja nicht mal danach greifen, geschweige denn, sich damit verteidigen, falls es notwendig werden würde. Falls? Es gab kein *falls*, nur ein *ganz bestimmt*. Es konnte nur noch Sekunden dauern, bis ihr Entführer sie erreichte. Inzwischen war er ihr so nahegekommen, dass sie seine schattenhafte Gestalt bereits aus der Dunkelheit auf sich zukommen sah. Diesen Anblick wollte sie sich ersparen und drehte das Gesicht weg.

Vor Angst gelähmt, hätte sie es beinahe übersehen, ein Licht. Ein kleines, helles Licht und gleich daneben noch eins. Konnte das wahr sein? Licht bedeutete Leben, Menschen, Hilfe. Als hätte dieses Licht ihr etwas von seiner Energie gesandt, spürte Sandra plötzlich, wie neue Kraft sie durchströmte.

Nicht aufgeben! Mit diesem inneren Schlachtruf stemmte sie sich in die Höhe, kam auf die Füße und lag einen Augenblick später wieder im Schlamm.

♣

Der Schein ihrer Taschenlampen konnte nur einen geringen Teil der Scheune ausleuchten. Dazu gehörten Bonners Leiche und der vordere Teil des Wohnwagens. Der Rest blieb im Dunkeln, bis Petersen einen Schalter neben dem Tor entdeckte und ihn betätigte. Nun spendete eine Deckenlampe zusätzliches Licht. Viel heller wurde es durch den müden Schein einer einzelnen Glühbirne nicht. Während Petersen die nötigen Anrufe machte, beobachtete Grießler, wie Bonners Körper sich langsam hin und her drehte. Er wusste, dass dies ein Tatort war, doch ein innerer Drang trieb ihn vorwärts. Petersen reagierte ungehalten, als er es bemerkte.

„He, was machst du da? Komm sofort zurück! Du kontaminierst den Tatort."

„Wir müssen nachsehen, ob Sandra hier irgendwo ist."

„Okay, aber nicht du. Ich habe schon genug damit zu tun, deine Begleitung zu erklären. Ich geh nachsehen." Einwände waren zwecklos, das wusste Grießler, also verzichtete er darauf. Es fiel ihm jedoch sehr schwer, einfach nur dazustehen und dem Kollegen zuzusehen, wie er sich in aller Ruhe die Handschuhe überstreifte. Als er dann auch noch anfing Fotos zu machen, hielt Grießler es nicht mehr aus. „Du gehst aber heute noch mal rein, oder?"

Petersen reagierte nicht auf das ärgerliche Gebrabbel seines Kollegen. Er verstand seine Ungeduld, doch die war hier nun mal fehl am Platz. Grießler war nicht der Typ, der schnell aufgab.

„Hast du das gehört?", fragte er seinen Kollegen. Der verneinte, aber seine Miene nahm einen besorgten Ausdruck an. „Falls das ein Versuch sein soll, unser zweifelhaftes Eindringen mit einem vermeintlich weinenden Kind zu rechtfertigen, lass es lieber. Das würde uns niemand glauben." Grießler blieb stur. „Willst du nicht erst mal im Wohnwagen nachsehen. Bonner läuft dir ja nicht mehr weg."

Petersen fuhr herum und reagierte ungehalten. „Wie wär's, wenn du mich das hier machen lässt? Ich bin ja nicht erst seit gestern bei der Kripo."

„Ich halte das einfach nicht aus, vom Rand aus zusehen zu müssen."

„Dann schau dich halt draußen um." Petersens steinerne Miene verriet Grießler, dass das ernst gemeint war. Er drehte sich um und ließ Petersen in Ruhe.

♣

Nach wenigen Minuten war Petersen klar, dass Sandra nicht in der Scheune war. Nun kam endlich der Wohnwagen dran. Er streckte die Hand nach dem Türgriff aus und zog sie wieder zurück. Da war doch tatsächlich ein Geräusch und es kam eindeutig aus dem Inneren des Wagens. Grießler hatte nicht übertrieben. Entschlossen riss er die Tür auf, stürmte hinein und blieb wie angewurzelt stehen.

„Verdammt!", fluchte er, als er die Quelle des Geräuschs vor sich sah. Es war Udo, der Uhu, der in seinem Käfig hockte, mit den Flügeln schlug und ziemlich verdrießlich aus den Federn schaute. „Blöder Vogel", ließ er seiner Enttäuschung freien Lauf. „Wenn du wenigstens ein Papagei wärst, dann könntest du mir was erzählen." Udo tat nichts dergleichen. Er schaute ihn nur mit seinen bernsteinfarbenen Augen an. Sein Blick hatte etwas Vorwurfsvolles an sich. Petersen begann sich unwohl zu fühlen. Das fehlte noch, dass er sich von einem Vogel einschüchtern ließ.

„Guck nicht so!", motzte er ihn an. „Mir doch egal, wenn du mich nicht leiden kannst. Ich kann dich auch nicht leiden. Als ob ich was dafür kann, dass dein Herr und Meister dich im Stich gelassen hat." Mehr Beachtung bekam Udo nicht. Um ihn mussten sich andere Leute kümmern. Vielleicht kam er in eine Auffangstation für Wildtiere oder in einen Zoo. Das war nicht mehr seine Baustelle.

Der Wohnwagen war schnell durchsucht. Petersen fand weder eine Spur von Sandra, noch irgendwas, das Bonners Tod erklärte. Einen Abschiedsbrief zum Beispiel. Zwar hinterließ nicht jeder, der Suizid beging, ein solches Statement, aber falls er einen Abschiedsbrief fand, könnte der die Bestätigung für einen Suizid sein. Kurze Zeit später war klar, es gab keinen Brief. Sie würden also auf andere Weise herausfinden müssen, was geschehen war und wieso. Das war nun mal sein Job. Es war nie leicht, doch das störte ihn nicht. Was ihn dagegen viel mehr bekümmerte, war die

Tatsache, dass er Grießler ab jetzt wirklich nicht mehr helfen konnte. Er hatte nun zwei Todesfälle am Hals. Die Suche nach zwei Frauen, bei denen nicht mal feststand, ob sie wirklich verschwunden und/oder in Gefahr waren, musste er leider zurückstellen. Seine kleine Mannschaft in Esens war jetzt schon überfordert. Gleich morgen würde er Verstärkung anfordern. Petersen seufzte. Auf ihn wartete jetzt die wirklich schwierige Aufgabe. Er musste Grießler die schlechte Nachricht überbringen.

VIERZIG

Grießler war schon in dem Moment, als sie Bonners Leiche entdeckten, klar geworden, dass Petersen sich nun endgültig aus der Suche nach Sandra ausklinken musste. Zwei Todesfälle in einer Nacht. Das war heftig und ließ Petersen gar keine Wahl. Es würde eine lange Nacht für die Spurensicherung und den Gerichtsmediziner werden. Auch Jansen durfte nicht auf einen baldigen Feierabend hoffen. Ihn würde Petersen schon bald auffordern, seine Suche nach Krawczyk abzubrechen und herzukommen. So weit, so gut. Blöd war nur, dass er jetzt hier festsaß. Er war mit Petersen hergefahren und hatte Billy das Auto überlassen. Auf keinen Fall konnte er sie bitten, ihn abzuholen. Ein Tatort pro Nacht war schon einer zu viel. Er musste darauf vertrauen, dass Petersen eine Möglichkeit fand, ihn zur Ferienwohnung zurückbringen zu lassen. Bis es soweit war, wollte er nicht dumm rumstehen. Also tat er das, was der Kollege ihm vorgeschlagen hatte, sich draußen umsehen.

Grießler schaltete die Taschenlampe wieder ein und begann, um die Scheune herumzulaufen. Das Gebäude stand auf festem Boden, inmitten von Grasland und Acker. Bis zum Watt konnte es nicht sehr weit sein. Er hörte das Rauschen des Meeres. Ansonsten war es ruhig. Sogar die Möwen schliefen.

Überall hatten sich Reifenspuren in den Boden gedrückt. Grießler folgte ihnen um die Scheune herum. Auf der Rückseite stand ein Auto, ein VW-Kombi. Mit dem Wagen hatte Bonner sicher den Wohnwagen hergebracht. Ohne sich dem Wagen weiter zu nähern, machte Grießler kehrt, um Petersen von seinem Fund zu berichten.

♥

Nach der ergebnislosen Durchsicht des Wohnwagens verließ Petersen das Gefährt. Sein Blick ging zu Bonner. Der Anblick seiner Leiche ließ auch einen erfahrenen Ermittler wie ihn nicht kalt. Er versuchte sich vorzustellen, was hier abgelaufen war. Auf den ersten Blick sah es wie ein Suizid aus. Technisch gesehen war es nicht so schwierig, sich zu erhängen. Heutzutage fand man alle notwendigen Infos dafür im Internet. Nur machen musste man es dann selber.

Strick und Leiter konnte er in der Scheune gefunden haben. Erst knüpft er eine Schlinge. Dann stellt er die Leiter auf, steigt hoch und wirft den Strick über den Balken. Das macht er zweimal, damit er festsitzt. Er steigt wieder runter und befestigt das lose Ende des Stricks an einem Haken, steigt die Leiter wieder hoch, legte sich die Schlinge um den Hals, stößt die Leiter weg und das war's. Er muss nur von ganz oben fallen, damit die Wucht groß genug ist, um ihm das Genick zu brechen. Sonst hängt er da und kriegt keine Luft mehr. Jeder Versuch, die Schlinge zu lockern, würde scheitern. In dem Fall wurde es ein langsames und qualvolles Ersticken. War das Bonners Schicksal gewesen? Das wollte er sich lieber nicht vorstellen.

Er hatte genug von der hängenden Leiche und wollte die Scheune verlassen, als sein Blick von etwas auf dem Boden angezogen wurde. Zwischen zwei Leitersprossen lag ein Schuh. Der war Bonner im Todeskampf sicher vom Fuß gerutscht. Doch nicht der Schuh hatte seine Aufmerksamkeit geweckt. Ungefähr zwei Meter entfernt von Schuh und Leiter lag noch etwas. Neugierig geworden, lenkte er das Licht der Lampe zu dem kleinen, flachen und rechteckigen Gegenstand.

„Heilige Scheiße", murmelte er erschrocken. „Da liegt ein Handy." Erst schaute er auf seine Füße und dann auf den Boden der Scheune. Hier gab es bestimmt viele Schuhspuren, die gesichert werden mussten. Er wollte eigentlich vermeiden, dass seine noch dazukamen. Aber was er noch mehr wollte, war das Handy. „Ach, fuck!" Mit diesem Fluch lief er los, machte allerdings einen großen Bogen um den Bereich, über dem die Leiche hing. Behutsam ergriff er das Handy mit zwei Fingern und verließ die Scheune. Vielleicht konnte er Grießler mit dem Fund etwas aufmuntern.

♥

„Das hättest du besser nicht getan, Miststück. Jetzt bist du fällig." Voss' Worte trafen sie so eiskalt, wie der Ostwind. Er hatte sie eingeholt, sich auf sie geworfen und nun lag sie auf den Boden gepresst, fixiert von der Masse seines Körpers und dem festen Griff seiner Hände. Zu irgendeiner Gegenwehr war sie nicht mehr fähig. Kälte, Nässe und Anstrengung hatten ihr so stark zugesetzt, dass er sich nicht mal mehr anstrengen musste.

Das war also das Ende, schoss es ihr durch den Kopf. Die Lichter rückten in weite Ferne und die letzte Hoffnung flog davon. Sie fühlte, wie er sie bei den Haaren packte. Doch nicht, wie befürchtet, um ihr Gesicht in den Schlamm zu drücken. Er zog ihren Kopf weit zurück, wollte ihr ein letztes Mal in die Augen sehen, sich an ihrer Angst ergötzen. Doch den Gefallen tat sie ihm nicht. Sie konnte nicht verhindern, dass sie zitterte, doch daran war die Kälte schuld. Wenn er etwas in ihren Augen sehen sollte, dann Wut, Abscheu und Verachtung. Es war ein letztes Aufbäumen. Mehr war ihr nicht geblieben und nicht mal das war ihr vergönnt. Ihr Gesicht war inzwischen dick mit Schlamm bedeckt. Nichts konnte ihn durchdringen, nicht mal Sandras wütender Blick. Im Gegenteil. Ihm schien zu gefallen, was er vor sich sah. Voss' Gesicht hatte nur ein paar Schlammspritzer abbekommen. Sein hämisches Grinsen konnte man immer noch erkennen.

„Ich werde es genießen!" schleuderte er ihr entgegen. Diese Worte und sein hässliches Lachen würden das Letzte sein, was sie hörte.

♥

Grießler wollte in die Scheune und Petersen heraus. In vollem Lauf kam es unausweichlich zum Zusammenstoß. Mit einer Entschuldigung hielt sich keiner auf, stattdessen riefen sie unisono: „Ich hab was gefunden!" Beide stutzten. Wieder kam es gleichzeitig von ihren Lippen. „Du auch?" Und ein drittes Mal. „Was denn?"

Petersen machte schließlich einen Schritt zurück. „Du zuerst."

„Hinter der Scheune steht ein Auto. Das muss der Wagen von Bonner sein. Den müssen wir auf jeden Fall durchsuchen."

„Also erstens, Bonner hatte kein Auto, er besaß auch keinen Führerschein."

„Als ob noch nie einer ohne Führerschein gefahren wäre", grätschte Grießler dazwischen.

„Stimmt. Es ist aber kein Auto auf ihn zugelassen. Das habe ich überprüft."

„Dann ist es vielleicht das Auto von Voss."

„Das lässt sich schnell rauskriegen." Die Männer liefen hinter die Scheune, Petersen gab die Nummer per Handy weiter und schon wenige Sekunden später hatten sie ihre Bestätigung. Der Wagen gehörte Peter Voss.

Petersen begann laut nachzudenken. „Wenn es Bonner war, der den Wohnwagen hergefahren hat, wo ist dann Voss? Zuhause schon mal nicht. Ich glaube auch nicht, dass er gerade als Fußgänger unterwegs ist."

„Dass Voss den Wohnwagen samt Bonner hergefahren hat, macht aber auch keinen Sinn. Dann müsste er doch auch hier irgendwo sein."

„Ich sag's nur ungern, aber beide Möglichkeiten machen keinen Sinn. Irgendwas übersehen wir." Petersen war ans Fahrzeug herangetreten und leuchtete ins Innere. „Der Schlüssel steckt noch und da liegt was auf dem Rücksitz." Grießler zuckte unwillkürlich zusammen, als er das hörte. Petersen gab sich einen Ruck, öffnete die hintere Tür, griff zu und gab Entwarnung. „Das ist nur ein Tuch. Sieht aus wie eins von den Tüchern, die Madame Zouza in ihrem Laden verkauft hat. Es liegt auf dem Rücksitz."

„Wozu hat Bonner ein Tuch mitgenommen? Als Andenken wohl kaum."

„Damit könnte was abgedeckt worden sein."

„Oder jemand", ergänzte Grießler in unheilvollem Ton. Petersen hatte diesen Gedanken auch schon gehabt, ihn aber nicht aussprechen wollen. Stattdessen sagte er: „Wenn Sandra im Auto gewesen ist, wo ist die dann jetzt? Wir haben doch alles abgesucht."

„Überall noch nicht." Mit diesen Worten lief Grießler um das Auto herum und blieb vor dem Kofferraum stehen. Wortlos ging Petersen zu ihm und nun starrten beide auf die Kofferraumtür. Durch die Scheibe war nur die Abdeckung zu erkennen. Um zu sehen, was darunter war, mussten sie den Kofferraum öffnen.

„Ich kann das nicht", sagte Grießler und trat einen Schritt zurück. Petersen wäre es zwar lieber gewesen, das nicht im Beisein des Kollegen tun zu müssen, aber wegschicken ging nicht und warten, bis die SpuSi hier war, auch nicht. Dann jetzt und schnell!

Sie mussten nur einen kurzen Blick ins Innere werfen, um erleichtert aufzuatmen. Der Kofferraum war voll, aber nicht mit dem, was sie befürchtet hatten zu finden. Grießler klang dennoch enttäuscht, als er meinte: „Das ist nur irgendwelcher Krempel. Das bringt uns nicht weiter." Er setzte sich wieder in Bewegung, um den Rundgang um die Scheune zu beenden.

Petersen rief ihm hinterher: „Ist doch gut, dass wir sie nicht im Auto gefunden haben. Jetzt wissen wir, dass sie nicht hier ist."

Grießler war stehengeblieben. Als er sich umdrehte, konnte Petersen die Verzweiflung in seinen Augen erkennen. „Aber wo ist sie dann? Sie war im Auto, da bin ich mir ganz sicher. Er hat sie mit hierhergenommen und bestimmt hat er sie nicht wieder laufen lassen. Also, wo ist sie, verdammt noch mal?"

„Ich weiß es doch auch nicht, Sören." Inzwischen glaubte Petersen auch nicht mehr an eine harmlose Auflösung. Es bedrückte ihn, seinen Kollegen so niedergeschlagen zu sehen. Aber ohne eine konkrete Spur musste er die Suche jetzt abbrechen. Er wollte es gerade aussprechen, als Grießler ihm zuvorkam. „Ich weiß, was du sagen willst. Ist schon okay", sagte er und winkte ab. Petersen hatte auf Grießlers Verständnis gehofft, doch ihn so verzweifelt allein lassen zu müssen, versetzte ihm einen Stich. Aus der Ferne hörte man die Sirenen der näherkommenden Einsatzfahrzeuge. Was da anrollte, bedurfte seiner ganze Aufmerksamkeit. Das ließ ihm keinen Spielraum mehr. Plötzlich fiel ihm etwas ein. Bei all der Aufregung war ihm doch glatt entfallen, was er in der Scheune gefunden hatte. „Vielleicht finden wir einen Hinweis auf dem Handy", rief er Grießler nach, der schon um die nächste Ecke herum war. Petersen setzte ihm nach. Sein Kollege war stehengeblieben, also hatte er ihn gehört. „Ich habe drinnen ein Handy gefunden, auf dem Boden, direkt unter Bonner." Er hielt es so, dass Grießler es sehen konnte. Als er einen Handschuh abstreifte, erhob Grießler Einspruch. „Das ist ein Beweismittel, Lasse.

„Hier ist Gefahr im Verzug."

„Dafür kannst du gewaltig Ärger bekommen."

„Das nehm ich auf meine Kappe." Es war ihm ernst damit. Seine Finger wischten über das Display. „Nicht gesperrt. Das ist gewissermaßen eine Einladung."

Grießler war an ihn herangetreten. Auch wenn er Bedenken hatte, verpassen wollte er nichts.

„Hier ist noch eine WhatsApp geöffnet. Er hat sie geschrieben, aber nicht abgeschickt."

„Für wen sollte sie denn sein?"

Petersen stieß einen leisen Pfiff aus. „Er wollte es in seinen Status stellen. Das scheint der Abschiedsbrief zu sein. Auf dem Handy? Hab ich so auch noch nicht erlebt." Stumm lasen sie, was da stand. Es war ein Abschiedsbrief und ein Geständnis, kurz und knapp, ganze vier Sätze.

Es ist alles meine Schuld. Ich habe sie getötet. Ich wollte das nicht. Mit dieser Schuld kann ich nicht leben.

Grießlers Fazit lautete: „Ganz schön dürftig. Was ist seine Schuld? Wen hat er getötet?" Ernüchtert schaute er Petersen an. „Verstehst du das?" Der Angesprochene antwortete nicht. Er starrte wie gebannt auf den Boden.

„Was ist los?", wollte Grießler schließlich wissen. Auch er hatte die Sirenen gehört und wusste, dass die Zeit knapp wurde. Petersen deutete nach unten.

431

„Siehst du die Abdrücke auf dem Boden? Die stammen nicht von Autoreifen. Dafür sind sie zu schmal und stehen zu dicht beieinander. Ich tippe auf einen Handwagen mit Gummirädern."

„So eine Art Bollerwagen?"

„Hm. Ich wette, so einer hat noch vor kurzem hier gestanden."

„Schon möglich. Worauf willst du hinaus?" Petersen schwieg noch immer. Grießler hielt es nicht mehr aus. „Lass dir nicht jedes Wort aus der Nase ziehen. Deine Leute sind gleich hier, dann bin ich raus aus der Nummer."

„Okay, du wirst mich wahrscheinlich gleich für verrückt erklären, aber hör zu und unterbrich mich bitte nicht." Grießler nickte und machte die Reißverschluss-Geste über dem Mund.

„Ich musste gerade an den toten Niederländer denken. Eure Freundin hatte doch die Vermutung, dass de Jonges Tod kein Unfall war. Was, wenn sie Recht hat? Er hat doch geschrieben: *Ich habe sie getötet*. Was, wenn er mit *sie* nicht den Singular, sondern den Plural meinte? Dann könnte das nicht nur den Mord an Zouza, sondern auch den an de Jonge miteinschließen. Er könnte de Jonge ins Watt gebracht haben und es wie einen Unfall aussehen lassen."

„Der Streit auf dem Parkplatz! Der könnte der Grund sein.", unterbrach Grießler ihn nun doch.

„Schade, dass wir noch nicht wissen, worum es dabei ging."

„Egal, sprich weiter."

„Was ich eigentlich damit sagen will: Wir sollten das Watt absuchen."

So ganz konnte Grießler Petersens Gedankengänge noch nicht nachvollziehen. „Auf die Idee haben dich ein paar Reifenspuren gebracht?"

Petersen nickte. „De Jonge hatte Betäubungsmittel im Blut. Wenn es kein Unfall war, dann hat ihm jemand vorher das Zeug verabreicht. Das erinnert mich übrigens an den Überfall auf Marzena Kloss. Bei der war es doch vermutlich auch so. Und es würde mich nicht wundern, wenn das Labor bei Madame Zouza auch Betäubungsmittel im Blut feststellt. Also, je nachdem wie weggetreten de Jonge war, hat er vielleicht nicht mehr eigenständig laufen können. Wie ist er dann aber ins Watt gekommen? Jemand musste ihn transportieren. Ein Bollerwagen wäre eine Möglichkeit und hier stand vor kurzem noch so ein Wagen. Und sieh mal!" Er folgte mit der Taschenlampe den Reifenspuren, die von der Scheune wegführten.

Grießler wagte kaum auszusprechen, was er dachte. Er tat es dennoch. „Denkst du, die stammen von heute Nacht?"

„Können wir es riskieren, das auszuschließen?" Grießler antwortete nicht und Petersen sagte beinahe schon entschuldigend: „Ich hab dir gesagt, dass es sich verrückt anhört, aber..."

Grießler musste nicht überzeugt werden. In seiner Verzweiflung klammerte er sich an jeden noch so kleinen Strohhalm. „Sie wurde ins Watt gebracht, mit dem Bollerwagen." Die Bedeutung seiner Worte erfassend, riss er erschrocken die Augen auf. „Der Niederländer ist doch ertrunken, oder? Also hat er noch gelebt, als er ins Watt gebracht wurde. Das heißt, wenn Bonner mit ihr das Gleiche gemacht hat, dann lebt sie vielleicht noch. Verdammt, ist jetzt Ebbe oder Flut?"

„Die Flut hat vor einer Stunde eingesetzt."

„Dann haben wir keine Zeit zu verlieren. Wir müssen da raus. Vielleicht finden wir sie noch rechtzeitig." Grießler stürmte los. „Los komm!", brüllte er Petersen zu, als ihm aufging, dass der ihm nicht folgte. Der Grund dafür war die Fahrzeugkolonne, die gerade an der Scheune eintraf. Für Petersen war hier Schluss, Grießler verstand das.

„Okay! Ich weiß, dass du hier gebraucht wirst, aber ich nicht. Ich werde da rausgehen und sie suchen." Im nächsten Augenblick wurde ihm klar, dass er nicht mal genau wusste, in welche Richtung er laufen musste. „Sag mir wenigstens, wo das Ufer ist", bat er den Friesen. Der ließ den völlig verdatterten Grießler jedoch einfach stehen und lief zu seinen Kollegen. Grießler wollte ihm schon einen deftigen Fluch hinterherschleudern, als er Petersens Anweisungen hörte.

„Die SpuSi sichert die Scheune, alles was sich darin befindet und das Auto, das hinter dem Gebäude steht. Leute, das müsst ihr heute mal allein bewerkstelligen. Die anderen kommen mit mir. Wir suchen eine Frau und dazu werden wir die Schuhe wechseln müssen."

EINUNDVIERZIG

Im Bruchteil einer Sekunde hatte Petersen eine Entscheidung getroffen.

Er übertrug Jansen die Einsatzleitung an der Scheune. Da der aber noch unterwegs war, gab Petersen vor ihrem Aufbruch die Anweisung, dass Jansen ihn sofort nach seinem Eintreffen anrufen sollte. Sobald das geregelt war, liefen sie endlich los, Grießler, Petersen sowie vier Uniformierte. Der Hinweis, die Schuhe zu wechseln, war kein Scherz gewesen. Alle trugen Wattschuhe, sogar für Grießler hatte sich ein Paar gefunden.

Auf dem Weg zum Strand fragte Petersen plötzlich: „Bin ich verrückt, weil ich glaube, Bonner könnte Sandra mit dem Bollerwagen ins Watt geschafft haben, bevor er sich erhängte?"

„Na andersherum geht es ja wohl schlecht." Grießlers Bemerkung entlockte dem Friesen immerhin ein kleines Lächeln und er antwortete mit einem seltenen Anflug von Humor: „Stimmt. Dann wäre er kein Seher, sondern ein Zombie. Aber eine Frage geht mir nicht aus dem Sinn. Warum steht der Bollerwagen nicht wieder an der Scheune?"

„Den hat er im Watt stehengelassen." Das scharfe Tempo machte Grießler etwas zu schaffen. Nebenher auch noch zu reden, fiel ihm nicht leicht. Er konnte nur mit gepresster Stimme reden. „Wenn er vorhatte, sich umzubringen, war ihm der Karren sicher scheißegal."

„Ich weiß nicht. Je länger ich darüber nachdenke, umso weniger glaube ich an einen Suizid."

„Na ein Unfall war das sicher nicht. Oder glaubst du, er hat sich aus Versehen erhängt?"

„Und wenn es Mord war?"

„Wer soll ihn denn umgebracht haben?"

„Könnte doch Voss gewesen sein."

„Ich denke, die beiden waren Partner? Bonner sollte bestimmt Sponsoren für Voss' Wellnesspark beschaffen. Man tötet nicht die Kuh, die man melken will."

„Und wenn die Kuh keine Milch gab?"

Grießler hatte genug von Petersens ständigem und wenn. Er brauchte seine Luft zum Laufen. „Dann kommt sie zum Schlachter!", schleuderte er dem Friesen entgegen. „Im Moment ist mir egal, ob Bonner sich selber erhängt hat oder nicht. Wenn wir Sandra gefunden haben, können wir gern noch mal darüber reden."

„Ich meine ja nur, dass Voss irgendwie mit drinstecken könnte. Wäre das so abwegig? Er finanziert Bonner die ganze Videntis-Chose, doch es kommt nichts für ihn dabei rum. Und wenn man der Ex-Frau glauben kann, dann war Voss nicht besonders freigiebig. Irgendwas muss er sich doch davon erhofft haben. Stattdessen taucht dieser de Jonge auf und macht Probleme. Könnten sich nicht Voss und Bonner zusammen um den Niederländer gekümmert haben? Bonner betäubt ihn und Voss schafft ihn ins Watt. Er kennt sich hier immerhin besser aus als Bonner. Und ihm gehören das Auto und die Scheune."

„Und der Bollerwagen."

„Ja, der Bollerwagen."

„Der noch irgendwo im Watt steht."

„Ja doch."

„Oder da vorne."

„Oder da...was?"

„Da vorne." Sie hatten das Ufer erreicht und Grießler deutete aufs Watt hinaus. „Das da vorne sieht doch aus wie ein Bollerwagen."

„Du hast Recht."

„Weißt du was das bedeutet? Sie ist wirklich da draußen." Grießlers grimmige Miene unterstrich seine Entschlossenheit. Er hatte kaum einen Schritt gemacht, als Petersen ihn zurückhielt.

„Die Flut kommt. Uns bleibt nicht viel Zeit. Spätestens in einer Stunde müssen wir abbrechen." Das war nicht das, was Grießler hören wollte. „Jetzt pass mal auf, Kommissar Petersen. Ich werde sie finden und wenn ich das ganze verdammte Watt abschwimmen müsste. Davon kann mich nicht mal der Klabautermann abhalten und du mich auch nicht. Versuch es also gar nicht erst." Und schon stapfte er los. Petersen konnte nichts weiter tun, als den Kopf zu schütteln. Während er dem Wildentschlossenen folgte, dachte er: *Herrgott noch mal, jetzt kriegt der Kerl doch tatsächlich einen Anfall von Heldenmut.* Und gerade jetzt rief auch noch Jansen an.

♦

Sandras Gesicht wurde nicht, wie von ihr befürchtet, in den Schlamm gedrückt. Der Mann hatte anscheinend anderes mit ihr vor. Er zerrte sie mit sich, ohne sich darum zu scheren, ob sie sich weitere Verletzungen zuzog. Sein schweres Keuchen war unangenehm, doch noch schlimmer war das, was er dabei von sich gab.

„Der nächste Priel ist deiner. Ist zum Glück nicht weit."

Sandra wünschte sich zurück in die Bewusstlosigkeit, nur um das Gebrabbel ihres Mörders nicht mitanhören zu müssen. Leider wirkte die Seeluft belebend und sie musste ihm zuhören.

„Ich bin mit dem Niederländer fertig geworden, genau wie mit Bonner und Zouza. Zugegeben, bei der Polin war ich zu zimperlich und Lena hat es vergeigt ihr den Rest zu geben. Das passiert ihr nie wieder, dafür habe ich gesorgt. Jetzt muss ich nur noch eine schöne Watt-Leiche aus dir machen, dann bin ich euch los."

Er hielt an. „Hörst du das Wasser rauschen? Die Flut steigt. Wir müssen uns sputen. Ich muss ja noch zurück, die Scheune präparieren, nach Hause, duschen, mich umziehen. Am späten Vormittag werde ich zur Scheune fahren, um mich dort mit Bonner zu treffen und das abendliche Treffen vorzubereiten. Das wird ein Schock, wenn ich stattdessen seine Leiche finde." Er wollte Lachen, doch die Anstrengung machte daraus ein Meckern. „Ich werde zu Tode erschrocken sein. Und dann rufe ich die Polizei an. Pass auf! Oh mein Gott!", rief er übertrieben theatralisch. „Sie müssen schnell kommen. Bonner, er hat sich aufgehängt, in meiner Scheune. Es ist so schrecklich."

Sandra wurde schon vom Zuhören schlecht. Der Kerl war echt krank, soviel stand fest. Jetzt beugte er sich zu ihr hinab und fragte sie allen Ernstes: „Wie fandest du das? Überzeugend? Nein? Du hast Recht. Das war nicht gut. Viel zu viel Gejammer. Das werde ich noch ein bisschen üben." Er packte den Kragen ihrer Jacke, und zog sie wieder hinter sich her. Nach ein paar Metern durch eisiges Wasser und

Schlamm spürte Sandra ihre Beine nicht mehr. Das war gut, denn auch der Schmerz war weg.

Noch war ihr Überlebenswille nicht gänzlich gebrochen. Vielleicht war es auch nur irgendeinem niederen Instinkt geschuldet, dass sie einfach nicht aufgeben konnte. Sie wehrte sich auf die einzige Art und Weise, die ihr geblieben war. Mit aller Kraft warf sie sich hin und her. Wenn schon, dann wollte sie es ihm so schwer wie möglich machen, sie zu ermorden. Das tat sie mit mehr Erfolg als gut war, denn plötzlich blieb er stehen.

„Eigentlich wollte ich dich noch ein Stück weiter rausbringen. Aber okay, hier wird es auch gehen." Er hatte nicht ganz Unrecht. Das Wasser stand jetzt schon so hoch, dass er sie nicht bis zu einem Priel schaffen musste. Wie er schon gesagt hatte, man konnte auch in 20 Zentimeter tiefem Wasser ertrinken. Und genau das sollte ihr Schicksal sein.

Gleich würde er ihren Kopf unter Wasser drücken. Ihre letzten Sekunden verbrachte sie damit, möglichst viel Luft in ihre Lungen zu pumpen. Ein paar hektische Atemzüge durch die Nase, mehr war ihr nicht geblieben.

Seine Hände legten sich auf ihre Schulterblätter und drückten sie unter Wasser. Es nützte nichts, dass sie den Kopf bewegen konnte. Egal ob sie ihn zur Seite drehte oder nach hinten bog, es gelang ihr nicht, das Gesicht über die Wasseroberfläche zu bringen. Das Wasser war schon zu hoch.

Im nächsten Augenblick wurde sie zurück an die Luft geholt. Keuchend sog sie den kostbaren Sauerstoff ein. Das war sicher nur ein Aufschub, keine Rettung.

Wahrscheinlicher stellte dies nur eine weitere Teufelei von ihm dar. Nach allem, was sie inzwischen von ihm wusste, traute sie ihm durchaus zu, dass er ihren Todeskampf hinausziehen wollte, um ihn so richtig auszukosten.

Leider sollte sie schnell herausfinden, dass ihre Befürchtung zutraf. Während sie noch nach Luft rang, beugte er sich zu ihr herab und flüsterte ihr zu: „Ich hab dir ja versprochen, dass du Schlamm fressen wirst und ich pflege, meine Versprechen zu halten. Und damit du das richtig genießen kannst, werde ich dir jetzt den Knebel entfernen. Mach dir bloß keine falschen Hoffnungen. Niemand wird dich hören, wenn du schreist. Du vergeudest nur Luft. Niemand wird kommen, um dich zu retten. Hier draußen gibt es nur dich und mich."

Mit einer Hand begann er den Knoten zu lösen. Mit seinen klammen Fingern war das schwierig. Das nasse Tuch widersetzte sich seinem Versuch. Die geschenkten Sekunden nutzte Sandra, um ihre Gedanken zu ordnen. Was hatte er gesagt? Hier draußen gibt es nur dich und mich? Das stimmte nicht. Sie hatte Lichter gesehen und wo das Licht war, da waren auch Menschen. Sie würde auf jeden Fall schreien.

Der Knoten wollte sich nicht lösen und schließlich gab er entnervt auf. Vorerst wollte er sich damit begnügen, ihr den Knebel über das Kinn herunterzuziehen. War sie erst mal tot, konnte er das Tuch in Ruhe entfernen, genau wie die Handfesseln.

Kaum lag ihr Mund frei, als Sandra auch schon einen markerschütternden Schrei ausstieß.

„H I L F E!"

Ihr Ruf wurde vom Wind weit über das Watt getragen, aber ob es weit genug gewesen war, das würde sie vielleicht nie erfahren. Sie hatte den Mund noch nicht wieder geschlossen, als er sie schon wieder nach unten drückte und dieses Mal, das war ihr klar, gab es keinen Weg wieder hinauf.

♦

Petersen hatte schon beim Abmarsch entschieden, dass sie zu zweit, im Abstand von 100 Metern ins Watt gehen würden. Er und Grießler sollten eins der Paare bilden. Deshalb sah er zu, dass er Jansen so schnell wie möglich am Telefon abfertigte. Der Anruf erwies sich als nicht unwichtig. Jansen hatte nämlich Neuigkeiten zu berichten, die, da war Petersen sich sicher, Grießler auch interessieren würden. Vorausgesetzt, er holte ihn ein. Grießler schien seine Wut in pure Kraft und Energie umzuwandeln, so schnell wie er vorankam. Bevor Petersen zu ihm aufschließen konnte, war sein Kollege schon am Bollerwagen vorbei. Er wollte ihn rufen und bitten, stehenzubleiben, dazu kam er nicht. Ein Schrei durchbrach die Nacht und übertönte sogar das Rauschen des Meeres.

„H I L F E!" Klar und deutlich war es zu hören, als wäre die Quelle direkt vor ihnen. Doch das war eine Täuschung. Petersen wusste, dass nächtliche Rufe sich näher anhörten, da keine störenden Geräusche sie übertönten. Und dass der Wind in dieser Nacht landeinwärts wehte, verstärkte den Effekt noch.

Petersen blieb stehen und wartete darauf, dass der Ruf wiederholt wurde, damit er die Richtung besser eingrenzen konnte. Grießler dagegen war nicht mehr zu halten. Er stürmte los, durchpflügte das steigende Wasser wie ein Walross und brüllte: „Sandra! Halte durch!" Augenblicklich setzte auch Petersen sich in Bewegung, in dem Wissen, dass die vier an der Suche beteiligten Polizisten es ihm gleichtaten. Alle hatten den Hilferuf gehört. Er war der Beweis dafür, dass Sandra irgendwo vor ihnen war und dass sie noch lebte. Aber, wie lange noch? Er sah kein gutes Zeichen darin, dass keine weiteren Rufe zu hören waren. Das würde er Grießler gegenüber aber nicht aussprechen, selbst wenn er ihn endlich einholte. Er sah ihn und das tanzende Licht seiner Taschenlampe weit vor sich, wie er mit schweren Schritten und weit ausholenden Armbewegungen gegen die Kraft des heranströmenden Wassers ankämpfte.

♦

Bevor ihr Gesicht unter die Wasseroberfläche geriet, glaubte Sandra, etwas gehört zu haben. Jemand hatte ihren Namen gerufen. Konnte das wahr sein? Oder entsprang der Ruf nur dem Wunsch nach Rettung in letzter Sekunde? Vielleicht war es aber auch die andere Seite, die es wirklich gab und die sie zu sich rief. Aber wieso tat sie das ausgerechnet mit Grießlers Stimme?

Sandra schloss die Augen. Ertrinken war schwer. Sie wusste, sie würde durchhalten, so lange sie konnte, würde sich wehren, so lange sie konnte, bis ihr Körper schließlich doch aufgeben musste. In einem letzten verzweifelten Versuch zu atmen, würde sie den Mund öffnen und ertrinken. Es stimmte nicht, dass das Leben in den letzten

Sekunden an einem vorbeizog. In ihrem Kopf lief kein Film ab. Wohl aber durchlebte sie eine Flut von Gefühlen. Angst, Wut, Trauer, Verzweiflung, und Sehnsucht überkamen sie und das alles auf einmal. Es war so weit, sie musste loslassen und gehen.

◆

Der Kampf, den Grießler gegen die Kraft des Wassers führte, war nichts gegen den inneren Kampf, den er mit sich selber ausfocht. Wieso hatte er es soweit kommen lassen? Er kannte Sandra doch und wusste, dass sie nicht einfach so aufhören würde. Wieso war er nicht energischer dagegen eingeschritten? Klarer Fall! Weil Sandra sich dadurch auch nicht hätte abhalten lassen. Die andere Möglichkeit wäre gewesen, sie zu unterstützen, doch damit hätte er sich gegen die Seite der Kollegen und gegen Petersen entschieden. Die Wahrheit war, er hatte es nicht getan, weil es auf der Seite von Petersen einfacher war als auf Sandras. Seine Ruhe und Bequemlichkeit waren ihm wichtiger gewesen.

Was hätte es denn ausgemacht, sie zu unterstützen? Nichts! Im Gegenteil. Mit ihm gemeinsam wäre sie bestimmt nicht in so eine gefährliche Situation geraten. Wenn er wenigstens eher auf Billy gehört hätte. Stattdessen hatte er ihre Sorge um Sandras Ausbleiben abgetan. Wie sollte er ihr das nur beibringen? Er schob den Gedanken daran schnell beiseite. Im Moment gab es nichts Wichtigeres, als Sandra zu finden, lebend und unversehrt.

Immer wieder hörte er die Rufe der Helfer irgendwo neben ihm. Er selber rief nicht mehr. Ihm fehlte schlicht und ergreifend die Puste dafür. Petersen war etwas zurückgeblieben, doch auch er rief, allerdings nach ihm. „Sören, bleib stehen!" Es kam gar nicht in Frage, dass er auch nur eine Sekunde damit vergeudete, auf den Friesen zu warten. Dem ging es aber um etwas ganz anderes, wie sein nächster Ruf Grießler klarmachte. „Verdammt! Sei doch vernünftig. Wenn du steckenbleibst, hilfst du ihr auch nicht. Und ich kann euch nicht beide retten." Damit hatte er natürlich Recht. Grießler war nicht lebensmüde. Für einen Augenblick blieb er tatsächlich stehen, nur um sofort wieder loszustürmen. Ein dunkler Schatten war vor ihm aufgetaucht. Er hatte die Form einer kleinen Anhöhe, doch im Watt gab es so etwas nicht. Es konnte also nur ein Mensch sein, vornübergebeugt.

„Sandra! Ich bin da. Alles wird gut!" Die Reaktion, die auf seinen Ruf folgte, fiel anders aus als Grießler gedacht hatte. Der Schatten richtete sich auf und gab ein Geräusch von sich, ein fürchterlich krächzendes Lachen, gefolgt von einem lauten Schrei. „Zu spät!" Dann drehte er sich um und verschwand. Tauchte ein in die Dunkelheit, weg von den Rettern und dem Ufer.

Grießler verstand gar nichts mehr. Das war doch nicht Sandra gewesen. Oder doch? Nein. Welchen Grund hätte sie denn, vor ihren Rettern wegzulaufen? Atemlos blieb er stehen. Vom eiskalten Wasser umspült, fühlte er, wie die Kälte ihm die Beine emporkroch. Endlich hatte Petersen ihn erreicht. Während er vorsichtig voranschritt, leuchtete er mit der Taschenlampe die dunkle Wasseroberfläche ab. Dann, ganz plötzlich, verharrte der Lichtkegel an der Stelle, wo Grießler noch vor Sekunden den Schatten gesehen hatte.

„Da!", schrie Petersen und ohne zu fragen stürmte Grießler auf den hellen Fleck zu. Er stürzte, stand wieder auf und warf sich nach vorn. Sein Verstand hatte längst erfasst, was Petersen gemeint hatte, wollte es aber nicht wahrhaben. Vor ihnen trieb etwas im Wasser, ein Mensch, leblos, mit dem Gesicht nach unten.

Instinktiv wusste Grießler, dass es Sandra war. *Zu spät!* Der Ruf hallte wie ein Echo durch seinen Kopf. Zu spät, war alles, was er noch denken konnte. Er brauchte eine gefühlte Ewigkeit, bis er endlich bei ihr war und ihren leblosen Körper zu fassen bekam. Während er sie anhob, ihr Gesicht aus dem Wasser holte und sie umdrehte, hoffte er immer noch. Bis er in ihr regungsloses Gesicht sah. Augen und Mund waren geöffnet, doch sie atmete nicht mehr.

ZWEIUNDVIERZIG

Grießler stand unter Schock. Er hielt Sandras Körper im Arm, bis Petersen es übernahm, das zu tun, wozu er gerade nicht in der Lage war. Als erstes überprüfte der Friese den Puls. Wenn da noch was war, dann so flach, dass er nichts spüren konnte. Sie atmete auch nicht mehr. Jetzt kam es auf jede Sekunde an. Je länger das Gehirn ohne Sauerstoff blieb, umso größer war die Gefahr, dass ein irreversibler Schaden entstand. Petersen begann mit der Mund-zu-Mund-Beatmung. Zum Glück war seine Zeit als Rettungs-schwimmer noch nicht so lange her. Er wusste daher genau, worauf es ankam. Vor allem musste man Ruhe bewahren. Er war die Ruhe selbst und Hilfe nahte.

Petersen hatte Jansen nicht nur die Leitung an der Scheune übertragen. Seine wichtigste Anweisung hatte gelautet, sofort die DLRG zu alarmieren. Schon vor fünf Minuten hatte er das Geräusch zweier sich nähernder Rettungsboote vernommen. Als er nun ihre Silhouetten aus der Dunkelheit auftauchen sah, war er nicht überrascht, aber doch sehr erleichtert. Sandra wurde in eins der Boote gehoben, wo der Notarzt die Reanimation fortsetzte. Petersen und Grießler stiegen dazu. Das zweite Boot nahm den Rest der Rettungstruppe auf.

„Da draußen ist noch jemand" rief Petersen dem Bootsführer zu. Seine Hand zeigte aufs Meer hinaus. „Er ist in die Richtung abgehauen."

Der Bootsführer nickte, doch anstatt sein Boot in die angewiesene Richtung zu lenken, wies er dorthin, woher sie gekommen waren. „Und dahinten haben wir ihn aufgefischt."

Petersen glaubte sich verhört zu haben. „Wirklich?" Vorsichtig wanderte sein Blick zu Grießler hinüber. Der hatte die Neuigkeit zum Glück nicht mitgekriegt. Er saß, in eine Rettungsdecke gewickelt, auf dem Boden des Bootes und ließ die ganze Zeit über den Notarzt nicht aus den Augen. Auch nicht, als der ihm zurief: „Keine Sorge! Ihre Frau ist bei uns in den besten Händen."

Grießler schaute den Arzt verwirrt an. Was redete der Mann da? Sandra war doch nicht seine Frau. Billy war seine Frau und sie war nicht tot. Das war Sandra. Sie war tot. Er wusste doch, was er gespürt hatte, als er sie hielt. Nichts!

Weder Puls, noch Herzschlag und geatmet hatte sie auch nicht mehr. Sein Gesicht schien genau das auszudrücken, was er dachte. Einer der Retter beugte sich zu ihm und flüsterte ihm ins Ohr: „Sie ist nicht tot, solange unser Doc sie nicht für tot erklärt."

Im nächsten Moment schoss ein Schwall Salzwasser aus Sandras Mund. Ihr Husten und Keuchen klang grässlich, doch für Grießler waren es die schönsten Geräusche, die er sich gerade vorstellen konnte. Das und der fröhliche Ausruf des Arztes: „Da ist sie ja wieder!"

Alle im Boot atmeten erleichtert auf und der Bootsführer wandte sich wieder Petersen zu.

„Dieser andere Typ, das ist vielleicht ein Vogel? Hat sich gewehrt, als wir ihn aufnehmen wollten. Und dann hat er verlangt, sofort an Land gebracht zu werden. Wo ist der denn ausgebrochen?"

„Der Kerl ist ein Mörder. Er wollte die Frau ertränken und wahrscheinlich gehen noch mindestens drei weitere Todesfälle auf sein Konto."

„Is nich wahr! Schade, dass ich das nicht gewusst habe. Dann hätte ich ihm gesagt, dass er gern allein zum Ufer waten kann. Manchmal finde ich es echt zum Kotzen, dass wir jeden retten müssen."

Grießler saß neben Sandra und hielt ihre Hand. Er war einfach nur froh, dass sie noch lebte. Eingepackt in Decken und einigermaßen geschützt gegen die Kälte und den Fahrtwind lag sie noch immer auf dem Boden des Bootes. Ihre Augen waren geschlossen, aber sie atmete und nur das war wichtig.

Ab und zu wanderte Grießlers Blick hinüber zum anderen Boot. Wenn das geschah, verfinsterte sich seine Miene und Petersen nahm das als Zeichen, dass er inzwischen von Voss' Rettung wusste. Er würde ein wachsames Auge auf ihn haben, wenn sie an Land gingen. Bis dahin war es noch ein Stück. Sie konnten nicht einfach hier an den Strand fahren und fertig. Sandra musste ins Krankenhaus und der Rettungswagen wartete auf der Mole von Harlesiel, genau wie ein Polizei-Einsatzwagen.

Es blieb dann doch einigermaßen friedlich, als sie an der Mole festmachten. Wenn man mal von Voss' Gezeter absah, der lauthals gegen seine Verhaftung protestierte und sich den Schaulustigen als Opfer von Polizeigewalt präsentierte. Sein Pech war, dass es sich bei den Schaulustigen ausschließlich um voreingenommenes Publikum handelte. Die Einzigen, die es zu dieser sehr frühen Morgenstunde auf die Mole verschlagen hatte, waren nämlich Jansen, Billy, Maaren, Fiete und Svenja. Sie alle gehörten eindeutig nicht zu seinen Fans. Als Petersen ihn nach seiner ordnungsgemäßen Festnahme an den Wartenden vorbeiführte, trafen ihn nur ihre verachtenden Blicke. Von ihnen war kein Zuspruch zu erwarten. Nur ein einzelner Mann mit Kamera machte eifrig Fotos für eine Zeitung, in der es hauptsächlich um Bilder und reißerische Schlagzeilen ging. Voss konnte wohl nicht akzeptieren, dass ihm die gebührende Aufmerksamkeit vorenthalten wurde. Wütend sorgte er selber für Spektakel. Noch aus dem Auto hörte man ihn krakeelen. Er beteuerte immer wieder seine Unschuld, verlangte einen Anwalt und würzte seine Tiraden mit einigen unschönen Beleidigungen gegen die Polizei. Seine Bosheit perlte an Petersen und Jansen ab, wie Wasser an der Lotosblüte. Daran waren sie gewohnt.

Als das Einsatzfahrzeug mit ihm und den Kommissaren davonfuhr, kam endlich Bewegung in die Gruppe der Freunde. Billy stürzte zur Trage, auf der Sandra zum Rettungswagen geschoben wurde. Alle Versuche, sie davon abzuhalten mitzufahren, scheiterten schon im Ansatz. Vor allem, weil es keinem der Sanitäter gelang, zu Wort zu kommen. Erst eine Ermahnung des Notarztes brachte sie kurz zum Schweigen: „So viel Platz ist da nicht, Frau Grießler. Die Sanitäter müssen ihren Mann ja auch noch mitnehmen."

Billy schaute den Arzt missbilligend an. Der glaubte schon, gewonnen zu haben, doch da kannte er Billy schlecht. Sie musterte Ihren Mann einen Moment. Dann entschied sie mit der Autorität einer strengen Mutter: „Alles was unser Held braucht, ist eine heiße Dusche, trockene Sachen und einen Grog. So ein bisschen Nordseewasser haut ihn nicht gleich um." Sie drehte sich zu Fiete um. „Fahrt ihr ihn bitte zur Ferienwohnung? Danke." Und zu guter Letzt bekam auch Grießler noch seine Ansage. „Schatz, wenn du wieder trocken bist, kommst du aber gleich in die Klinik." So viel weibliches Selbstbewusstsein ließ auch den Notarzt nicht unbeeindruckt. Er schenkte sich jeden weiteren Einspruch und überließ es gern ihrem Mann, es mit ihr aufzunehmen. Grießler wusste es besser und versuchte es daher gar nicht erst. Außerdem war er viel zu geschafft, um zu diskutieren. Er sehnte sich tatsächlich nach nichts mehr, als dem was seine Frau vorgeschlagen hatte.

So kam es, dass Billy Grießler im Rettungswagen saß, ehe irgendjemand sie daran hindern konnte und ihr Mann sich von Fiete und den Mädels nach Neuharlingersiel fahren ließ. Bevor er jedoch im warmen Auto langsam wegdämmerte, musste er noch eine Sache klären.

„Wieso seid ihr eigentlich an der Mole gewesen? Hat Jansen euch angerufen?"

Fietes Antwort überraschte ihn nicht wirklich. „Ach was! Der hatte auch so schon genug um die Ohren. Ich hab die Infos direkt aus dem Polizeifunk."

„Du hörst den Polizeifunk ab? Lass dich bloß nicht erwischen."

„Ich doch nicht! Ein Freund von mir ist Amateurfunker und ein echt guter. Der hat die Ohren für mich offengehalten."

Grießler unterbrach ihn. „Das will ich gar nicht wissen." Er schloss die Augen und nach ein paar Sekunden war er eingeschlafen.

♠

Fiete und die Mädels waren trotz Grießlers Protest bei ihm geblieben. Während er die heiße Dusche genoss, zauberten Maaren und Svenja ein üppiges Frühstück. Großen Appetit hatte Grießler zwar nicht, aß aber doch etwas Rührei auf Toast, um die Köchinnen nicht zu enttäuschen. So sehr es ihn rührte, wie sie ihn bemutterten, er wollte so bald wie möglich in der Klinik sein. Er war sich sicher, dass Petersen heute noch Sandras Aussage aufnehmen wollte. Um nichts in der Welt wollte er das verpassen.

Als Grießler und seine Entourage endlich die Klinik betraten, war der Morgen schon angebrochen. Es versprach ein schöner Tag zu werden, mit Sonnenschein und frühlingshaften Temperaturen. Die Dusche hatte ihn aufgewärmt und der Kaffee, den er statt des Grogs getrunken hatte, seine Lebensgeister geweckt. Er war bereit für alles, was nun kam. Zunächst mal war das Billy, die auf ihn zustürmte, kaum dass er die Tür zum Krankenzimmer geöffnet hatte. Jetzt ging's los, dachte er, doch Billy war weit davon entfernt, ihm irgendwelche Vorwürfe zu machen. Sie schlang ihre Arme fest um seinen Hals und flüsterte ihm ins Ohr: „Ich bin so froh, dass es euch gut geht. War es wirklich so knapp, wie Sandra sagt oder hat sie übertrieben?"

Anscheinend hatte Sandra Billys bohrende Fragen schon beantwortet. Ein paar Dinge hatte sie allerdings ausgespart. Die waren nur für die Ohren von Petersen und Grießler bestimmt. Auch Grießlers Begleiter bekamen nur die Kurzfassung zu hören, dann war er dran. Seine Schilderung der nächtlichen Ereignisse an der Scheune und im Watt befriedigte den ersten Wissenshunger.

Die Stille, die sich nun im Zimmer breitmachte, kam daher, dass alle das Erzählte verarbeiten mussten. Einigen fiel das deutlich schwerer als anderen. Grießler befürchtete, dass nun der Teil kam, an dem jeder seine persönliche Auslegung der Fakten von sich geben würde. Wenn es sich wie in diesem Fall um Amateure handelte, kam meist nur ein heilloses Durcheinander dabei raus. Grießler überlegte, wie er das abwenden konnte. Zum Glück bekam er Hilfe in Gestalt einer Krankenschwester. Sie warf alle, die nicht in einem Bett lagen, kurz und bündig aus dem Zimmer. „Die Patientin braucht Ruhe!", erklärte sie energisch. Niemand widersetzte sich ihrer Autorität, nicht mal Billy.

Eine Weile stand die Gruppe unentschlossen auf dem Flur herum. Billy entschied sich nach einer kurzen und fruchtlosen Diskussion dafür, die Cafeteria aufzusuchen. Sie war die Einzige, die noch nicht gefrühstückt hatte. Maaren und Fiete schlossen sich ihr an, um ihr Gesellschaft zu leisten. Svenja wollte nachsehen, wie es ihrer Mutter ging und so blieb Grießler allein zurück. Das war ihm ganz recht so. Er wollte endlich mit Petersen sprechen. Seine kurze WhatsApp wurde ebenso prompt beantwortet. In der Nachricht stand: „Bin gleich da", gefolgt von: „Kann sie befragt werden?" Grießler bejahte und die Antwort lautete: „Willst du dabei sein?" Und ob er das wollte.

Ganz so einfach war es dann aber doch nicht. Die Oberschwester erwies sich als eine Bastion, die sich nicht so einfach überwinden ließ. In der festen Absicht, jegliche Aufregung von der Patientin fernzuhalten, verkündete sie: „Erst wenn der behandelnde Arzt sein Okay gibt, dürfen Sie zu ihr."

„Dann sorgen Sie mal schnell für ein solches Okay. Frau Büchner weiß, dass wir hier sind. Und sie ist so scharf drauf, eine Aussage zu machen, dass sie es fertigkriegt, sich selbst zu entlassen." Die Aussicht, es mit einer so widerspenstigen Patientin zu tun zu bekommen, führte immerhin dazu, dass die Schwester zum Telefon griff.

Während die Männer auf besagtes Okay warteten, erkundigte Grießler sich danach, ob Voss schon befragt worden sei und was er gesagt hatte. Petersens lakonische Antwort lautete: „Na was schon? Anwalt!"

„Schade. An der Mole war er doch noch so gesprächig gewesen."

„Damit war Schluss, als kein Publikum mehr da war."

„Dann läuft es wohl auf einen Indizienprozess hinaus."

„Nicht unbedingt. Unser Labor hat einige der gesicherten Spuren schon ausgewertet. Darunter DNA, Fasern und Fingerabdrücke. Die bringen ihn mit den Morden an de Jonge und Bonner in Verbindung. Ganz zu schweigen von der Aussage unserer Augenzeugin. Als wir ihn damit konfrontierten, hat er angefangen, zu singen wie ein Operetten-Buffo. Deshalb bin ich auch schon sehr gespannt, welche Details unsere Privatdetektivin zur Aufklärung noch beisteuern kann."

„Ach ja?"

„Ihre Nachricht klang zuversichtlich, also bin ich es auch." Grießler war erstaunt. Wenn Sandra schon wieder Kontakt mit Petersen aufgenommen hatte, musste es ihr wirklich besser gehen. Der Arzt sah das anscheinend auch so, denn die Schwester kam mit guten Nachrichten. Sie hatten ihr Okay.

DREIUNDVIERZIG

Zwei Stunden dauerte es, Sandras Aussage aufzunehmen. In dieser Zeit wurden sie zwei Mal von der Schwester unterbrochen und aufgefordert, das Gespräch zu beenden. Schließlich bereitete Sandra den Störungen auf ihre eigene Weise ein Ende, indem sie sagte: „Ich weiß Ihre Sorge um meine Gesundheit wirklich zu schätzen, sie ist aber nicht nötig. Sie wissen doch, was ich durchgemacht habe und wie wichtig es ist, mit jemandem darüber zu reden? Das könnte ein Psychologe sein, aber den hebe ich mir für schlechte Zeiten auf. Jetzt möchte ich erst mal mit der Polizei reden und je weniger Sie uns stören, umso eher sind die Herren Kommissare auch wieder weg." Die Herren Kommissare taten so, als hätten sie nicht zugehört. Einer kritzelte eifrig etwas in sein Notizheft und der andere gab sich alle Mühe gelangweilt aus dem Fenster zu schauen.

Die Schwester war allerdings auch nicht auf den Mund gefallen. Fast ein bisschen schnippisch gab sie zurück: „Soll ich vielleicht mal fragen, wann Sie entlassen werden können, Frau Büchner?"

Das beantwortete Sandra mit dem harmlosesten Lächeln, das sie draufhatte und den Worten: „Das wäre wirklich ganz reizend. Danke." Die Schwester ging und von da an hatten sie Ruhe. Das war auch nötig, denn Sandra hatte in der Tat eine ganze Menge zu berichten. Ihr gegenüber war Voss ja sehr gesprächig gewesen. Der Menge an Notizen nach zu urteilen, die Petersen sich machte, war Voss' Geständnis genau das, was ihn dem erfolgreichen Abschluss der Ermittlung ein großes Stück näherbrachte.

„Was ist das nur immer mit diesen Typen, dass sie ihren Opfern gegenüber die Klappe nicht halten können? Das ist so klischeehaft und außerdem dumm. Darum geht es ja auch in jedem Fernsehkrimi schief." Die Bemerkung kam von

Petersen. Obwohl seine Frage eher rhetorischer Natur war, fühlte Sandra sich verpflichtet, zu antworten.

„Wahrscheinlich wollen sie, dass jemand ihre Überlegenheit anerkennt. Voss hatte aber einen anderen Grund, glaube ich. Am Ende hat er wohl begriffen, in was er sich da reinmanövriert hatte, wollte es aber nicht zugeben. Deshalb hat er versucht, das, was er getan hatte, sich selbst gegenüber zu rechtfertigen. Anfangs hat er nicht gemerkt, dass ich es mitbekam und später war es ihm egal. In seinem Plan war ja nicht vorgesehen, dass ich überlebe.“

„Es war also so eine Art Beichte?“, fragte Petersen.

„Oder, er ist zum Schluss einfach übergeschnappt“, lautete Grießlers Deutung. Petersen sah eine Diskussion über Voss' Geisteszustand auf sich zukommen, die er zum gegenwärtigen Zeitpunkt nicht führen wollte. Das würde noch früh genug kommen. „Ist doch egal, warum er gequatscht hat“, meinte er abschließend. „Hauptsache ist doch, dass er es getan hat.“ Dem hatten Sandra und Grießler nichts hinzuzufügen.

♣

Nachdem Sandra ihre Aussage beendet hatte, warf sie sich erschöpft, aber erleichtert, in ihr Kissen zurück. „Nur schade, dass ich diesen blöden Knebel im Mund hatte. Ohne das Ding, hätte ich Voss bestimmt noch ein paar Infos entlockt. Zum Beispiel, was es mit den Tarot-Karten auf sich hat, die bei seinen ersten Opfern gefunden wurden.“

„Das kann ich erklären“, kam es von Petersen. „Jansen hat doch mit den Leuten von Bonners Gästeliste gesprochen. Dabei hat er sie auch gefragt, ob bei den

Treffen Tarot-Karten benutzen wurden. Das haben alle verneint. Gestern hat sich einer der Gäste noch mal gemeldet und erzählt, dass Madame Zouza mal welche verteilt hat, als eine Art Einladung. Ihr Angebot war, wer mit einer Karte zu ihr kommt, kriegt 20 Prozent Rabatt auf den ersten Einkauf."

„Das ist alles?" Ungläubig starrte Sandra den Kommissar an.

„Mehr steckte nicht dahinter. Nicht immer ist das, was wie ein versteckter Hinweis aussieht, auch einer. Voss hat wohl nichts von den Karten gewusst. Er hätte sie doch sonst bestimmt entfernt, damit unsere Aufmerksamkeit nicht in Bonners Richtung gelenkt wird. Anfangs war es ja noch nicht seine Absicht, ihm die Verbrechen in die Schuhe zu schieben. Das war eher als Notfallplan gedacht."

Für einen Moment schloss Sandra die Augen. Sie war aber mit Petersen noch nicht fertig. „Also ich habe Ihnen alles gesagt, was ich weiß. Reicht das? Kriegen Sie ihn damit dran?"

Petersen fand, dass es nur fair war, wenn Sandra nun auch von ihm hörte, was er und Jansen in den letzten Stunden schon alles zusammengetragen hatten. Jetzt, wo sie wussten, wonach sie suchen und welche Fragen sie stellen mussten, waren sie auf einige ergiebige Quellen gestoßen. Mit Sandras Aussage als perfekte Ergänzung könnte er den Fall sogar auch ohne ein Geständnis von Voss dem Staatsanwalt übergeben. Ein paar lose Enden gab es zwar noch, aber auch die würden sie schon bald zusammenfügen können. Es sprach also nichts dagegen, wenn Sandra und Grießler in den Genuss seiner Auslegung der Geschehnisse kamen. Normalerweise wäre Jansen in den Genuss gekommen, sein Zuhörer zu sein. Aber, nach allem, was sie in der letzten Nacht durchgemacht hatten, war es nur gerecht, wenn er es dieses Mal anders hielt. Und vielleicht hatten die beiden ja auch noch etwas beizusteuern, was das Bild rundmachte.

Zum besseren Verständnis ging Petersen in der Zeit etwas zurück. Angefangen hatte alles vor einem Jahr, als Voss und Bonner sich zum ersten Mal begegneten. Bonner war mit hochtrabenden Plänen nach Carolinensiel gekommen und Voss lebte mit ebensolchen schon dort. Sie hatten nicht viel gemeinsam, außer vielleicht die Liebe zum Geld. Wohlgemerkt, die Art von Geld, für das man nicht schwer schuften musste. Man hätte annehmen können, dass Voss als ehemaliger Anwalt gewieft genug war, um in Bonner den Blender und Hochstapler zu erkennen, der er nun mal war. Doch Bonner war vor allem eins, ein geschickter Manipulator und Voss war einfach zu gierig.

Während seiner Zeit in Indien hatte Bonner erlebt, wie falsche buddhistische Mönche den Leuten mit ein bisschen Hokuspokus und dem Versprechen auf inneren Frieden das Geld aus der Tasche zogen. Fasziniert von der Möglichkeit, mit so leicht verdientem Geld seinen Lebensunterhalt zu bestreiten, beschloss er, sich die Leichtgläubigkeit der Leute zu Nutze zu machen. Allerdings ging er nicht so weit, sich als Buddhist auszugeben. Seine Masche wurde die Esoterik. Das war ein weites Feld, in dem er sich herrlich austoben konnte. Die Niederlande waren die erste Station auf seiner geplanten weltweiten Erfolgstour gewesen. Als ihm dort der Boden unter den Jesuslatschen zu heiß wurde, zog er weiter nach Nordfriesland, wo er auf Voss traf.

Voss erzählte ihm von seiner Vision eines Wellnessparks, mit dem sich massig Kohle machen ließ. Man brauchte nur noch die richtigen Investoren zu finden. Bonner erkannte in ihm sofort das perfekte Opfer. Er war ambitioniert, geldgeil und bereit, alles zu tun, um sich seinen Traum zu erfüllen. Eigentlich waren sich die beiden ziemlich ähnlich, nur dass Bonner sich etwas geschickter bei seinen Manipulationen anstellte. Er brachte Voss dazu, dass er ihm den Start in sein neues Leben als Videntis finanzierte und ihm auch noch Kunden zuführte, denen er dann nach Herzenslust das Geld aus der Tasche ziehen konnte. Im Gegenzug versprach er Voss, ihn an den zu erwartenden Einnahmen zu beteiligen. Die Kunden bekamen von ihm, was immer sie suchten, Erleuchtung oder Gesundheit. Und manchmal erteilte er auch Ratschläge in Lebens- und Finanzdingen. Das Besondere an seiner Masche war, dass er für die Teilnahme an seinen Zirkel-Treffen keinerlei Geld verlangte, nur für die Einzelsitzungen. Gegen eine Spende hatte er natürlich nichts einzuwenden. Je höher die ausfiel, umso individueller war seine spirituelle Beratung. Besonders zahlungskräftige Kunden bekamen gern auch mal ihren ganz persönlichen Videntis. Dieses Geschäftsmodell erwies sich zumindest für einen erfolgreich, für Bonner.

Als Videntis fand er Unterschlupf auf Sigrid Postins Grundstück, besser bekannt als Madame Zouza. Auch sie fiel auf den Blender herein. Er durfte nicht nur mietfrei bei ihr wohnen, sie stattete auch sein Zelt aus. Dafür wollte er seine Anhänger zu ihr in den Laden schicken. Vielleicht tat er das, vielleicht auch nicht. Sie profitierte von ihrem Untermieter genauso wenig wie Voss. Nur für Bonner entwickelte sich eine Weile alles zum Besten. Voss wurde zwar mit der Zeit ungeduldig, weil der versprochene Geldregen ausblieb, doch irgendwie gelang es Bonner immer wieder, ihn hinzuhalten.

Der Ärger begann, als Gijs de Jonge plötzlich auftauchte. Der Niederländer war auf der Suche nach lukrativen Immobilien auf den umliegenden Inseln gewesen. Wahrscheinlich wäre nichts passiert, wenn sich de Jonge und Bonner nicht zufällig auf dem Parkplatz begegnet wären. Er kannte Bonner aus seiner Zeit in Scheveningen, jedoch nicht als Videntis. Den Namen hatte er sich erst hier gegeben. De Jonge erkannte in Bonner sofort den Mann wieder, von dem er abgezockt worden war, auf genau die gleiche Weise, wie er es jetzt mit Voss und Zouza tat. Er stellte ihn zur Rede, wollte sein Geld zurück und drohte mit der Polizei. Bonner vertröstete ihn und lockte ihn, mit dem Versprechen alles zurückzuzahlen, zu einem seiner Treffen. Geld gab es nicht, aber einen mit Betäubungsmitteln versetzten Drink hinterher in Bonners Wohnwagen. Den Rest erledigte Voss. Bonner hatte ihm klar gemacht, wie gefährlich der Niederländer ihnen und ihren Geschäften werden konnte. Seine Fähigkeit zu manipulieren, muss wirklich groß gewesen sein, wenn er den kühlen rationalen Voss dazu bringen konnte, de Jonge, nachdem er betäubt worden war, im Watt zu entsorgen.

An der Stelle kam die Frage auf, wie Marzena da reinpasste. Was das betraf, konnte Petersen auch Licht ins

Dunkel bringen. Sie hatte nach einem Treffen noch mit Videntis reden wollen und dabei zufällig ein Gespräch zwischen ihm und Voss belauscht. Es ging um das plötzliche Ableben des Niederländers und obwohl Marzena die näheren Umstände nicht kannte, hatte es sich für sie so angehört, als ob der Mann nicht ertrunken war. Ihr Lauschen blieb leider nicht unbemerkt. Als potenzielle Gefahr sollte sie beseitigt werden. Sie kam nur mit dem Leben davon, weil Voss sie für tot hielt, als sie reglos dalag. Ob der zweite Mordversuch in der Klinik von Voss initiiert worden war, hatte noch nicht geklärt werden können. Dazu wollte Voss sich nicht einlassen. Sie wussten aber inzwischen, dass es kein Phantasieprodukt von Sandra war. Die Auswertung der Überwachungsbilder hatte dann doch ein positives Ergebnis gebracht. Eine weibliche Person war kurz vor Marzenas Anfall auf die ITS geschlichen, auf die gleiche Weise wie Sandra. Weitere Bilder von anderen Kameras waren hinzugezogen worden. Mit deren Hilfe wurde die Unbekannte schließlich als Lena Krawczyk identifiziert.

Leider konnte sie selber dazu nicht mehr befragt werden. Man hatte sie noch in der Nacht tot in ihrem Auto gefunden. Sie war aus noch unbekannten Gründen von der Straße abgekommen, hatte sich überschlagen und war in einem Graben gelandet. Erste Angaben zur Todesursache hatte die Rechtsmedizin schon geliefert. Krawczyk war an multiplen inneren Verletzungen gestorben. Der Wagen wurde nun von der Kriminaltechnik untersucht. Petersen ging fest davon aus, dass der Unfall eine Folge von Manipulation am Fahrzeug war. Auch das schrieb er Voss zu. Wie Jansen herausgefunden hatte, war Krawczyk während Voss' Anwaltszeit seine Sekretärin und Geliebte gewesen. Diese Infos hatte Petersen von Jansen bekommen, kurz bevor er und Grießler ins Watt gingen.

Dass Voss der Mörder von Madame Zouza und Bonner war, stand fest. Auch, dass er Zouzas Tod Bonner anlasten wollte. Deshalb hatte Voss ihren Tee mit genau dem Betäubungsmittel versetzt, das schon bei de Jonge und Marzena verwendet worden war. Mit ihrer Bitte, ihr beim Ausräumen des Zeltes zu helfen, hatte Madame Zouza ihrem Mörder selber die Gelegenheit verschafft, die geheime Zutat in den Tee zu tun. Welches Betäubungsmittel das war, wurde im Labor noch untersucht.

Bonners Suizid war, wie schon vermutet, von Voss inszeniert worden. Er hatte ihn erst gestanden, nachdem ihm keine andere Wahl mehr blieb. Die vorläufigen Laborergebnisse sagten, dass es Mord war. Zwar deuteten die Verletzungen und die Abdrücke des Stricks an Bonners Hals auf Selbstmord hin, doch etwas Entscheidendes fehlte. Hätte Bonner sich den Strick selber um den Hals gelegte, hätte man Fasern an seinen Händen finden müssen und seine DNA nicht nur an der Schlinge. Stattdessen war man auf etwas anderes gestoßen. Bei der Durchsuchung von Voss' Scheune entdeckten die Beamten eine Tasche mit Geld und im Wohnwagen das passende Versteck dazu. Voss hatte angegeben, dass es sich dabei um Bonners Spendengeld handelte. Er hatte beschlossen, die Reißleine zu ziehen. Ob ihm Voss' mörderische Ambitionen am Ende dazu trieben, oder er einfach fand, die Zeit sei reif, würde sein Geheimnis bleiben.

Voss musste Bonners Tod schon mit eingeplant haben, da er ja für ihn den Sündenbock abgeben sollte. Allerdings war er davon ausgegangen, dass er den Teil des Plans noch nicht so schnell würde umsetzen müssen. Als er ihn aber dabei erwischte, wie er mit dem geheimen Geldvorrat abhauen wollte, musste er sofort handeln.

Sandra war nur ein Kollateralschaden gewesen. Bei ihr hatte Voss improvisieren müssen und das war ja dann auch schief gegangen. Diesen Mordversuch wollte er auch Bonner unterschieben, doch dazu war es zum Glück nicht gekommen.

Voss durfte sich auf eine lange Liste von Anklagepunkten gefasst machen, auch dank der Aussage von Sandra. Die Morde an Gijs de Jonge und Madame Zouza sowie schwere Körperverletzung, wenn nicht sogar Mordversuch, an Marzena Kloss, der Mord an Bonner sowie die Entführung, die Körperverletzung sowie den Mordversuch an Sandra. Und Petersen war noch nicht fertig mit ihm. Er arbeitete weiter daran, ihn auch noch des Mordes an Lena Krawczyk zu überführen.

Bis zu diesem Punkt hatten Sandra und Grießler Petersens Vortrag aufmerksam zugehört. Zum Thema Bonners Suizid wollte Grießler noch etwas beisteuern.

„Für mich hat der Abschiedsbrief, also diese bescheuerte WhatsApp, von Anfang an nicht ins Bild gepasst. Nach allem, was ich über ihn wusste, war Bonner doch ein Prahler, aber auch ein Feigling und ein Narzisst. So einer würde nie zugegeben, an irgendetwas schuld zu sein, geschweige denn, sich aufhängen."

Jetzt meldete sich auch Sandra zu Wort. „Was mich bei der Sache so wütend macht, ist, dass er beinahe damit durchgekommen wäre. Voss hätte nur noch ein paar Dinge in der Scheune arrangieren und den Leichenfund melden müssen, dann wäre sein Plan aufgegangen. Und was meinen Tod betrifft, den hätten Sie doch, genau wie den des Niederländers, auch für einen Unfall gehalten." Ihre letzte Bemerkung ging an Petersens Adresse, der das aber nicht unkommentiert hinnahm.

„Na, na. Ganz so unfähig, wie Sie uns hinstellen, sind wir Nordfriesen ja nun auch nicht. Wir sind besser als unser Ruf oder irgendwelche Witze. Wir wären Voss schon noch auf die Schliche gekommen, es hätte nur etwas länger gedauert. Allerdings muss ich zugeben, dass es für Ihre Rettung dann zu spät gewesen wäre. Sie haben es Ihren Freunden zu verdanken, dass wir Sie noch rechtzeitig gefunden haben. Ohne die Hartnäckigkeit eines gewissen Magdeburger Kommissars würden Sie jetzt ein paar Etagen tiefer liegen, mit einem Zettel am Zeh."

„Das weiß ich doch. Und ich halte Sie ganz bestimmt nicht für unfähig. Aber wenn Sie eher auf mich..."

„Sandra!" Grießlers Stimme hatte diesen Unterton, der ihr sagte, dass sie wieder mal kurz davorstand, ins Fettnäpfchen zu treten. Petersen schien ihr die große Klappe ausnahmsweise mal nicht übelzunehmen. Vielleicht, wegen dem, was sie durchgemacht hatte oder einfach, weil er froh war, die Ermittlung abschließen zu können.

„Wenn es Sie glücklich macht, gebe ich gern zu, dass Sie in einigen Punkten richtig lagen. Aber, wie heißt es so schön? Hinterher ist man immer schlauer. Sie hatten keine

Beweise, nur Ihre Intuition. Wir brauchen in unserem Job aber mehr als nur Vermutungen oder wenigstens einen hinreichenden Verdacht."

Grießler ging dazwischen. „Schluss jetzt! Alle beide! Wir alle machen gelegentlich Fehler, oder?" Sein Blick wanderte zwischen Sandra und Petersen hin und her. Einverständnis entdeckte er in ihren Gesichtern nicht. Also legte er noch mal nach. „Können wir uns vielleicht darauf einigen, dass sich keiner von uns mit Ruhm bekleckert hat?" Petersen gab ein Brummen von sich und Sandra senkte den Blick. Grießler wusste, mehr an Zustimmung würde er heute nicht bekommen, also gab er sich damit zufrieden. Keine Sekunde zu früh, denn die Tür öffnete sich.

Herein kamen Billy, Svenja, Maaren und Fiete. Sie waren in ziemlich ausgelassener Stimmung und redeten durcheinander. Mit drei Personen war das kleine Krankenzimmer schon voll gewesen, jetzt platzte es fast aus allen Nähten. So viele Stimmen ließen den Lautstärkepegel gefährlich anschwellen und das rief ihre freundliche Krankenschwester wieder auf den Plan. Mit dem festen Vorsatz, ein Machtwort zu sprechen, riss sie die Tür auf, starrte mit weit geöffnetem Mund auf das Gewusel und machte die Tür, ohne ein Wort zu sagen, wieder zu. Dieses kleine Intermezzo war so schnell vorbei, dass es völlig unbemerkt blieb. Das lag wohl auch an der Nachricht, die das muntere Grüppchen zu verkünden hatte.

Marzena war aufgewacht und die ersten Untersuchungen gaben Grund zur Hoffnung, dass sie keine bleibenden Schäden davontragen würde. Wenn das keine guten Neuigkeiten waren. Und das war noch nicht alles. Plötzlich ertönte ein leises Klopfen an der Tür und ein Kopf schob sich vorsichtig durch den geöffneten Türspalt. Man hörte ein erschrockenes. „Och verdammich! Bin ich im falschen Zimmer?" Die Stimme und der sächsische Dialekt ließen Sandra aufmerken. „Gerti? Bist du das?", rief sie so laut sie konnte über die Köpfe ihrer Besucher hinweg.

Sie war es, Gerti, in voller Lebensgröße. Die Sächsin bahnte sich energisch einen Weg zu Sandras Bett. „Isch globs ja nich! Was issen hier los?" Grießler wollte antworten, aber Gerti schnitt ihm das Wort ab. „Ach egal! Hauptsache Sandra geht's gut. Den Rest der Geschichte könnt ihr mir später erzählen. Ich bin total erschossen von der langen Fahrt hierher."

Eine Frage musste Sandra aber stellen. „Wie kommst du denn überhaupt hier her?"

„Billy hat mich angerufen und mir erzählt, dass du entführt wurdest. Nicht, dass mich das irgendwie überrascht hat. Trotzdem dachte ich, es wäre besser, wenn ich herkomme. Ehrlich, Sandra. Dich kann man wirklich nirgendwohin fahren lassen. Überall wo du hinkommst, gibt's Leichen. Da gabs doch mal diesen Film. Wie hieß der? *Leichen pflastern seinen Weg*, oder? Du bist auf jeden Fall die weibliche Variante dieses Films. Na egal. Nach dem Anruf von Billy konnte ich sowieso nicht mehr schlafen. Also hab ich mich ins Auto gesetzt und bin hergekommen. Für die Suche bin ich zwar zu spät, aber immer noch früh genug, um dir die Leviten zu lesen. Aber erst, wenn ich eine Mütze voll Schlaf genommen haben. Ich bin die halbe Nacht gefahren."

Petersen lauschte Gertis Redeschwall mit immer größer werdenden Augen. Schließlich beugte er sich zu Grießler hinüber. „Redet die immer so viel?"

„Das ist noch gar nichts", raunte der zurück.

Inzwischen fand sich Gerti von Billy und den jungen Leuten umringt, die nun ihrerseits auf sie einredeten. Das ließ die Lautstärke im Zimmer wieder gefährlich ansteigen. Petersen konnte nur noch mit dem Kopf schütteln.

„Und ich dachte, Frau Büchner wäre die Quasselstrippe der Bademantel-Gang." Grießler wurde von ihm mit einem mitleidigen Blick bedacht und den Worten: „Und da gehörst du dazu? Mein Beileid."

„Wenn du wüsstest."

Das Freundschaftstreffen blieb auf dem Rest der Station nicht länger unbemerkt. Aus den angrenzenden Zimmern wurden Köpfe nach draußen gestreckt und neugierige Blicke über den Flur geworfen. Schließlich kam sogar der Stationsarzt aus seinem Zimmer gelaufen, einen medizinischen Notfall befürchtend. Doch alle Schwestern gingen ruhig ihrer Arbeit nach. Ein Notfall konnte es also nicht sein.

„Was ist denn da los?", fragte er schließlich. Die Schwester zog die Augenbrauen nach oben und meinte lakonisch: „Fragen Sie nicht. Unterschreiben Sie einfach die Entlassungspapiere."

♣

Am Nachmittag war es dann soweit, Sandra durfte gehen. Gerti hatte auf ihren Schönheitsschlaf verzichtet und war mit Grießler wieder hergekommen, um sie abzuholen.

Bevor Sandra die Klinik verließ, machte sie mit Gerti noch einen Abstecher zu Marzena, die inzwischen von der ITS auf eine normale Station verlegt worden war. Sie stand noch unter dem Einfluss von Schmerzmitteln, weshalb der Besuch kurz ausfiel. Ein paar aufmunternde Worte und das Versprechen eines baldigen Wiedersehens, für mehr blieb keine Zeit. Doch das scheue Lächeln, das sie damit auf Marzenas Gesicht zauberten, machte beide Frauen glücklich.

Grießler wartete derweil vor der Klinik im Auto. Der Rest der Truppe hatte inzwischen in der Ferienwohnung eine kleine Feier vorbereitet. Aus Rücksicht auf Sandras kurze Erholungsphase in der Klinik und damit Gerti sich auch etwas ausruhen konnte, war die Heimreise auf den Montag verschoben worden. So blieb ihnen noch der morgige Sonntag für eine letzte Unternehmung. Das Ziel war schnell gefunden. Eine Fahrt zur Seehundkolonie auf Langeoog. Als Gerti sich anbot, im Internet Tickets für alle zu buchen, winkte Grießler ab. „Ich schätze, das wird nicht nötig sein."

„Ach ja. Ich werde aber nicht bis dahin übers Watt wandern." Gertis Einwand wurde von allen schmunzelnd zur Kenntnis genommen.

„Das musst du nicht", beruhigte Grießler sie. „Wir fahren mit dem Kahn eines Freundes."

Gertis Verwunderung wurde immer größer. „Du hast einen Freund hier, der ein Boot hat?"

„Ich nicht", sagte Grießler lachend und alle riefen im Chor: „Aber Fiete!"

♣

Der Sonntag versprach, seinem Namen alle Ehre zu machen. Die Temperaturen würden heute sogar bis in den zweistelligen Bereich steigen, versprach der Wetterfrosch im Radio. Pünktlich um 10 Uhr trafen sich die Ausflügler an der Ferienwohnung. Der Abmarsch verzögerte sich, als Petersen und Jansen plötzlich auftauchten. Sandra sollte vor ihrer Abreise noch ihre Aussage unterschreiben. Das war zumindest der Grund, den Petersen für ihr Kommen angab. Sandra hatte allerdings einen anderen Verdacht. Sie sah ihre Vermutung bestätigt, als er fragte: „Und? Geht's heute wieder in Richtung Magdeburg?"

Sie tat, als wäre sie gekränkt. „Sie wollen doch nur sicher gehen, dass ich nicht noch länger hierbleibe."

Sie rechnete mit einer für Petersen typischen ironischen Erwiderung. Was er stattdessen sagte, überraschte sie dann aber umso mehr.

„Glaube nicht alles, was du denkst, Frau Büchner."

Sandra fühlte alle Blicke auf sich gerichtet und wurde knallrot. Dann sagte sie etwas, dass man von ihr eigentlich nie zu hören bekam. „Ich weiß nicht, was ich darauf sagen soll."

Grießler meinte schmunzelnd: „Das ist ja was ganz Neues."

Petersen seufzte leise: „Schön wär's"

ENDE

DANKSAGUNG

Wenn du, lieber Leser, es bis hierhergeschafft hast, dann gebührt dir mein erster Dank. Vielleicht bist du ein treuer Fan der Bademantel-Gang oder vielleicht wirst du dich ja ab jetzt der Fan-Gemeinde anschließen. Um eins davon zu erreichen, haben mir viele Menschen geholfen und ihnen möchte ich jetzt danken.

Seit Jahren gehören Angelika Wieduwilt (Covergestaltung), Nadine Armgart (Korrektorat) und Dr. Norbert Beck (rechtsmedizinische Beratung) zu meinen Unterstützern. Mein Dank gilt aber auch Jeanette Lube (Bloggerin und Korrektorat) sowie Piere Schnau (Covergestaltung). Meiner Tochter danke ich dafür, dass sie es mir möglich macht mit den vielen Büchern zu den Orten meiner Lesungen zu kommen. Dem Team von K & K Print möchte ich für die stets freundliche und kompetente Unterstützung danken. Sie alle tragen zu meinem Erfolg bei und werden es hoffentlich auch weiterhin tun.

Zum Schluss gibt es noch eine Erklärung, weshalb ich für dieses Buch etwas länger gebraucht habe. Schuld sind drei pelzige Wohnungsbesetzer, die sich auf eine ganz unschuldige Art in mein Leben geschlichen haben. Mama Mau, und ihre Kitten, Purzel und Momo, haben nicht nur meine Wohnung und mein Herz in Besitz genommen, sie füllen nun auch einen Großteil meines Lebens, also auch meiner Zeit, aus. Ihre Niedlichkeit lenkte mich oft vom Schreiben ab. Dagegen anzukämpfen, war ein Kampf, den ich nur verlieren konnte.

Wenn ihr also jemandem die Schuld für die lange Wartezeit geben wollt, dann bitte ihnen. Das geht schon in Ordnung. Sie machen sich sowieso nichts draus.

Bücher von Sylvie Braesi, bisher erschienen als Taschenbuch und E-Book:

<u>**Magdeburger Krimi Reihe**</u>
Horror Vacui – Angst vor der Leere (2020)
ISBN: 9783751922357
Malum Concilium – Falsche Entscheidungen (2021)
ISBN 9783753477664
Targeted – Anvisiert (2022)
ISBN 9873754329245
Vindictus Meam – Meine Rache (2023)
ISBN 9873752835779
Obscura Mens – Dunkler Verstand (2024)
ISBN 9873758313134

<u>**Bademantel-Gang Krimi Reihe**</u>
Mord mit Therapie (2021)
ISBN 9783754306819
Mord in Teufels Küche (2022)
ISBN 9783756293711
Mord fürs Karma (2023)
ISBN 9873758301230

<u>**Magdeburger-Mörder-Club Reihe**</u>
Magdeburger Mord(s)geschichten
Magdeburger Mords- und Spukgeschichten
Magdeburger Mords- und X-Akten

Manhattan Reihe
Manhattan Tenderloin I & II
ISBN 978-3-752-88610-8
Manhattan Tenderloin III – Die Jagd geht weiter
ISBN 978-3-752-82825-2
Manhattan Revenge
ISBN 9783749478996

Bisher erschienen als Hörbuch:

Horror Vacui – Angst vor der Leere
Mord mit Therapie
Mord in Teufels Küche